诸葛亮演义

马光复　赵涛　主编
弓长　默瑶　著

中国古代军师演义丛书

国际文化出版公司
·北京·

图书在版编目（CIP）数据

诸葛亮演义 / 弓长，默瑶著．-- 北京：国际文化出版公司，2023.2

（中国古代军师演义丛书 / 马光复，赵涛主编）

ISBN 978-7-5125-1375-4

Ⅰ．①诸… Ⅱ．①弓… ②默… Ⅲ．①章回小说－中国－当代 Ⅳ．① I247.4

中国版本图书馆 CIP 数据核字 (2022) 第 017372 号

中国古代军师演义丛书·诸葛亮演义

主　　编	马光复　赵　涛
作　　者	弓　长　默　瑶
责任编辑	侯娟雅
出版发行	国际文化出版公司
选题策划	兴盛乐
经　　销	全国新华书店
印　　刷	保定市西城胶印有限公司
开　　本	880 毫米 ×1230 毫米　32 开
	13.5 印张　300 千字
版　　次	2023 年 2 月第 1 版
	2023 年 2 月第 1 次印刷
书　　号	ISBN 978-7-5125-1375-4
定　　价	69.80 元

国际文化出版公司
北京朝阳区东土城路乙9号　　邮编：100013
总编室：（010）64270995　　传真：（010）64270995
销售热线：（010）64271187
传真：（010）64271187-800
E-mail：icpc@95777.sina.net

序言
Preface

中国是有着五千年悠久历史的文明古国，中华传统文化博大精深，军事文化是其中很重要的组成部分。在我国古代军事文化中，军师的产生与存在也是一个十分特殊而耀眼的现象。

中国古代军事文化源远流长，异彩绚烂，在世界文化发展史上具有突出地位。它是中国古代无数次王朝战争和大规模农民起义战争的经验总结。它的丰富内容，是前人留下的宝贵军事经验，是中华民族灿烂文化遗产的一个重要部分，是用流血换来的推动历史发展的理论财富，也是人类智慧的结晶。随着历史的发展和社会的前进，历代的军事家、战略家和不断涌现的军事论著中对于战争与军事问题的理性认识，也在不断地深入和提高，中国近代直至现代的军事思想，都从中批判地继承和吸取了许多有价值的内容。

在我国古代大大小小的战争中，军事家与战略家不断总结经验，逐渐形成了独特的“以仁为本”的战争观，它主要包括两层含义：

第一，战争的核心支柱是“以仁为本”，即所谓的“仁义之师”。《司马法·仁本第一》中即开宗明义：“古者，以仁为本，以义治之之谓正。正不获意则权。”仁者使人亲和，义者使人心悦。仁和义，才是军队战斗力的核心凝聚力，才是赢得战争胜利的最根本的基础。

第二，战争首要准则是“师出有名”。古籍《礼记·檀弓下》中就明确主张“师必有名”，认为“师出无名”必将遭到众人的非议和反对，终成败局。

这些战争的基本原则，即使历史发展到今天，仍然是颠扑不破的真理。

中国传统军事文化包含着丰富的军事理论和深邃的军事思想，以及战争智慧、军事谋略、战略和战役的策划、战争指挥与战争部署等内容。在中国历史上曾发生无数大大小小的战争，在轰轰烈烈的战争历史进程中，时时刻刻都有军师（军事家、战略家）的身影，以及军师的劳苦、军师的智慧、军师的心血。

我国古代杰出军师，通过战争的实践，以及长期对战争的研究，总结出许多可贵的军事思想，值得我们学习与借鉴。比如：

一、重战思维。战争是国家头等大事。《孙子兵法》中就明确指出：“兵者，国之大事，死生之地，存亡之道，不可不察也。”它认为战争是关系到国家生死存亡的头等大事，绝对不能大意，不能不认真研究和对待。

二、慎战思维。慎重对待战争，要仔细分析前因后果，以及各种形势与条件，不可以轻易言战。《孙子兵法》中这样写道：“亡国不可以复存，死者不可以复生。故明君慎之，良将警之。”

三、备战思维。指的是战争要有准备，要未雨绸缪，不打无准备之战。必须重视备战，思想上时刻不要忘记战备，要做到“用兵之法，无恃其不来，恃吾有以待也；无恃其不攻，恃吾有所不可攻也。”（《孙子兵法》）

四、善战思维。就是要会用兵打仗。第一，注重以“道”为首要因素的多因素制胜论。“道”就是政治，是“令民与上同意也。故可以与之死，可以与之生，而不畏危也”。第二，庙算制胜论。庙算，是古代开战前在庙堂举行军事会议，商讨与谋划战争的一种方式。《孙子兵法》主张战前庙算，要对战争全局进行计划和筹划，制订出可行的战略方针。第三，“诡道”制胜论。《孙子兵法》里讲道：“兵者，诡道也。”因此，他提出“能而示之不能，用而示之不用，近而示之远，远而示之近。利而诱之，乱而取之，实而备之，强而避之，怒而挠之，卑而骄之，佚而劳之，亲而离之”的诡道之法，进而达到“攻其不备，出其不意”的目的。第四，“知彼知己”制胜论。《孙子兵法》中写道：“知彼知己，百战不殆；不知彼而知己，一胜一负；不知彼不知己，每战必殆。”

在用人方面，古代军师也有自己的精心总结。战争中怎样使用军事将领，几乎同样决定着战争的胜负。用将之道的原则是选贤任能，这不仅是古代军师的用将之道，也是社会的用人之方：

一、重将思维。即十分重视军队的将领工作，了解和统筹部属。《投笔肤谈·军势第七》指出：“三军之势，莫重于将。”并且认为：“大将，心也。士卒，四肢百骸也。”也就是我们现代所说的“千军易得，一将难求”。

二、选将思维。即注意考察、选拔将领工作。在古代，选将标准有五个。《孙子兵法》中就明确提出“将者，智、信、仁、勇、严也”。这五项标准即使在今天仍有极大的实用价值。

三、用将思维。即选人之后，还要用好人。古人认为，将帅使用的基本原则，就是第一信任和第二放手。要做到“用人不疑，疑人不用”。

古代军师是我国历史上一颗颗璀璨的明珠，他们的爱国主义思想、杰出的军事谋略与高超的指挥能力和军事智慧，是我们需要认真继承和弘扬的中华优秀传统文化遗产，广大读者也能够从中了解和学习我国古代军师那种兢兢业业、追求理想、大智大勇的精神，以及一丝不苟、认认真真学习和工作的高贵品德。

基于以上的认识，我们在20世纪90年代初策划了这套《中国古代军师演义》丛书，从中国古代众多军师人物中撷取十位。因为中国古代军师名录众多，撷取哪些人进入十大军师之中，曾有过不同看法。为了选题的严谨性，我们征求了著名历史文化学者、中国古典文学专家余冠英[①]先生的意见。

根据余先生的建议，本套丛书精选了十位具有重要历史地位的军师，用演义的文学样式，全面、生动、活泼、形象地书写他们辉煌的一生，书写他们的历史贡献以及丰功伟绩。作家们力求全书人物形象突出，故事性强，具有较强的可读性，能达到思想性与艺术性相结合的高度。

《中国古代军师演义》系列丛书一经上市，就受到广大读者的热烈欢迎。我们也深感欣慰。经历二十余年的沉淀，这套书也经受住时间的考验，在中国文化更有影响力的今天，为了

① 余冠英（1906 — 1995），江苏扬州人。毕业于清华大学，曾在清华大学、西南联大任教。1952年担任中国科学院文学研究所研究员，后又担任文学研究所主任，国家学术委员会主任。曾主编《中国文学史》《唐诗选》等。

更好地适应时代的变化，讲好中国故事，也为中华优秀传统文化的传播贡献一份力量，我们特组织了优秀的编辑老师对《中国古代军师演义》系列丛书进行重新修订、审校、设计，并对封面人物画像、内文插画进行了艺术创作，希望这套全新的丛书能再次给读者朋友带来更好的阅读体验。

阅读军师演义，不仅可以让我们形象地了解、认识、学习中国古代的军事与军师的高超智慧、战略思维、人格品德，帮助我们做好今天的工作，而且可以让我们享受阅读演义过程中的愉悦和快乐。

十卷军师演义的内容十分宽泛，历史材料的收集也繁简不一；书写工程宏大，还要做好取其精华去其糟粕。在塑造典型人物和描绘战事的时候，还要尽量坚持“大事不虚，小事不拘”的原则。因此，书中可能会有些许疏漏与不足，敬请学者专家和读者不吝赐教、指正。

马光复

（编审、国务院有突出贡献专家、中国作家协会会员、北京作家协会儿童文学创作委员会副主任）

2022年4月

目录

Contents

第一回 叙乱世孔明降生 广交友缔结姻缘 ……001

第二回 刘玄德三顾茅庐 诸葛亮义辞隆中 ……011

第三回 博望坡军师纵火 初用兵关张敬服 ……021

第四回 失荆州刘琮降曹 烧新野曹仁败北 ……032

第五回 诸葛亮舌战群儒 黄公覆怒斥谋臣 ……042

第六回 议抗曹傲言孙权 改诗赋笑激周郎 ……056

第七回 周公瑾屯兵夏口 刘玄德冒险过江 ……070

第八回 识天文草船借箭 怀忠心甘受苦刑……087
第九回 借东风孔明祭坛 设杀机周郎失算……102
第十回 曹操败走华容道 孔明一气周公瑾……117
第十一回 诸葛亮连取四郡 关云长大战长沙……132
第十二回 鲁子敬二讨荆州 刘玄德入赘东吴……148
第十三回 赵云护驾返荆州 孔明二气周公瑾……161
第十四回 鲁子敬三讨荆州 诸葛亮气死周郎……176
第十五回 柴桑口孔明吊祭 庞士元辗转投刘……192
第十六回 莽将军义释严颜 智军师恨杀张任……207
第十七回 张翼德大战马超 诸葛亮智收勇将……222

第十八回 夺西川益州易帜 走白帝刘备托孤……236
第十九回 孔明闭门退敌寇 邓芝面鼎说孙权……252
第二十回 诸葛亮决计南征 南蛮王两次遭擒……267
第二十一回 秃龙洞五擒孟获 万安溪孔明访贤……281
第二十二回 制假兽大败真兽 烧藤甲七擒孟获……294
第二十三回 夺南安将计就计 战天水收服姜维……310
第二十四回 摇舌骂死老王朗 空城弹琴退敌兵……327
第二十五回 正军法痛斩马谡 假劫粮火烧魏军……341
第二十六回 乘胜修书气曹真 减兵增灶骗司马……356
第二十七回 割麦子孔明装神 木门道张郃中箭……371

第二十八回 创奇迹木牛流马 上方谷暴雨灭火……387

第二十九回 五丈原孔明祈寿 见木像司马惊心……403

第一回　叙乱世孔明降生　广交友缔结姻缘

东汉末年，由于统治阶级的腐败，民不聊生，官逼民反，处处爆发农民起义。南至交趾（今越南北宁仙游东），北至幽燕（今河北北部及辽宁一带），东抵琅琊（治所在今山东临沂），西迄凉州（治所在今甘肃威武），几乎没有一片宁静的地方，起义军首领自称“皇帝”“天子”“太上皇”，或“无上将军”“平天将军”“柱天将军”。其中比较大的起义就是黄巾起义，它把东汉的腐朽统治彻底打碎了。

河北巨鹿（治所在今河北平乡西南）人张角，自称“大贤良师”，创立了太平道教。教主手持九节杖画符念咒，教病人叩头，说出自己的罪过，然后给病人符水喝。病愈算是信道，不愈算是不信道。穷人生活条件恶劣，只能信从，希望去病。张角派遣学生到全国各地传教，十余年，得信徒数十万。

张角部署信徒三十六方，大方万余人，小方六七千人，各设将领统率。又散布民谣说：“苍天①已死，黄天②当立，岁在

① 苍天：指汉朝。——作者注

② 黄天：指黄巾起义军。——作者注

甲子（184），天下大吉。”

张角起义之后，全国响应。起义军头戴黄巾，攻打城邑，焚烧官衙。东汉皇帝刘宏吓坏了，召集群臣计议，并以重金招募兵勇，讨伐起义军。当时出了许多笑话。刘宏喜欢在宫中或西园①玩狗，给狗戴上进贤冠②，挂上印带子。狗戴着这样的帽子摇摇摆摆地上了朝，刘宏看到，不禁拍掌叫好。真是腐败无耻到极点。

黄巾起义被统治阶级扑灭之后，各地农民起义仍此起彼伏，各种各样的起义并未停止。刘宏死后，朝廷内权臣互相攻讦，朝廷外军阀混战。汉献帝刘协，先被董卓挟制，后被曹操掌控，东汉名存实亡。

中国这一段历史，是军阀混战的历史。他们互相攻打，掠夺财物，屠杀人民，真可谓“出门无所见，白骨蔽平原”！

据史料记载，当时被杀者有几百万。

董卓，陇西临洮（治所在今甘肃岷县）人，生性残忍。在一次大宴朝臣时，他当众杀降兵数百人，先割舌，次或斩手足，或挖眼，或投锅中煮烂，其状惨不忍睹，而董卓谈笑如常。

有一次，董卓率兵来到阳城。正逢春季乡村大庙会，董卓命令将全部男子的头割下，挂在车辕车轴上，然后载着妇女和财物入城，说是大获全胜。

初平三年（192）四月，司徒王允联合吕布等人杀死董

---

① 西园：东汉灵帝卖官的地方。——作者注

② 进贤冠：古时文官佩戴的帽子，前高约23厘米，后高10厘米，长约27厘米。——作者注

卓。董卓被王允和吕布杀死后，董卓部将李傕为董卓报仇，攻破了长安，焚烧屠杀，老少全灭。长安四周几百里内，几十万人尽遭残害。

袁绍，汝南汝阳（今河南商水西北）人，是皇室贵族，刘宏死后，他一次杀宦官两千多人，后又屠杀农民起义军数万人。

公孙瓒占据幽州，杀农民起义军三十万众。

…………

越是繁华的地方，就越是混战激烈的地方。东西两京及周围几百里，彻底被破坏了。人口集中的黄河流域，凋零残破，千里无人烟。邺城（今河北临漳）、宛城（今河南南阳宛城区）等大城市化为灰烬。

诸葛亮就出生在这样的时代。

汉灵帝光和四年（181），琅琊郡阳都县（今山东临沂沂南县），一个依山靠海的小村子里，降生了一个不平凡的生命。

子夜，万籁俱寂。年已三十岁的产妇在床上呻吟起来，丫鬟请来稳婆[①]，帮助产妇艰难地生下了孩子。

丫鬟见产妇生了个男孩，一阵欢呼："主母，恭喜了！你又生了个公子，屋子外边明月高照，亮亮堂堂的，这孩子一定会有大出息呀！"

产妇微笑着，望着呱呱而啼的孩子，嘴里念叨着："可惜，他的父亲没在身旁！谁给他起个名字呢？"

---

① 稳婆：旧时民间以替产妇接生为业的女子，即接生婆。（本书正文部分脚注无特别标注均为编者注。）

这个丫鬟很机灵，望着窗外的一轮明月，随口便说：“主母，莫如就叫亮儿吧！”

产妇平时慈祥和蔼，与仆人之间的关系处得极和顺，所以丫鬟在产妇面前很随便。

产妇抚摸着可爱的儿子，一股暖流涌进心间。她暗自思忖：亮儿这名字倒也响亮、吉祥、贴切，便笑着对丫鬟说：“好，咱们做主了，就唤亮儿吧！”

当时诸葛亮的父亲诸葛珪，在泰山郡（今山东泰安、莱芜及淄博南部、临沂西北部、济宁东北部）当郡丞。这是一个职位不大的官，只是郡守的助手。虽然如此，家庭生活倒还富裕，供儿子读书还是绰绰有余的。

诸葛亮自小很聪明，教书先生常夸他为奇才。他读过的书，不但会背，而且能讲出书中的要旨。除了读四书五经，他还找来《六韬》《三略》等兵书攻读。

此时整个中华大地，到处是战乱，民不聊生，哀鸿遍野。小小年纪的诸葛亮对教书先生说：“我长大之后，一定平天下，重整金瓯，让天下的老百姓都过上平平安安的日子！”

教书先生感慨地拍着他的头说：“但愿你长大之后，成个治世安民的栋梁之材！”

俗语说“天有不测风云，人有旦夕祸福”，诸葛亮童年时的一个夏天，父亲诸葛珪死在任上，灵柩由泰山郡运送到家中。

母亲失去丈夫，犹如晴天霹雳，立时晕了过去，埋葬完丈夫后，就卧床不起了。没过两个月，母亲也追随丈夫而去。

临死之前，她把女儿和儿子叫到床前，断断续续地说：“乾坤一旅舍，日月两车轮。我死之后，你们要长志气，不要白白活一生！”说罢，恋恋不舍地断了最后一口气。

诸葛亮有一个哥哥和一个姐姐，后又有一个弟弟和一个妹妹。哥哥叫诸葛瑾，比他大几岁。弟弟叫诸葛均，比他小几岁。

父母双亡，家境立刻败落下来。五个年幼的孩子没有生计，被叔父诸葛玄收养，从此，诸葛亮过上了寄人篱下的日子。所幸，叔父待他们兄妹五人很好，仍旧供他和弟弟读书。

诸葛亮十四岁时，叔父诸葛玄接到皇帝的任命书，到豫章（今江西南昌）任太守。这样，一家大小便都随着叔父到了豫章。

这个时候，汉朝天下更加动荡，战争连年不断，太守这个官职也不好当。因为征集军粮晚了一些，叔父诸葛玄被皇帝撤了职，皇帝另派了一个名叫朱皓的人去接替他。

叔父丢了官，不能在豫章待下去了，经人介绍，又携带一家老小，到荆州投奔了刘表。

诸葛亮就这样过着颠沛流离的日子。颠沛流离的日子虽然清苦，但对于诸葛亮来说，却是一个极好的认识社会、认识生活的课堂，从而使他一天天成熟起来。

公元197年，诸葛亮十七岁。他的叔父诸葛玄因吐血而亡。这样他们兄妹五人就不能住在荆州城里了。这时姐弟们年岁都大了，他们决计离开叔父家到别处去谋生。

荆州城西边二十多里处，有一个叫隆中（今湖北襄阳西）的地方。这个地方风景秀美，依山傍水，是一个清静素雅的小山村。

诸葛亮选中了这个地方，兄长和姐弟四人都来到这里居住。不久，大哥诸葛瑾到江东做事去了。

谁知诸葛亮在这里一住就是十年。

在隆中山村，姐弟四人开垦了几亩山地，植桑种粮，过着自给自足的田园生活。

因为经济地位低下，又经历了颠沛流离的生活的磨炼，诸葛亮看到了汉末统治阶级的黑暗，并且深深体会到了军阀割据、战乱给人民带来的痛苦。这就为他以后树立远大抱负打下了根基。

诸葛亮在隆中，除了读书、劳作之外，十分注意研究当时的政治斗争形势，关注社会上各种政治势力的消长。

他自号“孔明”，过着貌似隐居的生活。实际上，他内心正积蓄着力量，准备有朝一日做一番治国安民的大事业。

襄阳是荆州地区的政治经济文化中心，水陆交通发达，也是兵家必争之地。但当时中国北方的激烈争战，还没有波及这里。

这里集聚着一大批有识之士，像颍川（今河南禹州）的徐元直（徐庶）、石广元和汝南的孟公威等人。这些人的经济地位与诸葛亮基本相同，又都关心当时的社会形势，所以彼此很谈得来。

有一次，诸葛亮与徐庶、石广元、孟公威在一起吟诗作赋，谈古论今，评论天下大事，抒发自己的政治胸怀。

诸葛亮对他们说：“如果三位向往仕途，凭你们的才华，都可以当上刺史和郡守。”

三人听了笑而不语。

过了半晌，徐庶问诸葛亮：“如果兄长要向往仕途，能有个什么前程？”

诸葛亮微微一笑说：“莫怪在下狂放。诸葛亮志在上追管、乐，下安庶民。”

三人听了，拍掌称赞，说：“依兄之才，应是当今的管仲、乐毅。如不得明主，只有安做庶民了！”

徐庶又说：“管仲辅佐齐桓公治国理政，使齐国迅速富强起来，成为春秋时期五霸之一；乐毅帮助燕国由弱变强，打败兵力强大的齐国，取得了连克七十余城的卓越战绩。这些历史上的风云人物已成既往。当今的管、乐应出在我辈，而我辈中的佼佼者，确属孔明兄了！愿你像管、乐一样，改变国家割据、混乱的局面，救民于水火之中，成为千古流芳的人物。”

诸葛亮谦逊地一笑，说：“在下自比管、乐，只是表明我的政治抱负和远大理想，同管、乐前贤相比，还差得很远呢！”

四个人一边饮酒一边说话，直到中午才散。

诸葛亮为了实现自己的政治抱负，夜以继日地阅读大量书籍，对中国历史上历朝历代的政治、经济、文化等做了深入研究，成了一个学识渊博、思想敏锐的人，从而在襄阳一带树立了威信。

襄阳城里有一个德高望重的人叫庞德公，他的好友司马徽和侄儿庞统都很有名气，诸葛亮就登门拜访求教。

庞德公见诸葛亮谈吐高雅、学识渊博，心里很喜欢他，便说：“先生高卧隆中，胸藏韬略，但等一朝风云至，便可腾云乘雾，大展宏图。”

于是，庞德公送诸葛亮一个雅号“卧龙”。

在此之前，他也曾称侄儿庞统为“凤雏”。

“卧龙”与“凤雏”，都是当时不可多得的治国安邦之才。

在频繁的交往中，诸葛亮与庞德公的关系越来越密切。不久，庞德公的儿子娶了诸葛亮的姐姐做妻子，他们的关系便更加密切了。

随着诸葛亮的名气越来越大，襄阳周围的有识之士都来造访他。

河南有个出名的人物叫黄承彦，听说了诸葛亮的名字，便远道来拜访。二人一见如故。虽然他们的年龄相差甚远，却结成了忘年之交，常有来往。

一次，诸葛亮到黄承彦家中做客。酒席之间，黄承彦向诸葛亮说："我有一女，名叫黄月英，虽然相貌丑陋，但对兵法、易经、诗词诸学，甚有见地，不知愿意切磋否？"

诸葛亮听了很高兴，于是与黄月英相见。黄月英生得粗手大脚，皮肤黝黑，但举止文雅，谈吐不俗，有一种超凡脱俗的气质。

二人谈了些对当今天下形势的分析，接着黄月英拿出自己的诗作，说："先生，我近日写了一首《梁甫吟》，望多加指教！"

诸葛亮谦虚地说："学生瓮天[①]小见，怎敢妄评小姐的大作！"

黄月英再三相求，诸葛亮也不好推辞，便接过那首诗，说："学生却之不恭，先拜读大作，再发愚论。"

黄月英说："望先生勿吝珠玉[②]。"

诸葛亮展开诗笺，只见娟秀的文字中透着一种阳刚之气。

诗中写道：

---

① 瓮天：瓮中所观的天，指住在极狭小的地方，见识短浅。

② 珠玉：比喻妙语或美好的诗文。

齐有三勇士，均具推山力。
昔日逢战乱，拼将生命争功绩。
如今社稷安稳狡兔绝，齐遭齐王忌。
齐国有晏子，深察齐王意。
殿堂运智谋，二桃杀三士。
只为报君王，功过何复计。
可惜三勇士，逞勇糊涂死。
千载有余哀，万古悲风继。
嗟夫，晏子有仁心，何不施化育？

诸葛亮读罢《梁甫吟》，心中暗想：此女子不但知识渊博，而且有自己的政治见识。

黄月英的《梁甫吟》，指出了齐王卸磨杀驴的不义，写出了晏婴处理此事之不当。诗中有责但不刻薄，有怨而不愠怒。全诗自然、朴实、明快。

诸葛亮不禁对黄月英产生了敬佩之情。但他不完全同意黄月英的观点，便说：“小姐之作，实臻佳妙，亮无疵可挑。但对‘二桃杀三士’，窃有愚见，愿作《梁甫吟》，呈于小姐，实属献丑，见笑了！”说罢，诸葛亮提笔写下《梁甫吟》一首：

齐有三勇士，接、开疆、古冶子。
力能摧太岳，身为万人敌。
鲸鲨在沧海，横波人愁制。
叹遭晏子算，二桃三命毙。
三士非有罪，晏子非暴戾。

远思民安社稷坚，权且行此计。
三士被杀害，如增三万敌。
齐国有晏子，可当百万师。

诸葛亮这首《梁甫吟》，站在治国安邦的高度，认为晏子杀三士正确，透露出他对晏子的赞许，抒发了他的胸襟。

黄月英看罢，格外欣赏，笑而不语。黄承彦说："写《梁甫吟》，虽仁者见仁，智者见智，但公子之作以治国安邦立论，是难能可贵的！"

黄月英也说："拙作与先生之作相比，只有自惭形秽了！"

诸葛亮谦逊了一番。

黄承彦欲将黄月英许配给诸葛亮为妻，诸葛亮很愿意。

黄月英得知消息，却说："孔明先生英俊潇洒，才华横溢，黄月英岂能般配？！"

诸葛亮知道了黄月英的顾虑，写了一首小诗送给黄月英。诗中写道：

鸳鸯无彩羽，两情自欢悦，
连理无锦枝，两柯同交结，
常羡双飞燕，沧海比翼越。

黄月英读了此诗，深知诸葛亮的真情，遂愿意以身相许。

诸葛亮不以貌选妻，传为千古佳话。

第二回 刘玄德三顾茅庐 诸葛亮义辞隆中

刘备出身低微，是一个小手工业者。他的祖先是汉朝皇帝的宗室，以后家道破落，到了刘备这一代，便以织草席、卖草鞋为生。这样的经济地位，使他在思想上与豪强望族格格不入。少年时，刘备曾在名儒卢植的门下求过学，后来在桃园与关羽、张飞结拜为弟兄，召集人马与当时的军阀抗争。但他一直没有固定的地盘，常常寄人篱下：时而依附曹操，时而又栖身袁绍，东奔西走，十分狼狈。

后来，在曹操的逼迫之下，刘备来到了荆州，暂时依附了刘表。

刘表让刘备带少数军队，屯驻新野（今河南新野），以抵御曹军南下。

刘备率兵屯驻新野之后，深深地感到自己力量单薄，实难成就一番大事业。他急于摆脱这种困境，壮大自己的势力，扩大自己的影响。

他认识到要想成就大事业，就必须广招人才，尤其要广招那些足智多谋、有真知灼见的名士。所以到新野之后，他就着手实行这个计划。在此之前，徐庶曾经向他推荐过隆中的诸葛亮。

在新野他又会见了司马徽，二人谈及当今天下大势。司马徽说："我们这些儒生，只知道高谈阔论，但不务实际。真正能够看清天下大势的英雄豪杰，只有我们这里的卧龙和凤雏！"

刘备忙问："卧龙和凤雏是什么人？"

司马徽告诉他："卧龙即诸葛亮，凤雏即庞统。"

刘备听了，按捺不住求贤似渴的心情，便领着关羽、张飞到隆中寻找诸葛亮。可惜第一次只见到了崔州平，第二次又只见到了黄承彦和诸葛均。

两次未见到诸葛亮，刘备仍不死心，又来了第三次。这就是历史上有名的"刘备三顾茅庐请诸葛亮"的故事。

第三次动身之前，关羽和张飞都很不高兴。

张飞说："这个山野村夫也太骄傲了，害得我们一次次白跑！"

关羽也说："这个诸葛孔明是否因为徒有虚名，没有什么大本事，所以才不乐意见咱们？"

刘备说："不然。当年齐桓公欲见东郭野人，来来去去五次，才得以相见。你常读《春秋》，应该是知道这件事的！"

关羽不言语了。

张飞仍是嘟嘟囔囔地说："一个山村野佬，算什么大贤。不如我一个人去，把他绑来见你！"

刘备呵斥说："休要犯狂！你没有听说过吗，周文王欲成大事，千方百计寻访姜子牙。姜子牙后来扶周统一了天下。周文王都那样敬贤，何况我们？！你要太无礼，这一次，就不要随我们去了！"

张飞急了，连忙说："既然两位哥哥愿意去，小弟怎能落后。”

刘备嘱咐张飞：“你若去，千万不能失礼！”

张飞唯唯答应。

风和日丽，柳条泛青，正是早春时光。刘关张三人选了一个吉日良辰，又沐浴更衣，才一齐骑马前往隆中。

离诸葛亮居住的草庐还有半里多地，刘备就先下马步行。关羽和张飞也跳下马来跟着。

来到草庐跟前，正遇上诸葛均。他们已经见过面。刘备上前施礼，问：“令兄是否已经回来了？”

诸葛均说：“正好，我哥哥昨天晚上才回来，这回有可能见到他了。”说罢，扬长而去。

刘备喜出望外，连声说：“很好，很好！”

张飞望着飘然而去的诸葛均，不高兴地说：“这人也太无礼，不引着我们进去，却独自走了！”

刘备说：“人各有事，怎能麻烦人家？！”

三人来到草庐门前，门虚掩着。刘备上前轻轻敲门。不一会儿，出来一个十几岁的小童子，问：“什么事？”

刘备说：“烦请仙童帮忙，转报先生，就说刘玄德在门外恭候！”

小童子说：“今日先生虽然在家，但因昨晚迟归，此时还在草堂安睡，不便通报。”

刘备忙说：“不妨，既然先生高卧，就先别去打扰他了！”

于是，刘备吩咐关羽和张飞在门外安静等候，他自己一人，脚步轻轻地走进了草堂，见诸葛亮安然仰卧于草堂的几席之上未醒来，就垂手站立在阶下，耐心地等着。

又过了好长时间，诸葛亮仍未醒来。

关羽和张飞在门外久久站立，不见动静。张飞着急，猫腰向草堂里望望，见刘备垂手站在阶下，心中大怒，对关羽说："这个山野村夫实在瞧不起人。哥哥在一旁垂手站立，他在几席上安睡，真叫人生气。莫如我跑到屋后，放一把火把草堂烧了，看他醒不醒？！"

关羽急忙拉住他，说："别胡来！你来前怎样做的保证？"

张飞没话可说了，只好耐着性子等。

又过了许久，诸葛亮翻了一个身。小童子张嘴要喊醒他，刘备见了，急忙用手示意：且莫呼唤。小童子没有喊出来。诸葛亮翻了一个身，又侧着身子睡过去了。

又过了一个时辰，诸葛亮翻动身子，微微睁开眼睛，口中吟诗一首：

大梦谁先觉？平生我自知。
草堂春睡足，窗外日迟迟。

吟完了诗，诸葛亮问身旁的小童子："今天有俗客来过？"

刘备在旁听得清清楚楚，心想：这"俗客"二字太难为人了。既能来此地，怎么会是俗人？！但刘备毫不在乎，依然静静地站着。

小童子说："先生，刘皇叔在此，站着等候多时了！"

诸葛亮听了，立刻起身，对小童子说："何不早早唤醒我，我好更衣呀！"说罢下了几席，走到后室更衣去了。

又过了好长时间，诸葛亮才出来与刘备相见。

刘备见诸葛亮身高八尺，面如冠玉，白中透红，神采奕奕。又见他头戴纶巾，身披鹤氅，飘逸挺拔，英气勃勃。

刘备急忙走过去，双手打躬，说：“汉室末胄，涿郡（治所在今河北涿州）愚夫刘玄德，久闻先生大名，如雷贯耳。前者两次拜谒，不曾得见，故留字于几上，不知可见到否？”

诸葛亮笑笑说：“南阳野人，疏散懒淡，屡蒙将军造访，不胜愧赧！”

二人寒暄一阵，分宾主坐下。

小童子献上茶。饮茶毕，诸葛亮说：“昨夜回来，看见将军留下的字条，得知将军忧国忧民之心，但亮才疏学浅，枉负将军之器重！”

刘备说：“司马徽之言，徐元直之荐，岂能虚妄？！望先生不弃鄙贱，曲赐教诲，刻骨铭心！”

诸葛亮说：“司马徽和徐元直都是世上高人，他们对天下大势都有很好的见地。我乃一隆中农夫，怎敢妄谈天下事？将军不访他们而访我，真好比是弃美玉而求顽石呀！”

刘备见诸葛亮这样推辞，心中并不着急，只是说：“我认为大丈夫抱经世奇才，不能空老于泉林之下。愿先生以天下苍生为念，为我指一条明路！”

诸葛亮见刘备果然是真心相求，沉思一会儿说：“将军有何志向，能否向我讲述一番？”

刘备很高兴地说：“可以，可以。当今汉室倾颓，奸臣窃命，人民苦于水火之中。我想申大义于天下，但智术浅短，到今为止没有成就。望先生开其愚而拯其厄，实为万幸！”

接着，刘备又把自己的出身，以及近些年来东奔西走、受人排挤的事情一一告诉诸葛亮。诸葛亮认真地听着，见刘备果然胸怀坦荡，求贤至诚，又有远大抱负，不是那种势利小人。他渐渐受了感动，于是和刘备深谈起来。

诸葛亮说："自董卓造逆以来，天下豪杰并起。曹操势不及袁绍，而竟能战胜袁绍，由弱变强，这不仅是'天时'对他有利，而且是依靠了'人谋'。现在曹操已经拥兵百万，而且处于'挟天子而令诸侯'的有利地位。我们目前确实是不可以与他争锋的。江东一带已经被孙家统治了三代，而孙权占据江东，地势险要，人心归附，有才能的人都愿意为他效力。我们可以与他联合，而不可以去谋取他。荆州正是英雄用武之地，而它的统治者刘表，却没有能力保住它。这对于将军来说是一个很好的机会，不知将军意识到这一点了没有？益州（泛指今四川一带）地势险要，沃野千里，号称'天府之国'，汉高祖凭借着它，成就了帝业。而据守益州的刘璋，昏庸懦弱，北面又有张鲁威胁。益州虽有人数众多的百姓和富饶的资源，刘璋却不知怎样去治理它。所以，那里有智谋有才能的人，都盼望着有一个贤明的君主。将军是汉室的后代，威望传扬四海，如果能够占据荆、益两州，据险防守，与西边和南边的少数民族搞好关系，对外结好孙权，对内修明政治，那么，一旦时机成熟，就可以派一员上将，带领荆州的军队向宛城和洛阳进攻，将军自己再率领益州的军队向秦川（今陕西关中平原一带）出发。到那时，老百姓谁能不带着好饭美酒来欢迎你呢？如果能够做到这些，那么，将军统一中国的霸业就一定会成功，衰颓的汉朝也就可以复兴了。"

诸葛亮成竹在胸，滔滔不绝，刘备则听得目瞪口呆。

说到这里，诸葛亮不再言语，刘备仍在全神贯注地听着。

诸葛亮望着刘备说："此乃天下大势，也是在下为将军所谋，望将军仔细思考！”

刘备站起来，连连行礼说：“先生真是世外高人，一番话把天下摆得如棋盘一般，条条有理，真叫我茅塞顿开！”

诸葛亮想了想，又对小童子说：“你到后屋取来挂图，教皇叔一观！”

小童子答应一声去了，不多时，拿来一轴挂图，将其展开，挂在墙上。

诸葛亮站在图前，指着图对刘备说：“这就是我制的西川五十四州之图，将军要成霸业，应该北让曹操占天时，南让孙权占地利，将军可占人和。”

刘备点头称是，问：“不知具体如何动作？”

诸葛亮说：“将军可先取荆州为家，接着取下西川建立基业，以成鼎足之势。然后可以向中原发展。”

刘备拍掌称好，说：“先生之言，对于我真如同拨开云雾见了青天一样呀！”

小童子又献上茶来。喝着茶，刘备思考着行动方案，只是突然又露出犹豫的神色。

诸葛亮见了，问：“将军可有什么心事？”

刘备站起身来说：“不瞒先生说，进取荆州、益州，我实在有些为难呀！”

诸葛亮点点头，知道刘备的用意。

刘备说：“荆州刘表，益州刘璋，都是汉室的宗亲，我实在不忍心动手啊！”

诸葛亮微微一笑说：“难得将军有仁厚之心。但依我看来，要成就一番大事业，救民于水深火热之中，就必须审时度势，从大局出发，才能有所建树。而优柔寡断，就会丧失机遇，遗憾万年。再者说，荆州刘表，身体不佳，很难久居人世。益州刘璋，只知酒色，非立业之人。你不去占据，也会被别人占据。将军自然知道如何权衡！”

诸葛亮这样一分析，顿使刘备明白了轻重利害。

诸葛亮与刘备的这一番谈话，就是历史上有名的“隆中对”（也称“草庐对”）。

诸葛亮把当时的中国形势分析得清楚明白，使刘备很快由弱变强，和曹操、孙权两大势力形成了鼎足之势。

二人一直谈到日落西山，仍无倦意。

看看天色将晚了，刘备站起身，像热锅上的蚂蚁一样，来回踱步。

诸葛亮见他在地上来回走着，一副神色不安的样子，便问：“刘皇叔，难道还有什么更大的难处吗？”

刘备停步，扭过头来深情地望着诸葛亮说：“天，快黑了啊！”

诸葛亮笑着说：“人有生老病死，天有晨夕午晚，这有什么大惊小怪的呢？如果刘皇叔要走，我就要送客了！”

刘备站着不语。

诸葛亮站起来，又说：“如果这样，我只好送客了！”

刘备此时实在忍不住了，便拱手行礼，诚恳地说：“我刘备虽然名微德薄，但有治国安邦的大志，今日得见先生，实有相见恨晚之感。先生一番话，如久旱之甘霖。今日匆匆离去，实在不愿。我有一个奢求，只是不敢说出口来！”

诸葛亮说：“我们相谈多时，胜如知己，将军有什么话，只管说来！”

刘备复又打躬，说：“如先生不弃鄙贱，能够出山相助，我也好朝夕听候教诲，不知先生可从与否？”

诸葛亮听罢，笑笑说：“亮懒于应世，乐于耕锄，乃隆中散淡之人，将军所求，实在难于应允。”

刘备听诸葛亮说出拒绝的话，一时心头涌起热浪，眼里盈满泪花，说：“先生决计不出山，不可怜刘备，难道也不怜惜天下苍生吗？！”说罢，竟“呜呜”地哭起来，眼泪顺着脸颊往下淌。

诸葛亮见刘备哭得可怜，便说：“容我思考思考，再做决定如何？”

刘备听了这话，更加泣不成声。诸葛亮在一旁看着实在不忍，沉思片刻说：“刘皇叔，既然你这样以诚待我，我只好答应了。”

刘备听了，喜出望外，倒身下拜，诸葛亮连忙扶住他。刘备说：“我刘备谨为苍生感谢先生了！”说罢，跑出草堂，呼唤关羽和张飞进来，说：“快向先生献上金帛礼物！”

关、张二人急忙照办。诸葛亮说什么也不收。刘备上前说：“先生，这些东西并不是聘大贤之礼，只能表示刘备一点点心意罢了！”

诸葛亮没有办法，只好让小童子接受了。

接着，刘备又向诸葛亮介绍了关羽和张飞。

诸葛亮说：“亮未出茅庐，已知‘桃园三结义’的佳话，还用介绍吗？只是今日一见，三位果然不同凡响啊！”

这时候，月亮已经升上来，窗外洁白亮堂。

诸葛亮说：“今日已晚，权且在草堂住一宿，明晨起来，我们一同登程吧！”

刘备自然高兴，吩咐关、张二人将马匹、物件拴放在院中。四个人一齐吃了晚饭，又谈了许久，才各自睡下。

第二天早晨，关、张二人早早醒来，到院子里喂了马，收拾好东西，等候起程。

诸葛亮和刘备起床后，让小童子备了早饭，收拾好东西。

大家吃过早饭。诸葛亮问小童子："你三叔怎么还没回来？"

小童子说："马上就要过来了。"

话音刚落，诸葛均从屋外进来。他眼望诸葛亮，一副依依不舍的样子。

诸葛亮走过去，握住三弟的双手说："三弟，不要埋怨二哥。大哥去东吴时，你哭闹着不让他走。如今长大了，不会再哭哭闹闹的了吧？"

诸葛均不好意思地笑了笑，说："二哥，为了国家，为了实现你的抱负，我不挽留你了。不知二哥还有什么嘱咐的话？我知道二哥这一走，就不知什么时候能回来了！"

诸葛均说着这话，眼里也淌出了热泪。从小到大，兄弟们相依为命，好不容易过到现在。想起往日颠沛流离的艰辛，心里就酸酸的。

诸葛亮心里也不好受。从十七岁到隆中，住在草堂之中，一晃就过去了十年。如今突然离去，不但人舍不得，就连这小小的草堂，也使他难舍难离。

诸葛亮含着泪，对三弟说："我受刘皇叔三顾之恩，为了国家和黎民百姓，不能不去了！你已经长大成人，没有什么可嘱咐的。只希望三弟安心躬耕于此，勿使田园荒芜。待二哥功成之日，即当归隐，咱兄弟再一起劳作。"说罢，随刘备、关羽、张飞乘马而去。

第三回 博望坡军师纵火 初用兵关张敬服

诸葛亮随刘备、关羽、张飞回到新野。刘备对待他如师长一般，食则同桌，寝则同榻，每日共议国家大事。

刘备问："如今曹操正练水军，必有南侵之意，不知应如何对付？"

诸葛亮说："曹孟德雄心勃勃，早晚要挥兵南下。你可密令探子过江探听虚实，然后再作打算。"

刘备点头称是，并马上派人到江东探听消息。

却说孙权占据江东，继承父兄的基业，广招天下贤士，力量越来越大。

汉献帝建安七年（202），曹操在北方消灭了袁绍的势力后，派使臣前往江东，命孙权遣子入朝随驾。曹操这样做，实际上是要将孙权之子作为"人质"，以便控制东吴。孙权听从了周瑜的主意，没有遣子入朝。自此，曹操决心等待有利时机，发兵江东，消灭孙权。

在此期间，孙权与镇守江夏（今属湖北武汉）的刘表部将黄祖发生战争。不久，黄祖兵败被杀。这一消息很快就传到了刘表那里。

刘备派的探子，也从江东回来把黄祖兵败被杀的消息告知刘备，说："现今东吴杀了黄祖，已屯兵柴桑（今江西九江西南）。"

刘备便请出诸葛亮，商量应付的办法。没容两人商量，忽然有人报告：荆州刘表差人请主公赴荆州议事。

刘备望望诸葛亮。诸葛亮说："这一定是因江东杀了黄祖，请主公过去商量报仇的事。"

刘备自语："不知该不该去？"

诸葛亮斩钉截铁地说："该去。我也随主公一同前往，相机而行，自有良策。"

刘备同意，留下关羽守卫新野，命令张飞带领五百人马跟随前往荆州。

到了荆州城外，刘备悄悄问诸葛亮："见了刘表，我怎样对答？"

诸葛亮说："见了他只表示感谢。如果他让主公去征伐江东，切勿应允，只说等回到新野，整训军马，再做计议。"

进了荆州城，刘备与诸葛亮都住在驿馆里，张飞带着人马留在城外。

刘表见了刘备和诸葛亮，非常客气，开门见山地说："如今江夏失守，黄祖被害，特请贤弟共谋复仇之事。"

刘备说："只因黄祖粗蛮，所以才有此下场。如果发兵征讨孙权，北方的曹孟德杀来，如何应付？"

刘表听了，心中更加不安，便说："唉，我已年迈，而且多病，很难有什么大的作为了。如果贤弟来助我，我死之后，贤弟即可为荆州之主了！"

刘备听了，连忙说："兄长怎么这样灰心？不才更不能担此重任！”

刘备一边说着，一边望望诸葛亮，而正好诸葛亮也在向他使眼色。于是，他又接着说：“这样的大事，等慢慢考虑吧！”

接着，又谈了许多亲近的话，刘备与诸葛亮就告辞回到驿馆。

到了驿馆，诸葛亮问刘备：“刘表想把荆州交给主公，主公为何不受？”

刘备很为难地说：“刘表乃是我的宗亲，他正在危难之时，我怎能趁他之危而占有荆州呢？！”

诸葛亮听了，微微摇着头说：“你真是一个仁慈之主啊！”

二人正在说话，有人来报：“公子刘琦来见。”

刘备立刻将刘琦迎入内厅。一见面，刘琦就哭着对刘备说：“继母不容于我，时时加害，望叔父救我一命！”

刘备听了，望望诸葛亮。诸葛亮微笑着说：“这是你们的家事，我不便说三道四。”

刘琦很不好意思，刘备想了想，只好安慰几句，把他送走了。送到门外的时候，他悄悄地对刘琦说：“你先回去，待我设法让我们军师去看望你，那时你再向他求计。”

刘琦连连点头，回去了。

过了一日，刘备对诸葛亮说：“本该去刘琦那里看看，可是我腹中有些疼痛，请军师代劳一程如何？”

诸葛亮心里很明白，但嘴上却不说出来，只说：“既是主公吩咐，亮只能遵命了！”

诸葛亮骑马来到刘琦宅门前，下马着人通报后进了内堂。

刘琦十分高兴，命人摆茶招待。谈话间，刘琦又问：“继母不容于我，不知先生有何见教？”

诸葛亮说：“我客居在荆州，怎敢离间你家骨肉之情？倘若泄露出去，岂不遭人暗算？！”说罢，起身要走。

刘琦急忙拦住，并把诸葛亮引入密室。他亲自摆上酒，二人于是对饮起来。

这刘琦乃是刘表元配所生。刘表的二房妻子姓蔡，生了个儿子叫刘琮。蔡氏和他的哥哥蔡瑁想夺刘表之权，所以欲加害于刘琦。

内室没有他人，刘琦又问：“不知先生有何妙计救我？”

诸葛亮听他又问，站起身来说：“这样的事，并不是我所能办到的！”说着，又要告辞。

刘琦拦住诸葛亮说：“先生不能为我设计则罢，为何匆匆而去？”说罢，低头沉思一会儿，又说，“我这里有一部奇书，请先生过目！”说罢，把诸葛亮引到一个小楼上。

到了小楼，诸葛亮看了看，问：“奇书在哪里？”

刘琦弯身作揖，抽泣着说：“从内堂到密室，又由密室到小楼，我仍是向先生求计呀！继母不容于我，我命在旦夕，望先生相救！”

诸葛亮听了，沉下脸，一言不发，转身下楼。走到楼梯前，楼梯已经被人撤去了，人不能下楼。

刘琦急忙过来，说：“我向先生求救，先生怕泄露风声，不肯说。这回上不着天，下不着地，出先生之口，入我之耳，没有什么可顾虑的了吧！”

诸葛亮平静地听着，仍然不肯为刘琦设计。刘琦再三请求，诸葛亮说：“我终归是外人，不愿为此设计。”

刘琦见状，说：“先生见死不救！我与其死在继母手中，不如死在先生面前！”说罢，抽出宝剑，横颈欲刎。

诸葛亮用手拦住，说：“既然公子这样相求，我只好从命！”

刘琦放下宝剑，连连行礼说：“敬听赐教！”

诸葛亮说：“公子一定知道申生、重耳之事，申生留在朝中而亡，重耳离开朝中而安。如今黄祖新亡，江夏无人守卫，公子如立刻请求到江夏去，则既可守江夏，又可避祸了！”

刘琦听了，如梦方醒，连连拜谢。

第二天，刘琦向父亲表示愿去守江夏。刘表犹豫不决，请刘备拿主意。刘备说：“江夏是个重要地方，公子去守，正好放心。兄长及贤侄对付东南，愚弟对付西北，这样便可万无一失了！”

刘表说：“听说曹操在邺郡（今河南北部和河北邯郸临漳县一带）修了一个玄武池，操练水军，必有南侵之意，贤弟不可不防！”

刘备说：“我早已听说了，请兄长不要忧虑。”

这样，刘琦领兵去守江夏，刘备与诸葛亮回了新野。

却说曹操自当了汉丞相以来，大权独揽，挟天子以令诸侯，平定了北方之后，就想南征。一日，他聚齐文武将官商议南征之事。

夏侯惇说：“听说刘备在新野整日训练兵马，必有野心，不如及早消灭他！”

曹操想了想，说：“好，就派你为都督，于禁、李典、夏侯兰、韩皓为副将，领兵十万，直抵博望城，以窥新野。”

谋士荀彧说：“刘备不可等闲视之。现在又立诸葛亮为军师，就更是微妙神玄，深不可测了！”

夏侯惇狂笑着说：“刘备不过鼠辈！此次一定将他生擒活捉，献给丞相！”

徐庶走过来，对夏侯惇说：“将军不可轻视刘备。今又有孔明在旁，刘备更是如虎添翼了！”

曹操听了，问徐庶：“孔明是个什么人？”

徐庶说：“孔明就是诸葛亮，道号‘卧龙先生’，有经天纬地之才、鬼神莫测之计，堪称当世奇才！”

曹操又问：“他比你如何？”

徐庶笑笑说：“我怎能与他相比？我如萤火之光，他如皓月当空。”

夏侯惇听得不耐烦，说：“我听说那诸葛亮不过是一个穷念书人，有什么了不起，不过纸上谈兵罢了！此去一定取了他们的首级，献于丞相！”

曹操说：“愿将军早报捷书！”

夏侯惇奋然出帐，领兵而去。

却说刘备立诸葛亮为军师后，对诸葛亮言听计从。关羽和张飞看了有些不顺眼，在背地里叨咕：“诸葛亮比大哥年轻，大哥却这样尊敬他，说他有才学，真是白白供着个神仙！”

刘备听到这些话，对关、张二人说：“我得诸葛亮，如鱼得水。你们不必胡言！”

关、张二人只好默默不语，但心中仍是不服。

一天夜晚，万籁俱寂，刘备坐在房中用牦牛尾编结帽子。

诸葛亮来到房中，立刻将刘备手中的牦牛尾夺过去扔在地下，说：“主公应有远志，怎能热心于区区小事？！”

刘备叹口气说："不过是以此忘忧罢了！"

诸葛亮坐在他的身旁，问："主公，你自己觉得比曹操如何？"

刘备说："不如。"

诸葛亮又问："主公只有数千人，万一曹操打来，你准备怎样迎战？"

刘备说："我正在为这件事发愁呢！"

诸葛亮说："所以，我们必须赶快招募民兵，由我来操练，做好迎战的准备。"

刘备听了很高兴，第二天就下令在新野招募新兵，一天内就募集了三千多人。

诸葛亮教演阵法，严肃军纪，使这些新兵很快提高了战斗素质。

半个月后，夏侯惇领十万人马杀奔新野而来。张飞先得知了消息，就对关羽说："二哥，这回就要看看诸葛亮的能耐了！"说着，二人来见刘备，齐声问："如何迎敌？"

刘备说："智赖诸葛亮，勇靠二弟，怕什么？！"说完，刘备让关、张二人出去，自己则与诸葛亮商量对策。

刘备说："夏侯惇以十万之众杀奔新野，不知军师有何退敌之策？"

诸葛亮沉思不语。刘备再三追问："如何退敌？"

诸葛亮说："当年，韩信登坛挂印，才能调令樊哙。如今，我必须有剑印，才能号令关、张。请主公将剑印给我！"

刘备听了，立刻将剑印交付诸葛亮。

诸葛亮接过剑印，立刻召集众将。

张飞和关羽见诸葛亮持了剑印，不敢违抗，悄悄地说：

“且看他如何下令？”

诸葛亮坐在堂上，先喊出关羽说：“博望坡（今河南南阳方城县西南30公里处）的左边有山，叫豫山；右边有树林，叫安林。这两处都可埋伏人马。你带一千人马在豫山埋伏，曹军到来时，可先放过。曹军的辎重粮草必在后边，所以你一见南面火起，就立刻出击，并焚烧粮草！”

接着，诸葛亮喊出张飞听令：“你带一千人马在安林背后的山谷中埋伏，看见南面火起，便可杀出，在博望城曹军的屯粮处放火焚烧。”

诸葛亮又命关平、刘封：“你们领五百人马，预备好引火之物，于博望坡后两边等候，至初更曹兵到来时，便可放火。”

吩咐完毕，诸葛亮又命人骑快马将在樊城（今湖北襄阳樊城区）的赵云调来，令他为行军前部，遇到曹军交战时不要赢，只需输。又让刘备领一队人马为后援。

安排停当，关羽问诸葛亮：“我们都有事情做了，不知军师做什么？”

诸葛亮笑笑说：“我只坐守新野县城。”

张飞听了，哈哈大笑：“哈哈，我们都去打仗，你却坐在家中歇着，好不自在？！”

诸葛亮板起脸来，说：“军中无戏言。剑印在此，违令者斩！”

刘备急忙过来说：“古人云‘运筹帷幄之中，决胜千里之外’，二弟不可胡言！”

张飞冷笑一声走了，关羽在后边也说：“看看他到底有没有本事，打完了再算账！”

众将也都走了，心中虽有疑惑，也只能按令而行。

诸葛亮过来对刘备说：“主公今日就可以引兵到博望山下屯驻。明日黄昏，曹军必到，主公便可弃营而走。但见火起，即回军掩杀。我与糜竺、糜芳带五百人马守县城。”

刘备心中也没有底，因为这是诸葛亮初次用兵。

到了帐外，诸葛亮又叫来孙乾、简雍二人，说：“你们负责准备庆功宴席和功劳簿吧！”

孙、简二人不敢违抗，自去操办。

却说夏侯惇和于禁引兵至博望坡，分一半精兵做前队，一半兵押着粮草车做后队。晚上，明月当空，秋风徐起。正行军间，望见前面高冈，夏侯惇问：“这是什么地方？”

向导官答：“前面是博望坡，后面是罗川口。”

夏侯惇纵马来到大队前，大声笑着说：“都说诸葛亮用兵如神，我看纯属胡诌！如在这里设伏，不是还可占点便宜吗？！”

夏侯惇正笑着，赵云已催马来到面前，什么话也不说，挺枪便刺。夏侯惇举刀相迎。二人战了三个回合，赵云诈败而去，夏侯惇拍马追赶。大约跑出有十多里，赵云回马又战，战了几合，又拨马便跑。

夏侯惇依然穷追不舍。部将韩皓拍马赶上来，对夏侯惇说：“将军不可再追了，恐怕有埋伏啊！”

夏侯惇非常狂傲，说：“这样的军队，纵然有埋伏，我也不怕！”

夏侯惇一直追到博望坡前，却不见了赵云。只听得一声炮响，迎面杀来一队人马，率队的正是刘备。刘备与夏侯惇战了几个回合，也败了下去。

夏侯惇狂笑着对韩皓说："这就是诸葛亮布下的埋伏，个个不堪一击。今晚不拿下新野，誓不罢休！"

韩皓哑口无言，随着夏侯惇追了下去。

这时候，西北风越刮越大，厚厚的云彩把月光都遮住了。

于禁和李典领兵行走在窄路上，路两旁密密的芦苇，被风吹得飒飒作响。

李典说："欺敌者必败。这里道路狭窄，如果遭火攻，定难逃生！"

于禁点头称是，嘱咐李典停止行进，自己则跑到夏侯惇马前。夏侯惇问发生了什么情况，于禁说："这里道路狭窄，宜防火攻啊！"

夏侯惇看看四面地形，也觉得险恶，便下令退兵。

夏侯惇的退兵令刚刚发出，只听得背后喊声震天，一片火光燃起，接着路旁的芦苇也着起火来。霎时，四方八面都燃起熊熊的大火。风越刮越大，火势越燃越猛，夏侯惇的人马，自相践踏，哭喊连天，死伤无数。

这时候，赵云回军杀来，夏侯惇冒着浓烟烈火狼狈逃跑了。

李典见势不好，忙骑马往回逃，在火光中被关羽截住。战了几个回合，李典夺路而走。

于禁见粮草车全被烧，便觅了一条小路溜了。

夏侯兰、韩皓来救粮草车，正遇上张飞。战了几个回合，张飞一枪把夏侯兰挑在马下，韩皓乘机逃脱。

天明时，战斗结束。曹军尸横遍野，血流成河。夏侯惇收拾残军，垂头丧气地回许昌去了。

诸葛亮大获全胜，全军振奋。关羽与张飞都暗暗说："诸葛亮真是大英雄！”

关羽与张飞来到新野城外，看见糜竺、糜芳领一队人马，簇拥着一辆小车，车上端坐着诸葛亮。

二人急忙下马，拜于车前。

不多时，刘备、赵云、关平、刘封等人也都来了。

刘备下令把所获粮草辎重赏给将士，班师回新野县城。城中百姓夹路相迎，军民共开庆功宴。

庆功宴结束后，诸葛亮对刘备说：“夏侯惇虽然败去，但曹操必不甘心！”

刘备问：“那将怎么对付呢？”

诸葛亮深深吸了一口气，说：“我正思谋办法，以抗曹军！”

刘备望着诸葛亮，敬佩地点点头说：“全仗军师了！”

第四回 失荆州刘琮降曹 烧新野曹仁败北

话说荆州刘表近来病势加重，眼看不久于人世。消息传到诸葛亮这里，诸葛亮找到刘备说："近闻刘景升病势危笃，何不趁此机会，取了荆州为安身之地。这样一来，南可拒孙权，北可抗曹操。"

刘备听了，摇摇头说："我也明白新野小县不可久居，但刘表乃我宗室，终不忍下手！"

诸葛亮说："你在这里仁慈，将来荆州不知落到谁的手上。再说，刘表也愿意将荆州托付于主公呀！"

刘备仍固执地说："我宁可走投无路，也不做负义之事！"

诸葛亮见刘备态度很坚决，只好说："等慢慢再商议吧！"

过了几日，刘表差人来请刘备，刘备便带了关羽、张飞来到荆州。

见了刘备，刘表泪流满面地说："贤弟呀，我已病入膏肓，即将离开人世，请贤弟来，是为了托孤于你。我这两个儿子，都不能成就大业，贤弟做了荆州之主，也好照应他们。"

刘备望着病榻上的刘表，一阵心酸，哭泣着说："兄长不可这样。一旦兄长归天，我可以尽心竭力扶保大贤侄，我想是不会发生什么意外的！"

刘表见刘备坚决不做荆州之主，心中百感交集。他拉着刘备的手，久久说不出话。

正在这时，有人来报：曹操亲领大军，杀奔荆、襄而来。

刘备听了，心中着急，当即拜辞刘表，领着关、张二人匆匆赶回新野。

曹军为何来得如此之快呢？原来夏侯惇败回许昌，向曹操哭诉失败的原因，请求曹操治他的罪。曹操却赦免了他。众臣议论，南边的刘备、刘表、孙权乃是心腹大患，不及早消灭，将来必成后患。曹操也下了决心，要坚决扫平江南，于是，传令起大军五十万，分为五队：曹仁、曹洪为第一队；张辽、张郃为第二队；夏侯渊、夏侯惇为第三队；于禁、李典为第四队；曹操亲领诸将为第五队。每队十万之众，以许褚为先锋官。建安十三年（208）秋七月丙午日，曹操挥师南下。

当时，孔融劝谏，说这是行不义之师。曹操斩了孔融，以壮行色。

刘表听到曹操进军荆、襄，吃惊不小，急忙写下遗嘱，决定由刘备辅佐大儿子刘琦为荆州之主。

蔡夫人听了这个消息大怒，找蔡瑁、张允想主意，决定把荆州大门关闭，不准外人进来。

公子刘琦正守江夏，得知父亲病危，急忙赶到荆州，却见城门紧闭。蔡瑁在城头对刘琦说："你守江夏，责任重大，怎能擅自离开？！"

刘琦眼望城门，痛哭失声，只得拜了几拜，又回江夏去了。

刘表左盼右盼，不见刘琦到来，一阵急火攻心，大叫数声而死。

刘表死了，蔡夫人和蔡瑁、张允商议之后，伪造了一份遗嘱，推二公子刘琮为荆州之主。当时刘琮才十四岁，一切都由蔡夫人和蔡瑁、张允等把持。他们不把刘表的死讯告知刘琦和刘备。并且，为了防备他们，蔡夫人还携刘琮到襄阳驻扎。

刘琮刚到襄阳，就得知曹操大军杀奔襄阳而来。刘琮大惊，召众官商量。大家害怕曹操，都主张投降。刘琮说："我刚刚做了荆州之主，就把先君的祖业献给曹操，恐怕令天下人笑话！"

这时候蔡夫人说："只有如此，方能保荆、襄安宁！"

刘琮无奈，只得写了降书，表示愿献荆襄九郡，甘做曹操臣僚。

刘琮派大臣宋忠前往曹营献书。曹操见了大喜，重赏宋忠，并封刘琮为荆州之主。

宋忠辞别曹操，到江边刚准备登船，忽见前面一队人马到来，仔细一看，为首的将领是关羽。宋忠有些害怕，躲躲藏藏，关羽生疑，便喊住他，细问荆州之事。宋忠开始隐瞒不说。关羽见他脸色惊慌，便追问不放。宋忠隐瞒不了，只好一一说出。

关羽听了大惊，心想：这才几日，荆州就发生了这么大的变化！

事关全局，关羽把宋忠硬拉到新野来见刘备。

刘备听宋忠说，荆州刘表已经归天，刘琮做了荆州之主，蔡夫人专权，将荆襄九郡献给曹操，不禁放声大哭。

张飞在一旁气得直跺脚，喊道："事已至此，哭有何用？！不如先杀了宋忠，然后渡过江去，夺取襄阳，杀了蔡氏和刘琮，再回头和曹操交战！"

刘备说："三弟，不可蛮横。"接着又对宋忠说："今日杀了你，于事无补，你且回去吧！"

宋忠急忙叩头谢恩，鼠窜而去。

正在这时，刘琦也派人来，言说刘表归天之事，打算去襄阳吊丧，并且欲以吊丧为名，引出蔡氏、刘琮，一齐杀掉，夺取荆州。

诸葛亮在旁听着、看着，并不说话。但听了刘琦的这个主意，却立刻说："这是个好主意！"

刘备低头抽泣，慢慢说："我兄长刚刚去世，先前也曾托孤于我，我怎好杀其子而夺其地呀！"

诸葛亮说："若主公不取荆州，曹操的大军已经来到宛城，我们怎样抵抗啊？"

刘备想了想说："军师，非我不从你，只是于心难安。我们暂且到樊城，避开曹军锋芒，然后凭军师调动！"

诸葛亮正在思考，突然探子来报：曹操的大军已经到博望城了！

诸葛亮听了，立刻让刘琦的差官回江夏向刘琦通报军情，然后与刘备商量破曹之策。

曹军进展神速。刘备着了慌，急问诸葛亮："这次曹操亲率大军五十万，来势很猛，如何应对呀！"

诸葛亮沉静地说："主公且放宽心，我连日来思谋着破曹之策，已经成竹在胸了！"

刘备听了很高兴，忙问："请军师详细告知！"

诸葛亮说："前次一把火烧了夏侯惇大半人马，今日曹操亲来，我仍然为他准备了一把火！"

刘备不解地问："怎么总是用火？恐怕曹军会有准备啊！"

诸葛亮笑笑说："当然，用计之难，不难在第一次，而难在第二次。我们这次用火攻，仍要使他不觉上当，妙就妙在这里！"

刘备对诸葛亮的计谋虽然摸不太清楚，但也深信不疑。

诸葛亮又说："看来，我们在新野是不能待了。还是按主公的意思，到樊城去！"

刘备同意，便派人在四门张贴告示，晓谕全城百姓。告示上写道：新野百姓，不论男女老幼，愿意离开新野者，即日起皆随大军开往樊城暂避曹军，不可自误。

接着，又派孙乾到河边调拨船只运送百姓，派糜竺用车送文武官员家属前往樊城。

一切后勤事务安排妥当，诸葛亮便升帐点将，部署战斗。

诸葛亮先叫关羽，要他带一千人马到白河上游埋伏，军卒需各带布袋一只，里边装上沙土，将白河的水截住，第二天三更之后，闻得白河下游人喊马嘶之声，便立即将截水的布袋推倒，把白河水放下来。同时要沿河冲杀过来。

接着又叫张飞，要他领一千人马去博陵渡口埋伏。此处水流缓慢，曹军被淹后，一定会从此逃走，这样便可乘势截杀。

诸葛亮又令赵云："你领三千人马，分为四队。你自领一队埋伏于东门外，其余三队分别埋伏于西、南、北三门。事前在居民房顶上多藏硫黄等引火之物。曹军入城之后，必然要抢民房安歇。我观天象，来日黄昏之后，必刮大风。"

刘备在一旁听着，暗暗佩服诸葛亮，不禁脱口而出："不知天文地理，不能为军师！"

众将也齐声称赞军师博学多才。

诸葛亮继续说："你见风起之时，立刻命令西、南、北三门的伏军，将火箭射入城中，等到城中火起，就叫兵士们在城外呐喊助威。曹军大乱后，必夺东门而走，你可以放他们出城，然后在后面追杀。天明之后，会合关、张二将军，收军回樊城。"

赵云听得明白，一一记下。

诸葛亮又命令糜芳、刘封："你们各领二千人马，一半持红旗，一半持青旗，赶赴新野城外三十里处的鹊尾坡前屯住。一见曹军到来，红旗军走在左边，青旗军走在右边，曹军心疑，必不敢追。你们二人分头埋伏，望见城中火起，便可追杀败兵，然后赶到白河上游接应！"

诸葛亮部署完毕，各将领命而去。诸葛亮便对刘备说："主公，诸事已毕，请随我登上城头瞭望，等候佳音吧！"

刘备唯唯而随，心中踏实了许多。

曹操亲率五十万大军南下，进展神速。

由曹仁、曹洪带领的第一队人马，与先锋官许褚所领三千铁甲军，逢山开路，遇水搭桥，一路杀奔新野。

新野县城的百姓，早都转移到樊城去了。诸葛亮爱护百姓，提前做了安排，他要以新野县城做战场，消灭曹军。

中午时分，许褚的铁甲军到达新野城外三十里处的鹊尾坡。

许褚在前，望见坡前一簇人马，都打着青、红旗号，不知是何缘故。

此时糜芳、刘封把人马分成四队，红旗在左，青旗在右，各在两边走动。

许褚在马上观看了一会儿，扭头命令道："前边必有伏兵，我军不可前进！"

然后，许褚飞马来到曹仁面前，报告前边的情况。

曹仁听了许褚的报告，沉思了一会儿，说："我看这是疑兵，绝对没有埋伏，你可迅速进军，我也催促人马前进！"

许褚听了曹仁的话，飞马跑回来，下令进军。大军进到鹊尾坡树林中，却不见一兵一卒，许褚又有些生疑，仔细观察着动静。

许褚正观察着，忽听得唢呐鸣奏、皮鼓轻敲，如同演戏一样。许褚不知原因，抬头望见前面不远处的山头上，有一簇大旗，旗丛中有两把伞盖，伞盖下边坐着两个人，左边是刘备，右边是诸葛亮，两人对坐着优哉游哉地饮酒。

许褚虽然没见过诸葛亮，但见过刘备。他听人说过诸葛亮的穿戴和相貌，断定右边那人是诸葛亮无疑，不禁心头火起，大喊着率兵向山顶冲去。

山径狭窄，兵士们难以登攀，加上山顶往下放滚木礌石，兵士们更难前进。

天渐渐黑暗下来，又听得山后喊声大作，许褚想寻条登山之路，可是什么也看不见了。

正在混乱的时候，曹仁领兵到来，许褚向他报告说："那刘备和诸葛亮，就在前边的土山上，我们一举可以擒住他们！"

曹仁笑笑说："等咱们登上山去，他们早走了！你且守候，我率大军杀进新野县城，不愁抓不到刘备、诸葛亮！”

于是，许褚在此留守监视，曹仁率军直奔新野城。到了城外，只见城门大开，曹仁有些生疑，但兵士们已一拥而入。

曹仁见到曹洪说：“城中没有一个百姓，怕是有诈！”

曹洪说：“刘备统共一万多军队，怎敢抵挡我五十万大军？那诸葛亮施些小计谋，偷偷地弃城逃走了。我军正好在民房中歇息一夜，等到明日，再寻刘备、诸葛亮不迟！”

曹仁思考片刻，同意了曹洪的主意，命令各军休息，待到天明进军。

人困马乏的曹军，听到命令，便各自寻房休息，点火做饭。

曹仁和曹洪来到县衙内安歇。

这夜很黑，到初更的时候，突然刮起了风。军士们正在睡觉，一个守门的军士忽然看到城中有火光，便匆忙跑进县衙向曹仁报告。

曹仁正在安歇，听了报告，说：“这一定是因为兵士们做饭不小心，烧坏了什么东西，不要大惊小怪！”

守门军士只好走了。

过了些时候，新野城西、南、北三门起火，守门官不得不再次向曹仁通报。

曹仁听说西、南、北三门起火，大吃一惊，急忙命令众将上马迎敌。

这时候，满城火起，一片通红。风助火势，火显风威，居民房舍被烧塌了许多，曹军中不少人不是被火烧伤便是被房屋压死。

曹仁、曹洪命令众将士冲出火场。此时，西、南、北三门火势猛烈，不能冲出，只有东门没有着火。于是，曹军从东门逃了出来，因互相践踏而死伤者无数。

曹仁刚刚逃出火场，背后便有赵云追杀而来。曹仁不敢恋战，只顾逃命。逃不多远，糜芳领一队人马过来，又与他厮杀一阵，接着刘封又截住去路，与曹仁混战在一起。一直到四更时分，曹仁才好不容易逃出险境。

追随着曹仁的士兵，个个焦头烂额，狼狈不堪，在黑夜中胡乱奔跑。

曹军士兵们跑着跑着，见前边有一片闪亮的地方，奔去一看，原来是一条河。

曹军见河水不深，便争抢着渡河。人喊马嘶，乱成一团。

这时候，关羽正在白河的上游等待。他们早按孔明军师的吩咐，用沙袋子将河水截了起来。河水被截住，在沙袋子那边打旋。

等到夜半的时候，关羽望见新野方向火光冲天，一直等到四更时分，才听见白河下游传来人喊马嘶之声。

关羽急忙下令将河中的沙袋子墙推倒。憋得老高的河水，一声怒吼，往下游冲了过去。

曹军正在慌忙渡河。那上游奔腾而下的洪水，顷刻之间，便把曹军淹死了许多。

曹仁急忙退回岸上，领着残兵败将，沿着白河岸奔跑，企图寻个水浅浪小的地方过河。一直寻到博陵渡口，见河水平静了下来，才吩咐军士过河。

正在此时，传来一声大吼：“曹贼休走，张飞在此等候多时了！”

曹仁拨马便逃，张飞举枪追赶。所幸许褚过来挡住了张飞，把曹仁放了过去。

张飞与许褚大战数十回合，不分胜败。许褚心中着急，寻了个机会，夺路逃走。张飞正要追赶，只见刘备、诸葛亮来到面前，就停了下来。

过了一会儿，其余诸将也都来了。刘封、糜芳等人早就安排好船只，让大家上船过河而去。

到了河对岸，诸葛亮下令，将船只尽皆烧毁，然后一齐奔樊城而去。

第五回　诸葛亮舌战群儒 黄公覆怒斥谋臣

诸葛亮两次用计大败曹军，使曹操又气又恨。曹操说："诸葛村夫，安敢如此？"于是下令军队大举进攻樊城。

一时间，樊城危在旦夕。曹操的谋士刘晔献计说："如以丞相之兵入樊城，樊城百姓无一生存，这样会失去民心。那诸葛亮和刘备之所以得人心，就是爱护百姓。前次我军攻打新野时，他就事先将民众迁走。丞相也该效仿，不如派人去樊城劝说刘备投降。他若降，荆州安定；他若不降，罪在刘备。"

曹操采纳了刘晔的建议，派徐庶到樊城去劝降。因为徐庶与刘备、诸葛亮是老相识了。

徐庶到了樊城，不但不劝刘备投降，反而让刘备早做准备。

刘备向诸葛亮问计。诸葛亮说："在目前形势下，应放弃樊城，到襄阳暂歇。"

刘备同意了。他不忍百姓遭受涂炭，便一路上带着樊城百姓行军。

到了襄阳，刘琮不肯开城相迎，曹军又相距甚近。正在走投无路时，诸葛亮说："江陵（今湖北荆州江陵县）乃荆州要地，不如先取江陵！”

于是，刘备又引着百姓离开襄阳，往江陵而去。一路上，军民人等十万余众，大小车数千辆，行军缓慢。众将都劝刘备暂弃百姓，速占江陵，刘备却哭着说：“古往今来，凡举大事者，皆以人为本。没有百姓，单留我刘备何用？！”

百姓感动，个个伤悲。

坚持带着百姓行军，刘备险些丧生。由于关、张、赵等大将的保护，刘备才脱险到达汉津，后又到江夏刘琦处。

途中，赵云在长坂坡（位于今湖北当阳市中心）闯入曹军重围，杀了个七进七出，救出刘备的儿子阿斗，自己却险些丧生。刘备爱惜将才，将阿斗掷地，深夺将官之心。

刘备、诸葛亮见了刘琦，刘琦向诸葛亮请教破曹之法。

诸葛亮说：“如今曹操势力很大，如与其硬拼，不啻以卵击石。东吴孙权占据要地，兵多将广，可以为我所用。倘使曹操与孙权南北相持，我们便可从中得利。”

刘备心情沉重地说：“江东孙权兵足粮丰，一定有远谋，怎能容纳我们？”

诸葛亮说：“主公只想到了一面，但还有另一面应该想到。如今，曹操大兵压境，又得了荆襄之地，江东孙权怎么能坐得住？他一定会担心曹操要进攻江东。他不明曹操虚实，一定会派人过江来问个究竟，这是我意料之中的事。如果有人来时，我将乘着他的船去江东，面见孙权，凭我三寸不烂之舌，造成曹孙对立之势。若孙权胜了，我们可以联合他共灭曹操，夺取荆州；若曹操胜了，我们可以乘势暗取江东。”

刘备听了表示赞成，说：“此论甚高，可是江东什么时候来人呢？”

诸葛亮笑笑说："早晚必到！"

果然，不过数日，有人向刘琦报告说江东孙权派鲁肃前来吊丧。

诸葛亮问刘琦："当年孙权的哥哥孙策死时，你们去吊过丧吗？"

刘琦说："没有哇！"

诸葛亮笑笑说："这就对了。他们并不是来给你父亲吊丧的，而是来探听消息的。"

刘备问："既然如此，我们将如何应付呀？"

诸葛亮说："鲁肃来时，要问起曹操的动静，主公只推说不知。如再三相问，你就说可来问我！"

等一切商量妥了，刘琦便派人把鲁肃领进府中。鲁肃献上丧礼，并在刘表灵堂前吊唁。

刘备和鲁肃相见，彼此不免客气一番。鲁肃说："久闻皇叔大名，无缘相会，今日得见，实在欣慰。听说皇叔曾与曹操会战，不知曹操实有多少兵将？"

鲁肃本想问刘备有什么打算，但不便直来直去，所以先问问曹军情况。

刘备早有准备，说："我们兵微将寡，曹军一来，我们就躲，所以很难知道他的虚实。"

鲁肃又说："听说皇叔以诸葛亮为军师，两次用火攻之计打败曹军，怎能不知呢？"

刘备摇摇头回答："这些事情，只有诸葛亮知晓，我实在说不清楚。"

鲁肃急问："那么孔明军师在哪里呀？"

刘备说："要见我家军师不难，待我叫他出来相见！"

刘备起身，走入内室叫出诸葛亮与鲁肃相见。二人互相观望了一会儿，又互相打量了一阵。鲁肃走上前先说道：“久仰先生才智过人，未能拜晤，今天有幸相会，愿听先生教诲。”

诸葛亮客气地说：“我乃村夫，哪有什么高见，只是随便议论议论而已！”

鲁肃问：“先生为何安居江夏？”

诸葛亮说：“曹军进逼，我们无力抵抗，所以暂避锋芒！”

鲁肃又问：“那么皇叔与先生就要长期住在这里了？”

诸葛亮沉思片刻说：“江夏弹丸之地，我们怎能久居呢！我家主公与苍梧太守吴臣有旧交，近日打算迁居那里。”

鲁肃听了，急忙摇摇头说：“不可不可。吴臣粮少兵微，自己都不能自保，还能容纳别人吗？！”

诸葛亮想了想，反问鲁肃说：“那么，依你之见呢？”

鲁肃是个心直的老实人，听诸葛亮反问他，便说：“我家孙将军虎踞江东六郡，兵精粮足，又能礼贤下士，江东英雄豪杰多归附于他。依我愚见，莫如派心腹之人密结东吴，共图大事！”

诸葛亮故意摇头：“大概不可能。我家主公与你家将军素无来往，恐怕难以相容。再说，也缺少心腹之人从中调停！”

鲁肃听了，哈哈大笑说：“心腹之人还难找吗？！你的兄长诸葛瑾，就在江东当参谋，他盼望着与你相见呢！”

诸葛亮仍是摇头说：“兄弟私情，难以说动孙将军的！”

鲁肃急了，站起来说：“如果先生愿往，我愿做引见之人！”

诸葛亮佯作无话可说，只说：“我得与主公商议。”

刘备从内室走出来，对鲁肃说："去江东是好事，只是军师如同我师，我一刻也不能离开呀！"

鲁肃又向刘备恳求，诸葛亮也在一旁说："子敬心意真诚，又是一件大事，我就跟先生去一回吧！"

刘备这才应允。

第二天，鲁肃与诸葛亮离开江夏，登船直奔柴桑而去。

到了船上，鲁肃与诸葛亮对坐而饮。

他们虽初次相见，但因互相敬重，所以谈得十分投机。临下船时，鲁肃忽然想起一件事，对诸葛亮说："先生见了我家将军，千万不可宣扬曹操兵多将广！"

诸葛亮微笑说："不劳子敬嘱咐，我自有对答之语。"

下了船，鲁肃将诸葛亮安排在馆驿歇息后，才回身去面见孙权。

孙权正在堂上与众文官武将叙事，听人报说鲁肃回来了，急忙命人请鲁肃进来。

鲁肃一进来，孙权便问："子敬此去江夏，探听虚实如何？"

鲁肃望望众人，不便说出详情，更不能一下子说出诸葛亮的情况，便说："大概已探得清楚，详情容我细述！"

孙权点点头，随即递给鲁肃一纸，说："子敬请看，这是曹操送来的檄文。"

鲁肃接过檄文，只见上边写道：

孤近承帝命，奉辞伐罪，旄麾[1]南指，刘琮束手；荆

---

① 旄麾（máo huī）：即旄麾，帅旗，泛指旗帜。

襄之民，望风归顺。今统雄兵百万，士将千员，欲与将军会猎于江夏，共伐刘备，同分土地，永结盟好。幸勿观望，速赐回音。

鲁肃看完檄文，问孙权："不知主公怎样打算？"

孙权摇摇头说："还没有一个准确的想法呢！"

这时候，张昭走过来说："曹操拥百万之众，又借着汉献帝的名义，可以说是无人敢挡。我们对抗曹操，靠的是长江天险。可是，如今曹操已经占据了荆州，长江之险，就属于我们与曹操共有了。如无险可守，莫如归降，以保安宁！"

张昭是东吴第一名士，他这么一说，其他人都随声附和："子布之言，正合天意呀！"

孙权只是听着，一直沉默无语。

张昭见孙权一时下不了决心，又鼓动说："主公不必再迟疑了。投降了曹操，便可确保江东六郡百姓不受涂炭！"

孙权望着张昭，仍然不说话。坐了一会儿，孙权觉得身上出了许多汗，便起身到内室换衣服去了。

鲁肃看着孙权烦躁的举止，知道他心中很矛盾，就尾随着他进了内室。到了内室，孙权换了衣服，见鲁肃在旁，便伸手拉住他问："不知子敬是怎么想的？"

鲁肃十分真诚地说："刚才大家的言论，使我深深忧虑呀！如果听了他们的主意，可就坑害主公了！依我看，东吴人人都可降曹，只有主公不可降曹！"

孙权急问："为什么呀？"

鲁肃说："这是显而易见的道理：文武大臣如果降曹，还都能封个同样的官衔儿。而主公若降曹呢，顶多被封个侯爵，车不过一乘，马不过一匹，从属不过数人，怎能与你的现状相比呢？！再说，那刘琮投降了曹操，不过数日，就被曹操派人暗地杀害了，这难道不是教训吗？！望主公明断！”

孙权听了，叹口气说：“唉，众人愚见，实属害我，多亏子敬赐教！可是，那曹操兵多将广，恐怕难以抵挡呀！”

鲁肃见孙权已赞同自己的意见，只是还恐惧曹操的势力，到这时候，该向孙权说出诸葛亮了。于是鲁肃便说：“我这次到江夏去，有幸遇上了刘备的军师诸葛亮。他就是诸葛瑾的弟弟，曾两次打败曹兵。主公只需问他，便可知曹军虚实！”

孙权早听说过诸葛亮的大名，急忙问：“卧龙先生在哪里？”

鲁肃说：“我已把他引过江来，就安排在馆驿里。”

孙权高兴地说：“今天已经晚了，不便相见。等到明日，先聚东吴文武大臣于帐下，让诸葛亮见识见识东吴众豪杰，然后再升堂议事！”

鲁肃皱皱眉头，答应一声出来了。出来之后，鲁肃立刻来到诸葛亮住的馆驿，把自己与孙权的对话告诉了诸葛亮。临走，他嘱咐诸葛亮：“明日见了我家主公，千万千万不要说曹操兵多将广！”

诸葛亮笑笑说：“子敬不要多虑了。我自会相机行事，绝不有误。只是要先见众臣，我得仔细想想对策。江东豪杰如云，不可等闲视之……”

第二天，鲁肃领诸葛亮来到东吴的议事大厅。

这里早已坐满了文武大臣，仅谋士就有二十多人。他们一个个衣冠整齐，神色庄重。鲁肃引着诸葛亮对文武众臣一个个做了介绍。介绍完毕，诸葛亮于宾客席上坐下。

大家沉静了片刻，张昭首先发言了：“卧龙先生果然丰神飘洒，器宇轩昂，比我等强上百倍。我本是东吴微末之士，久闻先生高卧隆中，自比管、乐，真有这样的事吗？”

诸葛亮见张昭趾高气扬，言语中多有讽刺之意，心中虽有些反感，但还是平静地回答说：“这本是我一生中一个不值一提的小比喻罢了！”

张昭见诸葛亮神色如常，不慌不急，便说：“我最近听说，玄德公三顾先生于草庐，幸得先生为军师，常自慰说‘如鱼得水’，并且立下志向，要一举席卷荆、襄。可是，荆、襄却被曹操占领了，不知先生有何想法？”

显然，张昭是在当面嘲笑，目的是要让诸葛亮下不了台。这时，其他谋士也在偷偷地发笑。

诸葛亮仍然沉住气，心想：张昭是东吴孙权手下第一大谋士，镇不住他，就难以镇住其他谋士，更不能说服孙权奋起抗曹。

想到这里，诸葛亮下决心要倾全力对付张昭，便说：“依我看来，取荆襄之地易如反掌。只是我家主公，躬行仁义，不忍心夺同宗的基业，才两次相辞荆州之主。只因刘琮孺子听信蔡氏之言，暗自投降曹操，致使荆襄九郡有失，曹操因而猖狂。今天我主屯兵夏口，是另有所图，不是一般人可以知晓的。”

诸葛亮这番话，句句是实，并非在说大话。

张昭又说：“由此看来，先生的言行是不一致的了，你既然自比管、乐，那么你很明白，管仲扶保齐桓公，成了霸主；乐毅扶持弱小的燕国，接连打下齐国七十多座城池。所以管、乐二人才是济世奇才。先生在草庐笑傲风月，只是一种抱负，倒没有什么。可是，既做了玄德公军师，就应该辅佐玄德公兴利除弊，剿灭乱贼，大建奇功啊！玄德公未得先生之前，尚且能纵横驰骋，有一席立足之地，今日得了先生，大家都很仰慕，暗颂玄德公如虎添翼，不久汉室即可复兴，曹操将被消灭。汉朝的旧臣虽归山林隐居，也都拭目以待，盼先生救民于水火之中。可是，先生自归了玄德公，曹兵一来，就弃甲抛戈，望风而逃，上不能继承刘表以安庶民，下不能辅佐他的儿子保住疆土，而是弃新野，丢樊城，败当阳，走夏口，几乎没有立身之地，这是多么悲惨的现实啊！依我看来，玄德公得先生以后，反不如当初了。请问，当年管仲和乐毅是这样的吗？！”

张昭口若悬河地说了这么一大串，望望众人，又神采飞扬地说：“孔明先生，恕在下愚直，请勿见怪呀！”

张昭以为获得了胜利，傲然端坐地望着诸葛亮。

诸葛亮并无慌乱之色，只是微微一笑，站起来说：“鹏飞万里，群雀怎知其志？！”

这句话说得张昭浑身一哆嗦。张昭想反驳，诸葛亮却又接着说了下去：“比如说，一个人得了重病，必须吃流汁食物，才易于消化。然后服用温和的药物，等待脏腑调理好了，身体恢复了，才可吃鱼肉等硬食。到了这时候，再服用一些猛烈之药，便可达到根治的目的。这才是行医之道。若是不等气脉缓和，便服猛药、硬食，就会把身体糟蹋了，只有庸医才这样做！”

诸葛亮微微缓了一口气。听着的人，也觉得诸葛亮的话入情入理，有的还暗暗点头。

诸葛亮接着说：“我主玄德公，当年兵败汝南，只好在刘表处寄居，那时兵不过千，将只有关、张、赵而已。多蒙玄德公真诚相顾，我才辅佐他做事。在新野小县，我们不过是暂时安身，可是，我们在甲兵不坚、军不经战的情况下，曾两次大败曹军。博望用火，白河用水，使夏侯惇、曹仁之辈闻风丧胆，心惊肉跳。请问，当年管仲、乐毅用兵，也不过如此吧？！”

诸葛亮紧接着又语锋一转：“至于刘琮降曹，我家主公根本不知。而且玄德公不忍乘乱、乘危夺取同室同宗的基业，这不正是大仁大义的品德吗？！这次撤离樊城，我家主公在万分危急之时，仍不忍心丢下百姓不顾，十万多老弱妇孺随军而行，一日只行十来里。这是多么崇高的爱民之心啊！兵家有语云，‘胜败乃兵家常事’。当年，汉高祖刘邦数次败给霸王项羽，而垓下一战成功，消灭了项羽，这难道不是韩信的功劳吗？！所以说，国家大计，社稷的安危，是要用谋略的，而绝不是一些读书之人夸夸其谈所能奏效的。追求虚荣、哗众取宠是不可取的，只能遭天下人耻笑！”

诸葛亮这一番话，有紧有慢，有条有理，有情有景，只说得张昭无言以对。

沉静了片刻，忽然又有一人站起来反驳诸葛亮说：“今天曹操拥兵百万，虎视江南，并吞江夏，先生以为如何？”

诸葛亮扭头一看，见是东吴谋士虞翻，心中暗想，此人不及张昭，便立刻说：“曹操收袁绍蚁聚之兵，劫刘表乌合之众，虽数百万也不可怕！”

虞翻冷笑一声说：“你们刚刚兵败于当阳，逃到夏口，到处求助于人，先生仍说‘不可怕’，这不是以大言欺人吗？！”

诸葛亮见虞翻当面讽刺他，立刻反驳说："我家主公以数千仁义之师，抵挡百万残暴之众，一时失败而退守夏口，等待时机，这是不足为怪的。你们东吴兵精粮足，而且有长江之险，你们作为谋士不劝主公抗曹，反而劝主公降曹，这将被天下人耻笑。由此看来，真正害怕曹操的是你们这些劝主投降的人！"

诸葛亮这番话直刺得虞翻脸红心跳，只得悄悄地坐下了。

接着从虞翻身边站起来一个人与诸葛亮争辩，他就是东吴谋士步骘。

步骘说："莫非孔明先生是效法苏秦、张仪来东吴游说的？"

诸葛亮想了想，说："你只知苏秦、张仪能言善辩，岂不知他们也是真豪杰呀！苏秦佩六国相印，张仪两次为秦相，都有治国安邦之才，远比那些怕强欺弱、避刀畏剑的虚妄之徒强得多。你害怕曹操虚张的声威，力劝主公投降，还怎能侈谈苏秦、张仪？！"

步骘也闹了个大红脸，不吭声了。

这时座中一人起立大声问："孔明先生，你以为曹操是什么人？"

诸葛亮听了，望望此人，长得瘦小枯干，原来是东吴谋士薛综。

诸葛亮笑笑答："这还用问，曹操乃是汉贼！"

薛综听了，摇摇小脑袋说："先生此言错矣。汉朝传袭至今，气数已尽。今日曹公已有三分之二的天下，人人归心，这是天时。刘玄德不识天时，勉强与曹操抗争，正如以卵击石，怎能不失败呢！"

虞翻惧怕曹操兵多将广情有可原，而薛综竟然赞美曹贼，这不禁使诸葛亮怒从心头起。他厉声反驳说："你怎么能说出无父无君之言？！人生天地之间，以忠孝为立身之本。你既为汉臣，就应忠于汉室，这才是做人之道。那曹操，祖宗几代食汉之禄，可是他不思图报，反而存谋逆之心，这是天下共愤的事。你却以天数已尽为词，出无父无君之言，我都替你害臊，不值得与你争辩，请勿再言！"

薛综羞红了脸，"啧啧"几声，低下头去。

薛综身边一人接着问诸葛亮："曹操虽然挟天子以令诸侯，但他是汉朝相国曹参之后。刘玄德自称是中山靖王的后裔，却无可查考，只是一个织席贩履的平民百姓罢了。这怎能与曹操相抗衡呢？"

这个人叫陆绩，也是东吴谋士。

诸葛亮低头望望他，朗笑一声说："哦，你就是当年在袁术那里偷橘子吃的陆郎吧？！请你坐好，听我一言。曹操既为曹相国之后，就应该忠于汉室。可是，他在朝中专权恣横，欺凌君王，做了许多大逆不道的事。这样看来，他不仅不是汉臣，而且不是曹门之子了！刘玄德堂堂帝胄，当今皇帝按家谱赐爵，怎能说无可查考？玄德出身低微，也不足为怪。当年高祖刘邦，不也是一个小小亭长吗？玄德曾经织过席卖过履，这又有什么可耻的呢？！"

诸葛亮顿了一下，不屑一顾地说："你纯属小儿之见，不足与高士共语！"

陆绩被羞得无地自容，直张嘴说不出话来。

眼见诸葛亮连连击败了数人，东吴的谋士们都觉得面上无光，有些气愤了。他们开始对诸葛亮进行人身攻击。

座中一人大声说：“依我看来，诸葛亮所言，都是强词夺理，并非正论。不必再说了。我请问诸葛亮，你腹中有何经典？”

诸葛亮见是东吴谋士严畯，便说：“依我看来，寻章摘句，那是腐儒之论，不能兴邦立事。自古以来，耕莘伊尹，钓渭子牙，张良、陈平、邓禹、耿弇，他们都有匡扶宇宙之才，可是未曾知道他们平生治过何种经典。只有你们这些酸书生，才忙于数黑论黄、舞文弄墨！”

严畯被挖苦得张口结舌，默默无语了。

接着，另一东吴谋士程德枢笑着站起来，说：“先生大言不惭，也未必真有实学。恐怕儒生也要耻笑于你！”

诸葛亮立即答辩道：“依我看，儒有君子、小人之别。君子之儒，忠君爱国，守正恶邪。所以能泽及当时，名留后世。那些小人之儒，专攻雕虫小技，舞弄翰墨，青春作赋，皓首穷经，笔下虽有千言万语，胸中实无一谋。比如扬雄曾以文章名世，可是他屈膝为王莽效力，到头来闹个投阁而死。这就是小人之儒的例证。他们即使一天能写一万首诗赋，又有什么价值呢？！”

程德枢被诸葛亮有理有力有证的反诘驳得一言难出。

东吴的谋士们见诸葛亮对答如流，反驳有力，个个面如纸灰。有些人心中不服气，嘴上又说不出道理来，憋得头上冒汗。内中有两个重要谋士没有发言，他们躁动不安，如热锅上的蚂蚁。这二人一个叫张温，一个叫骆统，他们你捅捅我，我拽拽你，鼓动着要再向诸葛亮发难。

正在这时候，忽然有一老将自厅外而入，对着众谋士大声训斥说：“诸葛亮是当世奇才，你们大家以唇舌相难，这哪里是敬客之礼呢？！再说，如今曹操大兵临境，你们不议退敌之策，却有闲心在这里斗嘴，岂不误了大事！”

这员老将须发皆白，威风凛凛，声如洪钟，震得众谋士哑口无言。

他就是东吴的粮草官，姓黄，名盖，字公覆。

诸葛亮也十分震惊，暗赞他的勇气和刚直。

黄盖走到诸葛亮面前说：“我是个粗人，爱说实话。先生有什么高见，何不对我家主公明言，竟在这里费唇舌？！”

诸葛亮笑笑说：“只是诸君发难，我不得不答！”

黄盖一拍手掌说：“走，我领先生去见我家主公！”

诸葛亮笑脸相随。

第六回　议抗曹傲言孙权　改诗赋笑激周郎

黄盖领着诸葛亮到大殿去见孙权，走到二门前又遇上鲁肃，三个人一齐向大殿走去。

这时候，文武群臣也都尾随着来到大殿，整整齐齐地分站在两旁。

鲁肃站在诸葛亮近前，又叮嘱一番：千万别说曹操兵多将广！

诸葛亮点点头。鲁肃走到孙权面前说："主公，卧龙先生已到。"

孙权听说诸葛亮到了，急忙下阶相迎，笑呵呵地让诸葛亮坐下，非常客气。

鲁肃仍然回到诸葛亮身边站着，生怕他说错了话。

诸葛亮暗暗观看孙权，此人碧眼紫髯，很有精神，仪表果然不俗。诸葛亮心中暗想：此人很机敏，说话要多加小心，只能用言语激他。

孙权吩咐侍者给诸葛亮献茶。

停了一会儿，孙权说："听子敬说，先生乃天下奇才，今日相见，愿听赐教！"

诸葛亮说："在下才疏学浅，不敢受此抬爱。"

孙权说："先生不必谦逊。听说在新野，玄德公曾与曹军开战，先生定知曹军虚实。"

孙权问起曹军虚实，鲁肃先紧张起来，恐怕诸葛亮照直说出，吓住孙权。他用眼睛盯着诸葛亮，意思是说：我已经嘱咐你三次了，现在可别照直说呀！

诸葛亮装作没看见鲁肃，说："我家主公兵微将寡，再加上新野小县缺少粮草，怎能与曹操相对抗啊！"

孙权又问："曹操到底有多少人马？"

没容诸葛亮回答，鲁肃用手偷偷捅了一下诸葛亮的下肋，诸葛亮却装作不知，说："曹操的马步水军，约有一百余万！"

诸葛亮的话一出口，鲁肃就惊得张口结舌，心里暗说：诸葛亮呀诸葛亮，你这是什么意思？莫非成心要把事情弄糟？

孙权听了，也微微一惊，便问："这难道不是曹操之诈吗？"

诸葛亮严肃地说："这并不是诈语。曹操原有青州军二十万，灭了袁绍，又得五六十万，在中原新招兵达三四十万，今又得荆州之兵二三十万。加在一起，就达一百五十余万。我刚才只说有一百万，是恐怕惊吓江东之士呀！"

鲁肃在一旁听着，暗恨诸葛亮变卦，但又不知他是何用意。

孙权接着问："曹操部下战将共有多少？"

诸葛亮回答说："足智多谋之士、能征惯战之将，最少有一两千人。"

鲁肃听诸葛亮既说出了曹操“兵多”，又说出了曹操“将广”，气得不知所措，暗说：凭他去吧，已经没法收拾了！

孙权沉思一会儿，说：“曹操已经平灭了荆、襄，一定还有新的打算。”

诸葛亮接着说：“很对。如今他已经沿江下寨，打造战船，一定是要进取江东六郡了！”

孙权皱着眉说：“曹操吞并江东，迫在眉睫。是战是和，请先生帮我拿个主意！”

诸葛亮不假思索地说：“我倒有个主意，不知将军可愿意听？”

孙权说：“但听高论。”

诸葛亮说：“以往国内大乱，将军父兄乘机占了江东。玄德公占了汉南，与曹操并争天下。今天曹操已经平定了北方，近又破了荆州，可以说是威震华夏，他人纵然是英雄，也难有用武之地，所以我家主公暂避江夏。我想将军应该量力而行。若能以江东之众与曹抗衡，就应立下决心；若不能抗曹，何不听众谋士之论，按兵束甲，投降曹操？！”

诸葛亮说到这里顿了一下，见孙权脸色有些发红。没等孙权说话，诸葛亮又接上话茬儿：“就怕将军既不降曹，也不抗曹，迟疑不决，事情就坏了！”

孙权耐不住了，问诸葛亮：“如先生所言，玄德公何不降曹？”

诸葛亮微笑着说：“将军应该知道，昔日田横，只是齐国一个壮士，但他守义不辱节。况且，玄德公乃是帝室之胄，盖世英才，众人仰慕，怎能辱节丧义而降曹呢？！只是暂时力量不济，慢慢是会有好转的。这是天地的安排，绝不能因一时之不顺而屈居人下！”

孙权听了诸葛亮这番话，不禁勃然大怒。他想：前天鲁肃曾说，众臣皆可降，唯主公不能降。他愿意听。诸葛亮却说，刘玄德不可降，唯有他可以降，这不是贬低他吗？

孙权忽地站起来，把袖子一甩，进了后堂，把诸葛亮晾在那里。阶下的文武官员都笑着散去了，而那些谋士们更觉得解恨。

鲁肃也挺不好意思，责怪诸葛亮说：“先生怎么能这样说话呀？还算我家主公宽宏大度，没有当面怒斥你。你太藐视我家主公了！”

诸葛亮仰头轻轻地笑着说：“你家主公也太不容物了——缺少雅量！其实，我有破曹之计在胸，你家主公不问，我怎么说呀？！”

鲁肃听了反而高兴起来，说：“先生如真有破曹良策，我替主公向你赔礼、求教！”

诸葛亮似乎自言自语地说：“曹操虽有百万之众，在我看来，如同群蚁。只我一掌，便成粉末儿！”

鲁肃听完，急匆匆进入后堂去见孙权。

孙权怒气未消，连说：“诸葛亮实在太藐视我了！”

鲁肃说：“主公，刚才我也责怪他。可是，他反倒说主公太不容物。他还说，他有破曹之策，不轻易说出来。请主公还是求他献策吧！”

孙权听说诸葛亮有破曹良策，立刻转怒为喜，说：“原来诸葛亮成竹在胸，所以用言辞激我。我一时莽撞，差点误了大事。”

于是，孙权被鲁肃领着走出后堂。见了诸葛亮，孙权说：

“刚才多有冒犯，还请先生原谅一二！”

诸葛亮也站起来说：“刚才也怪我言辞过激，望乞海涵！”

孙权拉着诸葛亮进入后堂，命人备酒，二人边饮边谈。

酒过数巡之后，孙权说：“曹操最恨的人有吕布、刘表、袁绍、袁术、玄德和我。如今曹操把其他人都灭了，只剩下我和玄德了，我绝不能把江东六郡交给曹操，受他制约。这是我的决心。可是，玄德公刚刚失败，缺乏抗争能力了！”

诸葛亮见孙权这样说，觉得时机到了，便非常严肃、激昂地说：“将军有所不知，我家主公虽然新败，但是关云长将军仍率精兵一万余众在外，刘琦在江夏的人马，也有一万多人。反过来看曹军之众，因远道而来，早已疲惫不堪，正所谓‘强弩之末，势不能穿鲁缟’。而且，曹军士兵大部分是北方人，不习惯于水战。那些投降曹操的荆州士兵，都是迫于无奈，并不是真心投降。如果将军愿与我家主公协力抗曹，打破曹军南侵并不困难。曹操失败之后，南方不能久居，只能北还。这样荆州、江东的势力就会强大起来，中国大地将是鼎足三分的局面。成败与否，在于今日，请将军裁断！”

诸葛亮这番话，句句打动了孙权的心。其实，诸葛亮说的鼎足三分之势，就已暗示孙权：联合抗曹胜利之后，荆州要归刘备。

孙权听得高兴起来，拍手称快，朗声说：“先生之言，令我茅塞顿开。我意已决，从即日起商议起兵抗曹之事，绝无他疑！”

鲁肃在一旁看着，心中乐开了花，暗暗佩服诸葛亮的才智。

孙权又吩咐鲁肃："子敬，快将我的主意转告给文武官员。然后，送孔明先生回驿馆安歇！"

谋士张昭听说孙权决心起兵抗曹，便慌了手脚，对众谋士说："我家主公中了诸葛亮之计了！"

接着，张昭急急忙忙进入后堂，来见孙权。

张昭说："听说主公要起兵与曹操交锋，那么，我问主公，你觉得自己比袁绍怎样？曹操那时候，兵微将寡，尚且能一举破了袁绍，何况今日拥百万之众！主公，你若听信诸葛亮之言，妄动甲兵，真好比负薪救火，自招其祸呀！"

张昭说得慷慨激昂，孙权只是沉默不语。

谋士顾雍也进来说："刘玄德因为被曹操打败，没有立足之地，所以用诸葛亮之古，借我东吴之兵抗拒曹操。难道主公就被他所用吗？"

孙权仍是沉默不语。

张昭和顾雍还要说，孙权有些心烦，挥挥手，让他们出去了。

不大工夫，鲁肃回来，见孙权委决不下，便说："张昭等人又来劝主公不可抗曹吧？这些人全是为个人谋算，保官保家保妻保子，一个为主公着想的也没有！"

孙权望着鲁肃一言不发。他心里的确有许多矛盾的地方。

鲁肃说："主公若是再迟疑，必为众人耻笑，也为孔明先生耻笑呀！"

孙权长吁一口气，对鲁肃说："子敬暂且歇息去吧，容我静静地想一想！"

鲁肃退出后堂走入大殿，只见文武百官议论纷纷。文官谋士大部分主张投降，武将中倒有许多人主张抗曹，誓保江东六郡。

孙权出了后堂，进入内宅。他坐卧不宁，走来走去，不住长吁短叹。

吴国太见了，便问："吾儿有何心烦之事，这样烦闷？"

孙权便把曹军将至，是战是降，众说纷纭，一时拿不定主意等等，告诉了吴国太。

吴国太听了，说："你兄临终之时，曾有遗言说内事不决问张昭、外事不决问周瑜，难道你忘了？"

孙权听了，如梦方醒，便立刻派人到鄱阳湖去请周瑜回来。

使者刚要走，却报周瑜已经到来。

原来，周瑜奉孙权之命在鄱阳湖操练水师，听说曹军已经屯兵汉上（汉水和长江一带），便策马星夜驰回柴桑，要面见孙权，商议军机大事。

周瑜与鲁肃私交甚厚，周瑜回来后先去见鲁肃。鲁肃说："都督回来得正是时候！"接着，他就把大殿中发生的一切事情都告知周瑜。

周瑜说："子敬不要发愁，我自有主意。你可速去通知诸葛亮前来相见。"

鲁肃骑马去见诸葛亮，周瑜这才来到孙权这里。

孙权也很高兴，说："我已派人去请都督，不想你竟回来了！"

周瑜说："主公暂且歇息，我回府看看，立刻便回！"

孙权说："你且去吧，我等你议事！"

周瑜回府，见过爱妻小乔，夫妻自是十分欢悦。刚要歇息，忽报张昭、顾雍、张纮、步骘前来探望。周瑜把他们迎入堂中坐下。互相寒暄一番之后，张昭说：“都督知道曹军将至的消息吗？”

周瑜摇摇头，佯装不知。

张昭便说：“曹操拥百万之众屯兵汉上，已经有檄文到来，要请主公会猎于江夏。他虽有南下之意，但尚未表露。我等劝主公暂且投降曹操，以免江东之危。不想鲁肃从江夏请来刘备的军师诸葛亮，他想借东吴之兵抗拒曹操，用言辞激我主公。鲁肃执迷不悟，主公则委决不下，只好请都督拿最后的主意了！”

周瑜又向顾雍等人问：“你们都是这样的主意吗？”

顾雍等人齐声说：“子布之意，皆是众议。”

周瑜说：“好了。我也想采取降曹的办法。大家且回去，我自会向主公言明。”

张昭等人很高兴地走了。

张昭等人刚走，黄盖、韩当、程普三位武将也来探视周瑜。各自问安之后，程普说：“都督可知曹操欲吞江东的事吗？”

周瑜摇头说：“不太清楚。”

程普说：“我们江东开基创业已历经三世，经过大小数百战，才巩固了江东六郡。今日曹军到来，主公听信众谋士的议论，意欲投降曹操，这真是可惜可耻之事啊！我们武将宁死不辱，望都督恳请主公奋起抗曹，我们战死沙场也心甘情愿！”

周瑜望望黄盖、韩当，又问：“你们都和程老将军想法一样吗？”

黄盖、韩当都说：“头可断，血可流，誓不降曹！”

周瑜听了，点头说：“我正想寻曹贼决战，他来了正好。

将军们请回，明日见了主公，我自有主意！”

程普等人见周瑜也主张抗曹，放心地走了。

周瑜送走了程普等三人。没过一会儿，诸葛瑾、吕范等一班文官也来看望周瑜。

周瑜也不慢待众人，把他们引入内室说话。

诸葛瑾开口便说：“我家兄弟诸葛亮从汉上来，言称玄德公欲结东吴，共抗曹操。主公拿不准主意。因为诸葛亮是我家弟，我不好多说话，专等都督到来，拿个主见！”

周瑜望了望诸葛瑾，问：“依你之见，是降是战呢？”

诸葛瑾说：“我用八个字作结，即是‘降则易安，战则难保’。”

周瑜听了，大笑着说：“你是把两面都说到了，骑墙而立。好了，我自有主张！”

坐了一会儿，诸葛瑾等人退去。

周瑜本想思考一下，可是吕蒙、甘宁等人又来求见。周瑜把他们请进内室。没有别的事情，仍是议论是战是降的事。有的要战，有的要降，各执己见，都能讲出一大堆道理来。周瑜只是听着，也不表态，最后说：“不要再争执了，明日见了主公再议吧！”

吕蒙和甘宁等人走了之后，周瑜不禁暗暗发笑，但不知他心里想着什么。

到了夜晚，鲁肃领着诸葛亮来见周瑜。周瑜不敢怠慢，步出中门相迎，到了内室，分宾主坐下。

坐下之后，诸葛亮望着周瑜，周瑜望着诸葛亮，都没有言语。

耿直憨厚的鲁肃，耐不住劲儿，说：“曹操驱众南侵，战与降摆在眼前，主公一时不能决断，望将军拿个主意！”

周瑜深思熟虑似的说：“曹操假借天子之名，况且拥大兵一百余万，其势不可阻挡。所以战则必败，降则得安。我意已决，等明日见了主公，说明利害，立刻派人到曹营请降！”

周瑜这番话，可把鲁肃急坏了。他看看诸葛亮，诸葛亮脸色不变，好像没有听见周瑜说的这些话。

鲁肃说：“都督之言差矣！我们江东基业已经三世，怎么能轻易献给曹操？先主孙策临终曾嘱咐主公，把外事托付给你。现今正是仰仗都督保国安邦的时候，都督却说出懦夫之言，真叫人心寒！”

周瑜摇着头说：“子敬难道不知，如果我们抗曹，打起仗来，江东六郡百姓必遭其祸，我必受埋怨，所以还是降曹安然！”

鲁肃又气又急，红着眼珠说：“我不这样看，以都督的英名，仗着江东的险固，曹操是难以得逞的！”

二人争论起来，面红耳赤，各不相让。

诸葛亮袖着手，在一旁看着，不言不语，有时发出几声冷笑。

周瑜见诸葛亮发笑，便问：“先生为何哂笑？”

诸葛亮动了动身子说：“我不笑别的，只笑子敬兄不识时务啊！”

鲁肃正在气头上，听诸葛亮这样说，大声问：“你怎么笑我不识时务啊？”

诸葛亮慢悠悠地说：“依我看来，公瑾意欲降曹，甚是合理。你只顾争辩，不是不识时务吗？！”

周瑜在一旁说：“还是孔明先生理解我，知我之心啊！”

鲁肃丈二和尚摸不着头脑，心想：你诸葛亮到底是怎么一个人？那日见孙权是那样说法，今日见周瑜又是这样说法，到底你是个什么主意呀？关乎江东生死存亡的大计，你却这样随随便便，一会儿这样，一会儿又那样，是何道理呀？！

于是，鲁肃反问诸葛亮：“孔明先生，你也主张降曹？”

诸葛亮平静地说：“我看曹操极善用兵，天下没有一个人能抵挡得住。以前吕布、袁绍、袁术、刘表都曾与他较量过，个个都失败了。可以说，曹操天下无敌。现在只有我家主公不识时务，逞强与他抗争，落得孤守江夏，存亡难测。所以我认为，都督决计降曹，可以保家、保妻子、保富贵。至于说东吴兴亡，那是天命，有什么可惜的呢？！”

诸葛亮这一席话，可把鲁肃气坏了。他站起身，用手指着诸葛亮大吼：“诸葛亮，你怎能教我东吴屈膝于曹贼？！”

周瑜起身制止住鲁肃，对诸葛亮说：“先生，你可接着说下去！”

诸葛亮说：“都督决意降曹，我倒有一妙计，可帮你成功。”

周瑜说：“敬请明示。”

诸葛亮说：“其实很简单。东吴要想降曹，并不用牵羊担酒、献土献印，也不用孙将军和周都督等亲自去拜会曹操，只要遣一使者，乘一叶扁舟，送两个人到江北曹营。曹操一见此二人，百万之众即可卸甲卷旗而退。”

周瑜微笑着问：“仅需二人，即可退曹兵，真妙计也！请问先生，可用哪两个人？”

诸葛亮仍不直说，只说：“东吴少了这两个人，如大树飘落两叶，如粮仓少了两粟，并不算什么。可是曹操得此二人，却必然大喜，立即兵退北方。”

周瑜是个急性子，急问：“到底是哪两个人？”

诸葛亮说：“别急。我在隆中闲居的时候，就听人说曹孟德在漳河（在河北、河南两省边境）岸边建了一个铜雀台，台阁中广贮天下美女，供自己玩乐。曹操是个好色之徒，扬言要阅尽天下美女。他听人说江东乔公生有二女，长女名大乔，小女名小乔，都有闭月羞花之貌、沉鱼落雁之美。所以曹操对二乔渴望已久，常常发誓说：‘我生平第一愿望是扫平四海，以成帝业；第二愿望是要得江东二乔，置之铜雀台中，以娱晚年！’所以，曹操此次南侵，是半为江山半为美人。如果得此二女，又使江东归顺，曹操保管立刻撤兵，东吴必无忧也！”

周瑜听了诸葛亮这些话，站起来踱步，脸被气得煞白。

鲁肃知情，以眼色暗示诸葛亮莫要再往下说。可是诸葛亮仍然态度如常：“依我看来，都督快去寻找乔公，以千金买此二女来，立即差使送给曹操，曹操一见，称心如意，必然携二女班师而还。这就是昔日范蠡献西施之计，何乐而不为呢？！”

周瑜跺跺脚，问诸葛亮：“曹操想得二乔，有何凭证？单听先生口说不足为凭！”

诸葛亮也站起来说：“凭证也很明白。曹操有一个儿子叫曹植，号子建。这个人极聪敏，善作诗赋，可以七步成章。铜雀台修成之后，曹操命他作一赋，以资纪念。曹植之赋名《铜雀台赋》，完全是曹操授意之作。赋中之语道出了曹操誓夺二乔之意。这不是最好的凭证吗？！”

周瑜为了进一步核实，便问：“你可记得此赋原句？”

诸葛亮笑笑说：“因为赋中句子优美，我很喜爱，至今还能记下。”

周瑜沉住气，似乎平静了些，说：“那么，烦请先生背诵一回。”

诸葛亮说：“这并不难。”于是，将《铜雀台赋》背诵下来：

从明后以嬉游兮，登层台以娱情。见太府之广开兮，观圣德之所营。建高门之嵯峨兮，浮双阙乎太清。立中天之华观兮，连飞阁乎西城。临漳水之长流兮，望园果之滋荣。立双台于左右兮，有玉龙与金凤。揽“二乔”于东南兮，乐朝夕之与共。俯皇都之宏丽兮，瞰云霞之浮动……

没容诸葛亮背诵完毕，周瑜已经怒不可遏。他一手卡腰，一手指着北方大骂：“曹操老贼，你欺我太甚了！”

诸葛亮上前劝着周瑜说：“都督为何动怒？这并不算什么事情呀！当年北国单于屡侵边疆，汉天子不是以公主和亲平息了战争吗？都督为何为了民间二女子而大发雷霆呢？”

鲁肃在旁，悄悄对诸葛亮说：“先生，你不知道，这大乔是我家旧主孙策的夫人，小乔正是我家都督的娇妻呀！”

诸葛亮听了，佯装失言，双手合掌，走到周瑜面前说：“恕我不知详情，多有失言了！”

其实，诸葛亮早就知道大乔是孙策夫人，小乔是周瑜夫人，为了激怒周瑜，他是故意这样说的。

还有那《铜雀台赋》，其他诸句都是真的，唯“揽二乔于东南兮，乐朝夕之与共”句，是诸葛亮有意改编的。原赋中是这样写的："连二桥与东西兮，若长空之蝃蝀[1]。"

为了激怒周瑜，诸葛亮深思熟虑之后，故意将这两句改了，而且改得天衣无缝，无懈可击。

周瑜顿足捶胸，高声说："我与曹贼誓不两立！"

诸葛亮反过来解劝周瑜："公瑾切宜消气。事需三思，免得后悔呀！"

周瑜坐下，严肃地说："我受先主孙策之遗托，岂能把江东六郡拱手献于曹贼。刚才我说投降曹操的话，不过是试探先生。我在鄱阳湖操练水师，早有北伐之心，何况曹操打到门前来了。抗曹之志，刀斧加身也不改变。望孔明先生能助我一臂之力，同破曹贼！"

二人刚一见面时，周瑜故意说出降曹的话，是想让诸葛亮有求于他，现在经诸葛亮一激，周瑜自己说出真话，反而有求于诸葛亮了。

这就是诸葛亮比周瑜高出一筹的地方。

诸葛亮见周瑜求他，便立刻答应："蒙都督不弃，诸葛亮愿效犬马之劳，随时听候调遣！"

周瑜说："明日去见主公，议论起兵之事！"

鲁肃很高兴，与诸葛亮一道辞别周瑜。走出大厅时，鲁肃对诸葛亮说："先生，你可真了不起呀！我从心中佩服！"

诸葛亮笑笑说："子敬兄，你为人忠厚耿直，在当今官场中也实在难能可贵呀！"

---

① 蝃蝀（dì dōng）：即彩虹，借指桥。

第七回 周公瑾屯兵夏口 刘玄德冒险过江

第二天凌晨，孙权即早早升殿，等待周瑜拿出最后的主见。

大殿下边，左边站着张昭、顾雍等三十多名文官，右边站着程普、黄盖等三十多名武将，个个衣冠整齐，神态庄重。

周瑜进殿，孙权让他坐下后，便开门见山地问："公瑾，一夜思谋，有何高见？我就听你一句话了。是战是降在此一举！"

周瑜说："曹操大兵压境，文武大臣议论纷纷，主战主降各执己见。不知主降派是何道理？"

孙权望望张昭说："张子布等人皆劝我降曹，你听听他的高论吧！"

张昭近前一步说："如今曹孟德挟天子以令诸侯，刚刚平定北方，便挥师南下。收服荆、襄，刘琮降曹，刘备败北，这些都是事实。如今他又打造战船，势吞江东。将来水陆并进，我江东难保，故而劝主公暂时降曹，以解危难！"

周瑜听了，微微一笑说："这都是腐儒之见。曹操虽然托名汉相，实为汉贼，不得人心。我江东自开国以来，已历经三世，兵精粮足，正可以为国除奸，驰骋天下，怎能屈服于他？至于说曹军势大，我倒有不同看法。曹军南下，先犯了军中四忌：曹操北方未平，尚有马腾、韩遂为其后患，后方未稳，急于南征，这是第一忌；第二忌是，北军不惯水战，舍掉鞍马，依附舟楫，以短击长；第三忌是，正值隆冬盛寒，马无新草；第四忌是，北方兵士，远涉江湖，不服水土，多生疾病。曹操犯此四忌，兵士虽多，也不能取胜。主公破曹，正是好时机。如果拨我精兵数万，进驻夏口，与曹会战，保险能胜！”

孙权听了周瑜的分析，十分高兴，站起来说：“老贼曹操欲废汉而自立，如今能与他较量的只有我了。公瑾之言，正合我意！”

周瑜雄心勃勃地说：“我定与曹贼决一死战，为主公争光，只恐怕主公意志不坚！”

孙权听了，搓着双手，猛然拔出身上的佩剑，照着案角猛劈下去，“咔嚓”一声削去一角。他面对文武群臣说：“诸位再有劝我降曹者，与此案相同！”

孙权这一举动，只惊得张昭等人浑身哆嗦了一下。他们自觉大势已去，脸上无光，不由悄悄低下头去。

接着孙权又说：“此剑授予公瑾。剑如同孤命，公瑾可全权行事！”

周瑜从孙权手中接过剑来，站立一旁。

孙权接着又封周瑜为大都督、程普为副都督、鲁肃为赞军校尉。全军如有不听调配者，均以此剑立斩。

周瑜捧着宝剑，面对群臣说：“我奉主公之命，率军破曹。明日各位将官都到江畔行营听令，如有违者，按七禁五十四斩行事！”说罢，转身辞别孙权下堂去了。

文武大臣见大局已定，便各自怀着不同的心情纷纷散去。

周瑜回到家中，立刻差人到馆驿，请诸葛亮来议事。

诸葛亮来了，问周瑜："今日你家主公如何决断？"

周瑜很高兴地将孙权以剑削案的情景向诸葛亮说了一遍，并说："主公已下决心，所以我请先生来商讨具体破曹的办法！"

诸葛亮听了，摇摇头说："依我想来，你家主公的决心还没有最后下定。所以，现在咱们商讨具体破曹之策，为时尚早！"

周瑜听了诸葛亮的话，大笑起来："先生并没有在场，怎知我家主公决心还没有下定呢？"

诸葛亮笑而不语。

周瑜问："你说，我家主公还会有什么顾虑？"

诸葛亮说："你家主公所顾虑者，仍是曹军兵多将广，恐怕打不过他。"

周瑜虽然不相信诸葛亮之言，但仍问他："你说该怎样解除主公的疑虑呢？"

诸葛亮说："办法只有一个，你赶快去见你家主公，向他谎说曹军兵力并不像宣扬的那么多。只要你说，你家主公一定相信，顾虑定可以打消。那才算是最后下了决心！"

周瑜听了诸葛亮的话，半信半疑，心想：马上去看看主公是不是心疑，也好判断诸葛亮之言是真是假呀。他同意了诸葛亮的建议，连夜来到孙权府中。

屋子里亮着灯，孙权正坐在桌前凝眸沉思。

周瑜走到窗前，轻轻呼唤："主公，天已很晚，怎么还不休息呀？"

孙权在屋中听了，连忙说："是公瑾吗？你来得正好，屋中一叙！"

周瑜进了屋，说："主公，明天就要调拨人马了，你还有什么疑虑呀？"

孙权说："公瑾，我一直担心曹操兵多将广，咱们寡不敌众啊！所以难以入睡！"

听了孙权的话，周瑜暗吸了一口凉气。他心中暗暗佩服诸葛亮智谋过人。

周瑜想了想，还是按诸葛亮的办法，向孙权说："主公请勿担忧。都说曹操有百万大军，那只是他虚张声势，故意那样宣扬的。其实，关于曹军的兵力，我早做了详细调查。曹操原有北方兵十五万，连年征战疲惫不堪；所得袁绍兵八万，战斗力更不强。新得刘琮荆襄兵三万，大多不服于他。总共加起来，不过二十五六万人，不足为虑。我只要五万精兵，完全可以取胜，主公可放宽心！"

孙权听罢，立时绽开笑容，上前拍着周瑜的肩膀说："公瑾这么一说，我就一点顾虑也没有了！咳，张昭随我多年，可是关键时候，不知我心。只有鲁肃和你与我相知啊！此次与曹操开战，要与程普、子敬等同心协力，我完全支持你们！如人马不够，粮草不足，我会及时运送。必要的时候，我还可以亲临前线，与曹操决战！"

二人坐着谈了一会儿，周瑜让孙权休息，自己回到家中。

到家中之后，周瑜难以入睡。不为别的，只为诸葛亮的智谋胜他一筹，心中不悦。他自言自语地说："此人高我一筹，如果长此下去，将来必定是江东之患，不如及早将他杀死，以绝后患！"

想到这里，周瑜叫来身边卫士，说："速去请鲁肃连夜过府议事！"

卫士去了。不多时，鲁肃睡眼惺忪地来了。他问周瑜："都督，连夜叫我来，有何事呀？"

周瑜与鲁肃私交甚厚，说话不转弯抹角，便拉着鲁肃坐下，悄悄地说："这个诸葛亮，果然智谋过人啊！"

鲁肃听周瑜夸诸葛亮，很高兴，便接上话茬儿说："是啊，他舌战江东群儒，力劝主公抗曹，处处看出来他可不是凡人啊！"

周瑜长吁一口气，说："如果让他活下去，可是咱江东的后患啊！"

鲁肃说："那怎么会呢？"

周瑜着急地说："哎呀，我的子敬兄，你心眼儿也太实在了。那诸葛亮是辅助刘备的，一旦联合抗曹胜利了，诸葛亮回到刘备身边，不是要和咱们对阵吗？"

听周瑜这么一说，鲁肃想了想，点点头说："这个道理也对！"

"所以，"周瑜说，"不等他回去，我就杀了他，以除江东后患！"

鲁肃一听要杀诸葛亮，连忙站起来，摇着头说："都督不可，万万不可呀！"

周瑜问："为什么？"

从心里说，鲁肃是不忍心杀诸葛亮的。可是，他不能这么明说，却只是说："如今，正是咱们用人之时，何况还没有与曹操开战呢！把他杀了，不等于咱们自失其助啊！"

听了鲁肃的话，周瑜一想也对，便问："那么，依你之见，该如何对付诸葛亮？”

鲁肃想了想，一拍手说：“有了，那诸葛瑾是诸葛亮的亲哥哥。不如请他去找诸葛亮，说服他扶保江东，不回刘备那里去了。这不是上好的主意吗？！”

周瑜听了，完全同意鲁肃的主意，说：“好，明日，我便让诸葛瑾去办此事！”

第二天，周瑜到行营升帐，派将完毕，悄悄对诸葛瑾说：“先生，过会儿到我行营一叙！”

下午，诸葛瑾不知都督有何调遣，早早地来了。见了周瑜，诸葛瑾问：“都督，有何公务要我去做？”

周瑜先让诸葛瑾坐下，沉思一会儿说：“我知道你和诸葛亮是亲兄弟，所以……”

诸葛瑾不知周瑜何意，立刻起身解释说：“我与诸葛亮的确是同胞兄弟，但已多年未见。他事刘备，我事东吴，两不相干。此次他到东吴来，我们也没有接触！”

周瑜笑了，说：“不要慌张。兄弟相逢，怎能不叙叙旧呢！接触接触，是人之常情嘛。令弟果然才智超人，不同凡响啊！只可惜，他一直追随刘备，实在叫人惋惜。现在刘备避居江夏，令弟来东吴，帮助咱们抗曹，这正是一个好机会。我想让先生专程去看看他，顺便劝他归顺东吴，辅保主公。这样一来，不但令弟弃暗投明，使其才智得以发展，而且你们兄弟同事一主，朝夕相处，岂不是一件美事！不知先生愿意不愿意呀？”

诸葛瑾听了，说：“我自投江东以来，在主公面前做一参事，一直未立寸功。都督今日看重于我，理应效力！”

周瑜很高兴，送他出门。

诸葛瑾出门之后，立刻上马，直奔诸葛亮的馆驿。

诸葛亮自来到江东后，何尝不想见见哥哥，只因在错综复杂的斗争中，怕给哥哥招来麻烦。他知道哥哥生性软弱，胆小怕事，所以未去看望。

现在哥哥来了，他非常高兴，急忙上前迎接，拉着哥哥的手，引到屋中坐下。

兄弟二人多年未曾见面了。诸葛亮想起往事，想起苦难多舛的童年，不禁伤心地哭了。诸葛瑾也哭了。

过不多时，诸葛瑾说："谁让咱们生在这个世道啊！一些有志有才的人，都各为其主，使咱同胞兄弟也生分了！"

诸葛亮陪着哥哥共叙离别之苦，也打听他在东吴供事是否顺畅。

诸葛瑾说："我不如二弟才气过人，只是平庸度日罢了！"

兄弟二人说了好长时间的话。诸葛瑾也没有说出来意，诸葛亮也不问。

诸葛亮说："我这次来江东，本该先去拜望兄嫂，只因公事在身，不便前往，望兄嫂谅解！"

诸葛瑾听到这句话，深有感慨地说："我们虽然生逢乱世，但昔之伯夷、叔齐，实在叫人敬重！"

诸葛亮听哥哥这句话，立时感觉到了诸葛瑾此番前来的用意，心中暗想："一定是周瑜派他来劝我归顺东吴的。"

诸葛亮不动声色地听着。

诸葛瑾接着说："昔日伯夷、叔齐兄弟二人，虽然颠沛流离，最后饿死在首阳山中，但他们从未分离。"

诸葛亮轻轻地说："夷、齐二人乃古之圣贤！"

诸葛瑾说："是啊，古之圣贤即是我们的榜样啊！你我同胞共乳，长大之后却各事其主，不能旦暮相聚，实在令人伤心。比起古之圣贤，我们真有些惭愧了！"

诸葛亮听到这里，便说："兄长之言，是咱兄弟的情分；我忠于玄德公，乃是一个义字。兄长与我都是中原之人，刘皇叔乃是汉室之胄，如果兄长离开东吴而与弟共扶玄德公，上不愧汉臣，下可使咱骨肉相聚。这样一来，情义双全，岂不美哉！不知兄长意下如何！"

诸葛瑾听诸葛亮这么说，心中暗想："二弟果然才智过人，我来劝他归吴，现在倒成了他劝我归刘了！"一时间，竟难以应付。

诸葛亮又问："兄长可否听我之言？"

诸葛瑾显得很尴尬，摇摇头说："我受东吴厚恩，一时拿不准主意，容日后再说吧！"

兄弟二人又说了些话，诸葛瑾不好意思再提诸葛亮归顺东吴的事，只得回去了。

诸葛瑾见了周瑜，禀告了自己见诸葛亮的经过。周瑜虽然不高兴，但也不怪他。

周瑜心中暗暗发狠，说："既然不愿归顺，那就待我另找机会除掉他！"

第二天，周瑜点齐了军马，先到孙权处辞行，说："主公，我要到夏口扎营去了，不知还有什么吩咐？"

孙权说："没有别的事了。你先行，我随后起兵。"

周瑜拜别了孙权，欲与程普、鲁肃乘船直奔夏口水寨。同时，也请诸葛亮一同前往。

诸葛亮欣然答应，一同登船。

船队到了夏口，在离三江口五六十里的地方泊住。大船依次排开，形成阵式。前队船在江中，后队船接连岸上，傍西山结营，周围有小舟护卫。

周瑜的大帐在中间船上，旌旗猎猎，好不威风！

诸葛亮只被安排在一叶小舟中居住。

诸葛亮站在小舟上，眼望长江浩浩渺渺，自己只身在吴，真如同一叶小舟。可是为了联孙抗曹的大业，他精神振奋，意志坚决，稳如泰山。

周瑜在大帐中把诸将分拨完结，便差人到小舟中，唤诸葛亮前来议事。

诸葛亮随差人来到周瑜中军大帐。

周瑜让诸葛亮坐下，有人献上茶来，诸葛亮只低头喝茶，等候周瑜说话。

周瑜耐不住性子，说："当年，曹操以少量之兵战胜袁绍，原因是什么呢？重要的是，他采纳了许攸的计策，先截断了曹军的乌巢之粮。如今，曹操拥八十三万之众，我军只有五六万，怎么能打败他呢？我看，也必须先断了他的粮草，然后才可打败他。我已经探明，曹军的粮草屯于聚铁山。先生久居汉上，熟知聚铁山的地理，我想请先生通知关羽、张飞、赵云三人，星夜去聚铁山断了曹军的粮道。当然，我也会派一千兵协助。既然是孙、刘联合抗曹，我想先生不会推辞吧？！"

诸葛亮听了周瑜的安排，心里马上想到：这个周郎真狠心，昨天让我哥哥劝我归顺东吴，没有成功，今日就设法害我。我若是不应允他，必被他耻笑。莫如先应下，再另想主意！

于是诸葛亮说："既然都督安排，亮怎敢不从？"说罢，辞别周瑜，回到小舟中。

诸葛亮走了，鲁肃进来，对周瑜说：“都督派诸葛亮劫粮，一定有用意！”

周瑜冷冷一笑，附耳对鲁肃说：“诸葛瑾劝诸葛亮归顺，诸葛亮不从，我只有设计杀之。如果我亲手杀他，惹天下笑话，不如借曹操之手杀了他，这样一则与我无关，二则免去后患！”

鲁肃听了，心中不忍，悄悄地出来，到小舟中寻找诸葛亮。谁知小舟中没有诸葛亮，从人告诉他，诸葛亮已经上岸去了。

鲁肃追到岸上，见诸葛亮正整理行李，准备行动。

鲁肃扯着诸葛亮的衣襟说：“先生此行，你觉得能够成功吗？”诸葛亮望着鲁肃，面有难色地说：“得费些气力！”

鲁肃说：“我看未必能成功！”

诸葛亮笑笑说：“我诸葛亮能水战、能马战、能步战，样样精通，怎能不会成功？！不像你，还有周郎，只有一能！”

鲁肃不明白诸葛亮话中的意思，问：“你说我和公瑾只有一能，什么一能？”

诸葛亮说：“我听江东小孩子们传唱的歌谣说：‘伏路把关鲁子敬，临江水战有周郎。’难道你们没有听见？”

诸葛亮到江东以来，终日不歇着，深入民间考察了解乡风民俗，察看地理，研究长江一带气候变化、水草动物等，他把这些情况都烂熟于心，所以说话、做事能得心应手，左右逢源。

鲁肃听了诸葛亮说的儿歌，不禁失笑说：“先生处处留心，真正了不起。”

诸葛亮说："人生在世，什么事情都不是生而知之，而是要去留意，去琢磨，才能明白的。一个人的才智总是有限的，只有肯用心，肯钻研，才能使才智更好地发展。一个人的先天条件再好，不努力，不用心，慢慢地也就萎缩了。这正如一把刀，刀锋再利，不去磨砺，也会长锈的。刀锋多从磨砺出嘛！"

鲁肃点头，说："对，我鲁子敬只善于在陆地伏路把关，公瑾只善水战。"

鲁肃回来，告诉周瑜说，诸葛亮正在整理行李，准备出发。

周瑜问："他说有多大把握？"

鲁肃说："他说能够成功。因为他擅水、陆、车、马数能，不像我们只有一能！"

周瑜听了，不高兴地问："诸葛亮怎么说的？"

鲁肃笑笑说："诸葛亮背诵了一则儿歌。"

周瑜问："儿歌怎么说？"

鲁肃答："伏路把关鲁子敬，临江水战有周郎。"

周瑜听罢，暴跳起来，吼道："这个山野村夫又在小视于我。怎说我周郎只会打水仗，不会陆上作战？！好，此次截粮，不必他去。我自领一万人马，去聚铁山截取曹军粮道！你赶紧去通知诸葛亮，就说不必他去了！"

鲁肃又匆匆地回到诸葛亮面前。诸葛亮装作就要出发的样子。

诸葛亮说："我正要走，子敬回来又为何事？"

鲁肃说："周都督要我告诉你，此次截取曹军粮道，不用你去了，他要亲自去！"

诸葛亮听了，一阵大笑。笑过之后，用手拉着鲁肃回到小舟中，坐下，仰天叹口气说：“子敬啊，我深知你是一个厚道君子，所以我以实言相告。这次周郎派我去断曹军粮草，实际上是想借曹操之刀杀害于我。他明明知道曹操是多谋之人，而且惯用截人粮道的战术。如今他欲征服江南，怎能不在粮道设防？我们要去截其粮道，必为他所获，所以万不能去。我刚才以言语戏激周郎，周郎必定逞强斗勇。如果去截粮道，必遭曹操暗算。”

鲁肃听了，心中着急，问诸葛亮：“这如何是好？莫如我赶紧回去通知周都督，叫他莫要前去！”

诸葛亮说：“对。目下孙、刘联合共抗曹操，必须同心协力，不能内部互相残害，这样才能取胜。不然，前功尽弃！为从大局出发，请子敬赶快回禀周都督，让他打消截取曹贼粮道的计划。眼下之计，必须以己之长克彼之短。在水战上挫敌锐气，然后再以妙计破曹。望子敬务必将这些话告诉周都督！”

鲁肃听罢，连连点头，连夜去见周瑜。

周瑜问：“子敬，这么晚来见我，有何要事？”

鲁肃气喘吁吁地说：“都督啊，孔明先生让我告诉你，千万别去截取曹操粮道，不然定会吃亏。孔明先生说，要以己之长克彼之短，在水战上挫败曹操锐气，然后再思妙计破曹。”

周瑜听罢鲁肃转达的诸葛亮的话，不禁捶胸顿足说：“唉，诸葛亮奇才，智谋胜我十倍。如不杀他，将来必成江东之大患！”

鲁肃似有恳求的意思，说：“都督，目前孙、刘联合抗曹，正是用人之时，望以国事为重，不要杀害诸葛亮。要杀诸葛亮，也得等到破曹之后，慢慢相图！”

周瑜长吁一口气，说：“只好听子敬之忠告了！”

另一边，刘备吩咐刘琦驻在江夏，自己领着一些将士来到夏口。

一日，刘备望见江南岸旗幡招展、帆樯重重，料定这是东吴在兴兵了。于是，刘备把人马带到樊口屯扎，以便必要时给以策应。

刘备来到江边，望着南方，说：“军师去东吴已经多日，至今杳无音信，实在叫人惦念，不知事情办得怎样。哪位将军愿意到江东去一趟，探听军师情况，回报于我！”

糜竺听了，过来说：“主公，我愿过江看望军师！”

刘备说：“很好。要以犒军为名，带上羊、酒礼物，面见周瑜。也好探听一下东吴的情况。”

糜竺领命，带上羊、酒礼物，乘坐小舟，顺流而下，一直来到东吴水寨跟前。东吴的军士问糜竺从何而来，糜竺将姓名通报了，下了小舟，被人引着，来到周瑜的中军帐中。

周瑜将糜竺引入内室坐下。糜竺献上犒军酒礼，周瑜命人收下。

中午，周瑜设宴招待糜竺，但他故意没请诸葛亮来。按说，刘备派人送来犒军之礼，款待宴上一定得有诸葛亮参加。周瑜别有心思，所以不让诸葛亮知道。

席间，糜竺说：“我家军师过江已经数日，主公说引他一起回去！”

周瑜听了微微一笑说：“孔明先生与我共谋抗曹，战争还没开始，怎好回去呀！”

周瑜不怀好意而挽留诸葛亮，糜竺并不知道，只认为抗曹战争没有开始，不能回去。

周瑜又说："我很想会见玄德公，以便在一起共议抗曹良策。可是，我统率大军在此，公务繁忙，抽不出身来。如果玄德公能屈驾光临，我周瑜欣慰之至！请糜将军回去转达我的意思！"

糜竺说："都督放心，我一定转告我家主公。我此来想要见见我家军师，望都督将他请来一见！"

周瑜急忙说："孔明先生每日行踪不定，有时在舟中，有时到江边游逛，没有准地方。刚才我已派人请过，言称孔明先生到江边去了，所以没来赴宴。但我告诉将军，孔明先生一向很好，望勿挂念。"

周瑜这番话是应付糜竺的，他根本没有派人去请诸葛亮。但诸葛亮的确很少在舟中，一有时间便到江边察看。

糜竺听了周瑜的话，不好再说什么，宴散之后，就告辞周瑜，乘舟回江北了。

糜竺走后，鲁肃悄悄问周瑜："公瑾，你邀请刘备前来，有何用意？"

周瑜拍拍鲁肃的胸脯说："子敬，天下难有你这样的好心肠了！你知道，那刘备乃世之枭雄，现在他势孤力单，正好乘机消灭；若是他成了气候，便是东吴之大患了！"

鲁肃听了，忙说："刘备正和我们联合抗曹，你若杀了他，不是破坏了抗曹之大计吗？！"

周瑜笑笑，不理鲁肃，径直走了。

糜竺回到刘备面前，言说面见周瑜的情况。

刘备问："军师身体如何？办事顺利吗？"

糜竺说："没有见到军师，周瑜说他到江边去了。"

刘备听了，有些不悦。糜竺又告知周瑜想请主公过江一叙。

刘备立时说：“可以。”

关羽在旁说：“主公不可贸然前往。听说那周郎是个很有心计的人，恐怕其中有诈！”

刘备说：“我们联孙抗曹，必须同心同德。如果互相猜忌，怎能成事！周郎想见我，我若不去，不免被人耻笑！”

关羽想了想，说：“如果兄长执意要去，我一同前往！”

张飞也吼着说：“我也陪哥哥去！”

刘备说：“不必了。你和子龙守寨，只云长随我过江去吧！”

安排已毕，关羽伴刘备乘一小舟，随从二十余人另乘一船，划着桨向对岸驶去。离周瑜的水寨越来越近，看着艨艟战舰整齐排列，非常威风，刘备心中十分高兴，暗暗称赞周郎练兵有方。

临近水寨，有人早报告周瑜：“刘玄德来了。”

周瑜问：“共有多少只船？”

军士答：“只有一船、一小舟。”

周瑜点点头，暗暗吩咐刀斧手埋伏起来，约定以掷杯为号，杀掉刘备。

接着，周瑜出帐迎接刘备，十分客气。两人来到中军帐叙礼毕，周瑜请刘备上坐，自己下陪。他说：“玄德公名扬天下，瑜仰慕之至！”

刘备谦逊一番，然后分宾主落座。

周瑜设宴招待。

诸葛亮在江边察看长江水势，听一个小兵说刘备过江来了，大吃一惊，赶忙从江边回来，径直来到周瑜的中军大帐。他佯装没事，来到门前，侧眼向帐中望去，一眼就看见了藏在帐后的杀气腾腾的刀斧手。

诸葛亮心想：“这该怎么办呢？”

他又看看刘备，只见刘备谈笑自若，毫无戒备。

诸葛亮低头思谋着主意。偶一抬头，看见刘备身后站着一个人。仔细辨认，原来是关羽。关羽一手叉腰，一手按着宝剑。

诸葛亮见到此种情景，立刻放下心来，闲庭信步般走过中军帐，到江边做自己的事去了。

周瑜与刘备饮宴之间，曾几次举杯在手。他看见刘备身后站着一个红脸大汉，丹凤眼，卧蚕眉，颔下飘着长髯，一副威风凛凛的样子。

周瑜问刘备：“玄德公身旁之人是谁呀？”

刘备说：“他是我二弟云长。”

周瑜一听倒吸一口凉气，说：“莫非就是过五关斩六将的英雄？”

刘备说：“正是。”

周瑜立刻把酒杯放下，直到宴散也不敢投掷。刘备准备告辞，问周瑜：“我家军师现在哪里？可否请来一见？”

周瑜仍说：“孔明先生飘忽不定，一时难以找到他，待破了曹贼，相见未迟。”

刘备不便强难于周瑜，只好出了中军帐，乘小舟来到自己的船上。

刚要开船，诸葛亮忽然从舱中出来，对刘备打躬说：“主公此来江东，实在是危险啊！”

刘备说：“周瑜要加害于我？”

诸葛亮便将他见到的情形告知刘备，说：“若不是关将军同来，主公定为周郎所害！”

刘备顿时醒悟，说：“周郎是这样心胸狭小的人，那么你在这里也很危险，不如一齐回樊口吧！”

诸葛亮摇摇头说：“主公莫忧。我虽然身居虎口，却安如泰山。主公回去后，以十一月二十甲子日为期，让子龙将军驾小舟到江南岸边等候，万不可误！”

刘备想问究竟，诸葛亮说：“详情不便明言。只见那天东南风起，我就要回到主公身边了！”说罢，催促着刘备、关羽快走，自己乘小舟返回。

第八回 识天文草船借箭 怀忠心甘受苦刑

曹操与周瑜面江而对，为了探明虚实，双方各用计谋。曹操派谋士蒋干过江劝说周瑜投降。周瑜与蒋干自幼同窗读书，两人早就相识。周瑜故意让蒋干盗书，用反间计诱骗曹操杀了其水军统领蔡瑁和张允。曹操明知中计，仍不愿说出，只好让毛玠和于禁做了水军统领。

周瑜用计谋除掉了心头之患，十分高兴，便对鲁肃说："子敬可去见诸葛亮，看看诸葛亮知不知道我的计策。"

鲁肃领命来到诸葛亮的小舟中。没等鲁肃说话，诸葛亮就说："子敬多时不来了，此来正好，我正要向周都督贺喜呢！"

鲁肃不知情由，问："我家都督有何喜事呀？"

诸葛亮笑笑说："周郎用计，让曹操杀了蔡瑁、张允，使曹军失去懂水战的人，江东没有忧虑了。这不是可喜可贺吗？！"

鲁肃一听，脸上立时变色，心中暗想：这个诸葛亮真不是凡人啊！于是又问："先生怎么知晓？"

诸葛亮说："周郎之计，只能骗了蒋干，曹操事后就会明白，但他绝不会认错，无可奈何只好用毛玠和于禁做了水军统领。这二人不懂水战，早晚要断送曹军。这真是天大好事呀！”

鲁肃不想再听了，急着要走。诸葛亮拦住他说：“子敬回见周郎，万万不可说出我已知晓，不然他又要妒我，想加害于我了！”

鲁肃支支吾吾，连连答应着回报周瑜去了。

周瑜问他：“那诸葛亮可知我的计策？”

鲁肃见问，又支支吾吾半天。周瑜再三追问，他只好原原本本地学说一遍。

周瑜听了，大惊失色，说：“此山野村夫，一定不可留，我决计杀他！”

鲁肃说：“不管他能耐多大，他还是在为抗曹做事，应该留他一命！”

周瑜摇摇头说：“我不直接杀他，却让他死而无怨！”

鲁肃问：“都督有何妙计？”

周瑜说：“你别多问了，来日便知！”

周瑜聚众将于中军大帐，并特意请诸葛亮进帐议事。

诸葛亮来了，周瑜让座，说：“孔明先生，即日就要和曹贼交战了，水上交兵，不知要以何种兵器为先？”

诸葛亮答：“孺子皆知，大江之上，以弓箭为先。”

周瑜说：“但是军中缺乏弓箭，应该立即制造。我想让先生为监工打造十万支箭备用。这是眼下大事，望能承担！”

诸葛亮思考了一会儿，说：“都督派遣，怎敢推辞，不知十万支箭何时交付？”

周瑜说：“军务紧急，十日之内可能完成？”

诸葛亮低头一笑说："曹军随时都有进攻的可能，十日为期，怕是太迟了吧？"

周瑜暗暗发笑，问："先生之意，何日可完？"

诸葛亮略做思考，说："三日吧！三日后定交上十万支箭！"

周瑜站起来说："先生，你可知道军中无戏言？"

诸葛亮也站起来说："怎敢戏言？三日之内定交十万支箭！我愿立下军令状，如办不到，愿受重罚！"

周瑜连连说好，立时叫来军政司写了军令状，诸葛亮画押。

诸葛亮说："今日已经晚了，明日起造，到第三日，你可差五百军卒到江边搬箭！"

周瑜大喜，设酒款待诸葛亮。诸葛亮也不推辞，连饮了数杯才告辞而去。

诸葛亮走后，鲁肃立刻问周瑜："这个诸葛亮，莫非有诈？"

周瑜说："你放心，他就是插翅也跑不了了！他自己送死，并不是我逼他。他当众立了军令状。我要吩咐军中匠工拖延时间，他就是神人，也是完不成任务的！那时定他的罪，他有何话说？你可去看看他的行动，有什么情况回来报告。"

鲁肃急匆匆来见诸葛亮。诸葛亮正在小舟中坐着，见了鲁肃，发愁地说："我曾经嘱咐你，不要跟周郎说我识破了他的反间计。结果你出卖了我，弄得周郎气恼，要加害于我。三日之内，如何能造出十万支箭啊！这回，你可得救救我了！"

鲁肃听诸葛亮抱怨他，只恨自己没有隐瞒，又弄出事来，觉得对不起诸葛亮。可是，自己又能有什么办法救他呢？

鲁肃垂头丧气地说：“这也怪你呀！你不明白期限太紧造不出来吗？怎么还把十日改成了三日？我救不了你，是你自找的！”

诸葛亮取笑说：“如果子敬见死不救，我只有投江了！”

鲁肃拉住诸葛亮说：“不是我不救你，是实在没有办法呀！”

诸葛亮说：“你要想救我，办法还是有的，而且也很简单：你只需给我准备二十条船。船上用青布为幔遮盖起来。每条船上要有三十名士兵和一千个分布在两边的草人。”

鲁肃听了，“扑哧”一笑，问：“你这是做什么游戏呀？命都没了，赶快想办法吧！如你不想死，快跑吧！我迟报一会儿消息，就追不上你了！”

诸葛亮说：“跑？这算什么本事！我跑了，谁为周郎造箭啊？你只要把这些物件准备好，我自有妙用！第三天头上，自然会造出十万支箭。不过，你这次千万千万别再告诉周郎知晓。不然，我可就真没命了。”

鲁肃不知道诸葛亮葫芦里装的什么药，只有按他的主意去办。

鲁肃回来之后，周瑜问：“诸葛亮在做什么？”

鲁肃果然不敢说出实情，只说：“正在筹办造箭之事。”

周瑜又问：“他用多少箭竹、翎毛、胶漆？”

鲁肃说：“我没有细问，大概他自有办法。”

周瑜暗暗发笑，说：“且看他三日后如何交箭！”

按着诸葛亮的吩咐，鲁肃悄悄地拨了二十条快船，每条船上派了三十个士兵，还有青幔及芦草等物。

第一日，诸葛亮安安静静地在小舟中坐着。第二日，仍没有动静。到了第三日四更时候，诸葛亮命人秘密地将鲁肃请来。

鲁肃来了，问："先生找我何事呀？"

诸葛亮郑重地说："请你跟我一齐去取箭啊！"

鲁肃一怔，问："箭在哪里？"

诸葛亮说："你先别急，咱们前去就是了！"说完，命人将二十条快船用绳子连起来，向北岸出发。这些船均用青布幔遮着，两边扎满草人，士兵们都躲在船舱中。

接着，诸葛亮拉着鲁肃上了一只小舟，尾随其后，也向江中划去。

鲁肃更是稀里糊涂，不知诸葛亮想干什么。诸葛亮让鲁肃坐下，斟上酒，说："子敬，我们先喝酒吧，不久就有箭了。"

鲁肃端起酒杯，轻轻摇头，心中七上八下。

诸葛亮望望江面之上，大雾迷漫，好像天和水已融为一体。

鲁肃说："好大的雾啊！"

大约五更时候，二十条快船已接近曹操的水寨。诸葛亮命令士兵将二十条船头东尾西调过来，一字排开，停住。接着命令船上的士兵一齐擂鼓呐喊。

鲁肃见此情况，吓得手直哆嗦，连杯中的酒洒了出来都不知道。他对诸葛亮说："先生，你这么一折腾，曹军杀出，咱们还有好吗？！我看你这不是来取箭，而是来送死呀！你死还可以，为何拉我来垫背？！"

诸葛亮大笑说："子敬，不要害怕。江面上这么大的雾，曹操说什么也不敢轻易出击。我们只管喝酒谈笑吧！等雾散了，咱们就返回去！”

鲁肃心中没底，仍然瑟瑟发抖。

曹操水寨中，士兵们还在睡觉，猛听得江面不远处传来擂鼓呐喊之声，知是东吴的战船杀来了。毛玠和于禁急忙报告曹操。曹操想了想说：“大雾迷江，敌船忽至，必有埋伏，不可轻举妄动。可拨水军弓弩手以乱箭猛射！”

吩咐完毕，曹操又差人前往旱寨营中通知张辽、徐晃，各带三千弓弩手前来助射。

一时间，水旱两军的弓弩手齐放乱箭，箭如飞蝗一般射向诸葛亮的二十条快船。

人声呐喊，战鼓咚咚。过了一会儿，诸葛亮又命二十条快船头西尾东调了个个儿，使船的另一面再受箭。

就这样，一直折腾到日头出来，江面上的大雾渐渐散开。

诸葛亮走出小船，命令：“快速撤回！”

于是，二十条快船顺风驶回南岸。船上的士兵，面朝北方，高声大喊：“谢谢曹丞相助箭，谢谢曹丞相助箭！”

曹操水寨中的军士向曹操报告：“敌船远去了，大喊谢谢助箭！”

曹操听了，情知中计，望着远去的快船，追悔不已。

诸葛亮收船归岸，只见二十条快船的草人身上，密密麻麻遍布箭支。诸葛亮命士兵们将箭取下，打成捆，点点数目，竟有十万余支。

诸葛亮对鲁肃说：“子敬，取箭还不容易吗？周郎不费工本，白白得箭了！”

鲁肃看着，听着，连连点头说：“先生真神人也！你怎么知道今日夜间有大雾？”

诸葛亮草船借箭

诸葛亮微笑着说：“作为一个军事家，不懂天文，不懂地理，不晓阴阳，不通阵图，纯属庸才。我在三日前，就已经测出今夜四更时有大雾，因此敢在周郎面前立三日之期限！周郎意欲害我，我早知晓。没有把握，我不敢应允，绝不能拿着脑袋当儿戏呀！”

鲁肃连连称是。

过不多时，周瑜派五百军士来到岸边取箭。诸葛亮说：“快快搬去交给都督吧！我先回小舟歇息片刻。”说完就走了。

鲁肃赶忙来到中军帐，向周瑜汇报，连说：“诸葛亮真神人也！”

周瑜细问经过，鲁肃像讲神话故事一样把得箭经过讲了一遍。

周瑜听了，又惊又恨，瘫坐在椅子里自言自语地说：“诸葛亮神机妙算，我不如他呀！”

鲁肃在一旁看着，不知说什么好，悄悄地出来了。

周瑜闷坐着，思考除掉诸葛亮的办法。

这时候，诸葛亮来到中军大帐，见周瑜闷闷不乐，便问：“都督，我已将十万支箭送来，谅已收到了！”

周瑜见诸葛亮到来，立刻打起精神，站起来说：“先生神算，公瑾佩服之至！”

诸葛亮说：“区区小计，不足为奇！”

周瑜心里很不明白，他这种自谦，实际是自负，越是这样，周瑜越生气。但他仍假装笑脸，为诸葛亮备酒祝贺。

二人饮着酒，周瑜说：“我家主公昨日派人来敦促进兵，我并没有什么好的计策，请先生赐教一二！”

诸葛亮拱拱手说：“我一介山野村夫，哪有什么妙计！”

周瑜说：“先生莫要过谦。我观曹操水寨，船只排列有方，很是严整，用一般攻打之法，未必能够奏效。我想出了一个计策，不知可以不可以，请先生为我裁决一下。”

诸葛亮听了，制止周瑜说：“都督先别说出口来。我也思谋了一个办法。不如咱们各自写在手心之内，然后一同展开，看看是否相同。”

周瑜听了很高兴，就命人取过笔砚来，说：“好，那么我先写了！”

周瑜拿起笔，在左手心中写了一个字，放下笔，握上手。

诸葛亮望望周瑜，也拿起笔来，在自己的左手心中写了一个字，将手握起来。

周瑜见他写完了，走到诸葛亮面前说：“先生，让我们一同观看！”

诸葛亮和周瑜一齐伸出左手，放在胸前，并且同时展开。互相观看完毕，二人顿时哈哈大笑起来。

原来，周瑜写的是一个“火”字，诸葛亮写的也是一个“火”字。

笑罢，周瑜说：“既然我们都想到了火攻之计，那就依此而行。先生千万别泄露风声！”

诸葛亮说：“岂能泄露风声！曹操已经两次吃我火攻之亏，然而此次他必不备。为什么呢？”

诸葛亮正要说下去，周瑜却接上了：“因为那都是在陆地，他想不到水战也可火攻！”

诸葛亮赞扬周瑜说：“都督所料正合道理。”

二人又边饮边说一阵，诸葛亮便告辞周瑜回小舟中去了。

曹操中了诸葛亮草船借箭之计，平白无故损失了十五六万支箭——东吴收箭十万出头，其余落在江中了。他心中气恼，闷闷不乐。

他的谋士荀攸献计说："江东诸葛亮、周瑜果然诡计多端。我想，咱们应该派人诈降，也好探听消息。"

曹操说："这个办法不错，可是派谁去呀？"

荀攸说："蔡瑁被杀，他的弟弟蔡中、蔡和都是副将，丞相可以略施小恩，命他们诈降东吴，周郎一定不疑。"

曹操说："正合我意。"于是，将蔡中、蔡和秘密叫到内室中，向他们交代了诈降东吴之事。蔡中、蔡和立刻答应了。

曹操又说："两位将军若此番成功，我定有重赏。东吴如有什么消息，速速报来，休怀二心！"

蔡中、蔡和说："丞相放心，我们的妻小都在这里，怎能怀二心？此番前去，一定取诸葛亮、周瑜首级献给丞相！"

曹操在黑夜悄悄送他们走了。蔡中、蔡和带五百军士，乘船数艘，顺流向对岸驶去。

中军帐中灯火通明，周瑜正在思考进军之事。忽然有人来报："江北有船来夏口，自称是蔡瑁的弟弟蔡中、蔡和，因不满曹操枉杀其兄，特来投降！"

周瑜听了，立刻说："快，把他们唤来！"

蔡中、蔡和进入中军帐，一见周瑜，便跪在地上放声大哭，说："周都督啊，我们的兄长本来无罪，竟被曹贼所杀。为了报兄之仇，我们偷偷逃出水寨，来见都督，愿效犬马之劳！"

周瑜听了大喜，上前扶起二蔡，说："曹贼多疑心毒。你们只要诚意来降，定替你二人报仇！"接着，又重赏二蔡，并任命二人为甘宁的副将。

蔡中、蔡和心中暗喜，以为周瑜中计了。

事后，周瑜暗暗吩咐甘宁说："二蔡此来，不带家小，并非真心来降，而是曹操派来的奸细。我要将计就计，让他们给曹操通报消息。你表面上要好好款待他们，暗里要多加小心。等到我们发兵之日，再杀了他俩祭旗。你要十分小心，不可有误。"

甘宁唯唯听命而去。

鲁肃见大帐没人了，近前对周瑜说："都督，二蔡之降，我看有诈，不可收用啊！"

周瑜听了，反倒把脸一沉，生气地说："他们的兄长被曹贼所杀，为报杀兄之仇，前来投降我们，怎能有诈？像你这样疑心太重，怎能成大业！"

鲁肃被抢白一顿，脸上发烧，也不敢说什么，默默出来了。他信步而行，竟来到了诸葛亮的小舟上。

诸葛亮见鲁肃郁郁寡欢的样子，便哈哈地笑了起来。鲁肃不知其故，问："先生笑什么？"

诸葛亮说："我笑子敬兄实在太诚实，怎么不识周郎之计呀！"

鲁肃想想说："这难道又是一计？"

"正是，"诸葛亮说，"你想，大江远隔，探子很难往来。曹操让二蔡诈降，刺探我军情况，周郎将计就计，正好有一个通报消息的人。兵书云'兵不厌诈'，这正是周郎之谋算。"

鲁肃听了，点头称是，说："周都督怎么连我都瞒着啊！"

诸葛亮笑笑说："将计就计，装得越像越好。"

当晚，周瑜在大帐秉烛沉思，一直熬到深夜。老将黄盖突然来见周瑜。周瑜问："老将军何事？"

黄盖说："我见帐中一直亮着灯，都督夜以继日地忙碌，为了东吴的江山，都督呕心沥血，实在令人感动啊！"

周瑜说："我累受主公之恩泽，虽披肝沥胆，不足惜也。如今正要发兵破曹，宜用火攻之计，但正缺一人替我诈降曹操！"

黄盖听了，立刻说："我愿当此任，不知都督可信任我？"

周瑜说："老将军说哪里话呀，我只怕老将军受不了皮肉之苦啊！"

黄盖说："黄某为了江东父老，死亦无怨，何况一点点皮肉之苦！"

周瑜听了，心中喜悦，深深给黄盖行礼说："老将军若肯行此苦肉之计，则江东之万幸也！"

接着，二人又细细密谈了行动计划。

第二天清晨，周瑜鸣鼓聚将，诸将列于帐下。诸葛亮也来了，坐在周瑜的左下首。

周瑜精神抖擞，神采飞扬地说："今曹贼挥百万之众，战船连江三百余里，我想非一日可破。今命诸位将领各领三个月粮草，分头御敌。"

周瑜刚刚说到这里，老将黄盖站出来说："依我看来，莫说支领三个月粮草，就是支领三十个月粮草，也无济于事。现在看来，不如当初听张昭之言，弃甲倒戈，投降曹操！"

黄盖的话使众将都怔住了：当面顶撞都督，动摇军心，这还了得！

周瑜听了，勃然大怒，说：“我奉主公之命，督兵破曹。主公有言在先，大敌当前，谁敢言降者，立斩不饶！你敢出此狂言，坏我军心，不斩了你，难以服众！”说罢，喝唤刀斧手将黄盖推出斩首！

黄盖并不畏死，大吼：“我随先主纵横驰骋，身经数百战，哪有你这黄毛孺子！”

周瑜气上加气，下令立斩不饶！

刀斧手拥上来，扭住黄盖欲走。甘宁急忙上前说：“公覆是东吴老将，一时畏惧曹操，言语有失，望都督宽恕！”

周瑜拍案大喊：“你敢多言，乱我军规，怎能容得！”接着命令帐前卫士，将甘宁打了出去。

众将见周瑜果然生气了，便一齐跪在地上恳求说：“黄盖罪应当斩，但临战斩将，于军不利，望都督三思！”

周瑜怒气未消，望着跪下的众将说：“不是看在众将的面子上，绝不饶恕！不过，死罪可饶，活罪难免。推出去，打一百脊杖！”

众将仍然恳求，说：“老将军年龄大了，望都督减轻刑罚！”

周瑜瞪大双眼，吼叫：“莫非你们要反？还敢强求？！”

接着命令行杖。老将军黄盖被推拉出去，剥去衣服……

打到五十杖时，黄盖仍破口大骂：“周瑜小儿，老夫死不服你！”

众将实在忍不住了，齐声哭诉求情。周瑜只好下令：“暂寄五十杖，如有再犯，二罪俱罚！”

周瑜说完，怒气冲冲回到内室去了。

众将跑到外边，扶起黄盖，见他浑身是血，皮开肉绽，不由都痛心流泪。

鲁肃心肠软，见不得这样的情景，暗暗抹了好几把泪。他想起刚才周瑜怒打黄盖的时候，诸葛亮也在场，众将跪地恳求，痛哭流涕，可是诸葛亮只是冷冷地望着，不动声色。

一想到这里，鲁肃就生诸葛亮的气。他来到诸葛亮住处，对诸葛亮说："刚才都督怒打黄公覆，我们都是他的部下，不敢过多苦劝。可是，先生是客人，说话也方便，为何袖手旁观，一言不发呢？好不近人情啊！"

诸葛亮见鲁肃责怪他，便有些不解地说："子敬兄，你这是揣着明白装糊涂，故意欺骗我呀！"

鲁肃认真地辩解："先生，你说这话就不对了。自先生渡江以来，子敬没有一件事欺骗过你，今天何出此言？"

诸葛亮笑着说："难道你不知道周郎今日责打黄公覆是一计策？还让我去求情？"

鲁肃被诸葛亮猛然提醒，说："噢，还是先生明白。不过我没有欺骗你，当时我真的不知道！"

诸葛亮继续说："周郎不用苦肉计，怎能瞒过曹操？如果要用黄公覆诈降，必须由蔡中、蔡和向曹操报告消息，大事才成。"

鲁肃联想起周瑜留下蔡中、蔡和的用意，才一切都明白了。

临走，诸葛亮对鲁肃说："子敬兄，此次千万别再向周郎说我把什么都看出来了，不然又要惹出乱子！"

鲁肃说："一定，一定。要是都督问起，我怎么回答呢？"

诸葛亮说："你就说那诸葛亮埋怨都督太薄情，实在不该打黄老将军！"

鲁肃点头应允。

晚上，鲁肃入帐见周瑜。周瑜问："今日痛责黄公覆，众将的情绪怎样？"

鲁肃说："众将都埋怨你，心中多有不安！"

周瑜微笑着，不言语。过了一会儿又问："见过诸葛亮吗？他怎么看待这件事？"

鲁肃迟疑一会儿说："见过诸葛亮了。他和众将的情绪差不多，也埋怨都督太薄情，不该那样痛打老将军，叫人看了心痛！"

听到这里，周瑜站起身，朗声大笑起来。

鲁肃问："都督你笑什么？"

周瑜喜笑颜开地说："啊，这回总算瞒过诸葛亮了！"

鲁肃佯装不知，问："都督你说什么事瞒过诸葛亮了？"

周瑜低声对鲁肃说："今日责打黄公覆，其实是一个苦肉计。要让公覆去诈降曹操，不这样做，曹操怎能相信？不这样做，我的火攻之计如何取胜？"

鲁肃暗暗点头，心中实在佩服诸葛亮的睿智。

第九回 借东风孔明祭坛 设杀机周郎失算

前番蒋干过江劝说周瑜投降时，周瑜故意安排他遇到谋士庞统。庞统假意降曹，跟随蒋干来到曹营，并取得了曹操的信任，为曹操出谋划策。

周瑜以苦肉计让黄盖诈降曹操，又命谋士阚泽到曹营献诈降书，促使庞统向曹操献计，将各战船用铁索连接在一起。所有这一切，都是为火攻破曹做准备。

那天，周瑜在山头观看阵势，忽然大风过江，旗角飞扬，不过只一阵就过去了。

周瑜想到火攻之计，不禁一阵眩晕，跌倒在地，口吐鲜血，不省人事。左右急忙扶周瑜回帐中。

周瑜病了，东吴的孙权和诸将都很着急。曹操在江北虎视眈眈，这个时候周瑜卧病，曹操一旦打来，如何对付？！

孙权得知消息，急忙派来了最好的医师。

鲁肃见周瑜卧病，更加忧虑。他来找诸葛亮商讨办法，说：“都督病了，实在叫人着急。不知先生有什么办法？”

诸葛亮问：“你以为周郎的病怎样？”

鲁肃说：“我看病势不轻。这真是曹操之福、东吴之祸呀！”

诸葛亮说：“周郎的病，我能医治。”

鲁肃高兴地说：“如果是这样，真是东吴之幸！我领先生去看看吧！”

诸葛亮随着鲁肃来到周瑜的住室。此时周瑜正在床上躺着，头上蒙着被单。

鲁肃轻声叫醒了他，问：“都督，觉得好些了吗？”

周瑜说：“只觉得心腹疼痛，一阵阵地头晕目眩。”

鲁肃又问：“吃过药了吗？”

周瑜摇摇头，说：“只想呕吐，药实在吃不下。”

鲁肃说：“孔明先生来看你了，他说能治都督的病。”

周瑜听说诸葛亮来了，强打精神坐了起来。诸葛亮近前说：“几天没见都督，怎么一病就到了这个程度啊？”

周瑜说：“人有旦夕祸福，怎能自保？！”

诸葛亮听了，笑笑说：“天有不测风云，人岂能料到？！”

诸葛亮话外有话，一言点破了周瑜的心病。

周瑜也一下子听出来了，大惊失色。为了掩饰真情，他故意发出呻吟之声。

诸葛亮问：“都督觉得心中郁积吗？”

周瑜点头说是。

诸葛亮说：“所以，必须以凉药解之。”

周瑜说：“已经服过凉药，全然无效。”

诸葛亮说：“眼下必须先理顺气息，才能见效。”

周瑜沉思了一会儿，说：“欲先理顺气息，应该服什么药啊？”

其实，周瑜早已料到，诸葛亮知道他的心事。他和诸葛亮之间的对话，鲁肃什么名堂也没有听出来。

诸葛亮笑笑说：“我有一方，可以帮都督理顺气息。”

周瑜说：“敬请指教。”

诸葛亮看着桌子上有纸笔砚台，就伏下身去要写药方。

周瑜急忙屏退左右。

诸葛亮刷刷点点在纸上写了四句话，写完后递给周瑜。

周瑜接过轻轻念出口：“欲破曹公，宜用火攻；万事俱备，只欠东风。”

诸葛亮近前说：“这就是都督的病根！”

周瑜看罢，心中大惊，暗想：“诸葛亮真是当世的神仙，他把我的心思早看透了！”

为了联合抗曹，周瑜不得不以实言相告，于是笑着说：“先生把我的病根看对了。可是该用什么药呢？事情迫在眉睫，望即赐教。”

鲁肃此时才明白过来，原来周郎是因没有破曹之法而犯愁呀！诸葛亮这个人真正才智过人，可惜他保了刘备，要是他和自己一同保孙权，该有多好啊！

诸葛亮坐在周瑜床榻前说：“我虽然没有多大本事，但曾受过异人传授……”

鲁肃说：“先生不必过谦！”

诸葛亮这番话故意虚张声势，说什么受过异人传授，其实，他的一切知识和学问都来自实践。在那个时代，加上一些玄妙的说法，确实能迷惑不少人。

诸葛亮接着神秘兮兮地说：“异人曾传我奇门遁甲天书，内有呼风唤雨之术。”

鲁肃问："先生已经学会了吗？"

诸葛亮笑笑说："当然有此功夫。"

鲁肃连连拍手说："好，先生说该如何办？"

诸葛亮说："都督是发愁没有东南风，不能用火攻破曹。此事极易，请你在南屏山上建一座高台，名曰'七星坛'。坛高九尺，分为三层。然后用一百二十人，手持旗幡围绕起来。我上坛作法，借来三天三夜的东南大风，助都督用火攻之计破曹。"

周瑜听到这里，登时振奋起来，说："别说是三天三夜的东南大风，只有一夜东南大风，公瑾就可以大破曹兵！"

鲁肃说："只是事情迫在眉睫，应该马上就借得东南风来！"

诸葛亮早胸有成竹，不过他故意以商量的口气说："我十一月二十日甲子祭风，至二十二日丙寅风停，都督觉得够用不？"

周瑜的心病解除了，浑身的病都好了。他从床上跳下来，连说："好，好！一切准备工作马上开始！"

诸葛亮告辞。周瑜让鲁肃跟诸葛亮到南屏山察看地势，选好坛址，以便立即施工。

来到南屏山，诸葛亮说："从东南方取赤土建坛。"

鲁肃很好奇地问："为什么要从东南方，而且要取赤土呢？"

诸葛亮严肃地说："内中奥妙，不可泄露。"鲁肃只得不问了。

诸葛亮弄得神乎其神，让人觉得高深莫测。实际上，东南风什么时候刮来，他早已预测出来了。

这就是诸葛亮比周瑜高明的地方。当初设定火攻之计时，周瑜只想到了火攻可以破曹，却没有想到，数九寒冬是很少刮东南风的，没有东南风，一切设想都会付诸东流。而诸葛亮却早就想到，并且预测到了。他自到江东以来，每天到江边转悠，一边观察，一边深入民间访问，获得许多天文、物候等方面的第一手“材料”。所以，他预测十一月二十日甲子到十一月二十二日丙寅，要刮三天三夜东南大风。

七星坛方圆二十四丈，每一层高三尺，共是九尺。第一层插二十八宿旗——东方七面青旗，按角、亢、氐、房、心、尾、箕，布苍龙之形；北方七面皂旗，按斗、牛、女、虚、危、室、壁，作玄武之势；西方七面白旗，按奎、娄、胃、昴、毕、觜、参，踞白虎之威；南方七面红旗，按井、鬼、柳、星、张、翼、轸，成朱雀之状。

第二层黄旗六十四面，按六十四卦，分八位而立。

最上一层用四人，每人戴束发冠，穿皂罗袍，凤衣博带，朱履方裾。前左立一人，手持长竿，竿尖上用鸡羽为缨，以招风信；前右立一人，手持长竿，竿上系七星号带，以表风色；后左立一人，捧宝剑；后右立一人，捧香炉。

坛下二十四人，各持旌旗、宝盖、大戟、长戈、黄钺、白旄、朱旛①、皂纛②，环绕四面。

这样算来，第一层用二十八人，第二层用六十四人，最上一层用四人，再加上坛下二十四人，恰好是一百二十人。

七星坛建好了，果然是威风凛凛，仙气腾腾！

---

① 朱旛（fān）：亦作朱幡，红色的旗幡。

② 皂纛（dào）：古代用黑色丝织物制的军中大旗。

鲁肃看罢，夸赞诸葛亮："先生真是多才多艺啊！"

诸葛亮微笑不语。

到了十一月二十日甲子吉辰，诸葛亮沐浴更衣，身披道袍，跣足散发，来到坛前。

鲁肃随在身后，说："先生，还有什么事要吩咐吗？我去办！"

诸葛亮说："没有什么事情了。你回去告诉都督，可以调兵遣将按计划行动了。要是我这里借风不成，甘领死罪！"

鲁肃拜别。见鲁肃走远了，诸葛亮嘱咐守坛的将士说："你们不许擅离方位，不许交头接耳，不许失口乱言，不许大惊小怪。如果违令，定斩不饶！"

守坛将士个个点头领命。

诸葛亮把坛下一切安排妥当，便缓步登坛。他在坛上先观看了一下方位，再焚着炉中之香，在盂中注上水，拜祭了一阵。然后，又缓步下坛，进入坛旁的帐中歇息。又命令军士们轮换着吃饭。

这一天，诸葛亮上坛三次、下坛三次，不知他到底做了些什么。军士们望着，盼着，却不见有一丝东南风刮来。

周瑜听了鲁肃的报告，把一切都准备好了，和程普、鲁肃等众将，在中军大帐中坐着，静等着东南风起。

周瑜把这里的一切安排通报了孙权。

黄盖早已准备下火船二十只，船头密布大钉。船内装满芦苇干柴，倒上了油，油上铺满硫黄、芒硝等引火之物，都用青油苫布遮盖着。船头上插青龙牙旗，船尾上系着走舸[①]。只等

① 走舸：一种快船。

着周瑜发令。

甘宁和阚泽缠着蔡中、蔡和在水寨中终日饮酒，并且不让一兵一卒登岸。

周瑜和众将在大帐中坐着，急切地等着探子来报“东南风起”！可是久等不至，实在着急。

不一会儿，有探子来报。周瑜问：“何事！”

探子说：“吴侯的大船已经开来，在离水寨八十五里处等候胜利消息！”

周瑜听了，更是着急。他望望鲁肃说：“子敬，命官兵将士检查一下船只、军械、帆橹等物，看看有没有毛病。只待号令一发，立即行动。如有差错，当即问斩！”

鲁肃传达号令去了。众将个个摩拳擦掌，准备厮杀。

看看天已经黑了，仍是江波不动、旗幡不摇，一点也没有起风的样子。

周瑜实在等得不耐烦了。他烦躁地走出中军帐，望着东南方向，对身旁的鲁肃说：“这个诸葛亮是不是有诈呀？莫非欺骗于我，另有所图？正是隆冬之时，怎么会刮东南风呢？！”

鲁肃说：“我想诸葛亮不会瞎说。”

周瑜气急败坏地说：“你只相信他！他把你卖了，你都不知到什么地方去要钱！”

鲁肃被周瑜抢白了一句，不敢再说什么了。

周瑜一会儿看看天，一会儿看看江面，急得团团转。众将官也急得大汗淋漓，一时一刻地熬着，没有别的办法。东南风不来，一切都是空谈。

一直熬到三更时分，周瑜忽然看到旗幡转动，继而有风声吹响。周瑜大叫道：“风来了，风来了！果然是东南风来了！”

众将细看，风已经渐渐大了起来，而且越刮越大，竟呼呼作响，吹得船上的旗幡向西北方向抖动。

周瑜停住脚步，骇然长叹：“诸葛亮有夺天地造化之法，怀神鬼莫测之术。若不除掉他，定是后患！”

想到这里，他命令帐前护军丁奉、徐盛说：“你二人速领一百人马，赶到七星坛前，见了诸葛亮，不问青红皂白，将他杀死，把他的首级提来见我！”

丁奉、徐盛刚要行动，周瑜又说：“徐盛从江上去，丁奉从旱路去，两面共进，莫让诸葛亮逃跑！”

丁奉、徐盛领命去了。

丁奉的马队先到南屏山，见坛上的守坛将士迎风而立。

丁奉跳下马，手提宝剑跑到七星坛，四下一看，却不见诸葛亮，慌忙问守坛的将士：“诸葛亮到哪里去了？”

守坛将士说：“刚刚下坛去了。”

丁奉急忙又跑下坛来，这时徐盛也赶到了。

徐盛问：“可杀了诸葛亮？”

丁奉说：“那诸葛亮已经走了。”

徐盛想想说：“快，咱们到江边去寻找。”

二人又跑到江边，也不见诸葛亮踪影。

诸葛亮早料到了，只要东南风一起，周瑜就要派人来杀他。所以，他装模作样地在坛上施法，实际上是等着东南风刮起来。东南风果然刮起来了，说明他预测得不错。于是，他下坛急急地走了。

丁奉、徐盛在江边寻不见诸葛亮，就问一名小卒：“看见诸葛亮了吗？”

小卒说："我昨晚看见一条快船，停在前面的滩口。刚才又看见诸葛亮披头散发地来了，然后又急急忙忙上了那条船，船顶风开走了。"

丁奉和徐盛急忙上了一条船，向着远远而去的快船追去。看着将要追上诸葛亮乘的快船，丁奉大声喊："孔明先生，我家都督有请，派我们来接，请随我们回去！"

诸葛亮听了，站在船头大声笑着说："丁、徐两位将军，回去告知你家都督，好好用兵，一举破曹。我暂回夏口，不去告辞了，待来日再会！"

丁奉、徐盛仍然追赶着说："请先生停船等一等，我们有要紧话说！"

见丁奉、徐盛仍然紧追不放，诸葛亮挑明了说："两位将军不要追了。我早已料到周郎不能容我，东南风一起，便要派人来杀我。所以，我早已安排好了，让赵子龙来接我。周郎枉费心机了！"

丁、徐二人抬头一看，船头上果然站着一位将军，他威风凛凛，手中拈弓搭箭，说："我乃常山赵子龙，奉命来接军师。你们如此追赶，本该一箭射死你们，又怕伤了两家和气，所以只让两位看看我的箭法！"说罢，一箭射去，只见丁奉、徐盛船上的篷索立时断为两截儿，篷帆"哗啦"一声落了下来，船在江中打了横儿。

赵云射罢，催着快船迅速离去。

丁奉和徐盛望着诸葛亮远去了，不禁垂头丧气地说："真神人也！"只好回来了。

路上，丁奉问徐盛："如果都督怪罪我们，如何回答？"

徐盛说："诸葛亮神机妙算，都督都斗不过他。那赵子龙有万夫不当之勇，当年在长坂坡杀得曹兵望风披靡，我们怎能相敌？！”

二人来到周瑜帐中，回禀说：“我们赶到七星坛，诸葛亮已经跑了。我们乘船去追，那诸葛亮早安排好了赵子龙来接。所以，还是让他逃跑了！”

周瑜不由怒火中烧，欲将丁、徐二将治罪，但细细一想，这也不能全怪他们，于是摆摆手，让他们下去了。

周瑜坐在椅子上，心跳得厉害，暗说：“诸葛亮如此多谋，我寝食难安呀！”

鲁肃在一旁劝解说：“都督不必过虑。等破曹之后，再想法儿吧！”

周瑜无可奈何，心想眼下宜奋勇抗曹。于是下令全军按预定部署行动，同时请孙权率部分军队作为后应。

赵云前去接应诸葛亮回夏口的时候，刘备正在夏口等候。他看见江面上有一队船驶来，原来是刘琦前来探听消息。

刘琦问：“军师尚未回来？”

刘备说：“也该到了。有子龙接他，大概不会有什么意外！”

正说着，一个小校说：“看，一条快船到来，必定是军师！”

刘备与刘琦一齐向江边迎去。不多一会儿，诸葛亮被赵云领着下了船，来到刘备面前。

刘备握住诸葛亮的手，心中一阵激动，眼中汪着泪花说：“军师操劳过度，又身在虎口之中，真不容易呀！”

诸葛亮说：“主公，先别说离别之情。上次我说的准备军马战船的事，可曾办了？”

刘备说：“一切都已准备妥当，只待军师调用。”

诸葛亮说：“很好，很好。”于是和刘备、刘琦一齐升帐坐定。

诸葛亮望着众将说：“子龙将军，你带三千人马渡过江去，取道乌林（位于今湖北洪湖境内）小路，寻找树茂草深的地方埋伏下来。今夜四更以后，曹操必定从那条小路走过。你等他的人马过了一半时，放起火来。虽然不把他们杀绝，也得消灭他们大半！”

赵云想了想，说：“乌林有两条路，一条通南郡，一条去荆州，不知曹操往哪条路上去？”

诸葛亮说：“南郡有危险，曹操不敢走。他必去荆州，然后投许都而去。”

赵云点头，领命而去。

诸葛亮接着对张飞说：“翼德，你可领三千兵渡江过去，截断彝陵（今湖北宜昌东南，亦称‘夷陵’）这条路，到葫芦谷口埋伏。曹操不敢走南彝陵，必往北彝陵而去。明天有雨，雨过之后，曹操一行人必然埋锅做饭。你若看见烟火升起，就在山边放起火来。这样，你虽然捉不住曹操，功劳也不算小！”

张飞说：“军师是不想让我捉住曹操啊！”

诸葛亮笑笑说：“勿要多言，赶快去吧！”

张飞领命而去。

诸葛亮又对糜竺、糜芳、刘封说：“你们各驾船只，领百名军卒，在江中擒拿曹操败兵，夺取器械。”

三人领命而去。

诸葛亮站起身，对公子刘琦说："武昌离这里不远，但很紧要。公子回去之后，带领你所部之兵，陈于岸口。曹军败后，必有逃来的兵将，便可就地捉拿，但不可追杀，以免远离城郭。"

刘琦点头应允，拜辞刘备而去了。

受领任务的人们都走了，诸葛亮对刘备说："主公，你立刻回到樊口去，登上城楼，凭高望远，坐看今夜周郎大显神威、大破曹兵！到时候火光冲天，映红江水，可有好热闹看啊！"

此时，关羽还站在帐下。刘备心想，军师必有重任分给二弟了，便望着诸葛亮暗示。

诸葛亮心中明白，但不动声色，仍然不理睬关羽，同刘备谈起别的话来。

关羽实在耐不住了，望望刘备，大声说："军师，我关某跟随兄长征战沙场，这么多年未曾落后过。今天联孙抗曹，这样大的事情，为什么却不分派我？到底是什么意思？！"

诸葛亮听了，微微笑着说："云长勿怪。其他各位将军的任务，我一分就妥。可是二将军的任务，我却有些疑虑，所以没有委派。我本想让你去把守一个重要关口，但是又不敢叫你去。"

关羽急得脸越发红了，问："不知什么关口？为什么不敢叫我去？"

诸葛亮站起来，走到关羽面前说："想当年，曹操待你甚厚，他对你有恩。二将军不是忘恩负义之人，所以总图报答。今日曹操败后，必然经过华容小道（位于今湖北潜江西南）。若派二将军你去，见了曹操，他一哀告，你就放他过去了，因此不敢委派你啊！”

关羽听了，有些气恼，说：“军师，你好多心呀！不错，当年曹孟德确实待我不薄，但我关某早已报答过他了。我斩颜良、诛文丑、解白马（今河南滑县城关镇东）之围，是尽人皆知的事。还要我怎样报答？！今日如果遇见他，我一定不放过！”

诸葛亮又笑笑，摇摇头说：“我却不信！”

关羽急得跺足搓手，说不出话来，心想：你诸葛亮也太小瞧人了！

诸葛亮见他这个样子，问：“如果我派二将军去守华容道，遇上曹操，你若动了感情，放了他，怎么办？”

关羽实在急了，大声说：“愿立军令状！”

诸葛亮说：“好！军中无戏言！”

于是，诸葛亮唤来军政司，取来文房四宝，关羽写了军令状，画了押。

关羽望着诸葛亮说：“如果我放了曹操，按军令当斩。可是，如果曹操不走华容道，军师当如何？”

关羽这一招儿也挺厉害，意思要诸葛亮也立个军令状。

诸葛亮点点头说：“二将军果然有心计。那么，我也给你立下军令状。如果曹操不过华容道，我亦当斩！”

关羽大喜，说：“请大哥做证！”

诸葛亮说：“自然是主公做证了！”

刘备看着心中不悦。一个是结义兄弟，一个是军师，伤了哪一个也不行。他想从中调解，不要立军令状，但已经晚了，只好点头答应。

关羽转身要走。诸葛亮又唤住他，说：“二将军，你到了华容道，在高山之处堆积柴草，放起一把火，引曹操来！”

关羽一听，大笑着说：“哦，我看出来了，军师是不想让我捉住曹操啊！”

诸葛亮问：“为什么？”

关羽说：“你想啊，如果我在高山之处放起火来，那曹操还敢来呀！”

诸葛亮不禁嗤笑一声，说：“二将军，你常读《春秋》《左传》，难道不知兵法有虚虚实实之论吗？那曹操虽能用兵，但是他准上当。他逃跑之中，看见烟火升起来，一定认为是对方在虚张声势，一定会往有烟火的方向逃来。二将军不要多虑，只是莫要放过曹操就是了！”

关羽想了想，领命而去。他带上关平、周仓，只率五百人马，到华容道埋伏去了。

诸葛亮望着刘备闷闷不乐的样子，问：“不知主公有什么心事啊？”

刘备说：“你和二弟立下军令状，我心情沉重。刚才我想，军师神算，定然不错。那曹操败后，一定从华容道逃跑。二弟如果碰上他，那曹操苦口哀告，二弟是个义气深重的人，他宁可自己违了军令状，也要放过曹操的。到那时，二弟的性命……”

诸葛亮笑笑说：“主公莫忧。如果要杀曹操，我就不派二将军去了。就是为了给曹操留条生路啊！如今天下力量最大的是曹操和孙权，我们的势力还没发展起来，与任何一方独力抗衡，都是不行的。有孙、曹两雄并立，我们正好从中乘机发展壮大起来。如果现在就杀了曹操，那么孙权就会把主要目标对准我们，我们将难以立足。所以，现在不能杀曹操，只能放他走。从全局看，这样做对我们的发展壮大有好处。”

刘备听了，频频点头，心中佩服诸葛亮的一番分析。可是他又想：既然这样，为什么还要让关羽去守华容道呢？

刘备心中不明白，诸葛亮却已看出他的心思，便说：“不去守华容道，曹操当然可以顺利逃跑，二将军也不会违了军令状。可是，对于曹操，一定要让他败得十分狼狈，让他九死一生！同时，这也是让二将军去卖个人情。当然，二将军也有些傲气，以为自己有赤兔马、偃月刀，便可驰骋天下无敌手，他也应该受点挫折，这对他有好处！”

刘备只好认可。

诸葛亮说：“主公，咱们快回樊口看周郎破曹吧！俗语说‘云里看厮杀’，真是好热闹啊！”

刘备便留下孙乾、简雍守夏口，自己与诸葛亮一齐到樊口去了。

第十回 曹操败走华容道 孔明一气周公瑾

赤壁之战中，周瑜纵火焚烧曹操的战船，曹军士兵死伤无数，曹操大败而逃。周瑜虽指挥各路军马堵截，却没有抓住曹操。曹操领着残兵败将，逃到了乌林之西、宜都（今湖北宜昌代管县级市宜都）之北。望见这里树木茂密、山岭险峻，曹操不禁在马上大笑起来。

众将不知其故，问："丞相为何发笑？"

曹操勒住马头说："我不笑别人，只笑周瑜无谋、诸葛亮少智。若是我用兵，预先在这里埋伏一支人马，咱们将往何处而逃？！"

曹操的话音未落，只听狭道两边，战鼓敲响，火光冲天而起。曹操刚刚被火攻惊破了胆，现在又见火光，惊得差点落下马来。

突然，从斜道上杀出一将。来将大叫："赵子龙奉军师将令，在此等候丞相多时了！"

曹操急命徐晃、张郃上去抵挡，自己则冒着烟火突路而逃。

赵云也不追赶，只夺取曹军丢弃的旗帜和兵械。

天色微微发亮了，从江面上吹来的东南风，仍呼呼不止。江中被火烧毁的战船，发出浓烟，铺天盖地吹过来，呛得人喘不过气来。

曹操骑马猛跑，兵将们尾随着他，个个跑得大汗淋漓。不料，狂风过后，又下起了瓢泼大雨，把他们浇成了落汤鸡。

曹军兵将们又饥又饿又寒冷，实在走不动了。曹操命令几个兵将到附近林中抢夺些粮食来，然后寻觅火种做饭。这时，忽然后边跑来一队人马，曹操吓慌了，上马要逃。但仔细一看，原来是部下李典、许褚保护着众谋士逃来了。

曹操大喜，下令先别做饭，继续行进。走不多远，曹操问："前面是什么地方？"

身旁的将官说："一边是南彝陵大路，一边是北彝陵山路。"

"哪条路去南郡江陵近些？"曹操又问。

将官回答："取南彝陵过葫芦谷口近些。"

曹操便令军队走南彝陵大路。行到葫芦谷口，兵将们又饥又累又冷，有的战马也因过于疲乏而倒在地上爬不起来了。

曹操见了，只好命令兵将们歇息。兵将们接到命令，立刻从马背上解下铁锅，用石头架起来，寻些山柴，取火做饭。有的兵将把那些快要累死的战马杀掉，割下马肉用火烤着吃。

这时候，大雨已停，兵将们脱下战袍，在风中吹晒，同时，还卸下了马的鞍子，放开缰绳，让它们自去啃食草根。

曹操坐在树林边的石头上，望着此情此景，不禁又仰天大笑起来。

众将问："丞相又笑什么？"

曹操说："我笑诸葛亮、周瑜毕竟智谋不足，若是我用兵，就在葫芦谷口埋伏一彪人马，以逸待劳，我们就是能够逃脱，也要遭受重大损失。他们预料不到这个地方，所以我笑他们！”

正说着，前面、后面军士们一齐大喊起来。曹操大惊失色，弃甲上马。众兵将也来不及收马，胡乱奔跑。

只见葫芦谷口四下里火烟燃起，一彪人马在山口一字排开，为首一员大将，横矛立马，大吼：“我乃燕人张翼德，曹贼看你往哪里走！”

诸将看见是张飞，个个魂飞胆丧，都想起他当年在长坂桥喝退曹军大队人马的威风模样。许褚顾不得给马备鞍，就上马迎战张飞。张辽、徐晃也纵马过来，一起助战。

两边兵将战成一团，曹军死伤无数。曹操于混战中仓促逃跑。

许褚、张辽、徐晃心慌意乱，恐怕曹操有失。见曹操跑了，他们也无心恋战，败退而逃。张飞追杀一阵，收住兵，望着曹军的狼狈之相，哈哈大笑。

曹操领着兵将又跑了多时，听得后边没有追杀之声了，才慢慢停下来。一个军士跑来问：“前面又有两条路，请问丞相走哪条路？”

曹操定睛望望，问：“奔许昌，哪条路近些？”

军士答：“一条大路稍平整，却远五十多里；另一条小路，虽然崎岖，却近五十多里。”

曹操一时拿不定主意，命令军士上山看看动静。

军士去了，不一会儿回来报告说：“小路经过华容道，却见有几处烟火；大路之上安安静静，也很平坦！”

曹操听了，下令说：“走小路，直奔华容道。”

诸将不解，问："丞相，烟火起处，必有兵马埋伏，怎能走小路呢？"

曹操说："兵书有语，'虚虚实实，虚则实之，实则虚之'。诸葛亮善于谋算，所以着人在小路上放烟，使我军不敢从小路上走，他却把伏兵埋伏在大路上等着咱们。我偏要走小路，叫他白费心机！"

诸将听了，都点头称赞："丞相之谋，诸葛、周瑜不及也！"

曹军走小路，直奔华容道。这些残兵败将，饥饿、寒冷加劳累，都快支持不住了，有的拄着棍子，有的爬着，艰苦行进；有的丢了军械，有的负了伤，呻吟不止；军马大多拐了腿，比人走得还慢；有的倒在地上喘气，翻翻眼，吐吐白沫就死去了。

走着走着，前面的人马突然停下来。曹操问："怎么停止不前？"

军士回答说："前面是山中小路，因早晨下了雨，坑坑洼洼里积了雨水，马蹄子陷在里面，不能前进了！"

曹操听了大怒说："军旅行动，逢山开路，遇水搭桥，岂有遇着一点泥泞就不前进的道理？！"于是传下号令：老弱伤残兵将留在后边慢行；强壮兵将担土抱草，铺平道路，急速行动。违令者斩！

强壮的兵将只得下马，在路旁砍伐竹木柴草，担取泥土。曹操害怕后边会有追兵，命令许褚、张辽、徐晃持刀在手，催逼加快行军速度，如有迟慢者，就一刀杀掉。

有的兵士累得躺在泥土中起不来了，曹操即命人马从其身上践踏而过。一时间死伤无数，兵士们鬼哭狼嚎。

曹操大怒："死生由命！哭叫什么？如有哭叫者立斩！"

就这样，曹操领着的残兵败将，三分之一老弱伤残落在后边，三分之一被马践踏而死，只剩下三分之一好不容易地走出了这片泥泞。曹操点点人数，不足三百人。这三百人都成了破衣烂衫、披头散发的怪物，他们向曹操哭诉："丞相，歇息一会儿吧，我们实在走不动了！"

曹操说："等赶到南郡，再歇息吧！"

众兵将只好又艰难地行进。走了不远，道路平坦了许多。曹操在马上又扬鞭大笑。

众将心里想：第一次笑引出个赵子龙，第二次笑引出个张飞，现在丞相又发笑，不知又会引出个什么人来！

众将心里这样想着，嘴上却不敢说。

张辽问曹操："丞相又为何发笑？"

曹操说："人们都说诸葛亮、周瑜多谋，依我看来，他们也是无能之辈。如果在这个地方伏下一支人马，我们只能束手就擒了！"

曹操刚刚说完，只听得前边一声鼓响，冲出一队人马雁翅式摆开，为首一员大将，手提青龙偃月刀，骑着赤兔马，截住去路。

曹操抬头一看，认得是关羽，不知如何是好。望望众将，众将也面面相觑，失魂丧胆。

曹操叹口气说："事已至此，只得决一死战了！"

众将说："丞相，我们并不惧关羽，可马都迈不动步了，怎么交战啊！"

曹操听了，无可奈何，想不出办法。这时谋士程昱说："丞相，人人都知关羽傲上而不辱下、欺强而不凌弱，恩怨分明，情深意笃。丞相往日有恩于他，如果你亲自哀告，也许可以幸免于难！”

曹操听了，沉思良久，只好说：“试试看吧！”于是骑马上前，面对关羽说：“将军别来无恙！”

关羽也在马上欠欠身说：“关某奉我家军师将令，在此恭候丞相多时了！”

关羽对曹操称丞相，又说“恭候”二字，绝非讽刺，而是看着曹操狼狈到如此地步，心中不免有些不忍。

曹操又哀告说：“将军，我曹某兵败至此，别无生路，只求将军念往日之情，放我一条生路，曹某终生不忘将军大恩！”

关羽说：“丞相，关某昔时承蒙厚爱，铭记于心。可是已因斩颜良、诛文丑、解白马之围而报答了。今日之事，我不能以私废公！”

曹操又说：“关将军可曾记得，当年你过五关斩六将之时，我派人传令各路关隘放将军通行？大丈夫以信义为重。将军熟读《春秋》，岂能以强凌弱落个后世的骂名！”

关羽见曹操苦苦哀告，痛哭流涕，实在可怜，想起当年曹操盛待自己的许多恩义之举，又想起过关斩将之事，心中不免有些发软。他抬头望望曹操身后的兵将，个个衣服破烂、披头散发，心中更加发软，于是把马头拨回，命令军士们说：“四散摆开！”

关羽分明是要放曹操逃走的意思。曹操心中明白，急忙领着残兵败将夺路而过。

关平和周仓见了，心中着急，拨马跑到关羽面前。

关平说：“父亲，不能放了曹操啊！你可记得你与军师立下军令状了！”

关羽一听“军令状”三字，脑袋“轰”的一声，便急忙拨过马头，大吼一声：“且慢逃走！”

曹操听了，立刻勒马停住。那些残兵败将一见关羽不让他们过去，都吓得跪在关羽马前，齐声哭拜：“望将军饶命！”

关羽见此情景，又不忍下手。他心想：捉了曹操吧，看他们实在可怜；放了曹操吧，又和诸葛亮立了军令状，回去要被杀头的。他正在犹豫之时，曹操的部将张辽骑马过来，默默地走到关羽面前。

关羽过去同张辽曾有过深交。这时，张辽望着关羽，一言不发。关羽动了故旧之情，仰天长叹一声，向着张辽摆摆手，意思是说：你们快走吧！

张辽会意，护着曹操急忙逃走了。

关平、周仓急得发慌。可是没有关羽下令，他们怎敢妄自行动？！

曹操就这样逃离了华容道。

在刘备、孙权联合进行的赤壁大战中，刘备方面派出的各路军马都得胜而归，获得了曹军的大批军械、马匹和粮草。

诸葛亮与刘备正给众将贺功，忽然军士来报：关二将军回来了。

诸葛亮听了，立刻迎出帐外，手举酒杯说：“恭喜将军立下了盖世之功，为国除了大害，可喜可贺呀！”

关羽低头无话，默默地站着。

诸葛亮又说：“怎么，关将军有什么不高兴的事？再不然嫌我未曾远迎？”

诸葛亮心中很明白，却故意这么说。关羽更觉难堪。

关羽走入大帐中，对随后进来的诸葛亮说："关某寸功未立，而且有罪，特来请死！"

诸葛亮又故意问："莫非那曹操并未过华容道？"

关羽说："并非曹操不走华容道。只怪关某无能，让他逃走了！"

诸葛亮问："擒拿住别的将官了吗？"

关羽说："一个也没有拿住！"

诸葛亮听了，故意沉下脸来说："哦，这一定是关将军念昔日曹贼之恩，故意将他放走了！你可知你立了军令状，军法无情，莫怪我心狠了！"

关羽说："关某愿领罪！"

诸葛亮走上前大声说："刀斧手，将关羽推出斩了！"

一声令下，刀斧手走过来，拉着关羽就往外走。

刘备见了，急忙走过来对诸葛亮说："军师，我与关羽曾在桃园结义，不愿同生愿同死。今日关羽犯法赴死，我亦难活了！"说着，泪流不止。

诸葛亮说："关将军故意放走曹操，实难饶恕。主公也愿与关将军同死，这不是有意为难我吗？！"

刘备无话说，只是落泪。

张飞走过来，给诸葛亮跪下，说："二哥违了军纪，理应正法。我也与他在桃园结义，也甘领死！"

诸葛亮上前扶起张飞，故作为难的样子说："如果这样，大家都死去，留我何用？我们将来的大业，如何完成？这样吧，看在主公与张将军的面上，饶过二将军，暂且记下，以待将功补过！"

关羽听了，回身拜谢诸葛亮。刘备与张飞也躬身而拜。

诸葛亮说："主公，我忠心事汉，休怪我无情呀！"

刘备说："军师无过，休要自责。赶紧部署下一步的行动吧！"

诸葛亮点头称是。

周瑜在与曹军交战中中了毒箭，医师嘱咐他应该好好静养，不可动怒，不然，箭伤迸裂，后果不堪设想！

周瑜照样指挥作战，而且以假死之计，打败了曹仁。曹仁败走后，周瑜和程普领兵来取南郡，心想这是唾手可得的事情。谁知他们来到南郡城下时，却见城头之上旌旗遍布，不知是怎么一回事。周瑜正在疑惑之时，突然听到城楼上有人大喊："周都督可好？我奉军师将令，已经把南郡取下了！"

周瑜抬头一看，原来是赵云。他心中大怒，心想："我和曹仁厮杀多时，只为夺占南郡，如今却被诸葛亮占取，白白为他忙活了！"于是，下令东吴士兵攻城。

赵云令部下放箭，于是万箭齐发，吴军不能近前。周瑜只好下令撤军，命令甘宁领三千人马去取荆州，凌统领三千人马去取襄阳，然后再攻取南郡。

然而，正在周瑜调兵遣将时，突然有探马来报："诸葛亮得了南郡之后，假用兵符星夜诈调荆州兵马救援南郡。待兵马出城，荆州就被张飞占领了！"

接着又一探马飞报："曹将夏侯惇守襄阳，诸葛亮差人用兵符诈称曹仁求救，夏侯惇出城去救时，关羽乘虚夺了襄阳！"

这都是诸葛亮用计取胜的。曹仁从南郡败走，赵云火速赶来，抢在周瑜之先占取了南郡。荆州和襄阳的曹军援救南郡时，诸葛亮又派张飞和关羽夺取了二城。这样，三座城池均属刘备了。

周瑜听了两路探马飞报，顿时气得箭伤迸裂，大叫一声倒在地上，半晌才慢慢苏醒过来。众将都劝他："都督，不要动怒，以免伤了身体！"

周瑜半卧半坐着，说："我不杀诸葛村夫，难解心中闷气！"

接着，他又对程普说："老将军可助我攻打南郡，一定要夺回来！"

程普点头答应。正在这时候，鲁肃来了。程普向他叙说了诸葛亮智取三城的事。

周瑜望着鲁肃，心中十分难过，说："子敬，我想起兵与刘备、诸葛亮决个雌雄，收复城池，望子敬能协助我！"

鲁肃听了，沉思片刻，摇摇头说："都督不可与刘备、诸葛亮决战！"

周瑜问："你说为什么？"

鲁肃说："如今曹操虽然被打败了，但是没有被彻底消灭。只要一回到许昌，他仍然是股强大的势力。我家主公正在攻打合肥，倘若这时候与刘备、诸葛亮交战，曹操得知以后，认为有机可乘，再杀回来，不就麻烦了吗？再说，刘备与曹操过去有过交情，到事情危急的时候，他把城池献给曹操，两家联合起来打我们，我们怎能招架得住？"

周瑜听着鲁肃分析形势，觉得很有道理，可是他又咽不下这口气，于是便自言自语地说："我用计策苦战曹仁，损兵马，耗钱粮，好不容易打了胜仗，他诸葛亮却得了个现成的，实在可气可恨呀！”

鲁肃在一旁听着，也觉得很窝火，但还是劝解周瑜：“公瑾，你且忍耐一下，我倒有个主意。”

周瑜听鲁肃说有主意，便急切地问：“子敬有什么高见，说来听听。”

鲁肃说：“我想亲自去见见刘备，当面跟他讲理，若是说通了，他把城池交还咱们。若是实在说不通，那时再考虑动干戈。这也叫先礼而后兵吧！”

周瑜听了觉得可行，便说：“子敬之言甚是，那就及早去刘备那里走走吧！”

鲁肃辞了周瑜，第二天就领着几个随从到南郡去了。

鲁肃来到南郡城下，见城上旌旗飘动，士兵们站在城楼上守卫，便叫随从向城上喊话。随从向着城上大喊：“喂，守门的将士，我家主公派鲁大夫前来，请快开城门！”

随从喊了几遍，城楼上站出来一个将军。鲁肃抬头一看，见是赵云，便喊着说：“赵将军，我要见玄德公讲话，请开城门！”

赵云俯身朝下喊：“鲁大夫，我家主公与孔明军师都在荆州城中，并不在这里呀！”

鲁肃听了，向上谢谢，又领了随从向荆州而去。到了荆州城下，又向守门军士通报了姓名，说明来意。有军士报入城中，不一会儿，城门开了，鲁肃领随从进城。到了城中一看，街道整齐，百姓安宁，一派生机勃勃的景象。鲁肃心中佩服诸葛亮，暗暗说：“此人非常人可比呀，不但会打仗，而且会治理民政。”

未到官衙，诸葛亮早出来相迎。二人一见，诸葛亮先说：

“子敬兄，别来无恙，七星坛一别实叫人思念呀！”

鲁肃也忙着还礼。二人来到衙内，见过刘备。刘备以礼相待。分宾主坐好之后，刘备命人献上茶来。喝了一阵茶，鲁肃耐不住了，便说：“我此番来，一是见见故友，二是来说理的！”

刘备笑笑说：“子敬慢讲，我洗耳恭听！”

鲁肃说：“我家主公与都督公瑾，教我再三申告皇叔。前者曹操领兵百万，名义上是下江南，实际上是要消灭皇叔。是我邀孔明先生过江，说服了我家主公和周都督，我们两家联合起来共同抗曹，才打败曹军，挽救了皇叔。战争胜利之后，所有荆襄九郡，本应该归东吴所有。可是皇叔却叫诸葛亮用计，抢先占领荆襄三城，使东吴空耗了兵马钱粮，皇叔却占了便宜，这恐怕于理不合吧！”

鲁肃滔滔不绝，把道理讲了个透透彻彻。

刘备见这个老实厚道之人语调激昂，情动于衷，真有些不好意思，竟一时说不出话来。诸葛亮在旁听着，见鲁肃讲完了，便从从容容地说：“子敬兄，你原是高明之士，怎么说出这样的话来呀？！”

鲁肃反问：“孔明先生，难道我说的不是实话吗？”

诸葛亮笑笑说：“你我各为其主，本没有什么可说的。可是，常言说得好，‘物归其主’呀！荆襄九郡，谁都知道并不是东吴的地盘，而是刘表的基业。我家主公，乃是刘表的宗弟。刘表虽然死了，可是他的儿子刘琦还在，以叔父的名分取荆襄，辅佐其侄，有什么不对呀？！”

诸葛亮这番话，也是讲得合情合理。鲁肃听罢，一时竟无话可说。

双方沉默了好长时间。

鲁肃突然想起了一个理由，便说："孔明先生讲的倒还是在理。如果是公子刘琦占领荆襄三城，我倒可以谅解。可是刘琦并不在这里，而在江夏，这又怎能说出口呢？！"

诸葛亮笑笑说："子敬兄，要见见公子刘琦吗？"

鲁肃说："见见又何妨？"

诸葛亮于是命人请刘琦出来。

不多时，只见两个人扶着刘琦从屏风后面走出来。见了鲁肃，刘琦声音微弱地说："恕我身体欠佳，不能施礼，望子敬先生恕罪！"

鲁肃急忙起身，说了几句客气话。刘琦又说："如果子敬先生没有要事，我自去歇息了！"说罢，被人扶着又回内室去了。

鲁肃断定刘琦并没有在这里，可是刘琦却突然出现了，这使他吃了一惊。但细看刘琦面黄肌瘦，一派弱不禁风的样子，鲁肃心中又产生了一种想法，萌生了一个希望。他是个老实人，有话就直说了。

鲁肃说："孔明先生，我见公子刘琦病得不轻，好像将不久于人世。如果公子刘琦一旦英年早逝，那么这些城池皇叔还有什么理由要占据呀！"

诸葛亮心想，这鲁肃真正实在，一见面就认定刘琦要死了，而且当面说出来，便回答说："公子刘琦活一日，我们守一日。若是死了，那个时候，当有别议！"

诸葛亮的话说得很含糊，并不明确表示刘琦死后就将城池送奉东吴。但鲁肃却紧叮一句，说："当然，刘琦死了，这些城池就要归我东吴了！"

鲁肃非要诸葛亮说个决断，诸葛亮却偏偏不说，而只是笑着说：“那时，还由子敬兄前来，不就解决了吗！”

鲁肃没有办法，只能弄出这么个结果。

刘备要设宴款待鲁肃，鲁肃却急着要回去。诸葛亮说：“子敬兄着什么急，晚回去一天半日，周郎也不会急死的！”

鲁肃推辞不过，只好赴宴，等宴席散了，才连夜回东吴去见周瑜。

周瑜急问：“子敬此去，可否说动刘备？”

鲁肃说：“刘备好说，只那诸葛亮，说出一番道理，也合情理。他说刘备是为刘琦而占据荆襄三城的。他们是宗亲，以叔扶侄本是正理。确实，荆襄九郡原属刘表基业！”

周瑜说：“难道我们战胜曹操就没理由占领了吗？刘表的基业早被曹操占领了，是我们夺回来的呀！”

鲁肃一听觉得很对，可是当时怎么没想起这个理由呢？只怪自己没有本事。为了安慰周瑜，他又说：“都督不要发愁，不过半年，荆襄九郡自然归还我们！”

周瑜问：“为什么呀？”

鲁肃说：“我已和诸葛亮说好，刘琦死后，他就将三城交付我们！”

周瑜听了，觉得可笑，问：“那刘琦正值英年，怎么半年就会死了呢？”

鲁肃认真地说：“我见刘琦被人扶着出来，面黄肌瘦，确已病入膏肓，死期是超不过半年了！”

周瑜听了，将信将疑，心想纵然是有些希望，也在难以预料之中，不禁声声长叹。

鲁肃以许多话相劝，周瑜也想不通，心中只恨当时没有杀掉诸葛亮，如今他果然成了东吴的后患。

周瑜与鲁肃正在交谈，忽然门卫报告：吴侯孙权派使者前来。

周瑜命人将使者请进来，问有何事。

使者说："主公攻打合肥，几战未克，特意令都督回兵，援助主公攻取合肥！荆襄之地待日后再夺！"

周瑜点头遵命，送使者返回，然后下令回军，命程普带领战船及全部人马，去孙权那里助战，他自己因为箭伤未愈，暂回柴桑养伤去了。

第十一回 诸葛亮连取四郡 关云长大战长沙

刘备自得荆州、南郡、襄阳三城之后，心中特别高兴。诸葛亮却仍似平常一样，除了议事之外，爱到城中游逛。

一日，诸葛亮从外回来，对刘备说："我到城中访问，人们都说荆襄有马氏五兄弟，皆为贤良之辈。最小的一个叫马谡，字幼常，文武全才。最有智谋之人叫马良，此人眉间有白毛，乡里传唱歌谣说：'马氏五人，白眉最强。'当然不在眉毛白不白，只是说这马良甚有远见。今天，我见了他，谈起守荆襄之事，他说荆州四面受敌，不是久守之地，主公当思长远！"

刘备正在高兴的时候，不愿离开荆襄，听了诸葛亮的话，有些不悦。这也难怪，刘备自起兵以来，总是被人家追得四处逃跑，没有立足之地，过着寄人篱下的窘迫日子，今日得了荆襄，有了立足之地，所以不愿离去。

诸葛亮从长远思谋，觉得应该向外发展，不能满足于现状。

为了说服刘备，诸葛亮找到了马良。马良与他的看法正好相合，于是，诸葛亮就请马良来说服刘备。

刘备问："这个马良在哪里？我愿见见他。"

诸葛亮说："就在府外，可否请他进来？"

刘备应允了，请马良到了内厅。

诸葛亮说："主公想请教荆州久远之计，望贤士告知！"

马良便说："荆襄乃四面受敌之地，恐怕不可久守。我有个想法，不知皇叔愿听否？"

刘备说："你讲来听听。"

马良说："应该叫公子刘琦在此养病，招谕旧部以守荆襄。命他为荆州刺史，安定民心。然后，皇叔可以南征武陵（今武陵山区一带）、长沙、桂阳（今湖南郴州）、零陵（今湖南永州零陵区）四郡，屯草积粮，作为完成大业的根本。这才是长久之计呢！"

诸葛亮望望刘备，见刘备被马良说动了，心中十分高兴，说："主公，不知意下如何？"

刘备说："就依贤士之见，但不知四郡之中先取哪个？"

马良说："湘江之西，零陵最近，可以先取。次取武陵。然后向湘江之东发展，先取桂阳，后取长沙。"

刘备听了，觉得很有道理，也很佩服他的智谋，便说："就这样办。"

诸葛亮随后说："马良及马谡都是人才，望主公收纳。"

刘备同意，起用马良为从事，马谡为参军。

诸葛亮又安排了荆襄的事宜：送刘琦回襄阳，调关羽回荆州，命糜竺、刘封守江陵。然后发兵攻取零陵，以张飞为先锋，赵云断后，诸葛亮、刘备自为中军，人马共计一万五千。

零陵太守刘度听说刘备大军逼近，便与儿子刘贤商量。刘贤很狂妄，不拿刘备当回事，领兵一万余人出城，到三十里外依山傍水下寨，准备迎战。

刘备的军队到了，刘贤的大将邢道荣手持开山大斧，迎上前去，厉声高叫："刘备蠢贼，竟敢侵犯我境！"

邢道荣正喊着，见刘备营中拥出一簇黄旗。走到近处，黄旗散开，推出一辆四轮车，车内端坐着一个人。这人头戴纶巾，身披鹤氅，手持羽扇，一派仙风道骨的样子。

邢道荣感到很奇怪。只见那人摇着羽扇，说："我乃南阳诸葛孔明也。曹操引百万之众，被我略施小计，杀得他狼狈逃窜，你怎能与我对抗？还不快快下马投降！"

邢道荣大笑着说："我听说赤壁鏖兵乃周瑜之功，与你何干，敢出此狂言！"说罢，便抡着大斧砍了过来。

诸葛亮退入阵中。邢道荣见阵中有一簇黄旗，料定诸葛亮必在其中，便催马直奔过去。赶到跟前，黄旗四散，却不见了四轮车，只见一员大将跃马横矛，直向他杀来。

此人正是张飞，二人战在一起。战了几合，邢道荣气力不支，拨马便走。张飞随后追来，喊声大震。邢道荣拼命奔跑，正在跑着，前面又杀来一员将官。只听那将官大叫道："我乃常山赵子龙是也！"

邢道荣料定也战不过他，可没有逃路了，只得下马投降。

赵云将邢道荣绑到大帐，刘备便下令将其斩首。

诸葛亮一摆手制止住，对邢道荣说："你要是能够捉了刘贤，我便准你投降！"

邢道荣连声说："可以，可以！"

诸葛亮问："你想用什么方法捉他？"

邢道荣说："你要放我回去，我自然有巧妙的说法。你们今夜去偷营劫寨，我为内应，捉了刘贤，献给你们。刘贤被擒，刘度自然也投降了！”

刘备见邢道荣眼珠乱转，知他并不是真意。诸葛亮用眼色示意刘备，反而说：“邢将军之言不错！”于是，放邢道荣回去了。

邢道荣回到本寨，将刚才发生的事情一五一十告知刘贤。

刘贤问：“这该怎么办呢？”

邢道荣说：“咱们可以将计就计，今夜把兵马伏于寨外，寨中虚立旗幡，等诸葛亮来劫寨时，我们杀进寨中，将他擒拿！”

刘贤说：“很好，就依计而行！”

当夜二更时分，刘贤、邢道荣将人马埋伏在寨外。不一会儿，果然来了一彪人马。他们到了寨口，每个人都用草把放起火来。

刘贤和邢道荣见了，料定是诸葛亮偷营劫寨来了，便一齐杀了过去。那放火的军士也不抵抗就退下去了。刘贤和邢道荣乘势追赶，一气追出了十多里，那些放火的军士却都不见了。

刘贤和邢道荣大惊，急忙领兵回寨。到了寨门口，寨中突然冲出一员大将，邢道荣借火光一看，正是张飞。

刘贤大叫：“不可入寨，赶快趁势去劫诸葛亮的军寨！”

邢道荣只好跟随刘贤往回路跑。跑出十多里，赵云突然杀出，邢道荣不备，被赵云一枪刺死。

刘贤一见邢道荣被杀，急忙拨马逃走。背后张飞赶来，追了个马头接马尾，张飞一伸手，揪住刘贤后背，扔在地上，军卒们过来将刘贤绑了。

刘贤被押进大帐。他抬头望见诸葛亮，跪下说：“这都是邢道荣让我这样做的，并不是我的本心啊！”

诸葛亮不说什么，命人将刘贤身上的绑绳解开。刘贤深深感动，说："军师，我回去一定说服父亲，纳城投降！"

诸葛亮又命人赐刘贤一大杯酒，让他压压惊。

刘贤回到零陵城，见了刘度，详说了诸葛亮的恩德，劝父投降。

刘度说："当初我就不乐意打，是你年轻气盛非要去打。我愿意纳城，归顺刘备！"

于是，刘度命人在零陵城门上挂起了降旗，并大开城门，迎接刘备、诸葛亮的大军入城。

刘备、诸葛亮领军到了城里，刘度献上印绶。诸葛亮说："老将军仍为郡守。刘贤即日赴荆州，到关将军部下办事！"

刘贤即日领命去了，零陵百姓尽皆安然无惊。

接着，诸葛亮安抚百姓，犒赏三军，喜庆一日。第二天，诸葛亮聚众将，问："零陵已取，何人去取桂阳？"

诸葛亮话音刚落，赵云就上前请命说："我愿前往！"

诸葛亮刚要应允，只见张飞向前一步说："我也愿去！"

诸葛亮笑着说："子龙先请战，就让子龙去吧！"

张飞说："若我去，不用别人相帮，只需三千人马，保险取成！"

赵云也说："我也不用别人相帮，也只需三千人马！"

张飞是个急性子，便和赵云争执起来。

诸葛亮一看不能立决，便出了个主意说："我做两个阄，拈着去的便去！"

赵云和张飞不吵了。诸葛亮做了两个阄，扔在桌面上。张飞先去拈，拈了个白阄，剩下一个是去阄，自然是赵云去了。

张飞仍是不服，还是大喊："这回不算，重拈一把！"

诸葛亮摇摇头说：“不必了！”

张飞还要胡搅蛮缠，刘备大声训斥说：“三弟休要胡闹！再要闹，以后什么事也不派你去了！”

张飞只好唯唯而退。

赵云领了三千人马，往桂阳进发。桂阳的探报早已报告太守赵范。赵范很着急，召集众将商议。管军校尉陈应、鲍龙愿意领兵迎战。这二人过去都是桂阳岭山乡的猎户，陈应会使飞叉，鲍龙曾射死过双虎。二人自恃武艺高强，所以要求迎战。

赵范说：“我闻刘备乃大汉皇叔，又兼有诸葛亮为军师，今日来的将官又是赵子龙，他在长坂坡百万曹军中如入无人之境，勇猛非常。我们根本无法抵抗，还是早降为好。”

陈应说：“如果我擒不住赵云，那时太守再降不迟！”

赵范无奈，只得让陈应去了。

到了阵前，赵云对陈应说：“我主刘备，乃刘表之弟，今日正辅佐公子刘琦同领荆州，特来到这里抚民，你为何拒绝？”

陈应骂骂咧咧地说：“我们只服曹丞相，不顺刘备！”

赵云听了大怒，挺枪驱马便刺陈应，陈应舞叉相迎。二马相交，战了四五个回合，陈应招架不住，拨马便走。赵云催马追赶。陈应见赵云来到近前，猛然用飞叉掷过去，却被赵云接住，复又掷向陈应。陈应慌忙躲过飞叉，谁知赵云已经追到身边，单手一抓，将陈应拽过马来，扔在地上。军校上前，将陈应绑了，押回大帐。陈应的败兵四散而去。

赵云问：“你是愿死，还是愿降？”

陈应急忙说：“放我回去，定劝太守赵范投降！”

赵云说：“放你回去，说服赵范免你一死！”

陈应谢罪而回，见了赵范，讲明阵前之情。赵范说：“不听我的话，碰了一鼻子灰。投降吧！”

没等陈应说什么，赵范就立刻命人带上印绶，出城迎接赵云。

听说赵范捧着印绶来降，赵云出寨相迎。到了寨中，赵范献上印绶。赵云收下，设宴款待赵范。

席间，赵范问：“我们二人同姓，不知子龙将军先祖是哪里人？”

赵云说：“先祖正定人氏。”

赵范听了，高兴地拍掌说：“正好，我先祖也是正定人。这样说来，我们不但同姓，而且同宗了。我们不如结拜为弟兄，不知将军是否愿意？”

赵云想了想说：“但凭太守之意！”

于是，二人结拜为弟兄，赵范小赵云三岁，称赵云为兄。

二人谈得甚是投机。赵范临回城时，说：“明日请兄入城安抚百姓吧！”

赵云答应说：“好。”

第二天，赵云多留了一个心眼儿，自己只带了五十个随从入城，其余人马仍守在寨中。

入城之后，城内居民夹道相迎，欢迎刘皇叔接收桂阳城。赵云抚民已毕，赵范邀赵云到衙中饮酒。

二人推杯换盏，酒饮到半醉的时候，赵范进入内室，不多时请出一个漂亮的妇人。

赵云抬头观看，见这位妇人身穿缟素，行为端庄，面带愁容。

“她是何人？”赵云问赵范。

赵范说：“她便是家嫂樊氏。”

赵云听了，站起身施礼说：“嫂嫂请坐！”

赵范说：“家嫂愿为兄把盏！”

赵云正色说：“这怎么可以呢？快请嫂嫂回房歇息去吧！”

樊氏见赵云一身正气，便回房去了。

赵云不高兴地说：“我们兄弟饮酒，怎敢使家嫂把盏，岂不叫人耻笑！”

赵范说：“兄长不知，这中间有个缘由。家兄三年前病故，家嫂一直守节不嫁。我几次劝她另嫁，家嫂说，要嫁人需有三个条件：第一要文武双全，名扬天下；第二要相貌堂堂，一表人才；第三要与家兄同姓。天下哪有这样巧的事呀？现在见了兄长，三个条件都很相合，所以有意成全！”

赵云听了，大怒而起说：“我们二人既然已经结拜为兄弟，你嫂即是我嫂，我怎能做这样乱伦之事啊！”

赵范被训斥得满面通红，说：“我好心好意相撮合，你竟这样无礼！”

赵云更加生气，站起身来要走，赵范起身相拦，被赵云一推，跌倒在地。赵云大步流星地回到寨中。

这时陈应、鲍龙进来，赵范向他们讲了刚才的事。鲍龙说：“这人不识抬举，不如杀了他！”

陈应说：“可惜我们打不过他！”

三个人商量了半天，鲍龙说：“不如我们二人诈降到他寨中，太守引兵挑战，我们二人冷不防擒住他！”

赵范同意了这个主意。

第二天，陈应、鲍龙带五百兵丁来降赵云。

赵云把他们接入大帐。陈应说："赵范不怀好意，欲用美人计灌醉将军，然后割下你的头献给曹操。我们见他不仁，所以来投将军！"

赵云听了陈、鲍二人的话，思考了一会儿说："欢迎来降！"接着，又备酒与他们对饮，直到陈、鲍二人大醉。

赵云唤来军校将陈、鲍二人绑上；又抓来陈、鲍的手下人，诘问陈、鲍为什么前来投降。

陈、鲍的手下人以实相告："他们是诈降，是来糊弄将军的！"

赵云听了，即刻将陈、鲍带的五百兵丁集中在一起，说："要加害于我的，是陈应、鲍龙，与大家无关。你们只要服从我的调用，都有重赏！"

五百兵丁个个表示愿听赵云调遣。

赵云当即下令斩了陈应、鲍龙，然后叫五百兵丁引路，自己率一千兵马在后头，连夜到桂阳城下叫门。

城上兵士问："什么事？"

五百兵丁齐声大喊："陈、鲍二将军杀了赵云，请太守开城议事！"

赵范令人举起火把观望，果然是陈、鲍领去的兵丁，就下令开了城门，自己迎了出来。赵云策马赶到近前，喝令军校抓住赵范，这才下令军队开入城中，并重新安抚百姓，同时派人报知刘备已取下桂阳。

诸葛亮与刘备等人来到桂阳。赵云迎接他们入城，向诸葛亮告知一切。赵范被带到面前，诸葛亮说及赵范替嫂寻夫的事，赵范一一承认。

诸葛亮望望赵云说："我看这也是好事，子龙将军怎么不应允？"

赵云说："赵范与我结为兄弟，若娶其嫂，世人耻笑。再说，主公刚刚平定桂阳，大事未定，我不能以己之私，而误主公大事。"

刘备在一旁说："如果将军愿意，不会影响大事的！"

赵云坚决地说："我决意不娶，主公不必再劝！"

刘备见赵云实在不愿意，也就不强人所难了。随即释放赵范，仍命他为桂阳太守，赵范十分感谢。

这时，张飞在帐下大叫："看看，子龙多么光彩！我若去时，定会办得更好！"

诸葛亮笑着说："三将军莫急，你是否愿取武陵？"

张飞高兴地说："愿去，愿去！"

诸葛亮沉思了一会儿，说："翼德要去立功可以，只是得依我一件事！"

张飞说："只要让去，莫说一件事，八件、十件事我都依！"

诸葛亮说："需立下军令状！"

张飞说："这有何难！"于是在诸葛亮面前立下军令状，然后带三千人马，星夜奔向武陵。

武陵太守金旋听说张飞领兵到了，便要迎战。他的谋士巩志进谏说："刘备乃大汉皇叔，仁义布满天下。张飞今来，不可抵挡，莫如投降！"

金旋听了大怒，说："你动摇军心，将来必为内应！"立刻下令要将巩志斩首，这时在场的官员急忙求情说："先斩家人，于军不利！"

金旋便斥退巩志，自己领兵出城与张飞交战。

张飞立马横矛，大骂金旋。金旋问部下谁能上前交战，众将皆不敢动。

金旋急了，催马舞刀直取张飞。张飞大喊一声，声如巨雷，吓得金旋打马便退。张飞随后追杀。

金旋逃到城下，城门却已紧闭。金旋大喊开城，城上却射下许多乱箭来。巩志立在城上，大喊："你不顺天时，又不听人劝，自取灭亡！"

这时，张飞已经赶到城下，一矛刺死金旋。

巩志立刻开城迎接张飞，献上印绶，武陵百姓安然无扰。

消息传到桂阳，诸葛亮说："三将军果然干得利索！"

刘备重赏张飞，命令巩志为武陵太守。

过了几日，关羽在荆州差人送给刘备、诸葛亮一封书信。信中说：听说子龙取了桂阳，翼德取了武陵，我欲请命去取长沙，不知可否？

刘备和诸葛亮看完了书信，商量了一番。诸葛亮说："云长欲自取长沙，甚好！"于是下令，叫张飞星夜返回荆州，接替关羽驻守。令关羽急速赶来武陵。

张飞领命而去，关羽见信就来到武陵。

诸葛亮对关羽说："子龙取桂阳，翼德取武陵，都只领了三千人马。今日关将军去取长沙，必须多带些人马。原因是，长沙太守韩玄部下，有一名大将，姓黄名忠，字汉升，原是刘表帐下的中郎将，与刘表的侄儿刘磐共守长沙。现在韩玄做了太守，所以他就扶保韩玄。这个黄忠，虽然年已六旬，却有万夫不当之勇，关将军千万不可轻敌！"

关羽听了，心中有些不高兴，说："军师不要长他人志气，灭我的威风。这么一个老兵，有什么好怕的。我关某只带五百短刀手，定斩黄忠、韩玄！”

刘备在一旁听着，怕关羽吃亏，也劝他多带些人马去。关羽不听，仍是只带五百短刀手去了。

关羽走后，诸葛亮对刘备说：“云长轻视黄忠，恐怕有失，我们应当前去接应。”

刘备点头，随后领兵也向长沙而来。

长沙太守韩玄，生性急躁，嗜杀成性，他的部下都很怕他，也反对他。听说关羽领兵来取长沙，韩玄便唤来黄忠商议。

黄忠说：“主公不必担忧。凭我手中宝刀和这张弓，他来一千个关羽，也是有来无回！”

原来，黄忠力气很大，能开二百斤的硬弓，而且百步穿杨，百发百中。

黄忠要去迎战，不料帐下一将请战，说：“不用黄老将军出战，我去活捉关羽！”

韩玄一见是校尉杨令，就答应了。

杨令上阵，提枪催马指名道姓叫关羽出战。关羽听了大怒，立刻上马提刀相迎，也不答话，二人交战不过两个回合，关羽一刀就将杨令劈于马下。

军卒报告韩玄，韩玄大惊，立刻命黄忠上阵，他自己站在城楼上观战。

黄忠提刀纵马，跨过吊桥，领五百骑兵来到关羽面前。

关羽抬头观看，见对阵是一年老将军，知是黄忠，便叫五百短刀手一字摆开，自己横刀立马问：“来将可是黄忠？”

黄忠说：“既知我名，怎敢犯境？”

关羽说："关某特来取你的首级！"

于是，二人双刀并举，打在一起。一直战了一百个回合，仍未分出高低胜负。

韩玄在城上看着，这时天已经晚了，怕黄忠有失，便命兵卒鸣金收兵。

关羽也不追赶，回了本寨。他心中暗想："这个老黄忠，果然名不虚传，刀来刀往，全没有一点破绽！待明日，我必须以拖刀计胜他！"

第二天，关羽吃过早饭，又带兵来到长沙城下叫阵。

黄忠引数百骑，过吊桥与关羽交战。

韩玄仍上城楼观战。

二人见面，并不说话，就战在一起。又杀了五六十个回合，胜败难分。两边的军卒齐声喝彩、助威。

战鼓敲得爆豆儿一般，关羽佯败，拨马便走，黄忠在后面紧追。赶个马头顶马尾，关羽刚要施拖刀之计，只听得"咕咚"一声，黄忠马失前蹄，落在马下。

关羽拨过马来，双手举起青龙刀，却不忍往下砍，大声说："我本想杀了你。但念你马失前蹄而落地，所以不杀。快快去换了马来，咱们接着战！"

黄忠羞个脸红，爬起来，上马回到城中，向着韩玄说："唉，此马久不上阵了，所以闪了前蹄。"

韩玄问："你的弓箭百发百中，何不用箭取他？"

黄忠说："等明日再战，我故意败下，引他到吊桥边，用箭取他！"

韩玄把自己骑的一匹青色良马送给黄忠，黄忠十分感谢，回帐歇息。黄忠躺在帐中，心想："关云长果然是一位仁义将军，他刀下留情，我怎么忍心用箭取他？！”

想到这里，黄忠为难了：杀关羽不忍；不杀关羽，又怕违了将令。一夜间他翻来覆去，就是睡不好觉。

第二天，二人又在城外交战。

关羽两日战不胜黄忠，心中着急，所以就更抖擞精神，奋力交战。战到三十个回合，黄忠见韩玄仍在城楼观战，于是虚晃一刀败了下去。关羽紧追不放。

黄忠扭头一看，见关羽已在自己开弓射箭的有效距离之内。但他不忍下手，只是带住刀，把弓弦虚拽了一下，发出“嗡”的一声。关羽急闪，可是不见箭来。黄忠又跑了一段，关羽仍然追赶。黄忠又虚拽了一下弓弦，关羽急躲，还是不见箭来。

关羽心想：“莫非黄忠徒有虚名，根本不会射？！”

于是，关羽又紧紧追赶黄忠，一直追到城下吊桥边。黄忠狠狠心，手上拈弓放箭，向着关羽射去。弦响箭到，那箭正中关羽盔缨的根上，盔缨落地。

关羽大吃一惊，暗说：“黄忠百步穿杨之功，果然高超。今日他不伤我，是为报我昨日不杀之恩！”

于是，关羽领兵回寨。

黄忠回到城里，韩玄不由分说，喝令刀斧手将黄忠推出斩首。

黄忠说：“我无罪呀！”

韩玄说：“你还说无罪？我连看你们三日交战。第一日你不用力；第二日马失前蹄，关羽没杀你，定是你通了敌；今日再战，你两次虚发弓箭，第三箭又不射其要害，是何道理？我不杀你，必为后患！”

众将一齐求情，韩玄大怒说："谁再求情，便与黄忠同罪！"

刀斧手推推搡搡将黄忠弄到帐外。正在危急的时候，有一人跑过来杀死刀斧手，闯进帐来，大吼："我已救了黄忠。韩玄残暴不仁，我们应当共同将其诛杀！"

众将一怔。但谁都知道黄忠乃忠良之将，而且武艺高强，是长沙城的中坚，而韩玄只是一个丑类。

救了黄忠，号召杀韩玄的人，名叫魏延。他从襄阳前来投奔韩玄，韩玄嫌他傲慢无理，不重用他，只让他做个小官。所以，他痛恨韩玄已久。

魏延振臂一呼，众将响应。大家寻找韩玄时，已不见了他的踪影。魏延领人找到城楼上，见韩玄正要逃跑，魏延上前，将他一刀杀死。

魏延割了韩玄的脑袋，提在手中，领着众将来见关羽。

关羽大喜，入城安抚百姓，请黄忠来见。黄忠称病不出。

却说刘备和诸葛亮恐怕关羽有失，特来接应，早来到了长沙城下。这一日，刘备和诸葛亮在帐外游逛，关羽派人来请，告知长沙城已经取下。

诸葛亮和刘备入城，关羽向他们讲了一切情况，并说："老将黄忠称病不出，不愿投降！"

诸葛亮望望刘备说："此事如主公出面请黄忠投降，定会成功！"

刘备应允，亲自到黄忠家中相请。黄忠见刘备诚心相待，表示愿意跟随听用。

关羽引魏延来见，想为他请功。诸葛亮却板起脸来，说："推下去斩了！"

刘备急忙说：“军师，魏延是有功无罪之人，怎么要斩啊？”

诸葛亮说：“食其禄而杀其主，是不忠；居其土而献其地，是不义。如提倡这种做法，魏延久后必反！今日斩了，以绝后患！”

刘备再三请求，说：“军师，你如果杀了魏延，恐怕众降将将人人自危，望军师原谅他吧！”

诸葛亮见刘备这样恳求，想了想，便对魏延说：“我今天饶你性命，往后你要尽忠保护主公，若生异心，我随时可杀你！”

魏延赶忙叩头，谢诸葛亮不杀之恩。

黄忠推荐刘磐为长沙太守，刘备同意。刘备取了零陵、长沙、桂阳、武陵四郡，在这里广积钱粮，扩充军队，势力更大。

过了一个多月，刘备和诸葛亮班师回荆州。

第十二回 鲁子敬二讨荆州 刘玄德入赘东吴

诸葛亮和刘备回到荆州之后，每日整训军队，注意事态变化。派出去的探马，不断报知南北方的消息。一日，探马报知，孙权进攻合肥没有成功，已经回到南徐（今江苏镇江）。接着又有探马飞报：襄阳的刘琦于昨日病故。

刘备听了，不禁失声痛哭。诸葛亮劝他说："刘琦大病缠身，早晚必亡，望主公保重身体，以图大计。现在襄阳无主，必须马上派人去接防。"

刘备问："军师看何人前去为宜？"

诸葛亮说："此事非云长莫属！"

刘备应允。诸葛亮当即命关羽去襄阳接任。关羽领命而去。

刘备哭了多时，突然想起一件事，说："刘琦一死，东吴必来讨要荆州，这如何办呢？"

诸葛亮笑着说："此事早在我预料之中。如果鲁肃再来时，我自有办法对付他！上次，咱们用软话拖延他，这次该用硬话相拒了！"

果然，不过几日，鲁肃从东吴过江来见诸葛亮。

刘备把鲁肃接到公馆。叙礼已毕，鲁肃说：“听说公子刘琦身亡，我主特备薄礼致祭。周都督再三致意皇叔与军师，忍痛节哀。”

诸葛亮和刘备表示谢意，收了礼物，备酒相待。

席间，鲁肃说：“前者皇叔有言，如果公子刘琦不在，即归还荆州。如今时候到了，不知皇叔打算什么时候归还？”

刘备笑笑，故意岔开话题，说：“子敬只管喝酒，容当再议。”

鲁肃只好暂且不提归还荆州之事。又饮了数杯，鲁肃还是旧事重提，又向刘备提出何时能归还荆州。

诸葛亮在一旁听了，假装沉着脸说：“子敬兄，你好不通人情啊！立逼着叫我家主公回答，是何用意？我家主公乃中山靖王之后，孝景皇帝玄孙，当今献帝之叔，按身份本应该裂土称侯，更何况荆州先主刘表，乃是我主之兄。弟承兄业，有何不顺？你家主公乃钱塘小吏之子，素无功德于朝廷，倚仗势力，占据了江东六郡八十一州，这就很不错了，如今还贪心不足，又要取荆襄，是什么道理呀？！刘氏天下，我主倒连个荆州都不能占，反被你家主公来争抢，这又是什么道理？！赤壁之战中，我主与众将都出了力，怎么是周郎一个人的功劳呢？如果不是我诸葛亮借来东风，周郎将是一筹莫展。曹操如果破了江东，不要说二乔被掳于铜雀台，就是子敬兄的家小也难以得保。子敬兄，你是一个通达事理的人，难道连这些道理都不懂吗？！”

诸葛亮慷慨陈词，说得条条在理，把鲁肃说得哑口无言。过了半晌，鲁肃才说：“孔明先生之言，别人听来倒还有理，如果说给我听，就有些欠妥了，因为我明白事情的全部过程。

前年皇叔兵败之时，是我鲁肃引孔明先生过江，共谋破曹之计的。后来周公瑾欲兴兵伐皇叔，又被我说服了。我上次来，皇叔亲口说定，要等刘琦病故之时交还荆州，又是我鲁肃承担下来，告知了我家主公。今日皇叔不守前言，叫我怎么再向主公回话？我主与周都督必然降罪于我，那时我就是死了，也不恨别人。只恐怕惹恼我家主公与周都督，兴兵前来，皇叔也就不能安坐荆州了，还要落个被天下人耻笑的骂名！”

诸葛亮却不正面回答鲁肃的话，只说：“曹军百万，我都不怕，还怕周郎小儿！”

鲁肃说：“话不能这样说。就是周都督不能取胜，也不能使皇叔过太平日子啊！”

诸葛亮仍然不直接和鲁肃接话茬儿，只是说：“如果子敬先生怕吴侯和周郎怪罪，脸上无光，那么咱们立下文书，我们暂借荆州，待我主取了别的城池，便把荆州交还东吴，你看怎么样？”

鲁肃心直就直在这里，诸葛亮总是避开他的锋芒，而他却总是上套。见诸葛亮问他，他便反问：“孔明先生，你们什么时候取到别的城池，归还荆州啊？”

诸葛亮说：“中原曹操势大，暂不可图。西川刘璋是个不能自立之人，我们正好取之，那时便还！”

鲁肃见诸葛亮说出了图取的目标，心中有了底，便不再言语了。

诸葛亮回头让刘备亲笔写了“借驻荆州”的文书。刘备先画了押，诸葛亮随即也画了押。

诸葛亮望望鲁肃说：“我是皇叔这边人，怎能自家作保？请子敬兄也画个押，作保吧！”

鲁肃不多考虑，说：“我仍然认为皇叔是仁义君子，不会有负于我的！”

于是鲁肃也画了押。两张文书，一家一份。

宴席散了，鲁肃要回去。诸葛亮与刘备一齐送他到江边上船。

诸葛亮嘱咐鲁肃说：“子敬兄回去见了吴侯，要申明你的意思。如果周郎反目，我诸葛亮也会反目，一怒之下拿下你们六郡八十一州，也不在话下。只是不要伤了和气，弄得让曹操笑话咱们！”

诸葛亮这明明是在给鲁肃施压，叫他回到东吴后，维护“文书”的“权威”。

鲁肃回到东吴，先到柴桑来见周瑜。周瑜问他：“讨还荆州事情办得如何？”

鲁肃从身上掏出文书，交给周瑜说：“有文书在此，请都督观看！”

周瑜接过文书，看完之后，跺着脚说：“唉，你又中了诸葛亮之计了！诸葛亮说是借城，实际上是在混赖。他说等取了西川便还，你知道他们什么时候取下西川？如果十年取不了西川，就十年不还荆州了？！这样的文书，纯属圈套，你还为他们作保？！你替主公做了主，如果主公不同意，你怎么办？”

鲁肃听了有些后悔，又有些害怕，说：“我想，那玄德公不会糊弄我吧？！”

周瑜说：“你真是一个实诚君子啊！诸葛亮是个狡诈之徒，刘备乃世之枭雄，怎会有你这样的实诚心地呢？！”

鲁肃听了周瑜的话，更加坐立不安，连声说道：“这该怎么办呢？这该怎么办呢？”

周瑜望着他，又好笑，又可怜，说："子敬，你我相交甚笃，我如何能看着你不管！你暂且在这里住些日子，待江北刘备那边有什么消息，咱们再想法化解！"

鲁肃只好按周瑜主意住下了。

过了十数天，有探子报告周瑜说："荆州城中好像出了事，哀乐声一直响着，城楼上也挂上了白幡，不知何事。"

周瑜想了想，令探子立刻回去探个清楚。过了一天，探子又回报说："荆州刘备的夫人甘氏死了，今日出殡！"

周瑜听了，哈哈大笑，对鲁肃说："好！我有取城之计了。不但荆州可得，而且使刘备束手就擒！"

鲁肃不解，问："不知都督有什么好计策？"

周瑜说："刘备丧妻，必将续弦。我家主公之妹孙尚香，性烈刚勇，胜过男儿。她婢女数百，都练武艺。就是闺房之中，也摆满兵器。我立刻上书给吴侯，叫人去荆州做媒，要求刘备到东吴入赘。他一到南徐，就将他囚禁起来，以他为人质，讨还荆州。等他还了荆州，再乘机将他杀掉，这不是顺理成章的事吗？"

鲁肃听了，也觉得可行，便拿着周瑜给孙权写的呈书，乘快船到南徐，面见孙权。

孙权见了鲁肃问："去了这么多天，荆州讨还了吗？"

鲁肃便将荆州之行的经过，讲了一遍。孙权听了，心中不悦，说："你真糊涂，还替人家作保。这回，荆州城我跟你要了！"

鲁肃低头不语，看看孙权消了些气，便又说："周都督有呈书一封，请主公观看。用他之计，可得荆州。"

孙权接过呈书，细细观看之后，脸上露出喜色。他来回踱步，寻思派何人去荆州提亲，便问鲁肃：“何人可去荆州做媒呀？”

鲁肃心想：“莫非又差我去？我可不去了。”于是，他想起了一个人，便对孙权说：“吕范可以办好这件事！”

孙权同意了，立刻召见吕范，说：“荆州刘玄德最近丧妇，我家妹妹尚香，欲招玄德为婿，永结婚姻，同心破曹。你立即去荆州做媒！”

吕范领命而去。

刘备因糜夫人前年在战事中死了，甘夫人今又病死，十分伤悲，整日不出居室。这天诸葛亮来安慰他。

二人正在说话，忽有探子来报：“东吴派吕范到来，要见主公！”

诸葛亮听了，急对刘备说：“这是周郎之计，必为荆州之事。我躲在屏风后面听着。不管他说什么话，你都先应承下来，然后让他到馆驿中歇息，我们再细细商量！”

说完，诸葛亮躲到屏风后边去了，刘备这才接见吕范。

刘备问：“先生此来，有什么大事啊？”

吕范说：“无事不登三宝殿。我今天来，果真有件大事。听说皇叔新近失偶，我特来做媒，不知尊意如何？”

刘备说：“夫人新丧，怎敢再议亲事？”

吕范劝解说：“人若无妻室，似房屋中无门窗，岂可中道而废人伦？我家主公有一妹妹，尚在闺中，美貌而贤淑。若两家结秦晋之好，那么曹操就不敢再南侵了。此事于家于国都大有好处，望皇叔不要推辞。”

刘备听了这番话，不知如何回答。吕范又说：“我们国太视女儿就如掌上明珠，她不愿意女儿远嫁，如皇叔应允，就请到东吴完婚。”

刘备听到这里，方明白事情果如诸葛亮所料定的一样，便问：“这事吴侯知道吗？”

吕范说：“吴侯不知，我怎敢前来提亲！”

刘备沉吟半晌，说：“我已年过半百，吴侯贤妹正值芳龄，如何般配？！”

吕范说：“这个不必多虑。吴侯之妹不但人长得好，而且志气高远。她说不是天下英雄，绝不相嫁。只有皇叔这样的人，她才乐意嫁呢！”

刘备实在没有办法，只得说：“先生且回馆驿歇息，待我思考之后，明日再相告！”

吕范回到馆驿歇息去了。

诸葛亮从屏风后面出来，对刘备说：“我全都听见了。主公要痛快应允，然后派孙乾跟吕范同去见吴侯，当面定亲。待孙乾回来，再按他们选好的时日到东吴完婚。”

刘备说：“这显然是周瑜想加害于我的计策。若去东吴，岂不是身入虎穴吗？”

诸葛亮笑笑说：“周郎虽能用计，却逃不出我之所料！主公只管放心地去，我这边略施小计，便可叫吴侯之妹归于主公，荆州也万无一失！”

刘备仍有疑虑。诸葛亮却叫来孙乾，命他明日随吕范到东吴面见孙权，替主公应下亲事。

孙乾领命随吕范进入东吴，不几日便回来了。他对诸葛亮说：“吴侯选定在十月初一那天，等候主公过江结亲！”

刘备听了，望着诸葛亮，不敢前往。

诸葛亮说：“很好。把子龙将军唤来。”

赵云来了，问刘备："主公唤我何事？"

刘备无语，用手指指诸葛亮。诸葛亮说："主公要到东吴结亲，由你护驾前往。我给你三个锦囊，每个锦囊中有妙计一条。每到关键时候，你可依次拆开观看。"

赵云领命，将三个锦囊放在贴身处藏好。

诸葛亮又派人向东吴送了聘礼。到了十月初一，刘备、赵云与孙乾便带军士五百，乘十条快船，离开荆州前往南徐。荆州一切军务大事均由诸葛亮裁决。

刘备上了船，仍是惴惴不安。到了南徐，将船靠岸，赵云想：军师有三个锦囊，每到关键时，可依次拆看。现在已到江东，该如何行动……于是，他拆开了第一个锦囊。

赵云看罢，便叫来五百军士，悄悄地吩咐了一遍。众军士领命而去。

赵云又对刘备说："主公，到了东吴，一切听我的安排。"

刘备点头说："我知道，这都是军师的安排。"

赵云说："主公应先去看望乔国老。那乔国老乃东吴二乔之父。"

刘备从命，叫人备了羊和酒。五百军士个个披红挂彩，到南徐街面购置礼品，还大肆张扬：刘玄德入赘东吴当女婿了！

于是，一传十，十传百，百传千，南徐民众都知道了吴侯要和刘备结为秦晋之好。

刘备拜访了乔国老，送给乔国老许多礼物，言明自己是来东吴入赘的。乔国老见刘备一表人才，非常高兴。他送刘备到馆驿歇息后，便来见吴国太。

乔国老见了吴国太便高声贺喜，弄得吴国太不知发生了什么事情，忙问：“国老，我有何喜事呀？”

乔国老说：“令爱就要与刘玄德成亲了，怎么还瞒着我呀？”

吴国太听了大吃一惊，说：“这是怎么回事？我是真不知道啊！”

乔国老也傻了眼，说：“哎，刘备已经到来，并且带着厚礼看望了我。南徐城中人人都知道了啊！女方的媒人是吕范，男方的媒人是孙乾。大街上刘备的随从人员披红挂彩、购置礼品，说就要拜堂成亲了！”

吴国太听了更加吃惊，便命人找来孙权，问个究竟。

不多时孙权来了。吴国太一见孙权，便放声大哭，孙权不知何事，忙问：“母亲为何这样？”

吴国太拍着胸口说：“你把我这个做母亲的放在什么份儿上？你心里还有我这个母亲吗？”

孙权更加惊慌，只是劝慰着说：“母亲有什么话，照直说来，何苦如此？”

吴国太说：“男大当婚，女大当嫁，古今常理。你招刘玄德来东吴成亲，为何不禀告我？”

孙权一听，连忙说：“根本没有这回事啊！”

吴国太说：“全城百姓都知道了，你还瞒我？”

乔国老说：“老夫也知道了，特来贺喜呀！”

孙权笑着说：“母亲，这并不是真的，而是周瑜之计呀！以入赘为名，骗来刘备，将他囚拘起来作为人质。他若不归还荆州，就将他杀掉！”

吴国太听了孙权的解释，立时怒责周瑜：“那周郎身为六郡八十一州的大都督，没有别的好办法取荆州，却在我心爱的女儿身上打主意。现在已经宣扬出去了，这不误了你妹妹的一生吗？！”

乔国老也在一旁说：“假如用此计讨回荆州，也会被天下人耻笑。这种事办不得！”

孙权听了两位老人的话，低头不语。

吴国太仍是骂周瑜，实际也是在骂孙权。

乔国老沉思半晌说：“我看这样吧！如今骂已无济于事。刘玄德乃汉室宗亲，名分也不低，莫如假戏真做，省得出丑！”

孙权说：“恐怕年龄不宜呀！”

乔国老说：“刘皇叔乃当今豪杰，何在乎年龄大小？！”

吴国太想了想，说：“我没有见过刘玄德，明日可在甘露寺相见。如果我看中了，就把你妹妹嫁给他；如果我看不中，你们爱怎么办就怎么办吧！”

事情就这样决定了。

孙权是个孝子。离开吴国太后，他便告诉吕范：明日在甘露寺设宴，国太要亲见刘备。

吕范想了想说：“主公，可命贾华带三百刀斧手埋伏在两廊。如果国太看不中意，便可立刻将刘备杀死！”

孙权采纳了这个建议，并立刻派人去通知贾华安排好刀斧手。

刘备得知吴国太要见他，便与赵云、孙乾商议。赵云说：“我带五百军士保护。主公可内穿软甲，外罩锦袍，以防万一。”

甘露寺中，吴国太与乔国老早就来了，正坐着等候刘备到来。

刘备和赵云到寺前下马，先见了孙权。孙权是第一次见到刘备，不由暗暗称赞。二人寒暄一番后，一齐入寺面见吴国太。

孙权将刘备向母亲做了介绍。吴国太仔细观看刘备，心中十分满意，悄悄对乔国老说："真是好女婿呀！"

乔国老更是百般赞扬："玄德有龙凤之姿、天日之表，早就以仁德饮誉天下，国太得此佳婿，真是福分啊！"

刘备向吴国太和乔国老拜谢后，落座坐定。不多时，赵云来到刘备身旁。吴国太问："这位将军英姿飒爽，他是何人？"

刘备答："他是常山赵子龙！"

吴国太喜形于色，夸奖说："早听说将军长坂坡救阿斗之事，真英雄也！"说着，叫人给赵云赐酒。

赵云低声对刘备说："主公，我方才看见两廊中有刀斧手埋伏，你快给国太跪下讲明！"

刘备听了心中害怕，立刻跪在国太面前，哭着说："要杀刘备，请早讲明！"

吴国太问："何出此言？"

刘备说："两廊之中埋伏刀斧手，刘备命不久矣了！"

吴国太听了大怒，指责孙权说："玄德既为我婿，也是你妹夫，你为何设下刀斧手？！"

孙权站起来佯装不知，唤来吕范询问。吕范推在贾华身上。贾华被拉到众人面前，国太下令立斩不饶。

刘备急忙求情说："承蒙国太相救！大喜之期，杀人不利，望国太饶恕他吧！"

乔国老也过来相劝，吴国太方才饶了贾华。

孙权斥退刀斧手，脸上露出窘态。

宴席散了之后，刘备与赵云回到馆驿。孙乾对刘备说：“看今日意思，孙权仍有杀你之意，一旦周瑜到来，怕是麻烦更大。不如早早完婚，早回荆州！”

刘备点头称是，只是没有办法。孙乾说：“主公可以去哀求乔国老。他是个热心人，让他去见吴国太，喜事必能早早办成！”

第二天，刘备便去乔府拜望乔国老。

乔国老迎接刘备入宅，吩咐仆人献茶。

乔国老问：“刘皇叔有何事呀？”

刘备装出为难的样子，哀求乔国老说：“你也看见了，江东有人要加害我，我在这里待久了，怕是凶多吉少，实在不知该如何做才好。望国老明示！”

乔国老说：“不怕的。有国太保护，还怕什么？待我去见国太，想个万全之策！”

刘备十分感激，拜辞乔国老而归。

乔国老送走了刘备，立即来见吴国太。他对吴国太说：“国太呀，刚才玄德找我说，他怕江东有人要害他，所以想早早回去。你看该怎么办呢？”

吴国太听了大怒道：“我的女婿，谁敢害他？”

乔国老说：“事情是这么一个理儿。可是玄德驻在馆驿之中，如有心怀恶意的人暗中下手，你也不知道啊！那时，可就坏了大事了！”

吴国太听了点点头，说：“这样吧，你转告玄德，让他即刻搬入我宅中的书院居住，然后再择吉日完婚！”

乔国老把吴国太的话告诉了刘备，刘备便立刻搬进了吴国太的书院。

吴国太见刘备已住到了自己宅中，非常高兴。刘备却说：“国太，刘备感谢大恩大德，只是我的部将赵云仍在馆驿之中，有些不方便，能不能也让他来呀？”

吴国太心中高兴，刘备说什么她都答应，便立刻派人通知赵云也搬进书院居住。

刘备暗暗高兴。

过了几天，吴国太又亲自择定吉日为刘备完婚。府中张灯结彩，大摆宴筵，贺喜的人一直欢闹到深夜，才陆续散去。

刘备被红烛引着，进了洞房。他抬头观看，只见屋内布满了闪闪发亮的刀枪剑戟，而立于两旁的奴婢侍女也个个佩剑悬刀。刘备被这场面吓得吸了一口凉气，暗想：莫不是上了东吴的当，待我进入洞房后，才将我杀掉？！

这时候管家婆过来问：“贵人为何发呆？”

刘备说：“洞房中刀枪密布，实叫人心寒！”

正说着，孙尚香从房中出来，笑着说：“夫君厮杀半生，还惧怕兵器吗？”

刘备见孙尚香果然美艳非凡，而且出语温柔，根本没有“杀气”，这才放下心来。他打躬作揖说：“洞房与战场不同，望夫人还是将兵器撤了吧！”

孙尚香笑了笑，命婢女们将兵器撤下。刘备给了她们每人一些金帛，便与孙尚香携手进入内室。

刘备自与孙尚香成婚之后，夫妻恩爱，两情欢洽，心情很好。他命孙乾回荆州向诸葛亮通报这里的情况，说一切不用惦记。

第十三回 赵云护驾返荆州 孔明二气周公瑾

刘备与孙尚香成亲之后，吴国太更是喜爱女婿，每日为他设宴欢饮。

孙权得知这些情况，估计荆州难得，便将一切实情派人告知周瑜。

周瑜在柴桑养病，病已见好。听了来人告知的一切，他立时大惊，不由埋怨孙权，埋怨吴国太，更埋怨他的老岳父乔国老。但木已成舟，生米已做成熟饭，他只得另思一计。计成之后，周瑜便修书一封，差人送给孙权。

孙权拆信观看，上边写着：所谋之事，不想弄假成真，实属意外。刘备不除，必为后患。所以另设一计，以图之。主公可盛筑宫院，多送佳丽，以丧其志，使他与诸葛亮分开。然后以兵击之，荆州可得。千万别放刘备还荆州，因为那将是放虎归山……

孙权看完信，觉得周瑜这个补救之计可行，便召见张昭，说："周瑜之计，正合我意。刘备出身贫寒之家，自闯荡天下以来，颠沛流离，没有享受过荣华富贵。我们给以华堂锦室、佳丽金帛，刘备必定尽情享用，必定会与诸葛亮等人渐渐疏远。诸葛亮等人也会渐渐产生怨恨情绪。等他们互相猜疑起来时，我们就可以乘机取荆州了。”

张昭很同意孙权的看法，说：“从即日起，修整刘备的府第，广栽花木，盛置器用，增派佳丽、乐手供他享用。这样做，国太以为是好，绝不会怪罪！”

二人计议已定，便立即命人照办。吴国太见了，以为这是孙权好意，也十分高兴。

刘备果然被酒色声乐所迷，全忘了荆州之事。

赵云带着五百军士，每日无事，实在闲得发慌。说是保卫刘备，刘备却终日饮酒作乐，他就只好到郊外跑马射箭，消磨时日。这样，不知不觉就到了年底。

赵云心想：“主公每日沉湎酒色，全无回去的打算，实在叫人担心。”想到这里，就拆开诸葛亮交给他的第二个锦囊。

看完锦囊，赵云微微一笑，暗说：“军师果然神算！”

于是，他来到府堂，要求面见刘备。守门的奴婢传报进去说：“赵子龙将军有急事要见贵人！”

刘备说：“快让他进来！”

赵云见了刘备，没等刘备问话，就故作惊慌地说：“哎呀，大事不好了！”

刘备急问：“子龙为何这般惊恐？”

赵云说：“主公深居温柔之乡，却不想荆州的事了！今天早晨军师差人来报，说曹操为报赤壁兵败之恨，已发精兵五十万，正杀奔荆州而来。军师请主公速回，计议御敌之策！”

刘备听了急得手足无措，赵云却在旁一个劲儿地催促。刘备说：“待我与夫人商议一下就走！”

赵云说："主公，你要和夫人商量，她必然阻拦，莫如咱们悄悄逃走！"

刘备摇摇头说："不行，这算什么道理呀！"

赵云又催："荆州有失，可是大事呀！望主公莫要因小而失大！"

刘备被赵云催得额头冒汗。但是，他仍坚持要和孙尚香商议一下，起码也得给个信，不能偷偷就走。想起夫妻间的温情，刘备实在难离难舍，便咬咬牙，对赵云说："你且回去等候，我自有主张！"

赵云又催促了一会儿说："不管怎么说，也不能丢失荆州啊，主公！"

说完，就告退了。

刘备步入内室，见了孙尚香现出一脸愁容，接着竟落下泪来。

孙尚香问："夫君，怎么这般悲痛啊？刚才还好好的呢！"

刘备抹了一把泪说："唉，夫人啊！刘备我突然想起死去的二老双亲，又不能祭祀宗祖，不禁伤感起来。"

孙尚香听了，微微一笑说："夫君，你我既结良缘，何故还要瞒我？！"

原来，赵云来见刘备时，孙尚香多了一个心眼，来到屏风后面听着，赵云说的话，她全听见了。

刘备听孙尚香的口气，心中有些害怕，想再解释一下。不料，孙尚香却挑明了，说："夫君，刚才赵云之言，我都听见了。曹军杀来，荆州有失，这是大事，你想回去，却不明言，这就不对了！"

刘备一听，更加害怕，急忙跪在孙尚香面前，痛哭流涕地说："夫人既然知道了，我也就直说了吧！荆州有失，这是大事。可我又不忍离开夫人，所以心中犯愁！"

孙尚香急忙把刘备扶起，说："我既然嫁给了你，就是你的人了。你去哪里我跟到哪里，还不行吗？！"

刘备深情地说："我深知咱夫妻的感情如胶似漆，只是担心国太与吴侯知道了，必不让你去呀！夫人若是可怜我，便让我暂时告别，日后再来相伴。"

说着这话，刘备更觉伤感，哭得也更厉害了。

孙尚香架不住刘备这样哭哭啼啼，便安慰他说："夫君不要伤悲，就依夫君的主意，告知母亲，她老人家一定会放我们走的！"

刘备又说："纵然国太放行，恐怕吴侯也不肯！"

孙尚香说："只告知母亲，就不告诉哥哥了。"

刘备听了，又跪下给孙尚香磕头："多亏夫人这样通情达理，刘备终生不忘。千万千万要保守机密，不可让吴侯得知呀！"

孙尚香微笑着用手点点刘备的额头说："快起来吧！男儿膝下有黄金啊！怎么说跪就跪，也不怕人笑话？！"

刘备说："夫妻之间，还有什么脸面？！"

于是，二人又商量了一会儿，便分头去办事。

刘备先唤来赵云，说："明天早晨，你先领军士们悄悄出城，在官道上等候我们。我以到江边祭祖为名，与夫人同走。"

赵云领命而去，暗做准备。

第二天早饭之后，孙权召群臣议事，并没有注意刘备。刘备乘机与孙尚香到国太府中辞行。

吴国太很高兴。她早听女儿讲了，刘备有心回家祭祖，但因他的老家离此太远，便决定只到江边行遥望拜祭之礼，算是尽了孝道。

吴国太说：“孝为人伦之本，夫妻新婚，正该祭祭祖宗。”

刘备深深拜谢，然后与孙尚香一起离开了国太府。

孙尚香乘车，只带了几个女婢与细软之物。刘备骑马随在车后，到了郊外与赵云相会，随后便急急赶路。因为是去江边遥祭，所以无人敢拦。

孙权当天中午喝得酩酊大醉，被人扶着到内室歇息。

刘备携夫人到江边遥祭的消息，很快传到孙权那些谋士的耳朵里。他们听了很着急，就要报告孙权。可是，孙权仍在床上大睡，大家都不敢惊动。一直等到五更天，孙权才苏醒过来。他一听这个消息，暴跳如雷，立即召众臣商量对策。

张昭说：“此人绝不可放行，应立即派兵去追！”

其他谋士也都主张火速追回刘备。

孙权立刻下令：“陈武、潘璋，你二人带五百精兵追赶，一定要将刘备捉回！”

陈武、潘璋领命而去。

孙权气得将案上的玉制砚台摔得粉碎。他有这个习惯，一到情绪激动时，便要砍东劈西。上次决心抗曹时，他就曾用剑劈去案桌一角。

过了一会儿，老将程普近前说：“主公，依我看，陈武、潘璋捉不回刘备！”

孙权大怒，问：“为什么？难道他们俩敢违我将令？！”

程普说："刘备身旁有尚香郡主，陈、潘二人怎敢下手？！"

孙权一听，登时一惊。他点点头，唤来蒋钦、周泰，说："你二人骑快马去追刘备，如遇我妹妹阻挡，可一块儿杀掉！拿我这口佩剑前去，谁阻拦杀谁！"

蒋钦、周泰接过孙权的佩剑，上马飞驰而去。

程普见孙权下了决心，便说："主公，这回刘备难以生还了！"

刘备、赵云带着五百军士急急赶路，孙尚香的马车也驰得飞快。天黑的时候，他们在野外歇息片刻，然后又急急赶路。

第二天中午，他们正走着，赵云扭头看见后边尘土飞扬，知是来了追兵，便对刘备说："主公，你们且先行，我留下断后！"

刘备和孙尚香继续赶路，赵云拨马挡住追兵。

刘备催促着车马刚转过一个山头，突然被一队人马截住。为首两员将官，一个是徐盛，一个是丁奉。

徐、丁二将见了刘备，大声喝道："刘玄德赶快下马受缚，我们奉周都督将令，在此等候多时了！"

刘备大吃一惊，掉转马头便跑。

原来，周瑜算计，刘备必不能在南徐常驻，所以派徐、丁二将带三千人马守住山口。今天，见刘备果然来了，二人便下山堵截。

刘备大呼赵云，赵云跑过来问："发生了什么事？"

刘备说："周瑜已派兵在山口堵截了！"

赵云听了，心中一惊，说："前有截兵，后有追兵，如何是好？"

刘备更是一筹莫展地望着赵云。到了关键时刻，赵云又想起了诸葛亮的第三个锦囊，于是便拆开来观看。看完了，交给刘备，说："主公莫怕，这里有军师锦囊妙计，你看看吧！"

刘备接过看了，立刻来到孙尚香的马车前，哭诉着说："夫人，刘备有肺腑之言，想告诉你呀！"

孙尚香掀开车帘问："夫君有什么话，尽管说来，何必悲痛！"

刘备说："这次我来东吴入赘，与郡主结为夫妻，实三生有幸。可是，事情的起因，并不是如你想象的那样，而是吴侯与周瑜设下的美人之计，为的是索还荆州、加害我刘备呀！今日逃离南徐，幸得夫人同心，相随而来。可是，吴侯与周瑜并不甘心，现前有截兵，后有追兵，我上天无路、入地无门了！想我刘备与其死在他们的手里，莫如死在夫人的面前，以报夫人之德！"

说着，刘备向车辕上撞去，当即被女婢拦住。

孙尚香听了刘备的陈述，得知真情，不禁怒气冲冲。她本是一个刚烈的女子，又与刘备有了感情，听罢她大声说："我哥哥既然这样狠心，我也就没有什么顾忌的了！"

于是，她叫婢女掀开车帘，又命人赶着车来到徐盛、丁奉面前。她大声质问徐、丁二人："难道你二人还敢造反不成？！"

徐、丁二将见是郡主，便急忙下马，扔下兵器，施礼说："我们怎敢造反啊！是奉了周都督将令，在此捉拿刘备的！"

孙尚香听他们直呼刘备其名，更加发怒："玄德乃大汉玄孙，我的丈夫，你们竟敢直呼其名，真是大胆！那周瑜贼子，我东吴不曾亏待他，他竟这样狼心狗肺，真是势利小人！此次我与皇叔是奉国太之命，到江边遥祭的，你们来截，是图财，还是害命？！”

徐盛和丁奉遭了孙尚香这顿训斥，只是唯唯诺诺，不敢抬头，连说：“我们这是奉令而行，请郡主原谅！”

孙尚香冷笑一声说：“哼，你们害怕周郎，我可不怕！那周郎可以杀了你们，我却可以禀告国太杀了周郎，你们琢磨着办吧！”说罢，命人赶车前行。

徐盛、丁奉二将悄悄商量说：“我们惹了郡主，一旦国太发怒，小命就没了。莫如先放她走吧！”

孙尚香的车马向前走了，赵云在后相随，横枪立马，更叫他们胆寒。

徐盛和丁奉下令守山口的兵士放他们通行。

徐盛和丁奉欲回柴桑报告周瑜，请令定夺。刚走出了五六里路，迎面就碰上前来追赶刘备的陈武和潘璋。

他们一见面，徐、丁二人便说了刚才发生的情况。陈、潘二人埋怨徐、丁二人说：“你们怎么把刘备放了呢？”

“我们不知吴侯有令呀！”徐、丁二人说。

商量了一会儿，徐盛和丁奉也不去请示周瑜了，与陈武、潘璋合在一起，转过身来又追刘备。

刘备见孙尚香斥退了徐盛、丁奉二人，心中甚喜，便一路走下来。他认为这回一定没有什么麻烦了。不料想，正走着，忽听背后喊声大起，回头一看，又是一彪人马追来，便急忙来到孙尚香的车前说：“夫人，东吴的追兵又到了，这便如何是好？”

孙尚香在车内说：“夫君不要慌张，你且先行一步，我与子龙将军断后！”

刘备不说什么，急忙领了三百兵丁向江岸跑去。

赵云勒住马，只等着追兵赶到。孙尚香坐在车中，挑起车帘，也做好了准备。

陈、潘、徐、丁四将领着人马来到赵云和孙尚香的面前，都下了马，单手叉腰站定。

孙尚香见陈武、潘璋站在前面，就问他俩："两位将军到此有何公干？"

陈武、潘璋拱手回答："禀告郡主，我们奉主公之命，请郡主和皇叔回去！"

陈、潘二人很会说话，不说来追，而是请回，不称刘备其名，而称皇叔，与徐、丁二人迥然不同。

孙尚香的语调也温和了一点，说："有劳两位将军了。我已经是嫁夫有主的人，本应夫唱妇随。今日奉了国太慈旨，令我们回荆州，而后去祭祖庙，这是天经地义的事，我们怎能回去？还望二将回去禀知哥哥，叫他莫要惦记！"

陈、潘二人急了，忙说："这不是违了主公之命吗？！"

孙尚香立刻将粉腮沉了下来，说："我和哥哥本来互相疼爱，并且融洽，都是被你们这些人挑拨坏的！你们先回去吧，一切后果由我承担！"

陈武、潘璋见孙尚香驱车要走，心中着急，但又说不出话来，便几步跳到前边挡住了去路。

孙尚香生气了，大声呵斥说："怎么，你们二人倚仗兵威，还要加害本郡主吗？！可要知道本郡主的刀马也不是闹着玩儿的！要不咱们就拼上几个回合？！"

吓得陈、潘二人急忙说："我们不敢，不敢！"

这时候，徐盛、丁奉暗暗拽拽陈武、潘璋，意思很明显：

叫他们不要太逞强了，该放行就放行吧！郡主与吴侯到什么时候都是亲兄妹，打翻了闹崩了，说上几句话就好了，到头来吃亏的还是外人。再说还有国太的慈旨，谁都知道丈母娘疼姑爷才是真的。惹了国太，更没有好下场。

再看看赵云立马横枪，怒目而视，一派决战的架势，自料打起来都不是他的对手，也没有好结果。

其实陈、潘、徐、丁四人都是这么想的，只是不说出来罢了。

孙尚香见他们四人低着头，像四个霜打的茄子，便命人赶车继续上路。

陈、潘、徐、丁四人谁也不敢再说什么，眼望着他们走了。

过了大半天，陈、潘、徐、丁四人才回过神来，但你望望我，我望望你，都没有主意。

徐盛突然想起了什么，说："咱们四人别待在这儿了，赶紧走吧！"

另三个人问："干什么去？"

徐盛说："回柴桑给都督报信呀！都督怪下来，咱们四人承担。说是有孙郡主挡着，我们不能动手。俗语说，法不责众，周都督会谅解我们的！"

大家都说很对，便命令军队掉头回柴桑。

四个人领着人马，懒洋洋地行进着。快到中午的时候，忽然见前边一队人马如旋风一样冲来。四人不知其故，不多时人马来到近前，为首两员将官乃是蒋钦、周泰。

互相打了招呼，蒋钦大吼："你们见到刘备了吗？"

徐盛说："见到了。而且见了两番了！"

"怎么，没有把他抓住？"周泰问。

徐盛答："两次都是因为有郡主挡着，所以不能行动！"

蒋钦急了，大吼："错了，错了！"

周泰说："主公怕出现这种情况，所以才命我二人飞马来追，追上之后先杀郡主，后杀刘备！"

蒋钦举着孙权的佩剑又吼："主公佩剑在此，违令者斩！"

陈、潘、徐、丁四人一听，大吃一惊，齐说："谁知主公下了这么大决心啊！我们不知道，所以放他们跑了！"

蒋钦大吼："还愣着干什么？追呀！"

徐盛说："过了这么长时间，怕是追不上了。"

周泰想了想说："我想刘备他们人困马乏，不会走得太快。徐、丁两位将军，可飞报周都督，告知一切情况，请都督派快船从水路追赶。我们四人在岸上追赶。无论旱路、水路，谁先追上了刘备，不听他多言，立刻杀死！"

大家依了周泰的主意分别行动。徐盛、丁奉飞驰柴桑，要周瑜派快船从水路追；陈、潘、蒋、周四将，沿旱路骑马急驰。

刘备在前走着，赵云和孙尚香很快就赶上来了。赵云向刘备说明了情况，刘备这才轻松起来。谁知这一轻松，浑身倒少了力气，行走速度慢了许多。

他们离柴桑口越来越远了。来到刘郎浦（位于今湖北石首城北的长江北岸）对岸，大家悬着的心，才慢慢踏实了些。因为到了刘郎浦，便是荆州的地界了。

赵云领着兵士沿江岸寻找渡船。这里水草丰茂，树木密密匝匝，很不容易看见渡船。

刘备站在岸边眺望浩荡的江水，却看不见江面上有一只船，心中又是一阵发急。

孙尚香在车上也掀开帘子望着江面。回想一路奔波，两次化险为夷，不禁感叹说："夫君，妾随你而来，这回总算熬过难关了！"

刘备说："夫人，虽然到了荆州地界，可寻不到船，也只能是望江兴叹呀！"说着，又泪流满腮。

赵云寻船不得而回，见刘备伤感，劝慰说："主公，现已入了荆州地界，我想军师肯定会有安排的，不必忧虑了！"

刘备仍是沉吟不语。

赵云又领着几个兵士到前面寻找船只去了。

又过了一个时辰，赵云还没回来。有一个在远处警戒放哨的士兵跑来向刘备报告说："主公，不远处又来追兵了！"

刘备一惊，急忙跑到一个沙冈上抬头眺望，果见江岸边尘烟四起。

刘备暗暗叫苦，叹口气说："这一定是孙权下决心杀我，又派兵追来了。这次恐怕是凶多吉少了！"

人马越来越近了，刘备急呼赵云。赵云正好赶来。

刘备说："追兵又来了，赶快向前逃吧！"

赵云指着树丛中说："主公，你看，那里藏着篷船，有二十几条，我们赶紧上去，渡到对岸后再想办法！"

刘备仔细观看，果然在江边的水草丛中一字摆开二十几条篷船，不禁高兴地说："天幸，天幸！快快上船！"

刘备拉着孙尚香先上了船，赵云又催着兵士上了船，然后他自己才跳上船。

大家在船上刚刚站稳，突然从第一只篷船的舱中钻出一个人来。这人纶巾道服，手持羽扇，两眼望着刘备，说："恭喜主公，诸葛亮在此等候多时了！"

刘备和赵云见了诸葛亮，一阵惊喜。刘备热泪滚下来，握着诸葛亮的手，向孙尚香做了介绍。孙尚香说："久闻军师大名，今日一见果然不凡，实在叫人佩服！"

诸葛亮谦逊了一番。这时，船舱中又钻出许多人来，个个是渔人打扮，却都是荆州的水军。他们一齐向刘备和孙尚香贺喜。

诸葛亮立刻吩咐开船。这时，陈、潘、蒋、周四将正赶到了江边。他们一看刘备、赵云和孙尚香都上了船，急得跺脚，大喊："郡主慢走，郡主慢走！"

诸葛亮微笑着站在船头，江风吹着纶巾，飘如云带。他手持羽扇朝着岸上大声说："四位将军快快回去吧！回去告知周郎，我已算定时日，特来迎接我家主公。还要告知周郎，以后别再要小聪明了。今番用了美人计，赔上一位夫人；下次再用美人计，还要赔上一位夫人的！请问东吴有几个夫人啊！"

诸葛亮笑着，篷船开得越来越快。蒋钦命令放箭，可惜已经够不上了，箭都落在江中。

陈、潘、蒋、周四人呆望着，一筹莫展。他们寄希望于周瑜派船在水上截杀。

诸葛亮督着船急速向江北岸进发，忽见江波迭起，涛声大震，许多战船飞驰而来。在飘动着"帅"字大旗的战船上，都督周瑜正站在大旗之下，他的左边是黄盖，右边是韩当，后边是徐盛、丁奉。这是周瑜亲率战船来江上截杀刘备。

眼看就要赶上了，诸葛亮却不慌不忙地指挥篷船靠了岸，并命令大家快下船骑马而行。

周瑜追到岸边，因为岸边水浅，战船只好停下。周瑜追杀刘备心切，命令所有将士下船登陆，徒步追杀刘备。

周瑜领着众将猛力追赶。追到一个山谷前，望见了诸葛亮和刘备的背影。周瑜问："这是什么地方？"

军士答道："这是黄州界首！"

周瑜正在观望，只听山谷中一阵鼓响，一彪人马杀出。为首的一员将官骑赤兔马，手提偃月刀，红面长髯，杀气腾腾，威风凛凛。见了周瑜，他大声叫道："我关羽在此，周瑜小儿拿命来！"说罢，催马杀了过来。

周瑜知道关羽的厉害，不敢交战，慌忙回撤。其余众将也跟着逃走。

周瑜正跑着，又是一阵铜锣响，从两旁杀出两支人马。这都是诸葛亮早就安排好的。左边黄忠，右边魏延。周瑜猝不及防，不敢交战，忙折回马头向江边跑去。跑到江边，又急忙弃马上船，其余将官也都仓皇跑回江边，扔掉马匹，蹚着没膝的泥水，爬上船去。

可怜那些步行的水军，有的被马踩死，有的被杀死，大部分做了俘虏。

黄忠与魏延领着兵士们来到江边，望着东吴的船只，也不放箭，也不追赶，只是叫兵士们齐声呐喊："周郎妙计安天下，赔了夫人又折兵！"

一遍一遍，喊声如雷，铺满了江面，灌满了周瑜的耳朵。

周瑜被气得怒目圆瞪，向着岸上说："诸葛亮实在欺人太甚！我上岸与他们决一死战！"

黄盖、韩当等人在旁相劝说："都督不可蛮战啊！"

周瑜一句话也说不出来，眼中涨满了血丝，牙咬得"咯吱咯吱”响。他自言自语：“我用计不成，有何颜面去见吴侯啊！”

说到这里，周瑜只觉心中堵塞，喘不上气来，不由大叫一声，金疮迸裂，倒在船上，不省人事。

黄盖等人把他抬入舱中，指挥战船返还柴桑。

第十四回　鲁子敬三讨荆州　诸葛亮气死周郎

周瑜被气得金疮复发，留在柴桑养病。蒋钦来到南徐，向孙权报告刘备走脱的消息。孙权大为气恼，欲命程普为都督直取荆州。没过几天，孙权又接到周瑜书信，周瑜在信中声言要发兵雪恨。

孙权正要发兵的时候，谋士张昭说："这样做不可取呀！曹操不敢南侵，就是惧怕我们和刘备同心。假如主公因一时之恼恨，兵发荆州，则曹操必乘虚而南侵，这对东吴是很不利的！"

谋士顾雍也说："为今之计，莫如派人赴许都曹操处，上表奏请献帝封刘备为荆州牧，这样，不但曹操不敢南侵了，而且也可使刘备不恨主公。然后，我们再用反间之计，使曹、刘互相攻打，这样，我们便可从中渔利。"

孙权采纳了顾雍的计谋，派华歆为使，赴许都曹操处。

曹操自从赤壁失败之后，常思南侵报仇，但苦于没有机会。一日，曹操大宴群臣于铜雀台，宴会刚散，有人来报：华歆来了。

曹操便问谋士程昱："孙权派华歆前来，你说是何用意呀？”

程昱立刻回答说：“我看来意非常明白。孙权忌恨刘备，本想发兵攻打，但怕我们乘虚而入，所以不敢行动。此次让华歆为使表奏刘备为荆州牧，一来是使刘备安心，二来也是想欺瞒我们。”

曹操点头称是，问：“那么，我们应该如何对付呢？”

程昱当即献策说：“我有一计可使孙、刘互相攻打，丞相可以乘虚而图之。东吴孙权最仰仗之人就是周瑜，丞相可以表奏周瑜为南郡太守、程普为江夏太守，把华歆留在我们这里。周瑜最恨诸葛亮和刘备，必然攻打他们。届时，我们便可伺机南下了！”

曹操听了很高兴，立刻表奏周瑜为南郡太守、程普为江夏太守，封华歆为大理少卿，留在许都。

周瑜受了所谓的“皇封”，趾高气扬，跃跃欲试。接着，他又给孙权上书，要孙权命鲁肃前往刘备处讨还荆州。

孙权依奏，对鲁肃说：“你昔日作保将荆州暂借给刘备。时到今日，刘备还不归还，要等到哪年哪月呀！”

鲁肃说：“主公，文书上明明白白地写着：刘备取了西川，一定归还荆州！”

孙权听了急躁地斥责鲁肃说：“你只信刘备的话。说是等待取了西川，可是至今不取，岂不把头发等白了！”

鲁肃见孙权生了气，便说：“主公莫急，待我去刘备处索还荆州！”

诸葛亮在荆州，帮助刘备招兵买马、积草屯粮，声威大振，远近有名的豪杰贤士都来投奔。

一天，诸葛亮正与刘备议事，忽有人来报：东吴鲁肃来了。

刘备望望诸葛亮，问："子敬前来为何？"

诸葛亮笑笑说："必是为讨还荆州而来。现在孙权表奏主公为荆州牧，这是怕曹、骗曹之计。曹操表奏周瑜为南郡太守，乃是令孙、刘两家互相攻打，他好从中渔利。鲁肃此来，定是周瑜的主意！"

刘备点头称是，又问诸葛亮："鲁子敬已经是第三次来讨还荆州了，这次我们不还荆州，就没有什么理由了吧？他要讨还荆州，叫我如何回答呢？"

诸葛亮想了想说："主公，鲁肃此次来讨还荆州，你不用回答，只要放声大哭就是了。主公哭到悲伤的时候，我自然会出来劝解！"

刘备不知道诸葛亮打的什么主意，因时间仓促，也不再细问。此时，诸葛亮已走到屏风后边去了。

鲁肃入府，刘备与他分宾主坐下。侍从献上茶来，两人各自饮了一口。鲁肃故意找个话茬儿说："刘皇叔已经做了我们东吴的女婿，自然是我的主人了，所以一家人不敢说两家话了……"

刘备只是听着，微微点头，不作回答。

鲁肃是想由这个话茬儿切入正题。刘备不说话，他只好自己接着说下去了。

鲁肃说："我奉了吴侯旨意，还是为荆州之事而来。皇叔心里明白，孙、刘既成亲家，看在亲情的缘分上，也该把荆州交付东吴了……"

鲁肃没有说完，刘备就按着诸葛亮的主意，放声大哭起来。

鲁肃不知出了什么事，望着刘备一把鼻涕一把泪的样子，惊讶地问：“刘皇叔，何故如此悲伤啊？”

刘备不作回答，越发大哭起来，弄得鲁肃如坠九里雾中，不知如何是好。他劝也劝不得，说也说不得，因为他不知刘备为什么大哭。

正在这时候，诸葛亮从屏风后面走了出来。鲁肃如释重负地迎上去说：“皇叔这么悲痛，不知什么缘由，真叫人不解呀！”

诸葛亮装出很为难的样子说：“子敬，我是知道我家主公的难处的。你刚才是不是又谈起荆州之事了？”

鲁肃点点头说：“其实，我只是刚刚提起……”

诸葛亮说：“这就对了。当初我家主公借荆州时，文书上明明白白写着，等取下西川便还。这么久了，为什么不发兵取西川呢？原因只有一个，那西川刘璋乃是我家主公之弟，也是刘家的骨肉，若要发兵攻取他的城池，一定被世人耻笑，认为是骨肉相残，所以我家主公不忍兴兵。不取西川呢，还不了荆州；若还了荆州，我家主公将到何处安身？再说，如今已与吴侯结亲，吴侯的面子上也不好看，因而左右为难。刚才子敬一提荆州，正好刺到我家主公痛处，所以痛断肝肠！”

诸葛亮这些话，果然戳中刘备的伤心之处。刘备真的伤心起来，顿足捶胸，哭得更厉害了。

鲁肃是个老实人，心肠子也软，见不得人家这么悲伤。他走到刘备面前，诚心劝慰说：“皇叔不要过分悲伤，咱们与孔明先生一同商议个万全之策，不是更好嘛！”

刘备听了这话，急忙说：“但求子敬肯于周旋，玄德感激涕零！”

诸葛亮在旁也说："这就有劳子敬兄了！"

到了这时候，鲁肃倒变成了自家人，皱着眉头，帮着刘备想起办法来。

鲁肃来回踱步，思谋不出好办法，就问诸葛亮："先生你智谋深远，思维敏捷，看看有什么好主意呀？"

诸葛亮望着鲁肃一副实诚的样子，感觉实在可爱。但为了刘备，为了将来的大业，他还是出了一个叫鲁肃上当的主意。他说："我倒有一个主意。子敬兄回去见了吴侯，只要把我家主公为荆州之事烦恼的情形，如实相告，就可以了！"

鲁肃皱皱眉头说："假如吴侯仍是不从，我怎么办呀？"

诸葛亮摆摆手，说："我想吴侯把亲妹妹都许配给了我家主公，怎么能不从呢？就靠子敬兄巧妙回复了！"

鲁肃到底是个宽厚仁慈的人，他听诸葛亮这样说，又见刘备如此哀伤，只得应允了。他说："我试着努力去做吧！"

刘备和诸葛亮都站起身来，向他拜谢。鲁肃谦逊地说："不必了，不必了！"

接着，三人又说了些无关紧要的话，鲁肃即起身告辞。刘备和诸葛亮也不强留，送鲁肃上船。

鲁肃在船上仍拿不定主意，所以他没有直接到南徐去见孙权，而是先到柴桑周瑜处去讨个主意。

鲁肃到柴桑见了周瑜，周瑜问："子敬从何而来？"

周瑜佯装不知道，鲁肃便当了真，就把自己奉吴侯之命前往荆州之事说了一遍。

周瑜问："子敬兄，此番去荆州，事情办得如何？"

鲁肃听了，长长地叹口气说："唉——这刘玄德也算是可怜之人啊！"

周瑜不知其故，鲁肃就把自己在荆州的所见所闻一一相告。

周瑜听了跺跺脚说：“子敬兄又入诸葛亮的圈套了！多亏你没有直接去主公面前回禀。如果去了，主公定然发怒，并治罪于你！”

鲁肃一听又害了怕，问：“这是为什么呀？”

周瑜说：“你想，当初刘备依附刘表的时候，就常有取代之意，何况是去取西川呀？”

鲁肃听了觉得有理，便向周瑜问计：“那叫我该怎样向主公交代呢？”

周瑜说：“你就先别去见主公了。我有一计可使诸葛亮入我彀中。你立刻再去荆州，见了刘备这样说：‘孙、刘两家既然已经结亲，便是一家人了。你们既然不忍心去取西川，那么我东吴可代你们去取。取得了西川，送给你们，也就算作嫁资了。然后，你们再把荆州归还我们！’”

鲁肃听了，摇摇头说：“西川离我们路途遥远，如果兴兵，必然劳民伤财。都督此计，我看欠佳！”

周瑜哈哈大笑说：“子敬兄真是仁慈长者呀，肚子里一点花花肠子也没有。我哪里是取西川啊，只不过是以取西川为名，而实取荆州。”

鲁肃问：“此话怎么讲？”

周瑜耐心地说：“我们的军队去取西川，路过荆州时，可叫刘备出城劳军，供应军需。到时候，我们乘机将他杀了，这样，既可取了荆州，又能雪我之耻，还能为子敬兄争个面子！”

鲁肃听完，细细琢磨了一会儿，连连鼓掌说：“都督高明，胜我千倍万倍呀！”

接着，鲁肃又说：“事不宜迟，我立刻登程！”

周瑜说：“今日晚了，明日再去吧！”

第二日用过早饭后，鲁肃自柴桑乘船，一路顺水，又来到荆州。

早有人报告诸葛亮和刘备：鲁肃又来了。

刘备听了怔了一下，暗料一定是孙权不从，所以又命鲁肃再次前来讨还荆州，便问诸葛亮：“军师，鲁子敬这样匆匆而来，想必事情未办成功！”

诸葛亮想了想说：“依我看来，鲁子敬根本就没有去见孙权，只是去柴桑见了周瑜。准是周瑜又给他出了个什么主意……”

刘备问：“我们该如何应对呀？”

诸葛亮说：“先听鲁子敬怎么说，我们再相机行事。主公你可看我行动回答。我若点头，你就答应下来；我若摇头，你就拒绝。”

刘备点头说：“只有这样了。”

鲁肃一进屋，诸葛亮首先站起来，高高兴兴地说：“呀，子敬兄真是去得急来得快呀！一定是有喜讯传来！”

鲁肃也笑着说：“军师真有先见之明，果然猜中了好消息！”

二人互相笑着。诸葛亮不时察看鲁肃的脸色，见他笑得并不自然。

诸葛亮问：“子敬兄有什么好消息传来？快快说出来，让我们高兴才是呀！”

鲁肃坐下，严正地说：“我回去之后，面见吴侯，详细讲了荆州的情况以及皇叔的难处，吴侯深表同情。他连连夸奖皇叔的人品德行，接着召集群臣，商讨为皇叔分忧的办法。大家你一言我一语，共献良策，真是一家子人的样子。最后商定了一个万全之策。”

刘备急问：“什么万全之策呀？”

鲁肃接着说：“这个万全之策便是，由东吴兴兵，代皇叔收取西川。这样就免去了皇叔因同宗关系不忍下手的顾虑。待东吴取了西川后，就将西川献给皇叔，算作东吴的嫁资。到那时候，皇叔有了西川这个落脚之地，自然就该把荆州归还东吴了。这不是一个万全之策吗？！”

刘备听了，不知如何回答，只望着诸葛亮。

诸葛亮笑着对鲁肃说：“难得子敬的苦心了！”

刘备见诸葛亮这样说，也附和了一句：“也难得吴侯这样的美意！”

鲁肃望着诸葛亮和刘备，心中暗暗佩服周瑜。

于是，他又接着说：“不过，吴侯有一个小小的条件，望皇叔答应才是！”

刘备问：“什么条件？请子敬先生明示！”

鲁肃说：“西川路远山高，收取实属不易，所以希望皇叔能够接济粮草。东吴大军路过荆州时，请皇叔开城劳军，并送我们点粮草。只这么一个小小条件，望皇叔斟酌答复，我回去之后，好转告吴侯！”

到了关键时候，刘备不知该怎么回答，只是望着诸葛亮。

诸葛亮向刘备点了点头，说：“主公，吴侯的条件，也是咱们分内的事嘛！”

刘备见诸葛亮允诺了，心中有了底，说：“这个不难，等东吴的大军路过荆州时，即当远迎犒军，送上粮草。”

鲁肃见刘备答应下来，心中更加高兴，不由连着饮了三杯酒，再三表示谢意。

鲁肃高高兴兴地起身告辞，诸葛亮与刘备把他送上了船。

回来之后，刘备问诸葛亮：“军师，孙权是什么用意呢？”

诸葛亮更正说：“这不是孙权的用意，而是周郎的用意。”

刘备又问：“他为什么自己去取西川，而又要我们出城劳军呢？”

诸葛亮朗声大笑说：“这正是周郎的所谓聪明之处。他用了一个‘假道伐虢’之计，即表面上虚张声势要去收取西川，实际上却是要取荆州。他的大军到时，要主公出城劳军，这样，他便可乘机把你拿下，然后杀入城中，打我们个措手不及！这就是周郎的全套计谋。其实，这是个连小儿都瞒不过的计策，他只是自作聪明罢了！”

刘备听了暗暗称赞诸葛亮的智谋。不过，他仍有顾虑地说：“如果我们不出城劳军，不是失去信用吗？要是出城劳军，便又要上周郎的当！”

诸葛亮冷笑着说：“主公放心，所谓知己知彼，方能百战百胜。我们既然知道了他的阴谋，对付他的办法，自然也就有了。”

刘备又问：“军师何不明言！”

诸葛亮说：“方法很简单，一说便知。主公，你就‘准备窝弓擒猛虎，安排香饵钓鳌鱼’吧！”

二人边走边说，诸葛亮仰望天空，心情很沉重地说：“周郎是个难得的人才，只是气量狭小，又很自负，所以害了自身。此番计谋不成，恐怕他的性命就难保了！”

刘备不解其意，也不问他，只忙着入城，自去安排事情去了。

鲁肃兴高采烈地回到柴桑，周瑜正盼着他归来。

不等周瑜发问，鲁肃便眉飞色舞地说：“都督啊，这一回你可胜过诸葛亮了！那刘备和诸葛亮听说咱们代他们取西川，都很高兴，答应得了西川便归还荆州。”

周瑜急问：“他们答应出城劳军的事了吗？”

鲁肃说：“答应了，答应了！东吴雄师路过荆州时，刘玄德出城远迎劳军！”

周瑜高兴地击着手掌说：“果真答应了？”

鲁肃说：“果真答应了！”

周瑜仰头大笑，说：“诸葛亮今番中我计了！”

二人计议已定，立刻修书一封，派专使送吴侯孙权。

孙权见了周瑜的书信，也很高兴，称赞周瑜的智谋和鲁肃的办事得力。

周瑜的金疮已经见好，身体也强壮起来，一切安排妥当，便选定良辰吉日发兵。他派甘宁为先锋，自己与徐盛、丁奉为二队，凌统、吕蒙为后队，起水陆大军五万，直奔荆州。

周瑜站在中军船头，头戴红缨盔，身穿银叶甲，腰中佩剑，肩上绶带，一副威风凛凛、不可一世的样子。他望着整齐的战船，望着如虎如豺的兵士们，心中更是傲气十足。

战船劈波斩浪，快速航行，前军已经到了夏口。

周瑜问：“前军可曾看见荆州出人来迎？”

探子禀报：“荆州已有人出城迎接了！”

周瑜更加高兴，急催中军到前队等候消息，寻找战机。

不一会儿，探子又报：“刘皇叔派糜芳将军前来，要见都督！”

周瑜立刻下令把糜芳叫到面前。

“糜将军可好？刘皇叔是否备下劳军之资？”周瑜问。

糜芳说：“我家主公把一切全都备妥了！”

周瑜说：“好。皇叔现在何处？”

周瑜所关心的正是这个。只要刘备出城，他就可乘机拿下刘备，然后夺取荆州城。

糜芳说：“我家主公正在荆州城外等候，准备为都督把盏送行！”

周瑜心中高兴，但故意抑制着。他对糜芳说：“回去请告知刘皇叔，东吴兴兵收取西川，是为你家办事，出兵远征，鼓舞士气很重要。所以劳军之礼，不可怠慢！”

糜芳连连答应，告辞周瑜先回去了。

宽宽的长江水面上，战船一队队排列整齐，依次而进。看看快到荆州了，周瑜问前队江中是否有载着粮草的船，探子回报：没有看见。

周瑜有些纳闷，催船快行，一直到了荆州城下。周瑜登上船头，向江中瞭望。只见江面上安安静静、空空荡荡，心中不由发毛。

探子慌慌张张跑来报告：“荆州城上，高插两面白旗，并不见人影。”

周瑜听了更加心疑。但是，求功心切，自负心强，使他忘乎所以，只是催着战船靠近岸边。下了战船，他骑上战马，带领甘宁、徐盛、丁奉等，率精兵五千，径直来到荆州城下。

到了城下，周瑜勒住马，四下听听，仰头望望，仍是不见一个人影，便命令军士们叫门。

城门箭楼上突然出现了一个士兵，问："叫门的，你们是干什么的？"

东吴军士大声回答："东吴大都督现在城下！赶快开门！"

声音刚落，听得一阵梆子响，荆州城门上突然冒出许多手持刀枪的军士。中间箭楼上站着一员将官，周瑜抬头一看，认得是常山赵子龙，不由一惊。

赵云站在城楼上，高声发问："周都督亲率大军，到底是要干什么去呀？"

周瑜大怒，说："我是奉吴侯之命，替你家主公去收取西川的，怎么你们不知道？"

赵云听了哈哈大笑起来，说："周都督不要在此糊弄小孩子了！我家军师早看透你的'假道伐虢'之计，所以留我在荆州等待。"

周瑜又高声发问："你家主公现在何处？为何不出来劳军？"

赵云说："谁能上你的当啊！我家主公有言在先。他说：'我与刘璋乃汉室宗亲，不能背义而取西川，东吴要取西川，我就披发入山，不失义于天下。'这就是我家主公的话，你听明白了吗？"

周瑜心中恼怒，又不好发作，只得转过马头，引着军队回去。走了没多远，一个探子举着"令"字旗，跪在周瑜马前报告："都督，现有四路人马，一齐杀到。关羽从江陵杀来，张飞从秭归（今湖北宜昌秭归县）杀来，黄忠从公安（今湖北荆州公安县）杀来，魏延从彝陵小路杀来。四路人马不知其数，但喊声震天，大呼‘活捉周瑜’！”

一听这个消息，周瑜怒气填胸，胸口郁闷，喘不上气来，竟大叫一声掉下马来，金疮又迸裂了。

周瑜在船上时，见江中没有迎接的船，就该立即停止前进。可是，他太自负了，所以还是贸然来到荆州城下。到了荆州城下，听了赵云的话，说明诸葛亮已经识破了他的计策。他虽然有气，但并无所失，所以想归船后再作打算。现在听得四路军队杀来，说明不但自己的计谋失败了，而且遭到了诸葛亮的暗算，所以一时震怒，金疮迸裂，掉在马下。

众将急忙上前，将周瑜救上战船。

过了些时候，周瑜才慢慢强打精神坐了起来。

探子到船上报告：“诸葛亮与刘备正在前边的山头饮酒呢！”

周瑜又是一阵怒气填胸。他用一只手按着胸口，咬着牙说：“好你个诸葛亮，你说我不能取西川，我偏要去取！”

众将见周瑜此时很不冷静，恐怕有失，都上前劝阻。

甘宁说：“都督，不可冒进呀！一是你身体欠佳；二是山高路远，颇费粮草；三是西川地理不明，很难进军！”

其他人也都认为甘宁说得有理。

周瑜却不以为然：“西川弹丸之地，怎经得住我大军征讨！只要我大军一到，那刘璋庸才必然望风而逃！”

众将都深知周瑜刚愎自用，不能接受别人的意见，既然他决意收取西川，只好听命。

周瑜振作精神，催军前行。长江水面上，战船黑压压一片，惊得鸥鸟四处乱飞。

船队行至巴丘一带，前队探子报告："前面有关平、刘封二人率领水军截住战船！"

周瑜听了，感觉出乎意料，心中暗暗赞叹诸葛亮用兵如神。他竟知道我周瑜要直下西川，故设水军相阻。

周瑜正在生气，忽又有探子报告："诸葛亮派人给都督送来书信一封！"

周瑜接过信来，迅速拆开展读。

诸葛亮在信中写道：

汉军师中郎将诸葛亮，致书于东吴大都督公瑾先生麾下：

亮自柴桑一别，至今念念不忘。听说都督欲取西川，我却认为不可。西川刘璋虽然暗弱，但有险要之地可守，粮草更是丰足，所以很难攻取。都督劳师远征，行军万里，这是得不偿失的事。别说是你，就是吴起、孙武再生，也难获其功。

曹操自赤壁失败之后，常思报仇之机，如果你远途征伐，江南空虚，必被曹操所乘。到那时老家被掏，你还有何脸面回见吴侯和东吴百姓？！

亮不忍坐视都督误入歧途，所以致书告知，幸望照鉴！

周瑜看罢，心潮起伏如长江之水翻滚，泪盈两眶如泉涌出。一时间，他想起了许多往事。自己从小习文练武，十五岁开始戎马生涯，二十岁官拜东吴水军大都督，二十一岁与小乔成婚结伉俪之好；他身经百战，扶保吴主，深得宠信；赤壁鏖

诸葛亮三气周瑜

兵，击败曹操，大获全胜，是他一生中最辉煌的一页；就是在孙、刘联合抗曹中，他结识了诸葛亮，几经斗智，他自认为稳操胜券，可最后都一一败在诸葛亮的手上。他佩服诸葛亮，更忌恨诸葛亮，恨自己不及他，恨他不能扶助东吴。几次欲想害他，全未成功，这是他终生遗憾的事。

天下大治人才辈出，天下大乱人才也辈出。他和诸葛亮都生于乱世，可又各为其主。二人并生于世而不能相济，反而相争相斗，这是他感到最可叹的事呀！

此时的周瑜将冲天的怒气压在胸中，将沉沉的重负压在心头。他的头快要炸了，他的胸快要崩了。他勉强长叹一声，眼前感到稍稍明亮了些，便命令左右取来纸笔，给吴侯写了一封信。

信写好之后，他眼前又一阵发黑，瘫坐在椅子上。众将齐声呼唤。过了片刻，他才苏醒过来，又命令击鼓升帐，把众将聚在眼前，强支撑着身子，说："我周瑜并非不想尽忠报国，只恨天命已绝，人力不可强挽。我希望众将忠心事主，共成东吴大业！"说到这里又昏过去了。众将痛哭失声，齐唤："都督归来！"

过了些时候，周瑜徐徐醒来，两眼已经无光，他放声大呼："既生瑜，何生亮？"接着又连续大呼数声。

这几声呼喊，使出了他平生的气力；这几声呼喊，道出了他心中的愤懑……

周瑜猝死在战船上，年仅三十六岁。

战船上的将士放声大哭，哭声遏止了行云和流水……

第十五回 柴桑口孔明吊祭 庞士元辗转投刘

诸葛亮在荆州收到关平和刘封的报告，说周瑜的战船没有西进，返回去了，可是却听见中军船上哭声一片。

诸葛亮听了，微笑着说："周郎已死无疑！"

过了一天，得到准确消息：周瑜死在巴丘，尸体已运回柴桑。

刘备问诸葛亮："周郎死后，东吴都督将由何人接替？"

诸葛亮想了想说："依我看来，定是鲁子敬。"

刘备听了微微摇头说："鲁肃固是仁厚长者，但胸中缺少玑珠，恐怕孙权未必肯用他吧！"

诸葛亮断然说："周郎临危，必要举荐接替之人。凭他与鲁肃的情谊，他必定推荐鲁肃。孙权最听周郎的话，更何况是临终举荐！"

刘备问："难道东吴就没有比鲁肃更高明的人吗？"

诸葛亮说："有，但鲁肃宽厚待人，孙权一定会起用他的。"

刘备问："军师所指之人是谁呀？"

诸葛亮说："主公还记得赤壁鏖兵之时，向曹操献连环计的庞统吗？不是他献计让曹操把战船连接起来，一场大火怎会将曹军烧得那么彻底呢？”

刘备突然想起当年司马徽所说“卧龙、凤雏得一人可安天下”的话，不禁起了求才之心，于是他对诸葛亮说：“军师可否将凤雏先生请来荆州，共成大业？”

刘备深知诸葛亮不是嫉贤妒能之人，不像周郎那么气量狭小。

诸葛亮说：“主公，我正有此意。所以想去江东走走，一来为周郎吊祭，二来为主访贤！”

刘备听了非常高兴，只是担心诸葛亮此时去东吴有些危险。他说：“军师，周郎刚死，他手下的将官都忌恨于你，此时便去，恐遭不测呀！莫如晚些时日去，或是悄悄暗访庞统，岂不更好？”

诸葛亮笑笑说：“感谢主公的关心。不过，我和子龙将军前往，安全是可以确保的。再说，周瑜活着的时候我都不怕他，何况他已死去，我还有什么可怕的呢？周郎是一个少有的将才，我们虽然不睦，只是各为其主罢了，我从心中还是佩服他的。我佩服他对吴侯的忠心，佩服他那种风流倜傥的儒将之才。他只是心胸狭小，自负心过强罢了。我为他吊祭，也是出于一片真心！”

刘备见诸葛亮说得情动于衷，就答应了。于是，刘备派人筹办祭品，专挑五百精兵，交赵云领着，保护军师过江吊祭。

一切办妥，诸葛亮与赵云带着五百精兵上船，直奔柴桑。

柴桑这几天沉浸在一片悲哀之中。周瑜的夫人小乔领着两个儿子，哭得死去活来；众将官痛失首领，顿足捶胸，指着江北大骂诸葛亮。

吴侯孙权果然任命鲁肃代行都督之职，现在正在柴桑操办周瑜的丧事。

灵棚搭在江边，排楼和亭子都是白色，白幡在风中飞舞，纸人纸马摆立两旁，一派肃穆、悲凉的景象。灵棚四周皆由身披重孝的卫士把守，他们个个手持刀枪肃立。

诸葛亮与赵云带领五百精兵，下了船来到柴桑口，见江边灵棚高耸，哀声阵阵，便走了过去。诸葛亮自己先换了孝服，并着人进去通报。不一会儿，东吴都督鲁肃身着孝服走出灵棚迎接诸葛亮。见了诸葛亮，他泪流满面地说："孔明先生，公瑾逝世，叫人撕心裂肺，没有及时通知，还望恕罪呀！"

诸葛亮急忙上前扶住鲁肃说："子敬兄，事已至此，还自责做什么？公瑾一代英才，他英年早逝，不但是东吴之悲，也是刘皇叔之悲、诸葛亮之悲呀！我家主公令我前来吊祭，望能接纳！"

鲁肃很受感动地说："人人都知孔明先生与公瑾不睦，大江相隔，还能前来吊祭，实属难能可贵。由此看来，孔明先生乃是一个多情之人啊！"

诸葛亮说："我与公瑾生逢乱世，各为其主，只有拼命相争，可谓并生而不能相济，这是可悲可叹之事！"

鲁肃见诸葛亮身披重孝，说话至诚，心中油然生出敬重之意，便挽着他的手，向灵棚大厅走去。

周瑜的手下将官徐盛、丁奉、蒋钦、甘宁等人，听说诸葛亮过江来到柴桑，都气红了眼睛，齐声说："真是欺人太甚了！"

几个人商议一阵，各持刀枪冲上大厅，想乱刀杀死诸葛亮。

他们几个怒气冲冲闯进来，突然看见赵云手按佩剑，怒目圆睁地站在诸葛亮身后，立时吓得软了手脚。

鲁肃望见他们几个虎视眈眈的样子，心中十分不安，恐怕他们闹出事来，便悄悄对身边卫士说："去，告诉几位将军各守营地，不得在此停留！"

卫士去了，向徐盛等人传达了鲁肃的命令，徐盛等人只好出来，在棚外暗暗听着，等候机会下手。

诸葛亮把这些情况都看在眼里，只当无事一般。

鲁肃问诸葛亮何时开祭，诸葛亮便命人将带来的祭品分东西方位摆在周瑜灵前。

诸葛亮开始祭奠，鲁肃站在诸葛亮身旁陪祭。

诸葛亮亲手斟满一杯酒，俯身洒在周瑜灵前，然后向着周瑜灵柩鞠了三个躬，双膝跪倒在地，口诵祭文：

呜呼公瑾，不幸夭亡！修短[①]故天，人岂不伤？我心实痛，酹酒一觞；其君有灵，享我烝尝[②]！吊君幼学，以交伯符；仗义疏财，让舍以居。吊君弱冠，万里鹏抟[③]；定建霸业，割据江南。吊君壮力，远镇巴丘；景升怀虑，讨逆无忧。吊君丰度，佳配小乔；汉臣之婿，不愧当朝。吊君气概，谏阻纳质[④]；始不垂翅，终能奋翼。吊君鄱阳，蒋干来说；挥洒自如，雅量高志。吊君弘才，文武筹

① 修短：长短，这里指人的寿命。修：长。
② 烝尝：本指秋冬二祭，后泛指祭祀。
③ 鹏抟：大鹏展翅盘旋而上。比喻人奋发有为。抟（tuán）：盘旋。
④ 纳质：送纳人质。

略；火攻破敌，挽强为弱。想君当年，雄姿英发；哭君早逝，俯地流血。忠义之心，英灵之气；命终三纪①，名垂百世。哀君情切，愁肠千结；惟我肝胆，悲无断绝。昊天昏暗，三军怆然；主为哀泣，友为泪涟。

亮也无才，丐计求谋；助吴拒曹，辅汉安刘；犄角之援，首尾相俦；若存若亡，何虑何忧？呜呼公瑾！生死永别！朴守其贞，冥冥灭灭。魂如有灵，以鉴我心。从此天下，更无知音！呜呼痛哉，伏惟尚飨②！

诸葛亮含着热泪，语调哀伤地诵着祭文，使得灵棚内外所有的东吴官兵，不禁都暗暗垂泪。

鲁肃在旁听到一半，就实在受不了了。诸葛亮的祭文准确而有真情，使他想起生前好友周瑜的一幕幕往事，竟不由自主地放声大哭起来。

诸葛亮诵罢祭文，伏地大哭，泪如泉涌，哀痛得不能自已，灵棚内外竟是哭声一片！

徐盛等人在棚外听着、看着，见诸葛亮哭祭周瑜情真意切，竟也情不自禁地跟着哀哭起来。

徐盛对众将说："都说都督生前与诸葛亮不睦，现在看来都是讹传而已！"

丁奉说："看诸葛亮祭奠都督的真情，实在叫人感动！"

其他将官都垂泪点头，早打消了杀害诸葛亮的念头，悄悄

---

① 三纪：36岁。古时一纪为12年。

② 伏惟尚飨：伏在地上恭敬地请被祭者享用供品。伏惟：提请的意思。尚：希望；祈求。

散去了。

鲁肃见诸葛亮痛哭不止，恐怕他哭坏身体，便强忍悲伤把他搀扶起来，心中暗暗想道：诸葛亮真是多情多义，只怪公瑾量窄，才自伤其身！

鲁肃扶着诸葛亮离开灵棚，设宴招待诸葛亮。席间，二人的心情一样沉重。

鲁肃说："先生与公瑾都是当代奇才，只可惜各为其主，互相发难，未交此心啊！公瑾若有灵，未知他将作何想法？"

诸葛亮长叹一声说："若公瑾九泉有知，他定以我为知己、知音！"

鲁肃不解其意，问："不知先生此话何意？"

诸葛亮说："我以为，世间不光爱我之人为我知己，能够嫉恨我的人也为我知己；不独能用我之人为我知音，欲想杀我之人也为我知音。只知爱我，而不能用我，反不如嫉我、杀我的人啊！"

鲁肃深深感悟说："这样看来，公瑾逝去，方今天下先生无知音了！"

诸葛亮说："不能这样说，知我诸葛亮者不只公瑾一人也！"

二人又说了好长时间的话。诸葛亮辞别鲁肃，鲁肃直送至江边。

诸葛亮刚要上船，忽然左肩膀被一只手抓住。诸葛亮一惊，回头一看，见一人道袍竹冠，皂绦素履，脸黑髯短，笑悠悠地望着他。

不等诸葛亮说话，此人便说："先生气死周郎，反来吊祭，实欺东吴无人！"

诸葛亮微微一笑，什么话也不说，拉着此人来到船上。

这个人就是庞统，别号“凤雏”。

二人上船之后坐下，各自讲述别后的情况。

庞统说：“生逢乱世，本想为国为民做些事情，怎奈怀才不遇，以致东西飘零，实叫人心寒！前番子敬欲向吴侯推荐我，我正犹豫，望孔明先生为我拿个主意！”

诸葛亮说：“鲁子敬是忠厚老实之人，能与他共事，也是一种乐趣，但吴侯不一定能重用你啊！”

“为什么呢？”庞统问。

诸葛亮说：“那吴侯常以貌取人，而且看不惯你玩世不恭的行止，所以我料他不会对你感兴趣。”

庞统沉思不语。

诸葛亮又说：“这也不难，如你稍不如意，可到荆州辅佐刘备。这个人宽仁厚德，求才若渴，如能共事，一定不负你平生所学！”说罢，当即写了一封书信交给庞统，说：“这是我给刘备写的荐书，恐我不在，你随时可前去荆州投靠！”

庞统接过书信，谢过诸葛亮，拜辞而去。诸葛亮送他下船，深深地望着庞统的背影消失在烟波之中。

鲁肃办完了周瑜的葬礼，然后命二百军士把周瑜灵柩运往芜湖。孙权早在那里等着，见周瑜的灵柩到了，便领百官哭拜灵前，然后下令厚葬。

周瑜爱妻小乔，立誓守墓。孙权下令厚恤周瑜的两个儿子。

回到南徐的时候，鲁肃向孙权进荐说：“主公，鲁肃庸才难以代行都督之职，只是公瑾推荐，我主见爱，我不得不受。现在江东有一奇才，我愿向主公推荐。这个人上知天文、下晓地理，谋略不逊于诸葛孔明。他正云游江南，主公应该召见并重用他，我愿将都督之职让给他！”

孙权听了很高兴，说：“都督之职，只有子敬担当了。不过，如果是奇才，可让他协助你。不知他叫什么名字？”

鲁肃说：“他是襄阳人。姓庞，名统，字士元，道号凤雏先生。”

孙权高兴地说：“好啊，我也早闻其大名。既然他出游江东，快快请来相见！”

鲁肃很高兴，立刻出门寻找庞统。结果在江边遇见庞统，便把吴侯要召见他的话，讲了一遍。

庞统随鲁肃来见孙权，孙权一见，心中就冷下半截。只见他黑铁似的面色，颔下稀稀拉拉的短胡子；眉毛重而下垂，盖着一双小眼睛；一个扁鼻子，还翻着两个鼻孔；衣冠不整，形容古怪。

孙权不高兴地问：“先生平生所学，以什么见长啊？”

庞统回答：“凡事不拘，随机而应变！”

孙权心中不悦，又问：“以先生之才，比公瑾如何？”

庞统听了，微微一笑。他不想攻击周瑜，可还是说出了这样的话：“在下之才，与公瑾相比，大大不同！”

孙权听了这话，越发对庞统不感兴趣了，因为孙权平生最喜爱周瑜。他觉得此人太狂妄了，想了想，便说：“先生且回去歇息吧，等有了适当事情，再请先生来做！”

庞统听孙权这番话，心中明白他是不愿意留用自己，便什么也不说地扬长而去。

鲁肃见庞统出来，一脸的不高兴，便立刻进见孙权，问：“主公，你怎么不重用凤雏先生啊？”

孙权笑笑说："此人太狂傲，不可重用。若重用他，于我东吴有什么益处啊？"

鲁肃说："当年赤壁鏖兵，是他向曹操巧献连环之计，应属头功啊！"

孙权仍不以为然，说："也未可知！也许是曹操恐怕战船失散而有意将战船钉在一起的呢！"

鲁肃说："主公，那曹操果是听了庞统之言才把战船钉在一起的，此事我与公瑾皆知……"

孙权不想再听下去了，说："子敬不必再说了。此人衣冠不整，毫无福相，我不能重用他，你好好行都督之职吧！"

鲁肃没有办法，只得告辞孙权，急忙跑出来寻找庞统。

庞统不知去向。鲁肃很着急，问士兵们看没看见庞统。

有一个士兵告诉鲁肃："那人向北去了！"

鲁肃急忙去追赶，来到江边，看见庞统正在一个茶棚里喝茶，便跑过去连声说："先生，非是我不诚心相荐，只是我家主公一时还想不明白，所以如此。先生莫急，等我再向主公力荐，我想总会有你出头之日的！"

庞统笑笑，握着鲁肃的手说："子敬兄，你的真心，我都明白。吴侯不用，我绝不强求，更不能在此等待垂怜！"

鲁肃问："先生之意，是想到什么地方去呀？"

庞统想了想，回答说："我想到许昌去投曹操，如何？"

其实，庞统也是逗逗鲁肃、激激鲁肃，想看看这个老实人有什么反应。

鲁肃不知是戏言，听了庞统的话，急得脸色通红，大声说："先生差矣！先生抱匡济天下之才，往哪里去不行呀，偏去投曹操？这真是明珠暗投啊！"

庞统反问："那依子敬兄所见，我应该去投何人啊？"

鲁肃说："先生若不在此等待，那么可去荆州投奔刘备。我与此人多次往来，他是个仁人君子。先生若投他去，必受重用。那诸葛亮早就辅佐于他。诸葛亮不是嫉贤妒能之辈，先生正好前往。"

庞统听完，哈哈大笑说："我正有此意，刚才不过说句笑话罢了！"

鲁肃也乐了，说："如果是这样，那么我写荐书一封，先生可带在身上，前往荆州。"

鲁肃心直口快，说写就写，写完信之后交给庞统。

两人在江边拜别。临别前，鲁肃说："如果先生辅佐刘皇叔，孙、刘两家和好抗曹，江南无忧了！"

庞统拱手作别说："但愿如此。望子敬兄多多保重！"

鲁肃回南徐，庞统乘船赴荆州。

荆州这时候只有刘备在主事，诸葛亮到四郡考察去了，还没有回来。

一日，刘备正在房中看书，忽有门官来报："江东名士庞士元来见主公！"

刘备听了非常高兴，急命人将庞统领了进来。一进门，庞统向刘备抱了抱拳就算拜了，显得大大咧咧的样子。

刘备见庞统衣冠不整，相貌丑陋，又是这样随随便便，心中不悦，但没有表现出来，只是笑着问："久闻先生大名，今日从何而来？"

庞统并不拿出鲁肃和诸葛亮的荐书，只是说从江东云游至此。

刘备又问："先生云游，闲云野鹤，好不雅致，今天前来，想必有些许小事？是饮茶，还是吃酒，我都可方便！”

庞统说：“久闻皇叔招贤纳士，特来相投！”

庞统只用嘴说，偏不拿出荐书来，是想看看刘备的反应。

刘备听了连声说：“谋求大业，不弃抔土，不嫌细流。先生来投，我很高兴，只是眼下荆襄平静，没有要职可以委任。离此一百三十里处，有一个耒阳（今湖南辖县级市耒阳）县，那里缺少一个县令，先生可否先屈就一下？”

庞统听说要让他去耒阳县当一名县令，心中不快，便想在刘备面前展示自己的才华，以求得重用。继而一想：强扭的瓜不甜，自己也失了身份，便没有说什么，告辞刘备上任去了。

庞统郁郁寡欢，和随从人等来到了耒阳县。他心中暗想：刘备为什么这样对我呢？莫非和孙权一样，以貌取士？

到任之后，庞统终日饮酒、睡觉，一切钱粮词讼，都不加过问。

消息传到荆州，刘备听了，很是生气，说：“这个狂傲之徒，怎敢坏我法纪？！”

于是刘备把张飞叫来，说：“那庞统到耒阳县当县令去了，听说他整日饮酒睡觉，不理政事。你去察看一番，如果他真是在懈怠公务，就免去其职！”

张飞听了也很生气，说马上就走。刘备恐怕张飞遇事不冷静，坏了章法，便又派谋士孙乾一同前往。

早有人报到县衙：“张将军与孙谋士同来耒阳，现在城外。”

县衙中其他官员如典史、承差等人全出城相迎。张飞一一看过，唯独不见庞统，便问：“县令怎么未来相迎？”

官员们都说：“不知他干什么去了。他来耒阳县三个月，终日饮酒、睡觉，并不理事。”

张飞一听，跺着脚说：“这个竖儒，胆敢坏我大哥法纪，荒废政事。去，将他绑来见我！”

兵士答应欲往，孙乾急忙劝阻说：“张将军不可冒失。我想那庞统乃江东名士，这其中定有缘故。等我们进了县衙，看看详情再说。他如果真的坏了法纪，再治他的罪也不迟！”

张飞听孙乾这么说，只好忍忍气，随着众人来到县衙。

进了县衙，张飞坐上正堂，望着众人说：“快去把庞统叫来！”

张飞话音未落，庞统就拖着鞋、披着衣裳、袒胸露肚来了。他望着张飞说：“不知三将军到此，未能远迎，还望恕罪！”

张飞大叫道：“你迎接不迎接我，事情不大。只是你终日饮酒，荒废政务，实属可恨！”

庞统笑笑问：“三将军，我荒废了什么政务啊？”

张飞说：“还用我说！你上任三个月，不问案，不点粮，是何道理？”

庞统说：“些许小事，能费几日工夫？三将军看我做来！”

于是，庞统叫人将三个月来积压的钱粮表报以及三个月来百姓递交的诉讼状词送上案头。

庞统坐下来，刷刷点点将表报填算清楚。然后，逐一地翻开讼状，一份一份依轻重缓急，分门别类一一归纳。

第二天开始审案。原告、被告、证人依次上堂。庞统边问边看案卷，然后当堂断案。被告、原告都心悦诚服地离去。

这样，庞统用了三天时间，将耒阳县所有诉讼公案断得清清如水。

张飞一直在旁看着，心中暗暗叫好。

庞统处理完了最后的一个案子，将笔掷在地上，说：“三将军，你看我荒了政务吗？”

张飞十分震惊，拍手叫好，说：“先生，你真是一个难得的人才，若不是孙谋士劝阻，我险些委屈了你！待我回去禀告大哥，劝他重用先生！”

孙乾敬重地说：“先生一定胸中不快，所以常常饮酒、睡觉，真是大材小用了！”

庞统说：“正是如此。小小耒阳县有何大事？我观曹操，就如同掌上观纹一般。耒阳县这一点事，一朝一夕就料理清楚了！”

张飞问：“先生有如此奇才，当日见我大哥，怎么不直言相告呢？”

庞统笑笑说：“人都有自尊之心，怎能苦苦求职？其实，我临来之时，江东鲁肃都督已给刘皇叔写了荐书，我没有拿出来。”

张飞拍着腿说：“嘿嘿，你这个人也太古怪了！把鲁肃的荐书给我吧，回去交给大哥去！”

庞统这才将荐书交给张飞。

张飞与孙乾回到荆州，将在耒阳所见之情景，向刘备叙述一番。

张飞大叫着说：“大哥，那庞士元不是凡人，能与孔明军师相比！”

刘备听了，深深懊悔：“唉，我以貌取士，屈待大贤，险些造成大损失啊！”

张飞又将鲁肃所荐之书呈上。刘备看了，正在嗟叹，忽有门官禀报：军师考察四郡回来了。

刘备急忙出门相迎。

来到屋里，诸葛亮的第一句话就是："主公，那庞士元是否前来相投？"

刘备有些不好意思地说："早已来了。只是我有眼无珠，把他派到耒阳县去做了县令，近闻他好酒废事……"

刘备还要往下说，诸葛亮急忙接上说："唉，那庞统绝非百里之才，他胸中之学胜我十倍。主公你怎么这样轻视他？其实，我早已写了荐书交给他，让他面呈主公……"

刘备说："他没有给我呀！只是今日由翼德转来鲁肃荐书一封，我刚刚看了！"

刘备又将派张飞、孙乾去耒阳查办庞统，庞统如何理案诸事叙述一遍。

诸葛亮深深叹服说："大才若赴小任，往往以酒度日呀！"

刘备说："若不是三弟亲自前往探明实情，回来禀告，我险些弄成大错！"

于是，刘备立刻命张飞去耒阳将庞统请回。

庞统来了，诸葛亮问："士元当初怎么不将荐书交给主公？"

庞统笑笑说："那样做，主公就不是以才取士，而是以荐书取士了！"

接着，庞统便将诸葛亮的荐书呈给刘备。刘备展开观看，只见荐书写道："……庞士元非百里之才，望主公委以重任，如以貌取舍，实为大谬。如为他人所用，实可惜也。"

刘备看罢诸葛亮荐书，心中叹悔不已，俄顷仰天大笑说：“昔日司马徽曾言‘卧龙、凤雏两人得一，可安天下’，如今我二人皆得，汉室中兴有望了！”

接着，刘备设盛宴欢迎庞统，同时也为诸葛亮接风。

宴罢，刘备下令封庞统为副军师中郎将，与诸葛亮共谋方略。

第十六回 莽将军义释严颜 智军师恨杀张任

庞统做了副军师之后，便与诸葛亮商量取西川之事。诸葛亮同意了，并说服了刘备。刘备亲自带兵与庞统前往攻打西川。

诸葛亮与关羽等人留守荆州。

西川刘璋驻益州成都，为益州牧。他虽然生性懦弱，手下却有许多战将和谋士。

庞统和刘备入川之后，一路破关斩将，势不可当。

拿下涪关之后，大军继续西进，不料庞统在落凤坡中了刘璋大将张任的埋伏，被乱箭射死。刘备只好又退回涪关。

刘备痛哭不已。老将黄忠说："庞统军师不幸身亡，欲取西川，必须请孔明军师前来！"

刘备同意了黄忠的建议，立刻给诸葛亮写了一封书信，差关平飞马赶回荆州，邀诸葛亮前来共议取西川之事。

诸葛亮在荆州于七月七日这一天大宴众将，席间，议起取西川的事。

诸葛亮说："庞士元足智多谋，但恐怕他对西川地形不明，会上敌军的当啊！"

众将都说，他如像军师那样注意调查研究，先掌握了地形和风土人情，一定不会吃亏。

诸葛亮说："临行之时，我曾嘱咐他：未曾进兵，必先明其路。只怕士元取胜心切，忽略了这一点啊！"

诸葛亮和众官都惦记着刘备和庞统，席间郁郁寡欢，很快便散了。

过了几日，诸葛亮和关羽正在议论着收取西川的事情，忽然探子来报：关平从西川路上疾驰而来。

关羽听了，大吃一惊，忙叫关平进来。

关平一路风尘仆仆，汗流浃背，见了父亲关羽和军师诸葛亮，双膝跪倒，献上刘备的书信。

诸葛亮展开刘备的书信。书信中写道："……七月七日，庞统军师于西进途中，被张任乱箭射死于落凤坡……"

诸葛亮看到这一行字，其他再也看不下去，泪水立刻流淌下来，口中念道："士元贤弟，冥途珍重！"

众将闻知庞统逝去，都失声痛哭。诸葛亮领着众将出城向着西方遥祭一番。

回到城中，关平向诸葛亮说明来意。诸葛亮说："主公困在涪关，正在为难之时，我当立刻前往！"

关羽近前说："如果军师去西川，荆州由谁来守？"

诸葛亮说："主公信上说，荆州之事叫我妥善安排。"

关羽说："荆州是咱的老家，不可有失。不知军师想委任何人？"

诸葛亮笑笑说："其实主公早已安排好了人选！"

"谁？"关羽不解。

诸葛亮说："主公为何派关平前来？这不是早安排好了

吗？！荆州之守，非二将军莫属了！”

关羽沉吟不语。

诸葛亮嘱咐说：“二将军重桃园结义之情，想必会竭力保住荆州！”

关羽慷慨领命。诸葛亮下令设宴，宴罢向关羽交付印绶，关羽双手捧过。

诸葛亮又抚着印绶说：“二将军，荆州安危全系将军身上了！”

关羽庄重地说：“军师放心。大丈夫既领了印绶，一定以死相守！”

诸葛亮摇摇头说：“二将军不可以言‘死’字！”

关羽笑了：“戎马生涯，何在乎一言？这只是我向军师表明心志罢了！”

诸葛亮问：“倘若北边曹操、南边孙权一齐打来，二将军将如何对付？”

关羽想了想，说：“我将分兵拒之！”

诸葛亮听了，立刻摆摆手说：“不可，不可！二将军若这样做，荆州难保了！”

关羽不解，问：“军师有何良策？”

诸葛亮说：“我送二将军八个字，请牢记在心。这就是‘北拒曹操，东和孙权’，只有这样，荆州方能固若金汤！”

关羽点点头，说：“军师之言，我当铭刻肺腑！”

嘱咐完了关羽，诸葛亮又令文官马良、伊籍、向朗、糜竺，武将关平、周仓、廖化、糜芳共同辅佐关羽，同心协力守卫荆州。

众人皆领命，送诸葛军师西行。

诸葛亮亲拨精兵十万，命张飞取旱路杀奔巴郡（今重庆和四川东部等地）、雒城（今四川广汉辖区内）之西，命赵云溯江而上，与张飞会于雒城，讲定两人谁先到达就记头功。

诸葛亮带领简雍、蒋琬等人为中军。

关羽送诸葛亮一行人出荆州城，依依不舍。诸葛亮回头望望关羽，心中猛然升起一种怆然之感。谁知道，荆州一别，竟是他们的永诀！

大军刚刚入川，诸葛亮把张飞叫到面前，嘱咐说："三将军，西川英雄豪杰很多，千万不可轻敌。行军路上要约束三军，不得骚扰百姓，不得随意鞭打士卒。将军要争取早日到达雒城！"

张飞领命上马而去。一路之上，他谨遵军师之嘱，约束三军，对百姓秋毫无犯，很顺利地就到了巴郡。

这巴郡太守，姓严名颜，是一员老将。他年纪虽高，却善开硬弓，使一口大刀，有万夫不当之勇。听说张飞到了城下，他便点齐人马，准备迎敌。有人向他献计说："当年张飞在当阳桥喝退曹军，曹军闻风丧胆，不可轻视。我们应该构筑深沟高垒，坚守不出。那时他粮草缺乏，自然退兵。张飞性烈，好饮酒，情绪不好时，就鞭打士卒。待他军心混乱，我们再乘机袭击！"

严颜准了这个主意，命令军士上城守护，待张飞军队接近吊桥时，即用乱箭射下。

一天，城下来了一个士兵，声称是张将军派来报信的。

城上的军校开了城门，放进了这个士兵。士兵来到严颜面前，说："我家张将军说了，你老匹夫早早投降，全城百姓免得遭殃。如不然，杀进城来，生剥你的皮！"

严颜听了大怒，立刻叫刀斧手将这个士兵的耳朵割下，逐出城去。

没有耳朵的士兵哭着回来见张飞。张飞气得咬牙切齿，立刻披挂上阵，到城下挑战。

城上的军士不出战，只是乱骂。张飞几次冲到吊桥下，都被乱箭射回。

第二天，张飞又去挑战，冲到吊桥下，向着城上大骂："严颜老儿，有本事出城见个高下，没本事就羞死算了！"

张飞破口大骂，严颜在城楼上看得清清楚楚，便一箭射下，正中张飞头盔。

张飞更加生气，大骂："等拿住你这老匹夫，我生吃你的肉！"

第三天，张飞又这样悻悻地回来了。

第四天，张飞带了二百人马围着城大骂。

这巴郡是个山城，周围是乱石山，城郭建在山坳里。张飞骑马登上乱石山，俯视城中，将城中情况看个一清二楚。那些军士们都披挂整齐，就是不出战。一些民兵在运土搬石，加固城墙。

张飞干生气，可又没有办法。第四天又白白过去了。

张飞回到寨中，又急又气。急的是，军师曾言，谁先到雒城，谁得头功。如今过不了巴郡，怎么到雒城？又怎能取得头功？！气的是，这个老严颜不管怎么骂，就是不出城，是个缩头老乌龟！

"怎么就想不出一个好办法呢？"张飞在寨中来回走琢磨着。他想到军师曾嘱咐自己不能上火，便下令：大军留在寨中休息，每天只派出三五十人到城下叫骂，待严颜忍不住时出了城，再突然杀出。

这样又连续叫骂了三天，那严颜仍是不出城，这可把张飞急坏了。

晚上，张飞躺在帐中，翻来覆去地思谋攻城的办法。他想，这城外是乱石山，也许会有条什么道路，可以杀入城中去。

第二天，他不再让士兵叫骂，而是派他们扮成樵夫，到城外乱石山中暗暗寻觅路径。

严颜在城中，一连几日不见张飞来挑战，心中发虚，便到城上来观望。他见城外乱石山中出现了许多樵夫，心中暗想，这一定是张飞派的士兵们假扮的。于是，他下了城，找了几个精明的士兵，也扮成樵夫模样，悄悄出了城去，与张飞派出的士兵混在了一起。

当天，这些“打柴”的樵夫，混在张飞派出的人中入了张飞大寨。

张飞坐在帐中，问那些打柴回来的士兵：“你们寻找了这些天，难道没有寻到一条路吗？”

这时候，严颜派来的一个“打柴”人开口了：“将军，不要着急！我打探出一条小路，可以绕过巴郡！”

张飞故意大声说：“早有这个主意，何不早说！”

其实，张飞已经留了心。这个“打柴”人的口音不对，一定是严颜派人混进来了，于是将计就计，说：“既然探得小路，我们便要立刻开始行动。我在前边开路，你们依次悄悄地跟着！”

很快，寨中人都知道了这个消息。

到了夜晚，严颜派来的“打柴”人悄悄地溜出寨，回到巴郡城中。

他们的行动，全被张飞派的密探看得清清楚楚。

密探回报张飞，张飞立刻召集众将，重新做了部署。

严颜派出的“打柴”人向严颜报告了张飞的行动计划，严颜大声笑着说：“我料这个莽撞之人耐不住劲儿了！”

于是，严颜对众将说：“莽张飞绕小路过去，他的粮草辎重一定在后队，我们可以抢劫他的粮草辎重！今夜二更造饭，三更出城，埋伏在丛林之中，只等张飞粮草辎重到时，一齐杀出抢劫！”

命令完毕，严颜仍然情不自禁地大笑，说：“这个莽张飞，到底中了我的计了！”

日落西山之后，严颜下令全军披挂整齐，二更时分，人马饱餐一顿，只待号令。三更以后，严颜领着大队人马，悄悄出城，来到丛林后埋伏，只等张飞到来。

夜深人静，马蹄声越来越近。借着月光，严颜看见前头跑过一匹战马，马上之人看不太清，但从他手中握的兵器可以断定那人是张飞。严颜也不行动，只见大队人马过去约有三四里远后，来了拉着粮草辎重的马队。

严颜一看时机到了，便下令战鼓齐鸣，全军杀出，截取粮草辎重！

正在这时，忽听背后一阵铜锣响，张飞手持丈八蛇矛，跃马而出，大声吼道：“燕人张翼德捉你来了！”

严颜一看是张飞，不知所措，仓皇应战。战不到十个回合，张飞故意露了个破绽，严颜一刀劈来，张飞闪过，严颜扑了个空。张飞乘势上前，用一只手抓住严颜的勒甲丝绦，将严颜生拉过来甩在地上，命令军士们绑上。

张飞带领众将又一阵冲杀，严颜的将士大部分成了俘虏。

原来，刚才过去的是假张飞，这正是张飞的计策。

张飞带着人马来到巴郡城下，城门大开，张飞的部将早把城池拿下了。

张飞对部将们说：“不准杀害城中百姓，明晨出榜安民。”

当夜，张飞坐上大帐，叫人将严颜带到面前。张飞指着严颜说：“你道我张飞只是一个粗人，岂知我也粗中有细。跟随我家军师这么多年，也算学到了一些智谋。老严颜，今日被擒，还有什么话说呀？！”

严颜双臂被绳子绑着，挺直腰杆站在张飞面前，不跪也不求饶。

张飞大吼：“大将在此，为何不跪？为何不降？”

严颜面不改色地说：“你起兵攻打我郡，我只有誓死固守。西川只有断头将军，绝无投降将军！”

张飞大怒，喝令刀斧手：“将他斩首！”

严颜仰天长笑，说：“要杀便杀，要砍便砍，何必如牛大吼？！”说罢，便昂首挺胸向帐外走去。

张飞见严颜视死如归，顿生爱将之心，便急忙来到严颜面前，亲手为他解开绑绳，转怒为喜地说：“老将军大义凛然，叫人佩服。刚才我多有冒犯，望能原谅！”接着，又扶着严颜坐下。

严颜是个刚烈汉子，怕软不怕硬，见张飞这样对待他，不禁泪流满面，深受感动。

张飞说：“老将军，如果你愿意投降我家主公，我十分欢迎。如果不愿意投降，请自尊便，张飞绝不阻拦！”

严颜见张飞这样大度，便俯身下跪说："难得将军如此恩义，严颜愿降刘皇叔！"

张飞哈哈大笑着把严颜扶起来，命令备宴为老将军压惊。

酒席间，二人谈得十分投契。

张飞说："向西挺进，入川道路不熟，还望老将军指点！"

严颜说："承蒙将军厚待，正思图报。西行入川，我愿效犬马之劳。由此向西，不费一兵一卒，可以取下成都！"

张飞听了很高兴，问："这是为什么呀？"

严颜说："从巴郡到雒城，凡有兵守卫的关隘，都归老夫所管。只要老夫为前部，所到之处，都可投降刘皇叔！"

张飞听了非常高兴，便命严颜为前部，自己领兵随后。每到一个关隘，严颜便出面对守将说："刘皇叔大军到此，我已投降，何况你们？！"

关隘守将都是严颜部下，所以都一一归顺。张飞没有厮杀，就得了各处关隘。

诸葛亮派人到涪关请刘备来雒城会合。

刘备召聚众将商议，说："军师有书信到来，叫我们去雒城会合，然后一同入成都。"

黄忠说："这个张任每日前来挑战。我们闭门不出已经数日，我看他们已经麻痹了，今日夜间我们如分兵劫寨，定可一战而胜！"

刘备同意，当即兵分三路：黄忠为左路，魏延为右路，刘备为中路。当夜二更时分，三路齐发偷营劫寨。

张任获胜后，滋生骄傲情绪，戒备懈怠。刘备三路军拥入大寨，放起火来，烈焰腾空，张任的兵将吓得逃奔雒城。

刘备、黄忠、魏延等三路军直追到雒城，张任却被雒城守将接应进去了。原先是张任围困刘备，现在却又变成刘备围困张任了。

张任在城里只是按兵不动，攻到第四日，刘备主攻西门，黄忠和魏延攻打东门，故意留出南门和北门放张任逃走。

原来，南门外是山路，北门外是涪水，因而刘备故意不去攻打南门与北门。

张任非常熟悉这里的地理环境，因而对刘备的用意一清二楚。于是，他命令吴兰、雷铜二将领兵出北门，然后转入东门外，与黄忠、魏延交战，自己则领兵出南门，然后悄悄转入西门外迎战刘备。城中让一些民兵上城，擂鼓助战。

刘备攻到太阳快落山时仍没有攻下西门，欲领兵退去，这时张任突然领兵杀来，大喊："活捉刘备！"

刘备猝不及防，军队大乱。

东门外的黄忠与魏延又被吴兰、雷铜围住，无法照顾刘备。

刘备与张任战不上十个回合，拨马便逃。前边是一条山间小路，很不好走。张任穷追不舍，眼见就要赶上来了。

刘备急得周身出汗，使劲打马奔跑，怎奈山路崎岖，越急越跑不起来。

正在危急之际，只听得前边人喊马嘶，刘备抬头一看，不禁浑身瘫软，仰天长叹说："天亡我也！后有追兵，前有堵截，这真是上天无路、入地无门了！"

迎面冲来的军队，领头一员大将骑一匹浑黑马，手使丈八蛇矛，大声呼喊："燕人张翼德来也！"

刘备一听是张飞从天而降，喜不自胜，急忙跑了过去。张飞也不问话，只说："大哥莫急，看我的！"

原来，张飞正与严颜一路赶来，见前面人喊马嘶，料定有人交战，就赶过来了。

张飞迎住张任，不通姓名便战在一起，战不到几个回合，严颜又赶了过来。张任一看不好，只得退兵，张飞与严颜在后边追赶，直追到雒城门外。这时张任已经跑进城中，拽起了吊桥。

刘备也回来了，见了张飞问："三弟怎么到此？"

张飞笑着说："我奉军师将令，从旱路攻取雒城。有幸在巴郡收服严颜老将军，这才一路之上不用一兵一卒，夺了四五个关隘。这都是老将军严颜的功劳啊！"

刘备高兴地走到严颜面前说："多谢老将军了。若不是老将军努力，我三弟岂能如此快捷地取下关隘，而我刘备也难逃劫难了！"说着，脱下身上穿的黄金锁子甲赐给严颜。

严颜千恩万谢地接了过去。

张飞又对刘备说："军师溯江而来，还没有到呢，反叫我夺了头功！"

正在说着，探子报告刘备说："黄忠、魏延正与吴兰、雷铜交锋，城中又出来援兵，两位将军寡不敌众，向东败下去了！"

张飞听了，向刘备请战："待我去战这些川佬儿！"

刘备想了想说："我们兵分两路去救援黄忠、魏延！"

于是，张飞在左，严颜与刘备在右，直杀向吴兰和雷铜。

黄忠和魏延见有援兵来到，便回过身来一齐夹击，吴兰和雷铜双双被擒。

严颜劝他们投降。吴、雷二人从命，跪在刘备面前请降。刘备扶起他们，表示欢迎。

接着，刘备下令安营扎寨。

张任在城中不知如何退敌。部将吴懿、刘璝说："敌军围城，不能久守。我看不如一面差人向成都主公告急，一面用计与敌交战！"

张任想了想说："可以。明天我领兵出城挑战，然后诈败逃向北门。你等率部出城，截断敌人后路，便可获胜。"

到了第二日，张任领兵出城挑战，摇旗呐喊。

张飞出马，与张任战在一起。战不多时，张任向北门败走，张飞打马紧追。这时候吴懿出城截断张飞后路，张任又回头杀来，把张飞围住。

张飞跃马举矛，竭力拼杀，却冲不出重围。正在紧急关头，从涪江边上杀来一军，领头的乃是赵云。

赵云跃马在前，正与吴懿撞见，战不几合，生擒吴懿，救出张飞。

张任一看不妙，急忙逃回到城中。

张飞问赵云："子龙，军师呢？"

赵云说："军师已到，命我前来接应将军。"

张飞与赵云回到营寨中，见诸葛亮与刘备都在这里。

张飞上前参见诸葛亮。诸葛亮故作惊喜地说："三将军果然先到了！"

刘备便向诸葛亮讲明了张飞义释严颜的经过。诸葛亮大声夸赞说："像三将军这样的粗人，尚且能用智谋，真是主公的洪福呀！"

张飞听了，红着脸说："这都是跟军师你学的！"

赵云将吴懿带到刘备面前。刘备问："可愿降我？"

吴懿说："老将严颜已降，我有何不愿！"

诸葛亮问吴懿："雒城是谁把守？"

吴懿说："主将是刘璋之子刘循，辅将是刘璝、张任。那刘璝不在话下，只这张任，是蜀郡（今四川成都一带）人，有勇有智，地理环境也熟，不可轻视。"

诸葛亮想了想，说："就是那个射死庞军师的张任吗？好，我们可先捉张任，后取雒城！"

诸葛亮又问吴懿："城东这座桥叫什么桥？"

吴懿说："此桥叫金雁桥。"

诸葛亮说："好，你领我到外边察看一番。"

吴懿领着诸葛亮来到营寨外，骑马至桥边，然后绕河看了一遍。

诸葛亮把这里的地理环境牢记于心，一路上思谋好了作战方案。回到营寨中，他便升帐聚将。

诸葛亮说："黄忠、魏延听令。离金雁桥南五六里，河两岸都是芦苇杂草，你们就埋伏在那里。魏延在左，黄忠在右，各领一千人马。敌兵到时，魏延的长枪队，单戳马上之将；黄忠的短刀队，单砍坐下马蹄。张任败走，必从山东小路而走。张飞可引一千人马在那里埋伏，就地擒获！"

张飞和黄忠、魏延一同接了将令。

接着，诸葛亮又唤赵云听令："你先伏于金雁桥北，待我引得张任过桥后，你立刻将桥拆除，站在桥头，大造声势，使张任不敢向北逃，只好向南逃入张飞的套中！"

一切安排妥当，诸葛亮便亲自出营寨诱敌。

成都刘璋见了张任报告，立刻派卓膺、张翼二人到雒城助战。张任很高兴，叫张翼与刘璝守城，自己与卓膺出城迎敌。

张任为前队，卓膺为后队，出城后只见前面一队很不整齐的军队，正七零八落地过金雁桥而来。

诸葛亮在队前，坐着四轮车，被人推着“吱呀呀”地来到张任面前。

张任望见这人头戴道帽，手持羽扇，两边被数骑簇拥着，根本不像打仗的人，便问：“你是何人？上阵打仗怎么这么个打扮？”

诸葛亮笑笑说：“在下诸葛亮是也。当年曹操拥百万之众，闻我之名，尚且望风而逃，你是何人，还不快快投降！”

张任早听说诸葛亮大名，今日见了，不禁冷笑着说：“人传说诸葛亮用兵如神，原来也是有名而无实呀！”说着，举枪一呼，大小军校一齐向着诸葛亮杀了过来。

诸葛亮急忙下了四轮车，转身上马，向金雁桥方向退去。

张任挥军追赶，一直追过了金雁桥，看见前边有两队人马，原来是刘备和严颜。诸葛亮冲入军中不见了，张任怕其中有诈，急忙回军，谁知此时金雁桥已被赵云拆除，赵云隔河排开人马相阻。于是，张任只好向南绕河而走。

张任走了不到五六里路，见前边芦苇杂草丛生，心中不由生疑。正在这时，魏延领着长枪手喊杀而出，专用长枪戳马上的将官。接着，黄忠领短刀手也冲了出来，专砍马蹄，马匹纷纷倒地。张任见军校死伤许多，不敢再往前走，急转弯向北而逃，逃不多远，遇见张飞。

张任不知所措，张飞跃马赶上来，只几个回合，就把张任活捉了。

后队的卓膺见张任被擒，就带领人马向赵云投降了。

战斗很快结束了。大家都回了营寨。

张飞把张任绑来，刘备说："蜀中诸将尽皆投降了，将军智勇双全，望能归顺！"

张任站着身子，大声说："我张任一生只忠于一主，不可易志！要杀便杀，不必多言！"

刘备无话可说，又不忍杀他。

诸葛亮在一旁听着，想起了庞统之死，便狠狠心说："好，那我就成全将军以全节了！"说罢，下令将张任斩首。

刘备甚感其忠，下令收张任全尸，葬于金雁桥畔。

第二日，诸葛亮命严颜、吴懿为前部来到雒城门下大呼："早早开城投降，免城中百姓受苦！"

刘璝在城上大骂严颜。严颜欲取弓射他，忽见城上冒出一个人，一刀杀了刘璝。这个人正是张翼。

张翼开了城门，诸葛亮和刘备领兵入城，守城主将刘循却趁乱逃回成都去了。

第十七回　张翼德大战马超　诸葛亮智收勇将

诸葛亮既得雒城，便首先出榜安民，犒赏有功将士，然后分派任务：令吴懿、张翼领着赵云到所属州郡安抚百姓，令严颜、卓膺领着张飞到各地催办粮秣。然后，都到成都聚齐。

大家领命而去，诸葛亮又问蜀中降将："此去成都，还有什么关隘？"

蜀中降将说："只绵竹有重兵把守，若要拿下绵竹，成都便唾手可得！"

诸葛亮思考片刻后，便同众人商量如何进兵。蜀中降将法正说："雒城已破，蜀中就很危险了。军师若以仁义服众，依我看先不要进兵。我写一封书信上奏刘璋，说明利害，刘璋必降！"

诸葛亮想了想说："如果不用兵戈而得成都，这是最好的事了！"于是叫法正写了书信，差人送往成都。

刘循逃回益州，告诉刘璋雒城失守之事。

刘璋急忙召集众将商议对敌之策。郑度献计说："刘备虽然攻城夺地，但是他的兵马并不多，而且缺乏粮草。我们命令所有州郡的百姓将当地粮仓烧毁，断刘备粮路。我们可严守城池，静观其变。不久，他就会自退而去！”

刘璋听了，摇摇头说：“这个办法不好。我听说都是拒敌以安民，怎能伤民以御敌呢？”

正在议论着，忽有差人送上法正书信，刘璋急忙拆开观看。信上写道：

我等已归顺刘皇叔，深得其爱。皇叔眷恋旧情，不忘族谊，如能幡然归降，他绝不会亏待，望三思裁示……

刘璋看罢法正的信，将信撕得粉碎，大骂：“法正卖主求荣，忘恩背义，真是个小人！”骂罢，逐出送书差人，安排将士御敌。刘璋命令费观提兵把守绵竹，费观又提名李严一同前往。

刘璋又命令益州太守董和前往张鲁处借兵，以保成都。

诸葛亮在雒城等待消息。不几日差人回来，告知刘璋不纳法正之言，已派人去张鲁那里借兵了。

刘备说：“刘璋与张鲁有仇，怎么还去借兵？”

诸葛亮微笑说：“此一时彼一时，互相利用罢了！”

诸葛亮想了想又说：“既然如此，我们应该从速取下绵竹。得此城，取成都才有希望！”当下命令黄忠、魏延领兵围了绵竹城。

费观见诸葛亮派兵攻城，就命李严出城迎战。到了城外，李严与黄忠对阵。二人大战五十个回合，不分胜负。

诸葛亮在阵外看得明明白白，便命令鸣金收兵。

黄忠回到营中，见了诸葛亮问：“我正战到兴头上，军师为何鸣金收兵？”

诸葛亮说："我见李严武艺超群，是一员猛将，起了爱才之心。明日出战，黄将军可诈败，待我以奇兵取他！"

黄忠点点头。第二日又出城交战。战不上十个回合，黄忠诈败而走。

李严在后边追赶，一直追到山谷之中，抬头一望，见两边是峻峭山崖，他怕中计，便拨马回走。可为时已晚，魏延早领兵堵住了路口。

李严进退不能，只是为难。

诸葛亮站在山顶上向下喊话："李将军，我已安排了弓弩手，如不投降，你将被乱箭穿身。我正要为庞军师报仇呢！"

李严无奈，只得下马投降。

诸葛亮把李严叫到面前说："昨日我见将军武艺超群，起了爱才之心，所以今日设计迫你投降，望将军谅解！"

李严见诸葛亮这样看重自己，很受感动，便说："既已降顺，愿为军师效命！"

诸葛亮说："城中费观是否愿降？"

李严说："费观是刘璋妻弟，但我们二人交情甚厚。只要我回城，说明利害，他会投降的！"

诸葛亮很高兴，便说："好，就请将军回城说服费观！"

李严见诸葛亮这样相信自己，心中更加高兴。进了绵竹城，他对费观说："诸葛军师仁厚待人，爱将如子。现今刘备大兵到此，成都必不可保，莫如投降刘备，将来还可能为国效力！"

费观听了，立时开城投降。

刘备很高兴，命令入城。

诸葛亮正想进军成都，忽有探子来报：汉中张鲁已经派马超、杨柏、马岱进攻葭萌关（治今四川广元西南）。守将孟达、霍峻不支，如不发兵救援，葭萌关难保！

刘备听后吃了一惊，暗说："张鲁果然发兵帮助刘璋了！"

刘备问诸葛亮应该怎么办。

诸葛亮想了想，说："马超是一员猛将，当年只杀得曹操割须弃袍，险些丧命。如今投了张鲁，实在可惜呀！"

刘备问："谁能抵挡他呢？"

诸葛亮说："须有翼德和子龙！"

刘备说："眼下只有翼德回来了，子龙尚未回来，如何是好？"

诸葛亮沉默一会儿说："主公请勿再言，我自有办法！"

张飞在外边听说马超攻打葭萌关，便吵吵嚷嚷地进来请战。他对诸葛亮说："军师，给我一支令箭，我去会会马超！"

诸葛亮假装没听见，仍和刘备说话。

张飞着急，连着请战。

诸葛亮还是不理，却对刘备说："眼下马超侵关犯隘，我看无人可敌，只有到荆州把关二将军请来，才能取胜！"

张飞更急了，大声说："军师也太小瞧人了！当年我在当阳喝退曹操大军，视曹军如草芥，何况这么一个马超？！"

诸葛亮望着那个急得黑脸冒油儿的张飞，慢悠悠地说："依我看来，那是曹操不知虚实的缘故。马超之勇，天下皆知，非等闲之辈，对付此人，非云长不可！"

张飞听了急得哇哇大叫："这话是怎么说的。长马超志气，灭我威风。军师，我今天偏要请战。如果胜不了马超，我把脑袋输给你——来，立个军令状！”

诸葛亮见张飞这个样子，觉得激将已到了火候，便说：“三将军一定要去，也不必出军令状了。只有主公随你前去，我方可放心！”

张飞说：“何必大哥陪我去！军师自去监阵如何？”

诸葛亮说：“我留绵竹，等候子龙回来。主公前去，你还不乐意吗？我也不让你输个脑袋给我！”

张飞不吱声了。这时，魏延也出来讨战：“军师，我也愿同去！”

诸葛亮同意，便派魏延为前部，张飞在第二队，刘备在后队，兵马进发葭萌关。

魏延率军到关下，正遇杨柏。二人战了不到十个回合，杨柏败走。魏延要夺张飞的头功，乘胜追赶。前边一军摆开阵式，马岱迎面而出。二人战在一起，不到十个回合，马岱败走，魏延仍然追赶。马岱回马一箭射来，魏延没有防备，正中左臂，险些落马，急忙退回关中。

马岱追到关前，见魏延已经入关，正要回去，只见一个黑脸将官飞马出关，大声呼叫：“你是何人？先通姓名，再来厮杀！”

马岱说：“我乃西凉人马岱！”

黑脸将官说：“啊，原来同姓不同名，你不是马超呀！快快回去，找马超来战，就说燕人张翼德在此！”

马岱大怒，跃马挺枪迎战张飞。战了十个回合，马岱败走。张飞欲要追赶，刘备急急忙忙从关上下来，大声说：“三弟，且莫追赶！”

张飞见是刘备，便勒缰停马，跟着刘备一同回关。

到了关中，张飞问：“大哥，为什么不让我追赶？”

刘备说：“军师怕你有失，让我看管于你！今夜且休息好了，明日再会马超！”

到了第二天，张飞还没有出战，就闻得关下鼓声大震。刘备站在关上往下一看，果然是马超来了。只见他狮盔兽带，银甲白袍，恰似银粉裹成！

刘备赞叹说：“人说‘锦马超’，果然名不虚传！”

张飞就要出关，刘备急忙制止说：“三弟，且莫出关。现在马超锐气正盛，应该避开！”

张飞只得等待。关下马超几番高呼叫阵，刘备只是不让张飞出关。张飞急得跺脚，恨不得一口吞了马超。

马超叫阵多时，刘备见马超和他的军士们都有些倦怠了，这才选了五百兵士跟着张飞下关。

张飞乐得骑马冲出了关。马超见关上下来人马，用枪一摆，让军士们后退一箭之地。张飞也让军士们停住，只自己上前大声说：“马超，你可认得燕人张翼德吗？”

马超微微一笑说：“我家世代公侯，并不知道你这个村野匹夫！”

张飞大怒，举矛便刺，马超挺枪相迎。二人战在一起。

一白一黑，两人大战一百个回合，并不见高低胜负。这真是：棋逢对手难藏性，将遇良才各用功！

刘备在一旁看着，暗暗称赞马超说：“真虎将也！”

刘备恐怕张飞有失，按着军师嘱咐，又鸣金收兵了。

张飞和马超各归本队。

张飞回到阵中，喘喘气，定定神。他已经汗如雨下了，于是把头盔摘下，扔在地上，说：“这玩意太热了！”

刘备怕他着凉，递给他一块布巾。张飞接过来，胡乱地缠在头上，又催马而去。

马超迎战，两人又打了一百多个回合，仍不分高低上下。

刘备见二将越战越猛，尘土飞扬，马嘶人吼。他恐怕张飞有失，又命令鸣金收兵。

这时候天已经黑了。刘备对张飞说："马超英勇，非常人可比。且回关上歇息，明日再战吧！"

张飞正杀得性起，不肯罢休，说："大哥，我已向军师发下誓言，不捉马超，誓不回关！"

刘备说："军师怕你有失，所以让我跟来。天都黑了，还能战吗？"

张飞说："点起火把，我们夜战！"说着，不顾刘备阻拦，命令军士点起火把，又将刘备的战马拉过来骑上。

马超见张飞命人点起火把，又换了战马，自己也换了一匹马，命军士们点起火把来。

两边点起一千多支火把，立刻将战场照得如同白昼。两边军士抖擞精神，呐喊助威，使劲擂鼓。

张飞与马超冲到面对面。张飞说："马超，我今夜不捉你，誓不回关！"

马超用枪一指，也说："我胜不了你，誓不回寨！"

两个人说完，又杀了起来。战了二十几个回合，马超拨马佯装败走，张飞催马赶去。他想：打了这么几个回合，就败了？我得留点神！

马超跑着跑着，暗暗从鞍桥之上取下铜锤，瞧着张飞赶到近前，便猛地打了过去。

张飞做了准备，见铜锤裹着风迎面打来，便一闪脑袋，铜锤从耳边滑了过去。好险呀！

马超见没有打着张飞，又拨马赶来。张飞勒住马，急忙拈弓搭箭回射马超，不料也被马超躲过。二人兜过马，各回本队。

刘备一怕张飞有失，二爱马超英勇，便大声对马超说：“我素以仁义待人，你们交战也不能使用暗器，大家都收兵歇息吧！”

马超只得收兵回寨去了。

第二天，张飞又要去战马超。刘备说：“三弟，且等等再战吧！”

张飞执意要出关。这时候，探子来报：军师已经来了。

刘备急忙将诸葛亮请进来，向他说了这几天张飞与马超作战的情形。

诸葛亮说：“二虎相争，如不设法，必有一伤，所以我赶紧来了。”

刘备问：“绵竹谁守着呢？”

诸葛亮说：“子龙已经回来，我命他与黄忠守城。”

刘备说：“这马超果然英勇无比，我很爱惜，不知军师有何良策收服他？”

诸葛亮说：“我思谋一计，可得马超。近闻汉中张鲁，要想自立为‘汉宁王’。他手下有一个谋士叫杨松。这个人极其爱财，容易接受贿赂。我们可以差人从小路直奔汉中，先用金银珠宝贿赂住杨松。然后，致书张鲁，就说‘我们与刘璋争夺西川，这正是替你报仇，你不可听信离间之言，事成之后，可保你为汉宁王’，叫张鲁下令撤回马超。等马超撤退时，便可用计制服马超，叫他投降！”

刘备听了大喜，立刻给张鲁写信，差孙乾带上金银珠宝从小路直奔汉中。

到了汉中，孙乾按诸葛亮吩咐，先见到杨松，暗暗送上厚礼，并说明来意。收了金银珠宝，杨松很高兴，便领着孙乾来见张鲁。孙乾递上书信。

张鲁看了信说：“刘玄德只是一个将军，他怎能保我为‘汉宁王’？”

杨松因受了重礼，所以劝张鲁说：“主公错矣！那刘备乃是大汉皇叔，正可保主公！”

孙乾说：“只要你下令，将马超撤回便可！”

张鲁沉思片刻说：“可以，就这样办！”

于是，张鲁差人给马超送信，令其撤兵。

孙乾留在杨松家里等候消息。

过一日，差人回来禀告张鲁：马超不退兵。

张鲁问：“他怎么说？”

差人回答：“马超说：‘未成功，兵不退！’”

张鲁很生气，又派人去催，马超仍然不退兵。一连三次，马超还是不退兵。

张鲁气得大骂。杨松说：“此人平素趾高气扬，今日不听调遣，必有反叛之意！”

张鲁问：“你说该怎么办？”

杨松说：“可以先造出流言，就说‘马超欲夺西川，自为蜀主’。然后，差人去告诉马超：‘你想成功，只限于一个月。同时要做三件事：一要取下西川，二要取刘璋首级，三要打退荆州刘备的兵。依允了，有赏；否则，必杀！’”

张鲁依杨松之计，下令让部将张卫领兵把守汉中关隘，以防马超兵变。

差人来到马超寨中，向他说明张鲁要他做的三件事。

马超听了大惊，心想：“张鲁怎么变得这么快？日前还让我退兵，今天怎么以三件事相逼？”

马超便与马岱商量。马岱说：“这是逼着我们取西川，如取不得只好回去！”

马超说：“那我们只好回去了！”

马岱又说：“现在杨松又放出流言，说‘马超回兵，必怀异心’。而且，张鲁已派张卫守住关隘，不容我们回去了！”

马超听了，气得七窍生烟。此时，他进退两难，一筹莫展。

派出的探子早把这个情况报告给了诸葛亮。诸葛亮就对刘备说：“现在马超正在进退维谷之时，如果凭我三寸不烂之舌，前往马超营中道破利害，马超定会来降！”

刘备听了摇摇头说：“军师，这样做太冒险了！一旦马超反目，军师就有生命危险，断不可行！”

诸葛亮说：“箭在弦上，不得不发。若不及早去见马超，马超进退两难，说不定会作出什么决断，那时就难办了，一员好将，不就白白失掉了吗？！”

刘备沉吟不语，权衡到最后，还是下了决心说：“得千员上将，不如得军师一人。所以，我不能因小失大，军师断不可往！”

正在议论争辩的时候，忽有探子来报：“赵子龙将军向主公推荐一个人来！”

刘备说：“让他进来！”

来人见了诸葛亮和刘备，先拱手施礼。

诸葛亮一见，便说："德昂兄，听说你当日苦谏刘璋，今天怎么降了我们？"

这个人叫李恢，字德昂。他曾是刘璋的重要谋士，因为苦谏刘璋不听，所以投了赵云，赵云就让他来葭萌关面见诸葛亮。

听了诸葛亮的问话，李恢说："君不闻'良禽择木而栖，贤臣择主而事'的道理吗？！当日我谏刘璋，是尽人臣之心。他不采纳我的主意，我断定他一定失败。今刘皇叔仁播蜀中，又有军师扶保，将来可成大业，故而来投！"

诸葛亮笑着说："欢迎，欢迎！德昂此来，必能有利于我家主公！"

李恢说："尽力而为，愿效犬马之劳！你们有事，我且回避吧！"

诸葛亮说："既是一家人，何必回避。我们正在议论去马超营中劝其归降之事呢！"

李恢听了，哈哈一笑说："事情很凑巧呀，我愿效劳！"

诸葛亮问："德昂难道与马超相识？"

李恢说："正是。当年在西凉，我曾与马家父子相交。马腾被曹操杀害后，马超深记父仇，所以投了张鲁。那马腾曾与刘皇叔一同立志讨灭曹贼，后因情况变化而未如愿。难道皇叔不认得马腾？马腾即马超之父啊！"

刘备听了，连连点头，心中对马超更多了一层怜惜之情。

诸葛亮问："先生想怎么去说服马超呢？"

李恢说："如今马超正在为难之时，只要我陈明利害，此事便成！"

诸葛亮问："你想怎么说？"

李恢附在诸葛亮耳旁悄悄说了一会儿。诸葛亮听了点头称是，说："先生之言，正是我之言，可以前去了！"

刘备正愁没有人选去劝说马超，如今李恢答应前往，所以特别高兴，便立刻为李恢饯行。

李恢大摇大摆来到马超军寨前，让人通报给马超：西凉故人来访！

马超得知李恢来了，便对左右将校说："这个李恢是个有名的辩士，今日来必是劝我投降刘备，要做些准备！"

将校们立刻将二十多名刀斧手藏在帐后。

马超说："听我的号令行事。我要说砍，你们一拥而出剁他个肉酱！"

马超下令叫李恢进来。他并不下座迎接，只是端坐帐中望着李恢。

李恢昂着头走近前望着马超，也一言不发。

过了一会儿，马超大声问："你干什么来了？"

李恢直截了当地说："我替诸葛亮来当说客！"

马超一听，哈哈大笑说："好，到底是故人，一点也不说谎，可敬可佩！那你就说吧！"

李恢见马超这个态度，仍一言不发。

马超等不及了，说："你来看，我匣中的宝剑刚刚磨好，你只管说，我若听出不近情理，那就请你以颈试剑！"

李恢听罢，朗声大笑，说："依我看来，你的祸事不远了，这新磨的宝剑，只能用你的脖子试，还轮不到我呢！"

马超一听大惊，问："你说我有什么祸事？"

李恢轻轻说："要向我讨教？你坐着，我站着，有这样的规矩吗？"

马超听了，赶紧让座。

李恢坐下，说："越国之西施，善毁者不能闭其美；齐国之无盐，善美者不能掩其丑。这是秃子头上的虱子——明摆着的事，还用我说吗？常言说'日中则昃[1]，月满则亏'，这也是天下的常理。你与曹操有杀父之仇，你固然不可投他。现在呢，你前不能救刘璋而退荆州之兵，后又不能制杨松而见张鲁之面。这样看来，你是四海难容、一身无主之人，谁都可以治你一罪。到那时，山穷水尽，你又有何面目去见西凉故人？岂不是只有以剑自刎这一条路了吗？"

马超听罢，深深佩服，觉得李恢句句说到了他的痛处，便叹口气说："兄言极是，只是我眼下拿不定主意，无路可行！"

李恢说："我既然来了，就是想救你，不知你愿意不愿意？"

马超站起身来说："求之不得，只管说来！"

李恢向左右望望，又轻声说："你既然让我救你，何故在帐下安排这么多刀斧手，难道有这个道理吗？"

马超听了，脸上发烧，便大声喝令刀斧手退下。

看着二十几个刀斧手鼠窜而去，李恢近前说："当今刘皇叔礼贤下士，又有诸葛军师扶保，一路破关夺城，蜀中人物皆降了。我当年死谏刘璋，可他不听，所以只能离开了他。再说，你父马腾，当年曾与刘皇叔共同立志讨灭曹操，只是因情况变化而未如愿。所以，我劝你及早投靠刘皇叔。这样，你上可报父仇，下可立功名。这可是千载难逢的好机会呀！"

---

① 昃（zè）：太阳偏西。

马超听罢，如拨云见日，不由高兴地说："兄之所言，正合我意，只是军营中杨柏与我不睦，恐怕不愿！"

李恢听了，微微一笑，附在马超耳旁说了几句。马超点头称是，并差人唤杨柏来帐中议事。

杨柏不知何事，仓皇进帐，没容他明白过来，马超猛然一剑，将杨柏杀死，然后与马岱一起，号令全军投降刘备。

诸葛亮得知消息，立即接马超、马岱入关，并设盛宴欢迎。

马超既降，刘备便撤兵去取成都。赵云和黄忠把诸葛亮、刘备等人接入绵竹。诸葛亮仍命孟达、霍峻镇守葭萌关。

入了绵竹之后，孙乾也悄悄回来了。

一日，刘备、诸葛亮又设酒宴款待马超。席间，有人来报：蜀将刘晙、马汉领兵攻城！

马超说："待我出城御敌！"

诸葛亮笑笑说："不劳你了，只子龙去去便回！"

赵云领命而去。酒未过一巡，赵云回来复命，并把二将之头献于宴前。

马超心中十分佩服，说："军师营中个个是上将啊！"

诸葛亮笑而不语，只与刘备商议取成都的事。

马超在一旁听了，站起来说："不劳军师拨兵马厮杀，明日我去成都城下，唤出刘璋来降！他若不降，我与弟弟马岱便取下成都献给军师！"

诸葛亮和刘备听了，十分高兴，一齐说："那就有劳将军了！"

第十八回 夺西川益州易帜 走白帝刘备托孤

马超和马岱领兵来到成都城下。马超用马鞭子指着城上大喊："请刘季玉（刘璋，字季玉）讲话！"

刘璋早知兵败，便来到城上。他望见马超兄弟，以为是来救援的，谁知马超却大喊："我们兄弟已投靠刘皇叔了！你不要再执迷不悟，赶快开城投降，免使百姓遭殃！"

刘璋听了马超这话，面如灰色，当时就晕了过去，经众官呼唤，才慢慢苏醒过来。他自语着说："早知今日，何必当初。不如及早开城，以救满城百姓！"

董和在旁说："城中还有三万人马，钱帛粮草还能支应一年，现在就降吗？！"

刘璋叹口气说："我们父子在西川二十多年，无恩德于百姓，但总算有个平静日子。如今这三年争战，众百姓备受兵灾之苦，都是我的罪过呀！我不忍再打了，及早投降，以安百姓，是我所愿！"

众官听了大哭。第二天，刘璋率众官开城投降。

刘备见了刘璋，握住他的手说："不是我不行仁义，而是形势所逼呀！"

刘璋说："我治理无方，无德无能，甘愿交付于兄！"

刘备率文武官员和军士进入成都，百姓备香花灯烛出门迎接，百官纳拜。只有刘璋的两个部将黄权、刘巴闭门不出。

众将愤怒，欲去抓来处死。

诸葛亮急忙制止说："不可！请主公亲自登门请二将出来，方为上策！"

刘备点头称是，亲自到黄权、刘巴家中看望。黄权、刘巴深受感动，跪在刘备面前说："皇叔仁义之师，我们佩服了！"

刘备自领益州牧，西川所降文武官员尽行封赏。

刘备再封诸葛亮为军师、武乡侯，关羽为荡寇将军、汉寿亭侯，张飞为骠骑将军、新亭侯，赵云为虎威将军，黄忠为辅国将军，魏延为扬武将军，马超为平西将军。其余众将都各有封赏。

晚上，刘备问诸葛亮："军师，你看还有什么事情要做？"

诸葛亮说："主公，今西川平定，一地难容二主，可将刘璋送往荆州。"

刘备沉思不语，过了半晌才说："我才到来，就让他远去，实在不忍！"

诸葛亮说："刘璋所以失其基业，皆因他太软弱。主公若是优柔寡断，这也是妇人之仁，恐怕也难长久！"

刘备只好采纳诸葛亮的建议，设宴款待刘璋，然后讲明意图。刘璋也只得从命，携带家眷及贵重物品，择吉日自赴荆州。

刘备为了笼络众将，欲将成都有名的宅院分配给众人。事先他跟诸葛亮商量。诸葛亮说："主公，这不可行。益州人民屡遭兵灾，田宅皆空。现在应该归还百姓，使其安居乐业！"

刘备听了觉得有理。

诸葛亮又说："主公现已自领益州牧，应该拟订治国条例，以安民心。"

刘备说："正合我意。只是我想，法典应该宽松些为好。当年汉高祖约法三章，黎民皆感其德。请军师宽刑省法[①]，以慰民望！"

诸葛亮听了笑笑说："主公只知其一，不知其二。秦朝用法暴虐，造成万民怨恨，所以汉高祖以宽仁待之。如今情况不一样了。刘璋软弱，德政不举，威刑不肃，各种章法尽皆废弛。我认为，宠之以位，位极则残；顺之以恩，恩竭则慢。刘璋所以失败，盖由于此。我们要反其道而行之，威之以法，法行则知恩；限之以爵，爵加则知荣。恩荣并济，上下有节。这就是我制定治国条例的原则。"

刘备听得津津有味，认为诸葛亮的见解果然高明，就同意了他的主张。

诸葛亮终日忙于制法典，刘备也不去打扰他。

一日，关平从荆州来，专找军师。诸葛亮抽暇接待了他，问："少将军来此何干？"

关平说："我父亲听说马超武艺绝伦，所以要来西川与他比个高低。现有书信呈上，望军师准见！"

关平呈上关羽书信。

诸葛亮看了书信，心中一惊，暗说："二虎相争，必有

① 宽刑省法：宽缓刑罚，不用严苛的法令。省：减免。

一伤！”

他想了想，对关平说：“我写一信，交给你父亲，你应速速回荆州去！”

于是，诸葛亮写了书信交给关平，关平当即动身回荆州。

见到关平，关羽问：“我欲与马超比武之事，军师怎么说？”

关平说：“父亲，军师写了回书，请你观看！”

关羽拿过信来，拆开观看。信中写道：

> 我已知道将军之意。依我看来，马超虽然勇烈过人，只不过是黥布、彭越之徒，可与翼德并驱争先，怎及美髯公之绝伦超群？
>
> 将军受命守荆州，责任重大。倘若入川，荆州有失，罪莫大焉！
>
> …………

关羽看罢，自捋长髯，朗声大笑说：“还是军师深知我心啊！”

接着，他把诸葛亮的书信传给众将观看，同时也就打消了入川比武的念头。

诸葛亮在蜀勤政治国，刘备的势力发展很快。接着，诸葛亮用计夺取了汉中，于是，刘备自立为汉中王。

不久，曹操病死，由他的儿子曹丕代行其职。

曹丕野心更大。他逼迫汉献帝让位，自己当上了皇帝，国号称魏。

消息传到蜀中，说曹丕自立为大魏皇帝，在洛阳建造宫殿；并且有传言说，汉献帝已经被害。

刘备听了，每日痛哭，下令百官挂孝，遥望北方设祭。

这时候，刘备的结拜兄弟关羽，也被东吴吕蒙等人设计害死，荆州失守。刘备伤感过度，染病在床，难以理事，一切事务，都由诸葛亮主持。

诸葛亮更是忧心忡忡，思虑万千。一日，他召许靖和谯周商议说：“汉朝天下不可一日无君，我想拥立汉中王称帝，不知你们的意见如何？”

谯周很明白诸葛亮的心意，便说：“正是时候！”

这个人自称能观天象、谙气运。他说：“近有祥风庆云之瑞；成都西北角有黄气数十丈，冲霄而起；帝星见于毕、胃、昴之分，煌煌如月。这正是汉中王当即帝位，以继汉统之兆啊！”

诸葛亮并不完全相信谯周之说，但是审时度势，他认为刘备必须称帝，才能稳固大业。

第二天，诸葛亮与许靖、谯周领着百官上表给刘备：请汉中王称帝。

刘备听了，十分尴尬，说：“这是欲陷我于不忠不义呀！”

诸葛亮近前说：“主公，曹丕篡汉自立，你乃汉室后裔，理应继统以延汉朝江山！”

刘备听了沉下脸说：“我岂能效法曹丕所为！”说罢甩袖离去。

众官只得散去。

三天之后，诸葛亮仍领百官入见刘备，而且跪拜于地，说：“现今汉天子已被曹丕所杀，如果主公再不即帝位，那么讨伐曹丕就师出无名了！要为汉天子报仇，要不失民心，主公非即帝位不可！”

刘备说：“我虽然是汉景帝之后，但并没有德泽布于天下，一旦称帝，这与曹丕篡汉又有何区别？！”

诸葛亮和众官又再三陈词，刘备只是不肯。

诸葛亮深居不出数日，想了一计，对百官说：“必须如此如此！”

于是，诸葛亮抱病不出。

刘备听说诸葛亮病了，心中甚急，亲自到诸葛亮府上慰问。他坐在诸葛亮床边问：“军师这病是怎么得的呢？”

诸葛亮躺在床上，难过地说：“忧心如焚，来势很猛，怕是不久于人世了！”

刘备又问：“军师有什么忧虑之事，这样难解？”

诸葛亮佯装昏昏然，闭着眼睛，不作回答。

刘备实在没有办法，只是坐在他身旁等待着。

从中午一直等到下午，诸葛亮喟然长叹，慢慢地说：“我诸葛亮自出茅庐，得遇主公，相随至今，言听计从，到今日才有了两川之地，这也算没有辜负我一生之志。目下曹丕篡汉，文武百官都愿奉主公称帝，灭曹兴刘，共图大业。不料主公坚辞不肯，众官皆有怨声，不久便将人心涣散。我想，如果百官心散，势力大减，东吴和曹魏必乘机来攻。那么，我们得到的两川之地，就要失去，我和主公又要东游西荡，东躲西藏，寄人篱下……想起这些，如何不让人担忧啊！”

刘备听诸葛亮这样说，突然想到了以往那种颠沛流离的日子，心中也不免担忧起来。他说：“军师所言甚是，只是恐怕天下人耻笑啊！”

诸葛亮接着说："圣人云'名不正，则言不顺'。主公乃大汉景帝贤孙，继承汉祚[①]有何非议？！古往今来有多少先例可以说明'天与弗取，反受其咎'！错过了机会，悔之晚矣！"

刘备被诸葛亮说得动了心，心想现在只有答应下来了，便说："等军师病好之后，我即照准还不行吗？"

诸葛亮听了刘备这句话，登时从床上一跃而起，下了床跑到屏风前，用手敲击了三下。

这时候，在屏风后等候已久的文武百官一拥而进，跪在刘备面前，同声高呼："主上既然答应称帝，那就择日行大礼吧！"

刘备被弄了个措手不及。本来他刚才只是一句敷衍诸葛亮的话，谁知诸葛亮却弄了这样一个"机关"，使他不称帝也得称帝了。

刘备让大家快起来，说："大家这是强迫我称帝了！"

诸葛亮笑着说："主公既允大家所请，便可筑坛择吉恭行大礼了！一切包在我身上！"

诸葛亮忙碌了十多天，诸事皆备，在成都武担山之南筑坛。选择吉日，整设銮驾，迎请刘备登坛致祭。谯周朗诵祭文，诸葛亮领着百官向刘备献上玉玺。

刘备受玺，捧于坛上。

诸葛亮上前高声说："主上平定四海，功德昭于天下，又是大汉宗脉，现已祭告天地，即日即位。"说罢，双膝跪倒，百官也跟着一齐跪下，口呼"陛下"！

---

① 祚（zuò）：帝位。

拜礼结束，刘备宣告：年号为章武，立长子刘禅为太子，次子刘永为鲁王，三子刘理为梁王。时为章武元年（221）四月。

封诸葛亮为丞相，兼理军师之职。

其他文武百官，尽有封赠。

第二天上早朝，文武百官朝贺已毕，文东武西分站两边。

刘备头戴冲天冠，身穿蟒龙袍，巍然坐在皇帝的宝座上。他说："朕自桃园与关羽、张飞结义以来，誓同生死。不幸二弟云长，被东吴孙权所害，此仇不报，于心难安。朕欲发倾国之兵，讨伐东吴，生擒孙权，以雪此恨……"

诸葛亮听到这里，急忙出班说："陛下，初登大宝，应考虑轻重缓急，不可以私愤而动容。目下国贼乃是曹丕，并不是孙权。讨伐曹丕为民之所愿、当务之急。我想陛下应早取关中，屯兵于渭水上游，以讨曹丕，则天下民众归心。若舍曹魏伐东吴，仗一打起来，不知何日可止，将会误了大事，请陛下详察！"

刘备听了诸葛亮的话，觉得有些逆耳。现在的刘备已不是当年的刘备了，一登上皇位，身份变了，思想也变了，自然与诸葛亮的距离也远了。如果是在过去，凡有大事，他事先必告诸葛亮，如诸葛亮不同意，他一定不做。现在不是那个时候了，自己拿了主意就是圣旨，不可更改了。

刘备强忍着不快，说："孙权害了朕弟，还有其他几位将军，我恨不得啖其肉而灭其族，方解心头之恨。这是人之常情，军师何必阻止？"

诸葛亮力谏说："陛下，汉贼之仇，乃是公事，兄弟之仇，乃是私事。愿陛下以天下为重！"

刘备反驳说："朕不为弟报仇，虽有万里江山，何足为贵？！不要再说了！"说罢，退朝。

刘备立下为关羽报仇的决心，每日亲自到教场操演军马，言称要御驾亲征。

看到这种情况，公卿大臣都来找诸葛亮说："丞相，你秉钧衡[①]之职，还是应该力谏陛下缓行啊！"

诸葛亮摇摇头，说："以往没有这样的时候，我已经苦劝了几次，陛下都不接受！"

众官员说："陛下正在教场练兵，我们可否到教场去？"

诸葛亮想了想，说："好，大家随我去教场！"

众官员随着诸葛亮来到教场，见刘备正坐于指挥台上调教练兵，十分认真。

诸葛亮和众官员来到面前，一齐跪倒在地。

刘备问："众卿有什么事啊！"

诸葛亮站起来，说："臣还是旧话重提。我以为陛下初登大宝，应该北伐曹魏，以申大义于天下。若固执讨东吴，泄一己之私愤，恐怕于兴汉大业不利呀！"

刘备见诸葛亮这样坚决，一而再再而三地苦谏，心中也有些变化。但他旨意已下，而且亲自练兵，一时下不了台，便沉默着不作回答。

诸葛亮很理解他的心情，于是接着说："如果陛下定要讨伐东吴以雪关将军之仇，那么我想可以另派一人前往，不必主公亲自讨伐！"

刘备一听诸葛亮这话，明白是给了他一个台阶儿下，便

---

① 钧衡：指国家政务重任。

说：“丞相所言，容朕思考一下再定！”

就在这时候，张飞突然闯入教场，跑到刘备面前，跪爬在地，抱住刘备的双腿，哭喊着说：“大哥，大哥，你今日当了皇上，可别忘了当年桃园之誓啊！二哥之仇，何日得报？”

原来，张飞守阆中（今四川南充代管的县级市），听说关羽被害，号啕大哭，直把双眼哭出血来，于是骑马飞驰而来，找刘备请求伐吴。

刘备把张飞扶起来，说：“我也决心伐吴，只是百官皆谏，所以未能行动！”

张飞大怒说：“他们别人岂知咱兄弟之盟？如大哥不去，我愿自己前去。如不杀孙权，誓不生还！”

刘备见张飞哭得可怜，想起当年桃园三结义之情景，泪水不禁夺眶而出。于是他痛下决心说：“好，我和三弟同往。你从阆中出发，我统兵马从成都出发，咱们在江州会齐，共伐东吴，以消此恨！”

诸葛亮和众官员见到这个场景，不愿也不敢再说什么，只好听之任之了。

第二天，刘备下诏，命诸葛亮保太子刘禅留守两川；马超、马岱、魏延守汉中，以防曹军南侵。自己领兵七十五万向江州进发。赵云为后应，兼办粮草。

时为章武元年七月丙寅日。

张飞从阆中出发，急着要为二哥关羽报仇。他心情急躁，时常饮酒，鞭打部将，结果被部将杀害。

消息传至刘备那里，刘备痛不欲生，乱了方寸。

章武二年（222）六月，东吴派大将陆逊大破蜀军于猇亭（今湖北宜昌东南）彝陵之地。刘备兵败逃到白帝城（今重庆奉节东北）。他心中懊悔，想起诸葛亮的话，不禁叹道：“朕如早听丞相之言，何致如此惨败？！现在这个样子，有什么颜面去见成都父老！”

赵云紧守城池，将馆驿改为永安宫，并派军士到成都报告军师。

刘备在永安宫中，整日呆坐，茶不思饭不想。赵云劝他：“陛下，要保重龙体，只等军师到来，便有转机了！”

刘备听不进任何人的劝告，仍是郁郁不乐。一夜他让侍从扶着，到宫外走动，自觉着了凉，后半夜竟拉起肚子来。他本来饮食很少，又拉肚子，所以躺下后就起不来了。医师百般调治，却不见好转。

刘备躺在龙榻上，忽见阴风骤起，将案上的烛灯吹灭，屋里立时一片漆黑。

刘备坐起来，似乎觉得眼前一亮，闪亮之处，站着两个人。刘备大声呵斥说：“我心绪不宁，不愿见人，赶快退下！”

谁知这两个人依然垂手站立不动。刘备更生气了，定睛仔细观看，原来是关羽和张飞。刘备大惊，说：“哎呀，原来两位贤弟仍在人间啊！”

只见关羽笑着说：“大哥，我们已经不是人，而是鬼了！玉皇大帝看我二人义气深重，封我们为神。玉皇大帝还说，大哥不久也要跟我们在一起了！”

刘备从床上爬起来，扑了过去，嘴里大呼：“贤弟慢走，贤弟慢走！”

刘备从床上掉了下来，双膝疼痛，才知刚才是在做梦。侍从们进来，把他扶到床上。

刘备的病越发沉重了。他把赵云叫到面前说："我自觉不久于人世，快请孔明军师到此，我有话要告诉他！"

赵云说："陛下莫急，我已派人去请过丞相了！"

刘备微微点头。

第二天，诸葛亮领着尚书令李严，星夜赶到白帝城。他恐怕刘备病终，早做了准备，把鲁王刘永和梁王刘理也带了来，留下太子刘禅守成都。

诸葛亮先进了永安宫，见刘备病成这个样子，不禁伤心落泪，跪在龙榻前叩见。

刘备微微睁开眼睛，让诸葛亮坐在身旁，抓着他的手，深情地说："朕自得丞相，如鱼得水。可恨我智谋浅陋，又不听丞相之谏，所以落到如此的下场，我抱恨终天。眼下我已病入膏肓，死在旦夕了。我知道我的儿子们个个孱弱不强，所以临终将大事托付丞相！"

他一边说，一边泣不成声，还时时哽咽。

诸葛亮见此状况，也涕流满面，但他仍劝慰刘备说："愿陛下不要说这些丧气话，好好保养龙体，不负天下之望！"

刘备此时觉得精神好些，睁眼向四下望了望。他看见马良之弟马谡在一旁站着，便说："你且退下吧！"

马谡慢慢出了永安宫。

刘备问诸葛亮："丞相，你看马谡这个人怎么样？"

诸葛亮说："这个人也算一个当代英才！"

刘备微微摇头说："朕观此人，言过其实，不可重用！请丞相慢慢细察！"

诸葛亮心中很明白，只是此时此地，不愿意向刘备细说而已。

二人又静坐了片刻，刘备拉着诸葛亮的手坐了起来。

诸葛亮急忙扶住刘备，说："陛下还是卧榻歇息吧！"

刘备说："人之将死都有回光返照之时，我想抓紧时间做些交代！"

于是，刘备命人传旨，聚文武官员于榻前。

文武官员们来到榻前。刘备叫人取了纸笔，当下写了遗诏，双手颤抖着递给诸葛亮，眼泪汪汪地说："朕自幼读书不多，只粗粗写了。圣人云'鸟之将死，其鸣也哀；人之将死，其言也善'。朕本想与众卿协力破曹，以兴汉室，不幸中道而别，这乃是天意呀！"

接着，他望着诸葛亮说："烦丞相将遗诏传示太子刘禅，叫他牢牢记下，凡事全凭丞相教诲他了！"

诸葛亮在成都时，对刘禅是了解的，知道他懦弱，又沉湎酒色。诸葛亮曾亲自抄录圣人之言，教他学习，实指望他能成大器，接替父业。诸葛亮见他"听者藐藐"的样子，有些灰心。所以此次来，把鲁王刘永和梁王刘理带来了。谁知刘备仍是立刘禅为继承之人，心中有话，也不好说了。

诸葛亮哭着跪在榻前，说："愿陛下静养龙体，臣一定效犬马之劳，以报陛下知遇之恩！"

刘备命侍从将诸葛亮扶起来，一手擦着泪，一手拉着诸葛亮，悄悄说："朕死在眉睫，有心腹之言相告！"

诸葛亮问："陛下有何圣谕？"

刘备哭着说："依我看来，丞相之才胜过曹丕十倍，将来定能安邦治国，终成大事。我想，刘禅可辅则辅，不可辅你就取而代之吧！"

刘备说这番话，是一半真心一半假意，为了他的大业，他愿意诸葛亮执掌蜀政，但为了他的儿孙后代，他又怎甘心把江山让于别人？！只是他知道刘禅太懦弱，未必可成大事，如果将来诸葛亮把他废了，与其让人夺位，还不如自己先说出来，临死也落个人情。

刘备这些话，其实众官员也都听见了。

诸葛亮听了，汗流满面，急忙跪下说："臣怎敢谋逆呀？望陛下放心，我一定竭股肱之力，尽节尽忠，辅佐太子，一直到死！"说罢，连连叩头。

刘备见诸葛亮这个样子，便用手拉他起来，不再说什么了。

接着，刘备又唤鲁王刘永、梁王刘理到近前，说："你们要记住，朕死之后，你们兄弟三人，都要像对待父亲一样对待丞相，不可怠慢！"

刘永和刘理听了，一同拜倒在诸葛亮面前，连声说："相父在上，受儿等一拜！"

诸葛亮急忙把他们扶起。

刘备笑笑说："这样，我就放心了！"

诸葛亮说："臣就是肝脑涂地，也要报主公的知遇之恩！"

这就是刘备的高招儿。他担心儿子们不争气，又怕诸葛亮夺权，所以以相父的名分笼住诸葛亮的心。

过了一会儿，刘备面对众官员说："朕已托孤于丞相，叫儿子们以父亲名分对待。大家也不可怠慢，共同协力，不负朕望！"

众官跪在地上，齐呼"陛下"。

刘备看见赵云，招手叫他到近前说："朕与将军患难与

刘备白帝城托孤

共，相处至今，不想就要离别了。望将军多多关照我的儿子们，也不枉我们相交一场！”

赵云跪拜在刘备榻前，说：“望陛下放心，臣甘愿效犬马之劳！”

刘备让侍从将赵云扶起来，又大声对众官员说：“朕不能一一告知了，望大家自重自爱，共成大业！”说罢，只觉一阵晕眩，胸中一口气堵住，仰躺于龙榻之上。

诸葛亮上前呼唤数声，刘备已经气绝，寿六十三岁，时在章武三年四月二十四日（223年6月10日）。

刘备驾崩，文武官员哀痛不止。诸葛亮劝住大家，率众官员扶刘备梓宫[1]回到成都。

太子刘禅出城迎接，将刘备梓宫安放在正殿之中，然后举行祭礼，向着文武百官宣读刘备的遗诏：

> ……朕闻人年五十，不称夭寿。今朕年六十有余，死复何恨？但以卿兄弟为念耳。勉之！勉之！勿以恶小而为之，勿以善小而不为。惟贤惟德，可以服人；卿父德薄，不足效也。卿与丞相从事，事之如父，勿怠！勿忘！……

刘禅读毕诏书，诸葛亮说：“国不可一日无君，太子即可继位，以承汉统！”

文武大臣同声称是。

刘禅即了皇帝之位，改元建兴，称诸葛亮为相父。葬先主刘备于惠陵（今四川成都武侯祠内），谥号昭烈皇帝，又升赏群臣，大赦天下。

---

① 梓宫：古代皇帝、皇后的棺材。

第十九回 孔明闭门退敌寇 邓芝面鼎说孙权

刘备刚死，刘禅即了皇帝之位。消息传到魏国，曹丕听了大喜，说："何不乘机伐蜀？！"

群臣都说正是好时机，只有谋士贾诩说："不可轻动。刘备虽亡，必然托孤于诸葛亮。诸葛亮感刘备知遇之恩，必然竭力辅佐刘禅！"

群臣众说纷纭。部将司马懿出了一个主意：调五路大军，一齐进攻成都，使诸葛亮四面受敌，首尾难顾。

曹丕同意了司马懿的主意，调五路大军共进。第一路，曹真为大都督，起兵十万，攻取阳平关（今陕西勉县西武侯镇）；第二路，反将孟达，起兵十万，犯汉中；第三路，东吴孙权，起精兵十万，取峡口入川；第四路，蛮王孟获，起蛮兵十万，犯益州四郡；第五路，鲜卑王轲比能，起羌兵十万，直取西平关。

五路大军共计五十万人马，气势汹汹。

早有探马将各路消息报知诸葛亮。诸葛亮暗说："来得好凶啊，这是非把蜀国消灭不可了！"

后主刘禅也得知了消息，心中大惊，急忙传旨，宣诸葛丞相入朝议事。

传旨官去了多时，才回来禀报说：“丞相不知为何已经数日不出来了，丞相府下的人说丞相染病不能出门了！”

刘禅听了倒吸一口冷气，更是焦急。

到了第二天，刘禅又派黄门官董允和杜琼到丞相病榻前探望，顺便告知丞相曹丕派五路大军袭来的紧急消息。

董、杜二人领旨来到丞相府前，门卫说：“丞相有言，任何人不得入内！”

董、杜二人大吃一惊。杜琼说：“先帝托孤于丞相，今日后主刚登大宝，曹丕便派五路大军来攻，想灭蜀于旦夕，在这样的紧急关头，丞相竟抱病不出，是何居心啊？！”

董允仍是哀告门卫，请求一见。门卫说：“等我回报丞相再说！”

门卫又去了好长时间，才出来对董、杜二人说：“丞相有话，如果病体稍好，明天就可以上朝议事了！不必到床前探望了！”

董、杜二人听了传话，知道诸葛亮仍不愿见他们，只好叹息而回。

第二天早上，刘禅升坐早朝，专等着诸葛亮到来。然而左等诸葛亮不来，右等诸葛亮不来，刘禅又气又急，便对百官说：“众卿都到丞相府门前去迎接丞相前来！”

众官员领旨，一齐来到丞相府门前等候。从中午一直等到太阳西坠，仍不见诸葛亮出来。

众官员不知何故，悄悄议论说：“丞相是何居心呢？难道坐视蜀国灭亡不成吗？！”

也有的说：“先主命后主要以相父身份对待丞相，也许因为后主没有亲自来，所以丞相拿起架子来了！”

大家议论着回来了。成都一时间人心惶惶，百姓不得安枕。

杜琼进见后主刘禅，说：“我们实在没有办法请出丞相来，还望陛下想个万全之策吧！眼下曹丕五路大军汹涌而至，可不是闹着玩的呀！”

刘禅急得手足无措，说：“待我去见皇太后，让太后拿个主意！”

刘禅见了皇太后，说明来意。皇太后听了，百思不解，说：“丞相怎么这样做？不是有违先帝之托吗？！待我前去丞相府问个明白！”

杜琼听了，忙劝谏说：“皇太后不可轻易前去，应该由陛下先去。陛下如果遭到冷遇，那么皇太后就可在太庙中，以先帝名分召见丞相，那时恐怕丞相不敢不来！”

皇太后想了想，说：“就依你的主意吧！”

第二天，后主刘禅硬着头皮，亲自驾车来到相府。

门卫见是刘禅来了，急忙伏拜于地。

刘禅问：“丞相现在何处？”

门卫答道：“不知丞相在何处。丞相只留下话，任何人不得闯入！”

刘禅听了心中生气，又不敢发作。于是下了车，对门卫说：“我一定要寻找到丞相！”说着，径直朝里走去。门卫也不敢阻拦。

丞相府中曲径幽廊，刘禅走过一重门，又过了一重门，等过了三重门，看见一方塘。塘边有树，有花有草。在一棵大树下，他看见一人独倚竹仗在塘边观鱼。

刘禅走到近前，仔细一看，正是诸葛亮，心中不由气恼，暗说：“都到了这么危急的时候，你还有心在此观鱼！”

刘禅悄悄站在诸葛亮身后，等了半晌，诸葛亮还是不回头，两只眼睛只是望着澄明的水面及水中来回游动的鱼儿。

刘禅实在耐不住了，轻轻地说：“丞相好雅兴啊！病体好些了吗？”

诸葛亮一惊，扭过头来，见是刘禅，慌忙弃了手中竹杖，跪在地上说：“不知陛下到此，未曾接驾，还望恕罪！”

刘禅急忙扶起诸葛亮，直截了当地说：“相父啊，现今曹丕派大军分五路而来，欲灭我蜀国啊！相父怎么不入朝共议退敌之策呢？！”

诸葛亮笑笑，领刘禅来到内室。二人都坐了下来。

“相父，你为何像没事儿一样啊？”刘禅问。

诸葛亮说：“不是我不知此事，早有探马将消息报告给我了。我并非染病，也非观鱼，而是正在思考退兵之策呢！”

刘禅听了，心中平静了许多，问：“相父有何主见？”

诸葛亮轻轻说：“羌王轲比能、蛮王孟获、反将孟达、魏将曹真这四路大兵，我已经退去了。只有孙权这一路大兵，我已思谋好了退兵之计，但还缺一人为使，所以正在思考，请陛下不必忧虑！”

刘禅听了，又惊又喜，说：“唉，众臣屡请相父入朝，相父不出来，我还真有些生气了。现在看来，是误会相父了。不出家门，便先退去了四路大兵，真有鬼神莫测之才啊！不知相父是怎么退的兵啊？”

诸葛亮点点头说：“先帝临危之时，将陛下托付于我。我深感先帝知遇之恩，岂敢耽误国家大事呀！这一点陛下无须怀疑。兵法之妙正在于使人难以揣摩，所以才闭门不出啊……”

接着，诸葛亮便将退兵之法一一告诉刘禅：马超祖居西凉，与羌人关系很好，羌人很敬重马超，称他为神威大将军，派人拿着书信，命令马超紧守西平关，羌兵便不能进犯；派魏延设疑兵阻挡孟获，在益州四郡左出右入，右入左出，蛮兵必生疑虑，不敢前进；反将孟达与李严曾结生死之交，调李严以阻孟达，孟达必装病不进；对于魏将曹真，派赵子龙把守关口，只守不战，曹真不久自退。

“所以说，以上四路大军不足为虑了！”诸葛亮接着说，“为保万无一失，我又派关兴与张苞领兵屯于成都郊外，为各路救应，以防不测！”

刘禅鼓掌说：“相父真是神人也！”

诸葛亮又说：“以上退四路兵调遣之事，未曾惊动成都，故无人知晓。东吴孙权那一路人马，估计会采取观望态度：四路兵胜了，他必然进兵；四路兵退了，他也就不敢行动了！虽然如此，还要选一个人去东吴，以利害说服孙权。这个人既要胆大心细，又要有思辨之才！”

刘禅问：“相父可有初步人选？”

诸葛亮说：“我正在琢磨，陛下就来了！”

刘禅说：“事情紧急，但因不知相父已经做了安排，所以这样着急。皇太后还想来见相父呢！”

诸葛亮连声说：“岂敢劳动皇太后大驾！望陛下见了皇太后说明一切，代为致意！”

刘禅说：“听了相父之言，如梦方醒，心中无忧了！”

诸葛亮让家人摆酒，与刘禅共饮。

诸葛亮说：“陛下，你没有经过战事，所以缺乏应变能力。当年大战长坂坡，子龙将军为了救你，在曹军阵中七进七出，杀得曹军丢魂丧胆。要记住先主创业的艰难，开拓进取共成大业，才是我们的重任啊！”

刘禅连连点头称是，然后起驾回宫，来到相府门外。门外文武百官早在这里等候多时了，他们见刘禅面带喜色，都疑惑不解。

刘禅说：“众卿且放宽心，有相父运筹帷幄，万无一失啊！都回去吧！”

诸葛亮送刘禅到门外，在众官员中寻找一个人，一时竟寻不到。突然，他听见众官员中有人发笑，仔细一看，正是他寻找的人。

这个人姓邓名芝，字伯苗，乃是汉司马邓禹之后。

诸葛亮叫门卫来到邓芝面前说：“邓大人，丞相有话要对你说！”

众官员都随着刘禅回去了，只有邓芝留下。诸葛亮走过去说：“请到家中一叙！”

邓芝随着诸葛亮进了院子，坐在石桌前，立刻有人送上茶来。

诸葛亮望着邓芝问：“当今蜀、魏、吴鼎足而立，要统一天下，必伐二国。你以为先伐哪一国较合适？”

邓芝说：“依我看来，魏国虽被称为汉贼，但眼下它的势力很大，立刻攻取不是上策，只能相机而行。现今，我们蜀国后主刚刚登位，羽翼未丰，民心未安，应该效法丞相当年故事，联孙抗曹，与东吴结为唇齿关系，这才是长久之计。虽然先帝生前仇恨东吴，破坏了孙、刘联盟，现在再让孙、刘结盟，有些费力，可是一定得这样做才对！不知丞相意下如何？”

诸葛亮听了朗声大笑，说：“纵观鼎足三分之势，非如此不可！伯苗之言，正合我意，我已经考虑了好长时间了。只是要结交东吴，非有一个智勇双全而且有思辨之才的人不可。”

邓芝问：“丞相，此人找到了吗？”

诸葛亮说：“远在天边，近在眼前。要完成这个使命，非公莫属。你既知我心意，又忠于后主事业，更有别人难比的才能！”

邓芝推却说：“在下才疏智浅，恐怕难担重任！”

诸葛亮说：“不要过谦了。等明日我奏明陛下，你便可入吴了！”

东吴孙权自接受了曹丕关于五路大军直逼成都之约后，着手布置军队入川攻取成都。辅国将军陆逊进谏说：“主公可以先观望一阵，待四路大军入川胜利，成都已孤危时，咱们再出兵也不迟！”

孙权这时也自称皇帝了，他把一切军国大权都交给了陆逊。对于陆逊的话，他总是言听计从。

果然不出几天，探马来报：西番羌兵，见了马超，不战自退；南蛮兵被魏延以疑兵之计吓退，回寨去了；孟达领兵走到半路，忽然染病不能行进；曹真兵出阳平关，因赵子龙扼守险道，只得退守斜谷（位于今陕西终南山中）。

孙权听了，高声说：“还是陆逊神机妙算，不然反而吃亏了！”

这时候，又有探马来报：“西蜀派邓芝到了！”

谋士张昭说：“这是诸葛亮的退兵之计，命邓芝来当说客！”

孙权听了点点头，问：“应如何对答？”

张昭微微一笑，说：“这很好办。只需在殿前设一大鼎，鼎内灌满油，用炭火猛烧使其沸腾。再选身材魁梧的武士一千人，各持短刀，从宫门前一直排到殿上。然后叫邓芝来见，不等他开口说话，主公就下令将他油烹，看他如何回答！”

孙权想了想说：“好，就这么办！”

于是，孙权命人立即照办，然后下令引邓芝上殿！

邓芝抖抖衣服，正正帽子，大摇大摆地走进来。走到宫门前的时候，他看见两旁武士手持短刀，从宫门一直排到殿前的场面，心中就明白了孙权的用意。当然，这也是他意料之中的。所以，他依然面色从容，昂首而行。

到了大殿，邓芝见一尊大鼎内油在沸腾，鼎旁的武士则对他怒目而视。

邓芝微微一笑，走到孙权面前只是长揖而拜，并不下跪。孙权见了，命令侍从卷起竹帘，大声说：“你为何不跪？”

邓芝扬起头说：“上国天使，绝不跪小邦之主！”

孙权大怒：“你妄自尊大，想以三寸不烂之舌说服我，这是不可能的！我不用你开口，就将你扔入鼎中烹煮，看你还说什么！”

邓芝听了抖抖袖子，哈哈大笑。

孙权问：“你笑什么！”

邓芝说：“天下传言说东吴多贤士，是文明礼仪之邦，不料竟因惧怕一个儒生而设此残暴之刑，故而发笑！”

孙权听了冷冷地说：“我怎怕你这个匹夫？！”

邓芝反问：“既然不怕我邓伯苗，何必发愁我来说服你？”

孙权说：“当年诸葛亮舌战我江东群儒，今日你又来效法他，不过就是要让我和曹魏断交，与你蜀国联合起来。我猜得对不对呀？还用你说吗？！”

邓芝说：“当年孔明军师舌战群儒，说得你听了他的主意，打退了曹操百万人马，这有什么不好！但我没有诸葛军师那样的本领，也不想说两国联合抗曹之事，只是要说一说东吴目下的利害。可是，你竟不敢让我说出，而是设兵陈鼎恐吓我，难道这就是你作为一国之君的雅量吗？！”

邓芝这番话，说得孙权脸发红、心乱跳。于是，孙权立即喝退武士，让邓芝近前，并且赐座、献茶。

坐了一会儿，孙权问：“目下吴国之利害如何？愿听先生赐教！”

邓芝见孙权改变了态度，便也客气地站起来说：“这个问题，我得先问一问吴主您了。不知你是想与魏和，还是想与蜀和？”

孙权听了，并不正面回答，只说：“我倒是常想与蜀讲和，可是又担心蜀主年幼无知，变幻无常，不能善始善终！”

听了这话，邓芝振振有词地说：“我国后主天资聪慧，自小受军师诸葛亮的教诲，深谙世事。再说，诸葛军师乃一代俊杰，他仍身康体健，蜀国一切决断，皆由他裁定，后主视他为相父。”

孙权听了由衷地点着头，并静听邓芝接着往下说。

邓芝继续说：“蜀有山川之险，吴有三江之固。如果蜀、吴联合，结为唇齿之谊，进则可以兼吞天下，退则可以鼎足而立。如果吴主联合魏，魏则以大国自居，不是要你年年进贡，就是要你以太子为人质，处处要挟你。你一旦不从，便兴兵前来攻打。你们打起来了，蜀国再沿江来攻，这样一来，吴主的江山就难保了！这就是我的看法。如果吴主不以为然，那么，我就死在吴主面前，免得说我是一个说客！”说罢，邓芝撩衣来到油鼎前，纵身就要跳进去。

孙权见了，急忙跑下座位，命人将邓芝抱住。于是下令：“请邓先生到后殿，我以大礼相待！”

到了后殿，孙权设宴，百般请邓芝原谅，并说：“先生之言，正合我意。我欲与蜀国联合，不知先生愿否为我促成？”

邓芝听了，微微一笑，说：“刚才要烹小民者，是吴主；如今又请为吴主促成者，也是吴主，伯苗不知所从。说明吴主还在狐疑不定，怎么使我相信呢？！”

孙权站起来，严正地说：“我的主意已定，绝不反悔，请先生放心！”

宴罢，孙权留邓芝住在馆驿，等候东吴派人随邓芝前往蜀中。

第二天，孙权召集群臣，说：“孤掌江南八十一州，并有荆楚之地，号称‘人杰地灵，英才辈出’，可是反不如西蜀偏僻之地，竟出了个邓芝。我东吴难道没有一人敢于入蜀，以代孤谈和？！”

孙权是用了一个激将之法。果然，他的声音刚落，从班中站出一个人来说：“臣愿为使，到蜀谈和！”

孙权一看，乃是中郎将张温。

孙权说：“你的勇气虽佳，但恐怕你入蜀之后，见了诸葛亮，心怀疑惧，不敢说话，误了大事啊！”

张温笑笑说：“人传说诸葛亮是个神人，我却不以为然。

他也是一个凡人，我为何怕他？！”

孙权见张温这样说，心中很高兴，说：“好，孤就派你为使，前往蜀国讲和。明日，就随邓芝同往吧！”

张温领命，孙权先重赏了他。

自邓芝去后，刘禅曾问诸葛亮：“相父，邓芝此去，可否成功？”

诸葛亮说：“依我看，成功的可能性很大。一是孙权对曹魏的势力有些惧怕，也想联合我们共拒曹魏；二是邓芝此人能言善辩，有胆有识。如果成功，孙权定会派人前来讲和，望陛下以大礼相待。”

刘禅说：“遵相父之言。我们和孙权联合起来，将来有何打算呢？”

诸葛亮说：“这是一条长远之计。为达成三足鼎立之势，必要先联合东吴，这样曹魏就不敢进攻我们了。吴、魏无事，我就可以腾出手来南征，平定蛮方。蛮方平定之后，我再发兵攻魏，等曹魏的势力削弱了，再图东吴，东吴还能长远吗？！这样，我们统一天下的大业就可以成功了！”

诸葛亮这一套谋算，是非常精密的，刘禅听了打心眼儿里佩服。

果然，没过几天，探子来报：东吴派张温随邓芝来蜀讲和！

刘禅升殿，聚文武群臣于丹墀①，然后命邓芝领张温上殿。

---

① 丹墀（dān chí）：古代宫殿前用红色涂成的台阶及台阶上的空地。

张温上殿后向后主刘禅施礼，刘禅赐座，并设宴款待。

酒宴间，诸葛亮见张温很神气的样子，便不动声色，什么话也不说。

第二天，诸葛亮又设宴款待。张温先是有些拘谨，后来见诸葛亮很温和，对他也很尊敬，便放开了胆子。

诸葛亮说："我们先帝活着的时候，因东吴加害关羽将军，吴、蜀联盟破裂了。今先帝已经晏驾[①]，历史的一页就算掀过去了。我们后主深慕吴主，总想扬弃前仇，永结盟好，同心拒曹。望大夫见吴主后善言相告！"

张温连声说："这点小事，包在我身上了！"

诸葛亮很高兴，频频劝酒，张温并不拒绝，且颇有傲慢之意，诸葛亮佯装不见。

第二天，刘禅又重赏张温，张温更加高兴。

接着，刘禅又在城南邮亭上设宴招待张温，并命百官相陪。诸葛亮挨着张温坐着，又连连劝酒。

正饮着，忽有一个人闯到他们面前，醉醺醺的，也不说话，硬在诸葛亮与张温之间坐下。

张温不知这是诸葛亮为消磨他的锐气而做的安排，便很奇怪地问诸葛亮："这是什么人呀？怎么这样没有礼貌？"

诸葛亮笑笑说："礼不怪醉人嘛！他姓秦，名宓，字子敕，只是一个小小的益州学士。请大夫勿怪。"

张温冷笑一声说："名为学士，不知胸中可真有'学识'？"

秦宓听了，正正经经地说："我们蜀中连三尺顽童都有学

---

① 晏驾：古时称帝王死亡的讳辞。

识，何况是我？！”

张温放下酒杯说：“不知贵学士有何所学？”

秦宓说：“所学很多。上至天文，下至地理，三教九流，诸子百家，无所不通；古今兴废，圣贤经传，无所不览！”

张温听了，鼓掌而笑，说：“你竟敢说此大话，可否让我一问？”

秦宓也鼓掌说：“随便问来。”

诸葛亮沉默不语，只在一旁眯眼听着。

张温问：“你既然说上至天文、下至地理无所不通，我即以天相问吧！你说天有头吗？”

秦宓答：“有头。”

张温问：“头在何方？”

秦宓答：“头在西方。《诗经》说，‘乃眷西顾’。以此推敲，头在西方也。”

张温问：“天有耳朵吗？”

秦宓答：“有耳朵。”

张温问：“有何证据？”

秦宓答：“《诗经》说，‘鹤鸣九皋[①]，声闻于天’，无耳怎么能听呢？”

张温问：“天有足吗？”

秦宓答：“有。《诗经》说，‘天步艰难’，无足何以谈步？”

张温问：“天有姓吗？”

秦宓答：“有。”

---

① 九皋：曲折深远的沼泽。

张温问："姓什么？"

秦宓答："姓刘。"

张温问："你怎么知道？"

秦宓答："我家天子姓刘，所以知道！"

秦宓手舞足蹈，言语清朗，对答如流，在座的百官连声喝彩。

张温一时间没有话了，锐气也消减了许多。

这时，秦宓对张温说："先生乃东吴名士，既以天事问我，必定详知天事。那么，我问先生，昔日混沌初分，阴阳剖判[1]，轻清者上浮而为天，重浊者下凝而为地。共工战败，头触不周山，天柱折，地维绝[2]。天倾西北，地陷东南。天既然是轻清者上浮而成，怎么又倾其西北呢？不知轻清之处，还有何物？望先公赐教！"

张温听了，大汗冒出，无言以对，便站起身来，双手作揖说："今日看来，蜀中多出俊杰呀！听秦学士一番话，使我顿开茅塞！"

诸葛亮笑笑，拉张温坐下说："大夫不必羞愧。秦宓只是酒醉之后的玩笑之语，权作解闷而已。大夫深知安邦定国之道，何必在乎唇齿之术啊？！"

张温连连向诸葛亮鞠躬，表示谢意，到现在他也不知道这是诸葛亮的安排！

宴席散后，后主刘禅下旨，让邓芝随同张温回东吴答礼，以结永好。

---

① 剖判：分开。

② 地维绝：维系大地的绳子断了。

孙权正等候着张温的消息。有探马飞报：蜀国派邓芝随张温来答礼！

孙权听了很高兴，急忙接见张温、邓芝。

张温拜见孙权，极力言说诸葛亮之智、后主之德，愿结永好。

孙权以国宾大礼款待邓芝。席间，孙权问邓芝："此次吴、蜀联盟，不知能坚持多久？"

邓芝说："只要吴主不变其志，蜀国绝不改其衷！"

孙权暗暗佩服邓芝的思辨能力。过了一会儿，他又故意对邓芝说："如果吴、蜀联盟，灭了曹魏，统一了天下，咱们吴、蜀二主分治，岂不是一件高兴的事吗？！"

孙权心中很明白这是不可能的事，只是这样说说，看看邓芝如何回答。

邓芝听了，微微一笑说："常言说'天无二日，民无二主'。但为君者，各修其德，为臣者，各尽其忠，则天下才能够太平！"

孙权听了哈哈大笑，连声夸赞邓芝说："先生果是诚实之言，我佩服之至！"

第二天，孙权下旨：厚赠邓芝，文武百官结队送行。

自此，吴、蜀两国又再度结盟。

第二十回　诸葛亮决计南征　南蛮王两次遭擒

诸葛亮身为相父，朝中大小事情，都要亲自过问。刘禅也乐得自个儿偷闲、享乐。

仅仅用了两年，诸葛亮就把两川治理得路不拾遗、夜不闭户，百姓们人人拍手称快。再加上这两年风调雨顺，收成又好，所以真可以说是米满仓廒、财盈府库。

到了建兴三年（225），探马飞报成都：南蛮王孟获，起大兵十万，犯境侵掠。建宁（今云南曲靖西北）太守雍闿，一同造反。牂牁[①]（今贵州大部及广西、云南部分地区）太守朱褒、越嶲[②]（今四川越西）太守高定也献了城。三人为孟获当向导，一直杀到永昌郡。永昌郡太守王伉死守城池，情势十分危急！

诸葛亮当即将上述情况转奏后主刘禅。刘禅说："可行可止，但凭相父做主！"

诸葛亮说："臣早已说过，与东吴联盟之后，要先征服南

---

① 牂牁（zāng kē）：古夜郎国前身。

② 越嶲（guī）：三国时期郡名。

蛮。只有南蛮平定之后，才能北伐中原！”

刘禅说：“只恐东边孙权、北边曹魏乘机打来，成都将如何抵御？”

诸葛亮安慰刘禅说：“陛下尽可放心。东吴刚与我联盟，一时不会出事。若是真出了事，现在李严守白帝城，足可对付东吴的陆逊。北边曹魏知我们已和东吴结好，不敢远图。如果真来扰犯我们，马超守着汉中诸处关口，也不必担忧。我留下关兴、张苞二将为军中救应，管保陛下万无一失！”

既然诸葛亮已做了这么周到的安排，刘禅也就放心地享乐去了。

诸葛亮决定要亲率大军征讨南蛮，谏议大夫王连出来劝阻说：“南方是不毛之地、瘴疫之乡，丞相重任在肩，不宜远行，派一大将领兵征讨足矣！”

诸葛亮深知王连的心情，便耐心地解释说：“王大夫所言，只是事情的一个方面。讨伐南蛮，险阻甚多，我不是不知道。可是南蛮之地，离我们很远，人多不习王化，收服他们很不容易，不是打几次仗就可以解决的。应刚应柔，要量势而行，托付给别人是办不到的。南蛮不平，北伐无望。所以，我必须亲自率军前往！”

王连听诸葛亮分析得很有道理，便不再阻拦，只是说：“丞相年事已高，那里的气候、环境恶劣，要多多保重身体呀！大家都指望着你支撑蜀国呢！”说着，竟流下泪来。

诸葛亮笑笑，安慰王连说：“我诸葛亮当报先帝三顾之恩、托孤之重，怎能怠慢呢！”

王连叹口气说：“后主年幼无知，又沉湎酒色，难为丞相了！”

诸葛亮说："我常常劝谏他效法先帝创业之精神，他也常常自悟。但看今后吧！"

诸葛亮领兵出征，先用计打败了三个叛将，对永昌郡太守王伉抗敌守城之功则给予表彰。

到了永昌郡，王伉向诸葛亮推荐了一个人。这个人姓吕，名凯，字季平，是永昌郡的高士。

诸葛亮问吕凯："我今领兵征蛮，不知你有何高见？"

吕凯听了，献上一幅图给诸葛亮，说："我早料到南蛮必反，所以几次潜入其境，察看地形，哪里可以屯兵，哪里可以交战，都已画在图上。此图取名为《平蛮指掌图》。今献于丞相，在丞相征蛮时可助一臂之力！"

诸葛亮大喜，立刻任命吕凯为行军教授，并任向导官。

大军刚刚深入南蛮之境，后主刘禅便派马谡到军中劳军。诸葛亮下令将马谡带来的酒帛散发给全军将士。

马谡是马良的弟弟，胸中很有智谋。诸葛亮问他："我奉诏南伐，不知幼常有何高见，望能赐教！"

马谡见丞相不耻下问，很受感动，便直言不讳地说："南蛮王仗着地远山险，久不服中原，今日打败了他们，明日他们还反，反复无常，历朝历代都是这样。今日丞相领兵打败了他们，等丞相班师回来，他又反了。这是很不好办的事。我想用兵之道，'攻心为上，攻城为下，心战为上，兵战为下'。这是愚下片言，望丞相详察！"

诸葛亮听了拍掌笑着说："幼常所言，正是我肺腑里的话呀！你不必回去了，就随我为参军吧！"

于是，诸葛亮给刘禅回了书信：马谡随军南征。

南蛮王孟获，听说诸葛亮打败了叛军，已率大军进入蛮境，心中着慌，便聚齐三洞元帅商量办法。这三洞元帅是：第一洞金环三结元帅，第二洞董荼那元帅，第三洞阿会喃元帅。

三洞元帅来见孟获。孟获说："现在蜀国丞相诸葛亮领大军到此，我们需要协力抗击。你们三人可各自进兵，谁得胜，谁为洞主。"

于是，孟获命令金环三结取中路，董荼那取左路，阿会喃取右路，各领五万蛮兵进发。

诸葛亮正在营寨中议事，探马来报：孟获派三洞元帅分三路而来！

诸葛亮听了，看看赵云、魏延，但并没有说话，只是着人叫来王平、马忠，说："今蛮兵分三路而来，我想让子龙和文长去，但是他们二人不熟悉地形，故不敢派遣。王平你往左路迎敌，马忠你向右路迎敌。我让子龙和文长随后接应。今日整顿军马，明日晨起进发。"

王平、马忠领命而去。

赵云与魏延心中不快。诸葛亮仍不理他们，又唤来张嶷、张翼，吩咐说："你二人同领一军，往中路迎敌。今日整顿军马，明日晨起与王平、马忠同时出发。我想让子龙和文长前去，只是他们二人不熟悉地形，故不能用！"

张嶷、张翼也领命而去。

赵云和魏延在一旁听着，十分尴尬。诸葛亮说："我不是不用你们，只担心你们涉险深入，遭蛮人暗算，挫我军锐气！"

赵云生气地说："倘若我二人熟悉地形，如何？"

诸葛亮笑笑，说："可要小心，不可妄动啊！"

赵云和魏延快快出帐。到了帐外，赵云对魏延说：

“文长，丞相叫咱二人为先锋，这时候又不用咱们，真叫人生气！”

魏延想了想，说：“子龙，我二人就此上马，亲自去探探。若捉住几个土人，叫他们引路，不就可以了吗？”

赵云说：“这个办法不错！”

于是，二人上马奔中路而来。走了五六里，远远望见尘土飞扬，就登上山头细看，果见有十几骑蛮兵纵马而来。到了近前，赵云与魏延从两路杀出，蛮兵见了，大惊而逃。有几个跑得慢的，被赵云、魏延生擒活捉。

回到营寨，赵云、魏延以好酒好菜招待，并细问情况。有一个蛮兵说：“金环三结元帅大帐就在前面山口。帐后东西两路，都直通王溪洞，还通着董荼那、阿会喃大帐的后边。”

赵云和魏延听了蛮兵介绍，心中有了底，当即点了五千精兵，让蛮兵带路前行。等到了金环三结大帐时，天还未明。

这时候蛮兵刚刚起来造饭。赵云、魏延突然杀入，蛮兵立时大乱。赵云直入帐中，正和金环三结元帅相逢，二人交锋不到两个回合，赵云猛刺几枪，便将金环三结挑于地下，军校随即枭了他的首级。蛮兵见洞主被杀，便四散逃跑。

接着，魏延领兵一半，往东路抄董荼那的后寨，赵云领兵一半，往西路抄阿会喃的后寨。

二人杀到后寨时，天已放明。魏延正与王平的兵马合在一起，董荼那一看不好，夺路而逃。

赵云杀到阿会喃后寨，马忠也已经到了。两下夹击，蛮兵大败，阿会喃也仓皇逃遁。

赵云、魏延、王平、马忠收兵后来见诸葛亮，诸葛亮微微笑着问：“我已知晓三路蛮兵中跑了两路元帅。金环三结的首级取来了吗？”赵云立刻将金环三结首级献上。

王平、马忠说：“董荼那与阿会喃都弃马越岭而逃了，不好追赶！”

诸葛亮轻轻说：“这二人我已经拿下了！”

赵云和魏延吃了一惊，但有些不信。

不一会儿，张嶷押着董荼那到了，张翼押着阿会喃也来了。

众将不解其故。

诸葛亮说：“我观看吕凯画图本，已经知道了他们下寨的地点，所以用言语激子龙与文长，使二人深入重地，先破金环三结。这个任务非子龙与文长不可担当。我也料到董荼那与阿会喃必从山径逃逸，所以派张嶷、张翼以伏兵擒之。”

众将听了，无不惊赞，一齐跪拜在诸葛亮面前说：“丞相用兵，神鬼莫测！”

董荼那和阿会喃被押到诸葛亮面前。诸葛亮下座为他们解开绑绳，对他们说：“你们各自回洞去吧，好好安守本分，不要再助恶打仗了！”

二人拜谢而去。

诸葛亮聚众将说：“过几天，孟获必然亲自带兵来战，我们一定要生擒他！”

于是诸葛亮先叫赵云、魏延，悄悄吩咐了一阵，然后让他们各领五千人马而去。又命王平、关索同领一军，也悄悄吩咐了几句。

分拨停当，诸葛亮只坐在帐中等候消息。

孟获得知三洞元帅尽皆失败，心中大怒，立刻发兵出击，正遇上王平的军马。两军相恃，王平提刀勒马观望，只见门旗开处，数百蛮兵骑将摆开阵势，中间那个正是孟获。他头戴嵌宝紫金冠，身披璎珞红锦袍，腰系碾玉狮子带，脚穿鹰嘴抹绿靴，下骑一匹卷毛赤兔马，腰悬两口松纹镶宝剑。

孟获也向对方观望，回头对左右蛮将说："人们都说这诸葛亮用兵如神，今观此阵，旌旗杂乱，刀枪兵器也不齐整，这哪里是人们说的那样呢？！谁能去擒拿蜀将，以壮军威？"

孟获话音未落，忙牙长应声而出。他使一口截头大砍刀，骑一匹黄骠马，直奔王平而来。

王平接战，战到十个回合，王平败走。

孟获下令追赶。关索上前与其交战，且战且退。大约退出了二十多里，孟获追得正起劲，忽然喊声大起，张嶷、张翼分左右两路从后杀出，截住孟获去路。

王平、关索复又杀了回来，前后夹击。蛮兵招架不住，孟获便领着部将死战突围，一直向着锦带山逃去。正逃着，前面人喊马嘶，一彪人马拦住去路，为首大将乃是赵云。

孟获大吃一惊，慌忙夺小路而逃，赵云猛冲一阵，生擒了许多蛮兵。孟获与十几个骑马部将奔入山谷之中，因后有追兵，前边道路又窄，就只得弃了马，爬山越岭而逃。正爬着，忽然山谷中又一阵鼓响，杀出来的正是魏延的军队。他按诸葛亮的吩咐，埋伏在这里，轻而易举地生擒了孟获。

诸葛亮端坐大帐，命唤进挤在帐外的众蛮兵，解了他们的绑绳。他安慰众蛮兵说："你们都是南方的好百姓，不幸被孟获拉来当兵，今日才受此惊吓。我想你们的父母、兄弟、妻子、儿女都在盼着你们早早归家。如今，我放大家回去，好好过日子去吧！"说罢，又吩咐人赐给他们酒食米粮。

众蛮兵感动得伏地而拜，哭哭啼啼地走了。

然后，诸葛亮命令："将孟获押上来！"

不多时，孟获被押上，他跪在帐下，什么话也不说。

诸葛亮说："先帝待你不薄，你怎么要造反呢？"

孟获说："我世居此地，是你们无理，侵我土地，怎说我反？！"

诸葛亮笑着问："今日擒你，你是不服吧？"

孟获说："正是。山僻路狭，我手中没有兵器，所以遭擒！"

诸葛亮说："好，你既然不服，我放你回去，你再整顿军马来战，决个雌雄！"

孟获说："好，若再能擒我，我便服你！"

诸葛亮走下帐，亲手为孟获解去绑绳，并让他穿上衣服，赐他喝了压惊酒，还他鞍马兵器，并命人送他上路。

众将见诸葛亮放了孟获，有的不解说："孟获乃南蛮魁首，几经造反，今日捉了他，正好杀了，南方不就平定了！"

诸葛亮说："杀了一个孟获，还会有另一个孟获起来造反，我必须降服其心，才能使南方长久平定。再说要擒他还不容易！"

当日，孟获一口气跑到泸水（今雅砻江下游和金沙江会合雅砻江以后一段）边，遇上了许多四散逃跑的蛮兵蛮将。他们一见孟获，都吃了一惊，问："大王不是被诸葛亮捉去了吗，怎么又回来了？"

孟获编了一个瞎话说："诸葛亮把我捉去后，把我囚在寨中，夜间，我杀死了看守兵士，逃了出来。正逃着，逢着一哨人马，也被我杀败。我夺了一匹马，一口气就跑到这里！"

蛮兵蛮将听了都佩服孟获，便引着他渡过泸水。在泸水对岸，孟获安下营寨，招募人马，连同董荼那和阿会喃的残部在内，又凑了十多万人。

孟获对蛮将们说："诸葛亮作战善用计策，我们不能与他交战，战则吃亏。这回我们可以泸水为壕，再筑起土城，那些川兵远路而来，不知地理，又是炎热天气，他们是攻不破这深沟高垒的！"

说罢，他便把各洞的酋长找来，让他们将船筏集于南岸，并在南岸筑起土城。又选一片依山傍水之地高竖敌楼，楼上设弓弩炮石。粮草由各洞酋长供应。孟获想在此长住下去，以为从此便可高枕无忧。

诸葛亮听说孟获渡过泸水，便提兵来到泸水北岸。探马报告说："北岸一只船筏也没有。泸水水流很急。隔岸筑有土城，有蛮兵把守。"

正是五月末天气，酷热难熬，蜀兵都脱了上衣，还汗流不止。诸葛亮很着急，亲自到泸水边上观察。回帐之后，诸葛亮聚齐众将说："孟获跑到泸水对岸，高筑土城，与我们对抗。现在天气炎热，大家可以选依山傍树、草深林密之处，歇息人马。"

接着，他把吕凯叫来说："你可在离泸水百里之遥，选阴凉地界，搭起四个大寨，让军队避避暑气！"

吕凯领命而去，搭好四个大寨。诸葛亮让王平、张嶷、张翼、关索各守一寨。

参军蒋琬看了说："我看吕凯所搭寨棚有些欠妥。当年先主被东吴火烧连营，就是这个样子的！"

诸葛亮笑笑说："你不要多虑，我自有妙计！"

这时候，后主刘禅派马岱来军中送粮和解暑药。

诸葛亮见了马岱，问：“你带来多少人马？”

马岱答：“三千。”

诸葛亮说：“前线将士疲惫，我想用这三千人马如何？”

马岱说：“丞相，这还用商量！有什么委派，请吩咐。”

诸葛亮说：“如今孟获凭泸水之险以拒我军，我想断其粮道，使他自乱！”

马岱问：“孟获在彼岸，我们怎能渡过河去？”

诸葛亮说：“由此下行一百五十里，便是泸水下游，那儿有一个水流缓慢的沙口，可以渡过。你可领三千人马渡过沙口，直入蛮洞，先断其粮，然后大事可成。”

马岱领兵来到沙口，见河水果然很浅，就命令士兵们过河。

天气炎热，士兵们正想下水，所以听到命令后便立刻下水过河。谁知刚到河中间，士兵们便纷纷摔倒，口鼻出血而死。

马岱站在岸上，看到这种情景，十分惊恐，急忙骑马返回禀告了诸葛亮。

诸葛亮听了大吃一惊，叹口气说：“情况不明，致使士兵们丧失生命，这是我的过失啊！”于是，他派人唤来当地土人询问原因。

土人告诉诸葛亮说：“现在正是炎热时候，泸水中聚满毒气，日间正热，毒气散发，人若渡水，准受其毒。水若入口，人必口鼻流血而死。”

诸葛亮问：“难道就不能渡河了吗？”

土人说：“可以渡，但要在夜间。夜间水凉，毒气不聚。”

诸葛亮听了心中高兴，赏了土人财物，又选了五六百精壮兵士随马岱去沙口。

接受上次的教训，马岱命令士兵扎了许多木筏，等到半夜才上筏渡河。这次，果然没有发生事故。

马岱领着人马，由土人带路，选近路直奔蛮兵运粮山口。这山口，两旁是山崖，中间那条路只能容一人一马通过。

马岱占领了夹山谷，蛮洞里的蛮兵一点也不知道。蛮兵照常往外运粮，结果全被马岱截住，夺了一百多辆运粮车。

这时候，孟获正在寨中饮酒作乐，高声对酋长们吹嘘："我与诸葛亮对敌，必受奸计。今日我以泸水拒之，蜀兵受不了炎热，不久必然退走，那时我们渡过泸水，便可生擒诸葛亮了！"

正说着，一名蛮兵跑来报告："蜀兵已暗暗渡过泸水，截了粮道。"

孟获一惊，继而笑着说："这并不可怕。"于是，派忙牙长领三千蛮兵杀向夹山谷。

马岱看见蛮兵到了，便把阵势摆在山前。忙牙长杀了过来，与马岱交锋。战不上几合，忙牙长被马岱斩于马下，其余蛮兵大败而回。

孟获得知消息，问众蛮将说："谁敢去迎战马岱？"

刚说完，董荼那出来说："我愿往！"

孟获应允，董荼那去了。孟获怕有人再渡泸水，便对阿会喃说："你快领三千人马，去截住沙口！"

阿会喃领命而去。

董荼那领蛮兵来到夹山谷，马岱出马相迎。正要开战，军校中有认得董荼那的，便悄悄对马岱说："他曾被丞相生擒过，前些时候放回去的！"

马岱听了，催马向前说："你这个负义的小人，丞相刚刚饶你不死，今又来助恶打仗，你不知道害臊吗？！"

董荼那听了，脸上一阵发烧，悄悄地退回去了。马岱追杀一阵而回。

董荼那见了孟获禀告说："这马岱甚是骁勇，我抵不住他，大败而还！"

孟获早听人报说董荼那不战自退，不由大怒，说："你来骗我不成。我知道你曾被诸葛亮放过，所以今日不与马岱交战！"说罢，即喝令刀斧手将董荼那推出斩首。

在座的酋长们百般求情，孟获才说："死罪饶过，活罪不免！打一百军棍！"

董荼那回到帐中，酋长们来看望他，见他皮开肉绽，不由都落了泪。酋长们说："我们祖居南方，一向是顺良百姓，都是这个孟获弄得我们鸡犬不宁！诸葛军师连孙权、曹操都害怕他，何况他这个孟获！"

其中一个酋长接着说："上次我被诸葛亮捉去，诸葛亮亲手为我解绑，放我回来了！我们不如杀了孟获，使洞中百姓不再受苦！"

董荼那听了点点头，说："不知各位酋长可否愿意？"

酋长们都说："我们都愿意！"

这天夜间，董荼那手持钢刀，引着蛮兵悄悄来到孟获帐中。这时孟获正烂醉如泥，鼾声大作。

董荼那对两个守在床前的蛮兵说："你们敢声张，就立刻杀死你们！"

两个蛮兵说："我们都受过诸葛亮不杀之恩，不用元帅你下手，我们将他生擒，去献丞相！"说着，便一齐动手，将孟获绑紧，押到泸水边，驾船来到对岸。他们对蜀兵说：“请报告诸葛亮丞相，我们将孟获拿下了！”

诸葛亮得知这个消息，立即升帐。

董荼那和为首的几个酋长对诸葛亮说：“我们将孟获活捉，请丞相发落！”

诸葛亮加倍赏赠董荼那等人，送他们归去，然后下令将孟获押进来。

孟获被押进来了，诸葛亮笑着说：“你前次说‘再能擒我，我便服你’，这回如何？”

孟获说：“这次被捉，也不是因为我无能，而是我的部下所为，所以也不肯服！”

诸葛亮轻轻地问：“我再放你回去，怎样啊！”

孟获说：“我虽然是个蛮人，但也知兵法。如果你真的放我回去，我当率兵再与你决胜负。如再遭擒，没有话说！”

诸葛亮说：“好。如再捉住你，必不轻饶！”

于是，命人将孟获松绑，让他坐在帐前，并赐以酒食。

诸葛亮望着他说：“我自出茅庐，攻无不克，战无不胜，何况你这个蛮邦小王？！”

孟获听着，沉默不语。

诸葛亮望着孟获吃完了饭，喝完了酒，便说：“你愿意随我看看我军的营寨吗？”

孟获说：“也好。”

于是，二人骑马来到诸营寨观看。诸葛亮指着粮仓和兵器库说：“你看看这么多的粮草兵器，你能打过我们吗？你不投降我，真是一个愚人！你若投降，我当奏明天子，封你一个王位，让你子子孙孙永镇蛮邦！你看如何？”

孟获转个弯儿说："我想投降，可是我洞中之人不一定心服。丞相放我回去，待我与众人商量后，才能归顺！"

诸葛亮笑着，点点头，二人观看完营寨，回到大帐。孟获想走，诸葛亮亲自将他送到泸水边，孟获乘船而去。

孟获回到本寨，心中气恨董荼那和阿会喃，便一面命刀斧手埋伏在帐外，一面着人去请董荼那和阿会喃。

董荼那和阿会喃很快就来到大帐。孟获说："诸葛亮有事，让我跟你们商量商量！"

董荼那和阿会喃刚坐下，十多个刀斧手突然拥进，一阵乱砍乱剁，将二人杀死。

孟获令亲信之人把守关口，自己亲自领兵来到夹山谷，要与马岱交战。谁知来到这里，并不见马岱的踪影。

孟获问一个土人："那些蜀兵到哪里去了？"

土人说："昨天夜里，他们搬着粮草过泸水，归本寨去了！"

孟获扑了个空，心中气恼。回到洞中，对弟弟孟优说："我已两次被诸葛亮捉去过，他的虚实我都掌握了。你可以这样……"

孟获附在孟优耳边说了一阵。孟优答应着走了。

孟获笑眯眯坐着，扬扬得意，嘴里不由自主地唱起蛮歌来……

第二十一回　秃龙洞五擒孟获　万安溪孔明访贤

孟优依孟获之言，领着一百多名蛮兵，把金珠、宝贝、象牙、犀角之类名贵物品搬到船上，渡过泸水，一直朝诸葛亮大帐而来。走不多远，前边鼓角齐鸣，一队人马摆开，为首的将官是马岱。

孟优吃了一惊。马岱近前问明了情由，便对孟优说："你先在外边稍候，我报告丞相！"

诸葛亮正在帐中与马谡、吕凯、蒋琬、费祎等共议平蛮之计，马岱告知孟优来进贡宝物。

诸葛亮听了，望望马谡说："你知道他的来意吗？"

马谡笑笑说："我不敢明言，待我写在纸上呈丞相一观！"

于是，马谡写了几行字，交给诸葛亮。诸葛亮看罢，拊掌大笑说："擒孟获之计有了——你的看法正合我意！"说罢，便唤进赵云，悄声向他吩咐了几句；又唤魏延进来，悄声吩咐了几句；接着又唤王平、马忠、关索入见，也悄悄嘱咐了几句。

五人奉命下帐去了。诸葛亮令人将孟优领进来。孟优说：

“我家兄长，深感丞相不杀之恩，无可报答，特备金珠宝器若干，作为赏军之资。等以后再向蜀主进献贵重礼品！”

诸葛亮问：“你兄长现在何处？”

孟优说：“他已回银坑山另取宝物去了！”

诸葛亮又问：“你带了多少人来？”

孟优说：“没有多带，一行百余人，都是搬运宝物的人！”

诸葛亮令所有人入帐相见。原来都是一些青眼黑面、黄发紫须、耳带金环、散发赤足、身高力大的人。

诸葛亮让他们席地而坐，并叫人送上酒食，很殷勤地招待他们。

孟获在营寨中等候消息，有两个人回来向他报告：“诸葛亮接受了礼物，让随行人员入帐饮酒吃饭。二大王叫我们回来报告：‘今夜三更里应外合，杀了诸葛亮！’”

孟获听了大喜，立刻点齐了三万蛮兵。他对各洞酋长说：“各军尽带火器，今夜到了蜀寨时，以放火为号。我自取中军，杀掉诸葛亮！”

黄昏，蛮兵渡过泸水。孟获领心腹蛮将百余人直取诸葛亮中军大寨。

夜深了，周围静悄悄的，孟获率众一齐杀入诸葛亮寨中。到里边一看，帐中灯光闪亮，却不见一个蜀兵，只见孟优和那一百余个随从都醉倒在地，帐中散发着浓烈的酒气。

原来，诸葛亮命吕凯、马谡二人招待孟优等人时，早在酒中下了蒙汗药，所以这些人都醉倒了。孟获情知中计，便命背着孟优等人往外闯。

前面突然喊声大震，火光骤起，蛮兵们吓得四散而逃。王平领一队人马杀来，孟获急往左队跑，正碰上魏延杀来。孟获又向右队跑，跑不甚远，又遇赵云杀来。孟获慌了手脚，丢下蛮兵蛮将，只身打马向泸水边跑去。

来到泸水边，孟获望见十几个蛮兵正驾着小船在等候他。孟获大喜，急忙上船。谁知他刚刚坐稳，蛮兵们却将他擒住了。

原来，这是马岱按诸葛亮吩咐，假扮蛮兵在此等候孟获。

诸葛亮出寨安抚投降的蛮兵，又叫人灭了火。

马岱押来了孟获，赵云押来了孟优，魏延、王平、关索、马忠等人押来几个酋长。

诸葛亮走过来，指着孟获说：“你想让你弟弟前来诈降，这瞒得了谁？现在又被擒住，还有什么话说？！”

孟获仍然不服，说：“这是我弟弟多贪几杯酒，中了你的蒙汗药，因而出了事。如果是我来，必然成功。这不是我无能，怎能服你！”

诸葛亮点点头：“我已擒你三次，你都有理由不服，那么我再放你回去，如何？”

孟获说：“你肯放我兄弟回去，我再领兵与你战，如果再被擒，就服你！”

诸葛亮讽刺地说：“好。回去之后，好好学习兵书战策，免得后悔！”于是又把孟获等人放了回去。

孟获渡过泸水，只见岸边陈兵列将，旗帜飘扬。马岱坐在那里，用剑指着他说：“再要捉住你，丞相就不会轻易放你了！”

孟获低头进了自己营寨，营寨却已被赵云占领。赵云布兵列将，站在大旗下，对孟获说：“丞相这样宽待你，你可别忘了恩德！”

孟获连连称是。这里已没有他容身之地了，他就往前走。刚刚走到界口山坡，又见魏延领一队人马站在那里。魏延说：“我已深入你的巢穴，你已无险可守了。如再执迷不悟，抗拒大军，定把你碎尸万段！”

孟获听了，抱头鼠窜。实在没有去处了，他只有向银坑洞而去。

诸葛亮渡过泸水，下寨安营，大赏三军。众将都说：“丞相三擒三放孟获，真是智、仁、勇俱备，虽姜尚、张良不能比呀！”

诸葛亮摆摆手说：“我怎能与古贤人相比呢？只是靠众位将军、参军协力相助罢了！”

孟获受了三擒之气，愤愤来到银坑洞，并立即差人拿上珠宝向蛮方部落、八番九十三甸等处借兵。

不多日，各路大兵云集银坑洞前，听候孟获调用。

诸葛亮得知消息，乘着四轮车，亲自前来探路。前面有一条河，叫作西洱河（今云南洱海）。此河水流平缓，但河上并无船筏。

诸葛亮叫人打制木筏，可是木筏入水后却沉了下去。

诸葛亮问吕凯：“这是什么原因呢？”

吕凯说：“这河是弱水，木入则沉。我听说西洱河上游有一座山，山上遍生竹子。可以派人伐竹，在河上搭起竹桥，兵马就可以渡过了！”

诸葛亮从其言，调三万人入山伐竹，然后顺流放下，在河面狭窄处，搭起宽十余丈的竹桥。又以河为壕，以浮桥为门，垒土为城，于桥南岸，一字扎下三个大寨，等待蛮兵到来。

孟获率十万蛮兵来到西洱河边，并到诸葛亮寨前叫阵。

诸葛亮头戴纶巾，身披鹤氅，手持羽扇，坐着四轮车，在众将簇拥下出来。他见孟获身穿犀牛皮甲，头顶朱红盔，左手挽牌，右手执刀，骑一头赤毛牛，正在阵前狂喊乱叫。那些光着屁股、手舞刀牌的蛮兵，也正在呐喊叫骂。

诸葛亮看罢，立刻下令紧闭四门，不准出战。

寨中众将，实在忍不住了，几次要求出战，都被诸葛亮拒绝。他说："现在蛮兵气焰正盛，不可与之交战。等过了数日，待其气焰退了，我自有方法破敌！"

众将唯唯应允。

过了几日，诸葛亮见蛮兵有些懈怠了，就聚齐众将说："谁敢出寨一战？"

众将齐声答应。诸葛亮先对赵云、魏延耳语了一阵，二人领命而去。诸葛亮又叫王平、马忠入帐，也吩咐了几句。二人走了之后，诸葛亮对马岱说："我要弃此三寨而退到河北。我领兵一走，你立刻将浮桥拆了，将竹排移到下游，搭起浮桥，让赵云、魏延领兵过河。"

马岱依计而去。

接着，诸葛亮又对张翼说："我撤退之后，寨中要点起灯火。孟获见我撤走，必来追赶，你就去断他的后路！"

张翼领命而去。诸葛亮只让关索护着四轮车，领着军队撤退。

蛮兵见寨中灯火明亮，不知诸葛亮已经撤走，所以没有追赶。

到了次日，孟获得知诸葛亮撤走了，便领兵来到蜀寨。三个大寨，空无一人，弃下了许多粮草车仗。

孟优说：“诸葛亮弃寨而走，莫非又使诡计？”

孟获说：“我料诸葛亮弃了粮草车杖而去，必有什么急事。不是东吴打入蜀都，就是曹魏发兵南侵了，所以故意张灯点火以作疑兵，连粮草车杖也顾不得了。我们应该立刻追赶，绝不可错过时机！”于是下令追击。

追到西洱河边，孟获向北岸望去，见河岸上已扎起营寨。

孟优说：“这是诸葛亮又设了一计！”

孟获大笑说：“这是诸葛亮惧怕我们追赶，故意在河北岸稍停，以迷惑我们。不过二日，诸葛亮必走！”

于是孟获下令，先屯兵于河南岸，然后赶制竹筏，以备渡河。

过午之后，狂风骤起，刮得蛮兵们都睁不开眼睛。

突然，人喊马嘶，蜀兵从背后杀来。孟获大惊，骑马往旧寨中奔跑，赵云却早占了旧寨，迎面把他截杀回来。孟获又跑到西洱河边，向一个小山跑去。跑不多远，又遇马岱截杀。他慌不择路，向山谷中跑去。刚刚入谷，南、北、西三处兵马便将他团团围住。

孟获无处可逃，只得停住。不一会儿，看见数十人簇拥着诸葛亮站在不远处。

诸葛亮坐在四轮车上，向着孟获哈哈大笑，高声说：“蛮王孟获，大败到此，我等候已久了！”

孟获见状气炸了肺，对左右人说：“快冲上前去，连人带车给我砍个粉碎！”说罢，便冲了过去，后边跟着一群蛮兵。

孟获刚跑到一棵大树前，只听“咕咚”一声，连人带马落入坑中。一群蛮兵也陷了进去。

魏延领着人马过来，将他们一个个拖出来，用绳子绑了。

诸葛亮先回到大寨。不一会儿，张翼将孟优押上。见了诸葛亮，孟优连忙叩头，说："只恨家兄愚迷，望丞相饶我不死！"

诸葛亮说："要想杀你，何用今日！我饶你不死，回去之后劝劝你兄长，不要再执迷不悟了！"

孟优叩头谢恩走了。

魏延将孟获押到诸葛亮面前。

诸葛亮大怒说："你又被我捉住了，还有什么话说？"说罢，下令将孟获推出斩首！

孟获面不改色，说："我又中了你的诡计，死不瞑目！你敢再放我回去吗？"

诸葛亮大笑说："这有何难！"便叫人解了孟获的绑绳，赐酒压惊。

诸葛亮又问："你已四番遭擒，为何不服？"

孟获说："我是蛮人，不像你会用诡计。怎么叫人服！"

诸葛亮说："作战是智与勇的结合，缺一不可！回去想法再与我战吧！"

孟获出了寨，正向南走着，忽然后边追上许多人马，近前一看，原来是孟优。二人抱头痛哭。

孟优说："兄长，蜀兵诡诈，难以取胜，不如回到山阴洞中，避而不出。蜀兵受不了暑气，自然就退去了！"

孟获问："不知到何处躲避？"

孟优说："此去西南方有一山洞，叫作秃龙洞，洞主朵思大王与我有交情，可以投奔！"

孟获说："只好如此了！"

二人来到秃龙洞。朵思大王把兄弟二人迎接进去，孟优向他说明来意。

朵思大王说："你们请放宽心。蜀兵要来我这里，管叫他们一个也不能生还，诸葛亮也必死无疑！"

孟获忙问其故，朵思大王回答说："进我这洞中来，只有两条路。你二人来的路地势平坦，土厚水甜，人马可行。但是，若把此路堵死，则虽有百万之众，也不能进来。西北方另有一路可以入洞，但此路山险岭恶，道路狭窄，并多有毒蛇恶蝎。黄昏时分，烟瘴大起，直至巳、午时方收，只有未、申、酉三个时辰可以往来。此路上还有四个毒泉：一个叫'哑泉'，其水很甜，人若饮了，则不能言，不过旬日必死；第二个叫'灭泉'，此水似米汤，人若沐浴，则皮肉皆烂，见骨而死；第三个叫'黑泉'，其水微清，若溅到人身上，则手足变黑而死；第四个叫'柔泉'，其水如冰，人若饮了，咽喉无暖气，身躯软弱如绵而死。我今天堵死大路，留出小路，等蜀兵到来。蜀兵见此四泉，必然饮水，虽百万之众，都有来无回，何必再用兵呢！"

孟获听了大喜，说："多谢大王！纵使诸葛亮神机妙算，也难以施展了。仅四泉之水，就可以要他的命了！"

诸葛亮连日来打听孟获的去处，探马皆说不知。于是，诸葛亮离开西洱河向南进兵。

此时正值六月天气，日头像火球一样，潮湿的地上腾着热气，使人又闷又渴。

大军行进中，探马飞报："探得孟获已躲进秃龙洞！"

诸葛亮问吕凯："如何可进？"

吕凯说："我听说入秃龙洞有两条路，详情不知！"

诸葛亮差人打探。不久有报告说："进秃龙洞原有两条路。现在大路已被堵死，只有小路可进！”

诸葛亮听了，对王平说：“你可领一千人马前行，从小路进洞。有什么情况，回来报告！”

王平领命而去，刚入路口，见有一泉，清清亮亮的。兵士们都渴急了，见泉便饮。饮过之后，一个个都不会说话了，只是指着嘴，“哇哇”地叫。

王平回报诸葛亮，诸葛亮大吃一惊，因不知是什么原因，便乘车亲自到泉边察看，只见一潭清水，深不见底。

诸葛亮下了车，登上山坡，向四下眺望，见路上没有鸟鸣，没有虫飞，心中不由生疑。再仔细看时，见树丛中隐隐有一古庙。他便下了坡，来到古庙前。庙前有一古碑，碑上刻着字：汉伏波将军马援之庙。

诸葛亮心中暗想：“当年马援将军也曾领兵平蛮，一定到过这里！”便伏身下拜，说：“我受先帝重托，兴汉建业。今奉圣旨，到此平蛮，然后伐魏灭吴。走到此处，不谙地理，士兵饮水中毒。将军若有灵，请念本朝恩义，通圣显灵，护佑三军！”

祈拜已毕，诸葛亮出庙寻访当地土人，打听情况。忽然望见对面山中，有一扶杖老叟正在观望，便走过山去，来到老叟面前，恭恭敬敬地问：“老丈高姓？”

老叟说：“山野老叟，不值得报名。但我听人说，丞相不伤蛮兵，蛮兵皆感恩不浅。不知丞相因什么事情到此？”

诸葛亮便将追赶孟获之事讲了，并说：“兵士们饮了泉水都变成了哑巴，不知何故？”

老叟说：“兵士所饮之泉，叫作‘哑泉’，饮之便哑，数日而死。”

诸葛亮听了大惊，说：“还望老丈指一明路！”

老叟说：“除哑泉之外，还另有三泉，名叫‘柔泉’‘黑泉’‘灭泉’。这些泉水都有剧毒，毒气所聚，无药可治。这条小路上烟瘴甚重，唯有未、申、酉三个时辰可以来往，其他时间，瘴气散发，触之即死。”

诸葛亮听了皱起眉头，长长叹气。

老叟说：“丞相不必发愁。从此往西去，有一个山谷。进谷中再走二十里，有一条溪，叫万安溪。那里有一个高人，号称‘万安隐者’。这个人在溪中已住了数十年。他住的草庵后边有一泉，叫‘安乐泉’。人若中了这四泉之毒，饮了此泉水即愈。如果有人生疥癞，或感染瘴气，到万安溪中洗个澡，自然就好了。他的草庵之前，有一种草名叫‘芸香’，人要是口中含上一叶，则烟瘴之气不再侵染。丞相可到那里求他相助！”

诸葛亮听了深深下拜，而老叟却微笑着进山去了。

诸葛亮上车回到大寨，准备好香烛、礼物，领着王平及喝了哑泉水的士兵，连夜向万安溪而去。他们走到山谷口，辨明方位，向谷中走去。大约走了二十余里，果然看见了一个被茂林奇花环绕的草庵。

诸葛亮来到草庵前，用手叩门。不多时，出来一个小童子，诸葛亮正想通报姓名、说明来意，只见一位头戴竹冠、脚穿草履的长者笑着近前说：“来者莫非是诸葛丞相？”

诸葛亮说：“高士怎么知道我是诸葛亮？”

长者说：“早闻丞相领兵南征。今看长相举止，便知大概。”说着，引诸葛亮进入草庵，分宾主坐下。诸葛亮说：“我受昭烈帝重托，奉后主之旨平定蛮方，几次擒住孟获，他心不服。我不忍杀害他，把他放了。他跑到秃龙洞中，我们追赶到此，士兵们误饮哑泉之水，命在旦夕！我向山中老丈打听，老丈指示我到这里求助。望高士赐神水，以拯救众生！”

长者笑笑说：“何劳丞相大驾！万安泉就在庵后，快去饮吧！”

于是，长者命童子引着王平等哑兵到泉边。哑兵饮了泉水，顿时吐出恶涎，便会说话。童子又引王平等人来到万安溪中沐浴。

长者在庵中向诸葛亮献上柏子茶、松花菜，并且说：“这里蛮洞中毒蛇恶蝎甚多，柳花飘入溪泉之中，水不可饮，只能掘地汲水而饮。”

诸葛亮又向长者求“芸香”之草，长者说：“遍地都是，随意采摘。”

王平便领兵士们各采许多，在口中含上一叶，果然其香浓郁。

诸葛亮问：“不知高士尊姓大名，望能告知！”

长者微微一笑说：“我就是孟获的亲哥哥，名叫孟节。”

诸葛亮听了一惊。

孟节说：“丞相不要生疑。父母生我兄弟三人，我为长，孟获行二，孟优为三。父母死去后，两个兄弟不听我的话，总想谋反，我多次相劝，他们不听，因而深居在此。我两个弟弟谋反，致使丞相深入险地，遭受苦难，这真是我等之罪呀！”

诸葛亮叹口气说：“高士如能安定蛮方，我立刻奏明后主，立你为王，使蛮方永世安宁！”

孟节急忙说：“多蒙丞相厚爱。我已隐居在此，绝不再贪富贵荣华了！”

诸葛亮以金帛相赠，孟节坚辞不受。诸葛亮嗟叹不已，深深拜谢而返。

诸葛亮回到大寨，命令军士掘地汲水，供人喝马饮、烧火做饭。吃饱喝足之后，人人口含“芸香”叶，取小路进入秃龙洞。

放哨蛮兵报知孟获：“四个毒泉对蜀军皆不起作用，现蜀军正朝山洞而来！”

朵思大王不信，与孟获到高山上来察看。只见蜀军安然无事，不禁毛骨悚然。朵思大王扭头对孟获说：“这真是神兵啊！”

孟获说：“事到如今，只有决一死战了。”

于是朵思大王下令出洞迎敌！

正在这时候，有一个蛮兵报告：银冶洞洞主杨锋领三万兵前来助战！

孟获大喜，立刻出洞相迎。

杨锋进洞后说：“我有三万人马，皆披铁甲，能飞山越岭，足抵蜀军百万。我有五个儿子，武艺超群，愿助大王！”接着，命五个儿子进洞相见，这五个儿子果然个个剽悍。

孟获设宴招待杨锋父子。酒饮至半酣的时候，杨锋说：“我有随军蛮姑，善舞刀牌，可助酒兴。”

孟获说：“军中少乐，如此甚好！”

一会儿，数十名蛮姑披发光脚，从洞外舞跳而入。

蛮兵们见了，纷纷拍掌、唱歌。

杨锋叫两个儿子给孟获、孟优敬酒。两个儿子端酒来到孟获、孟优面前。孟获、孟优正要来接，杨锋大喝一声：“拿下！”

两个儿子立刻将孟获、孟优拉下座位。朵思大王一看不好，刚逃到洞门前，就被十几个蛮姑挡住去路，杨锋上前将他捉住。

朵思大王说：“兔死狐悲，物伤其类。我和你都是蛮洞之主，为什么互相残杀？！”

杨锋说：“我和我的儿子均受诸葛亮放生之恩，不擒孟获，战乱不止！”

洞中蛮兵都四散逃回家中去了。

杨锋将孟获、孟优及朵思大王押到诸葛亮帐中。

杨锋说：“我们父子感谢丞相放生之恩，特擒孟获、孟优、朵思呈献！”

诸葛亮重赏杨锋父子，然后令人将孟获押入。

诸葛亮冷笑着说：“这回你服了吗？”

孟获摇摇头说：“这不是你的能力，而是我们洞中之人互相残害，以致如此。要杀就杀，我还是不服！”

诸葛亮叹口气，心想：“攻心之战，实在不易啊！”

诸葛亮见孟获浑身冒汗，青筋暴露，心中之气忍了又忍，说：“你赚我们入无水之地，又以‘哑泉’‘灭泉’‘黑泉’‘柔泉’相害我军。可是我军仍然克服一切险阻，这难道不是天意吗？你不要再固执了！”

孟获说：“我们祖居银坑洞，有三江之险，重关之固。你要再擒住我，我定当倾心相报！”

诸葛亮毅然说：“好。我再放你一次。你可重整军马与我决战。擒住了如再不服，当灭九族！”于是下令放了孟获。

孟优和朵思大王也上前叩头，请求放生。诸葛亮不语，摆摆手让军士为他们松绑。孟优和朵思大王不敢抬头看诸葛亮的脸，低头猫腰出了大帐，撒腿就跑。

第二十二回 制假兽大败真兽 烧藤甲七擒孟获

孟获连夜奔回老家银坑洞。这银坑洞并不是一个山洞，而是一片山林。

洞外有三江：泸水、甘南水和西城水。洞北三百余里，尽是平原，盛产谷物菜蔬。洞西二百里，有盐井。西南二百里，直抵泸水、甘南水边。正南三百里，还有一个洞，叫梁都洞。洞中有山，山上有丰富的银矿，因此叫银坑山。

银坑山中有楼台殿阁，这是南蛮王住的地方。山中有一个祖庙，名叫“家鬼”。蛮人四时杀牛宰马祭祀，名为“卜鬼”。

每年蛮人都要到外面抓人，杀了祭祀。

这里的人们犯罪即杀，不管罪轻罪重。孩子们长大后，到溪水中沐浴，男女混杂，父母不管，名为“学艺”。

风调雨顺之年，稻谷丰收，人们的生活就好些。如果遇到灾年，没有粮食吃，就煮象为饭，杀蛇做汤。

这地方，上等户为“洞主”，中等户为“酋长”。每逢初一、十五，人们都来三江汇集处赶场做买卖。

以上就是古时候这里的乡风民俗。

孟获回到洞中，聚集了乡党一千多人，对他们说："我屡次受辱于蜀军，立誓报仇雪恨，不知大家有什么高见？"

乡党们听了，沉默半晌，忽然有一个人说："我保举一个人，可破诸葛亮！"

孟获扭头一看，原来是自己的妻弟，现为八番部长，名叫"带来洞主"。

孟获问："你想保举何人？"

带来洞主说："此去西南八纳洞，洞主木鹿大王，深通法术，能呼风唤雨。他出则骑象，常有虎豹豺狼、毒蛇恶蝎跟随，手下有三万神兵，甚是英勇。大王可亲写书札，我拿着去请他相助，如果他能应允，还怕一个诸葛亮吗？"

孟获听了很高兴，立刻给木鹿洞主写了书信，交带来洞主送去，又命令朵思大王领兵把守三江城。

诸葛亮使人探听消息，知道孟获已去银坑洞，便提兵来到三江城，并派赵云、魏延同领一军，从陆地上攻打三江城。蜀军刚到城下，城头上就弓弩齐发，蜀军不能近前。

原来洞中之人从小就学习弓弩，一弩可以发射十箭。箭头上抹有毒药，人被箭射中，皮肉皆烂，直烂到露出五脏六腑。

赵云和魏延见不能攻取，便回来报告诸葛亮，并讲了药箭之事。

诸葛亮听了，亲自坐了四轮车到城下察看。回来之后下令：全军倒退五里下寨，免受其害。

城上的蛮兵见蜀军远远退去，不禁又跳又蹦地欢呼："蜀军害怕了，蜀军害怕了！"

诸葛亮下令退军之后，闭门不出，一连五日，也不发号令，更不召聚众将议事。

这一天黄昏已过，忽然起了微风，诸葛亮下令："每人备衣襟一幅，限一更时分查点。如果没有，立斩不赦！"

众将士都不知道这是什么意思，只依令而行。

初更时分，诸葛亮又下令："每人一襟，包土一包。如果没有，立斩不赦！"

大家仍不明白这是什么意思，但仍依令而行。

接着，诸葛亮又下令："土包好了之后，拿到三江城下。先到者有赏！"

众将士听令，待到一更时分，都拿着土包飞奔到三江城下。

诸葛亮又下令："积土为蹬道，先上城者为头功，赏！"

蜀兵十万余众，再加上降兵一万多人，将所包之土尽堆城下，一时间，堆土成山，和城墙一般高了。

一声暗号，蜀兵爬坡上了城。蛮兵刚从沉睡中苏醒，等他们欲待放箭时，已个个做了俘虏。剩下的蛮兵弃城而逃。

朵思大王刚刚出帐，就被蜀兵杀死了。

蜀军一举夺了三江城。

逃跑的蛮兵报告孟获："朵思大王身死，三江城失守！"

孟获大惊，不知如何收回三江城。又有蛮兵来报蜀军已在洞外下寨。

孟获慌乱不堪，手足无措。这时，从屏风背后走出一个人，大声笑着说："男子汉大丈夫怎能这样惊慌？我虽是妇人，愿出战！"

孟获见是夫人，便说："有劳夫人了！"

这女人姓祝融，人称祝融夫人。她世居南蛮，善使飞刀，百发百中，今见事情紧急，她便要上马亲自出战。

祝融夫人上了马，领着乡党猛将数百人，来到蜀军阵前讨战。

蜀营张嶷出来迎战，见来将背插五口飞刀，手使丈八长矛，身骑卷毛赤兔马，而且还是个女的！

张嶷心中暗暗称奇。二人不问姓名，战在一起。战了十几个回合，祝融夫人拨马便走，张嶷并不放过，催马直追。

祝融夫人暗暗抽出一口飞刀，甩了过去。张嶷见从空中落下一口刀来，急用胳臂去挡，正中左臂，当即身子落在马下。蛮兵们一声呐喊，冲上来将张嶷绑了。

马忠听说张嶷被敌人抓去，急忙出营援救。不料，一出营门，就被蛮兵围住。祝融夫人持矛相望。马忠奋勇杀过来，还没到祝融夫人面前，战马被绊马索绊倒，自己也被活捉而去。

祝融夫人也不再战，押着张嶷和马忠来见孟获，说："快将这二人杀了算了！"

孟获想了想，说："我五次被诸葛亮捉住，都放我回来了，如果杀了这二人，有些不义。不如暂且押在洞中，待生擒了诸葛亮再处置！"

祝融夫人说："那就由你发落了！"

当晚，孟获为夫人设宴庆功。

诸葛亮得知了消息，沉思片刻说："必须捉住祝融氏，才能救出张、马二将！"于是，唤来马岱、赵云、魏延，向他们暗授一计。

第二日，蛮兵报入洞中，说赵云在洞前挑战。

祝融夫人立刻出洞迎战。二人战了几个回合，赵云拨马便走。祝融夫人怕有埋伏，勒马而回。

魏延又领一队人马前来挑战，祝融夫人再次迎战。战着战着，魏延又诈败而逃。祝融夫人仍是不追。

次日，赵云又来挑战，祝融夫人出洞相迎。战不了十个回合，赵云又诈败而走，祝融夫人按住长矛仍不追赶。正要收兵回洞，魏延却冲了过来，并令军士们大声辱骂。

祝融夫人经不起辱骂，舞动长矛向着魏延杀来。

魏延且战且退，祝融夫人怒气不息，向前追杀。魏延拍马进了山中小路。一阵锣鼓大响，魏延回头看时，祝融夫人已经落马被擒。

原来，按诸葛亮吩咐，马岱早埋伏在这里，以其人之道还治其人之身，下好了绊马索，祝融夫人果然上了套儿。

祝融夫人被押到大寨。诸葛亮命人松开她身上的绑绳，赐酒压惊。然后又派人给孟获下书，愿将祝融夫人换取张嶷、马忠二将。

孟获只好应允，立刻放出张嶷、马忠。

诸葛亮即送祝融夫人回洞。

祝融夫人见了孟获又喜又恼，说："这个诸葛亮真是诡计多端！可是，他待人挺温和的！"

两人正说着，忽有蛮兵报告：木鹿洞主来了。

孟获和祝融夫人大喜，立刻将木鹿洞主请了进来。

这木鹿洞主骑一头白象，身穿金珠璎珞，腰悬两口大刀，领着一群喂养虎豹豺狼的武士，呼呼啦啦进了洞中。

孟获连连哀求："请洞主为我报仇！"

木鹿洞主眯着一双小眼睛说："放心吧，只要我出战，管叫蜀军望风而逃！"

孟获深表感激，设宴款待。

第二天，木鹿洞主带领本洞人马及猛兽出了洞寨。

赵云、魏延得知蛮兵又出洞了，就摆开阵势等待。二人并辔立在阵前观望，只见这些蛮兵的旌旗、兵器都很特别。他们赤裸着身体，面目丑陋，身上挂着四把尖刀。军中也不鸣号角，只筛金为号。

木鹿洞主腰挂两口大刀，手中拎着一只小蒂钟，身骑白象，从门旗中走了出来。

赵云看着，对魏延说："我们打了这么多年仗，也没有遇见过这样的人物！"

二人说着话，只见木鹿洞主口中"哇呀呀"地不知念着什么咒语，接着右手举起小蒂钟，顿时狂风大作，飞沙走石，天摇地动。一声画角响，跟随在木鹿洞主身后的虎豹豺狼，一齐怒吼着冲了过来。

赵云和魏延见木鹿洞主不用蛮兵，而驱猛兽，一时惊呆了，便急忙令蜀兵退入阵中。蛮兵们乘势追杀一阵而回。

赵云和魏延见了诸葛亮，说明阵上所见之状，并且请罪说："我们败阵而回，望丞相降罪！"

诸葛亮听了，说："这并非是两位将军之罪。谁能抵挡得了那些训练有素的猛兽呀！"

赵云和魏延谢过丞相，发愁不知如何战胜木鹿洞主的猛兽。

诸葛亮说："我未出茅庐之时，早就听说过蛮兵作战有驱虎豹之法，但未曾见过。今日看来，果然有此恶战！"

于是，诸葛亮下令严闭寨门，高悬免战牌。

诸葛亮闭门不出，思考破猛兽之法。他回忆当年在隆中时观看的兵书，其中就有破猛兽的办法。于是，他悄悄找了一百多名能工巧匠聚于他的帐中。

诸葛亮把他亲制的图样交给大家看，又详细做了解释，让能工巧手们照图样制作。

这些能工巧匠都是兵士，只是心灵手巧，出来当兵时，常常做些铁木工活计。没过五天，他们便制作了二十辆柜车。十个用红漆油了，十个用黑漆油了。柜车里面有木刻的巨兽，而且都用彩色涂了面身，看上去像真的一样。这些木刻巨兽身上的毛皮用绒线做成，牙齿用铁条制成，口中还备有烟火之物，张牙舞爪十分可怕。

每个“猛兽”身上可以坐十个人。诸葛亮选了一千个精壮兵丁，训练了几日。

一切准备妥当，诸葛亮下令打开寨门，先推出十辆红油柜车埋伏在寨外。然后，又亲自出寨。

蛮兵报告孟获：“蜀军大开寨门，诸葛亮出来了！”

孟获望着木鹿洞主。木鹿洞主放下酒杯，与孟获一齐来到阵前。

诸葛亮端坐于四轮小车内，手持羽扇，身穿道袍，微笑着望着他们。

孟获对木鹿洞主说：“此人就是诸葛亮，若捉住他，蜀军就不战可胜了！”

木鹿洞主自觉猛兽之战无人能御，便大言不惭地说：“一会儿便可捉了他！”

说着，他向前走去，身后猛兽紧紧跟随。看看快到蜀军阵前，木鹿洞主就举起右手，猛摇蒂钟，顷刻之间，狂风大作，震天动地，身后的虎豹豺狼齐声怒吼，向蜀阵冲了过去。

诸葛亮见了，举起右手将羽扇一摆，预先埋伏好的柜车被打开，各种木制的猛兽跳出来，口吐火焰，鼻喷黑雾，张牙舞爪，浑身铜铃乱响，十分吓人。

木鹿洞主训练的这些虎豹豺狼，从未见过这样的劲敌，一时吓得止住怒吼，往回奔跑，把蛮兵们撞得东倒西歪。

诸葛亮下令，驱众将冲杀。一时间鼓角齐鸣，杀声震天。蛮兵们招架不住，有的被杀死，有的做了俘虏，有的逃了命。

木鹿洞主见绝招被破，便双手使刀来战。战不几合，蜀军就将他拽下白象，乱刀砍了。

孟获领着乡党蛮兵，弃了宫阙，爬山越岭逃脱了。

诸葛亮大军进了银坑洞。

次日，诸葛亮令探听孟获去向。探马刚要走，忽有蛮兵来报："报知丞相，我家带来洞主，几次劝孟获投降，孟获不允。一怒之下，带来洞主将孟获、祝融夫人，还有亲宗乡党头目一百多人擒了，特来献给丞相，现在洞外等候！"

诸葛亮听了，皱皱眉头，笑着说："好，那就让他们进来吧！"

蛮兵领命而去。

诸葛亮急忙对张嶷、马忠悄悄吩咐了几句。张嶷和马忠当即下帐，领二千军校，埋伏在两廊。

不多时，带来洞主押着孟获及祝融夫人等人来到诸葛亮面前，跪下陈明情由。不容带来洞主开口，诸葛亮大喝一声："与我拿下！"

张嶷、马忠领兵出来，将带来洞主及随从蛮兵捆绑上了。

诸葛亮笑着对他们说："你们这些小小花招，怎能瞒过我的眼睛？！想杀我个冷不防，对吧？"

于是，喝令武士搜带来洞主之身，果然搜出利刃。其他蛮兵身上也藏了兵器。

诸葛亮指着孟获说：“现在在你洞中将你擒住，还有什么说的？”

孟获说：“我们这是自来送死，并不是你的能耐，我仍不服！”

诸葛亮说：“我已经六次将你擒拿了，还是不服，何时你才肯服？”

孟获想了想，说：“如果你第七次将我擒住，我便倾心归服，世世代代再也不反了！”

诸葛亮微笑着说：“你的洞穴都被我占领了，我还怕你不成？！”

于是，诸葛亮命令武士解开孟获等人身上的绑绳，说：“快去吧，下次擒你，若再支吾，定斩无疑！”

孟获等人抱头鼠窜而去。

诸葛亮立刻派探马探听孟获的去向。

孟获离了银坑洞，不知去向，在路上漫无目标地走着，正遇上蛮兵一千多人坐在山坡上歇息。这些蛮兵都是战败逃跑出来的。孟获带上这些蛮兵，心中稍稍安定了些。他对带来洞主说：“今日蜀军占了我的老家，真不知投奔到哪里呀。”

带来洞主说：“现在已经没有可投奔的地方了。只有借助他国的兵力与诸葛亮交战了！”

孟获说：“哪个国家呀？你认识他们？”

带来洞主说：“此去东南七百多里，有一个乌戈国（今缅甸北部），国王叫兀突骨。当年我带人打猎，曾经与他相交。我陪大王前去求他，也许可允。这个乌戈国国王身高丈二，不食五谷，专以生蛇恶兽为食。他部下的兵士都穿藤甲，号称‘藤甲军’。藤子生于山洞之中，盘于石壁之上，人们用刀砍下，浸在油里，半年后取出来晾干，然后再放到油里浸。这样重复十多次，才能用它制成藤甲。这种藤甲既轻又坚，且渡江不沉，沾水不湿，刀枪不入。若得藤甲军来，那诸葛亮将无计可施！”

孟获大喜，便让带来洞主领着，不怕山高路远，到乌戈国求援。

二人历尽艰险，走了半个多月，才到了乌戈国，求见兀突骨。

兀突骨住的地方，没有房屋，只是一个土穴。带来洞主领孟获来到兀突骨面前，说明来意。

兀突骨说：“我正闲得没有意思，那就帮你们报报仇吧！”

孟获叩拜在地，感谢大恩。

兀突骨叫来两个领兵俘长，一个叫土安，一个叫奚泥，命令他们领三万藤甲兵为先锋，向西北进发。

藤甲兵行走了十多天，来到一条大江前。这条江称“桃花水”。因为两岸都是桃树，历年桃树的叶子落在江水中，故有此名。

这江水有毒，如果外乡人饮了，立刻死去。唯有乌戈人饮了，反而精神倍增。

过了桃花水，就是中原的蛮方地面了。兀突骨下令在桃花渡口下寨，等候蜀军到来。

诸葛亮派出的探马回来报告：“孟获请来乌戈国国王。三万藤甲兵在桃花渡口下寨！”

诸葛亮闻报，立刻提兵前进，也直至桃花渡口。当地土人告诉诸葛亮说，此江水有毒，不可饮。诸葛亮命令大军后退五里扎营，留下魏延在渡口下寨。

第二天，兀突骨领一队藤甲兵过河讨战。魏延出兵相迎。乌戈国兵身穿藤甲，叫唤冲杀，没有一点规矩。魏延下令放箭猛射，箭射在藤甲上，纷纷坠地，不能伤身。

乌戈兵将手使钢叉，飞舞向前，蜀兵招架不住，一齐向后退。

杀了一阵，藤甲兵并不追赶，仍回桃花渡口，跳水渡江而返。

藤甲兵带甲过河，轻松自如。有的藤甲兵竟将藤甲脱下来，放在水面上，坐上去，像小船一样飘飘荡荡地过江了。

这一切，魏延都看得清清楚楚。他到大营将这些情况报告了诸葛亮。

诸葛亮请来吕凯，详细询问原因。吕凯说："早听说蛮方东南有个乌戈国，刀耕生食，没有人伦。兵将有藤甲护身，刀枪不入。又有桃叶恶水，外乡人饮之即亡，而他们却越饮越精神。如此野蛮之族，就是胜了他们，有何益处？"

诸葛亮说："不胜他们，如何擒得孟获？"

于是，令赵云、魏延一同去渡口守寨，自己则思谋破藤甲之法。

次日，诸葛亮叫土人领着，乘车到桃花渡口察看。这里是渡口北岸，山岭崎岖，草深林密。诸葛亮弃车步行，沿着山路登上山顶。他展目四望，看见一条山谷，曲曲弯弯，像一条爬行的蛇。谷中都是青石峭壁，一株树木也没有。出了谷口向北有一条大路。诸葛亮问身旁土人："这谷叫什么名？"

土人说："此谷称'盘蛇谷'。出了谷口便可去三江城。"

诸葛亮又详细察看了一番，便下山乘车返回大寨，把马岱唤来说：“给你黑油柜车十辆、竹竿千条。柜内装上铁雷。你带本部兵将，把住盘蛇谷谷口……”

马岱领命而去。

接着诸葛亮又唤赵云说：“你去盘蛇谷北口，在通往三江城的路上把守……”

赵云领命而去。

诸葛亮再把魏延唤来，说：“你领本部人马仍去桃花渡口下寨。如果藤甲兵渡河来讨战，你便弃寨而逃。见哪里有白旗，就往哪里逃。限你在半个月之内，必须连输十五阵，丢弃七个军寨。不够这些数，不要来见我！”

魏延不解其故，心中虽有气，但不敢明说，只得怏怏而去，依令而行。

魏延去了，诸葛亮把张翼叫来，悄悄授计。又对张嶷、马忠说：“你们二人领所降蛮兵，依计而行！”说罢，又将一张纸交给了他们。

一切安排好了，诸葛亮去马岱那里帮助准备一应事宜。

孟获与兀突骨在寨中饮酒。孟获说：“这个诸葛亮很有计谋，但都是用埋伏之计。所以，你与他交战，要嘱咐兵将，凡山谷之中、林深草密的地方，都不可轻易进入！”

兀突骨说：“你说得有理。听说中原人多施诡计，我一定多加小心。我在前边冲杀，你在后边告诉士兵免中埋伏！”

蛮兵报告：蜀军在桃花渡口又扎了寨。

兀突骨说：“再把他们打回去！”于是，命令两个俘长领藤甲兵过河，与魏延交战。

魏延按诸葛亮吩咐，战了一个回合，就逃走了。藤甲兵恐有埋伏，不去追赶。

次日，魏延又回到营寨，蛮兵探知，又渡河来战。战不几合，魏延又弃寨而逃。藤甲兵追进寨中，见这里比他们的寨子好，便住下了。接着，兀突骨也渡河过来了。

魏延向前逃着，见前面有一杆白旗，便跑了过去，一看，原来是一个空寨，就决定在此屯兵。兀突骨又领藤甲兵追来，魏延并不交战，仍是弃寨而逃。

兀突骨又得了第二寨，心中十分高兴。

魏延向前跑着，又见前面有一杆白旗，原来这里也是一个空寨，就又屯了兵。

第二天，兀突骨又领藤甲兵来战，魏延打了一个照面，就领兵逃去。兀突骨又得了一寨。

就这样，魏延连连败走，兀突骨连连得寨。

魏延心中有气，也只得照办，并暗暗记着败阵的次数和丢失的营寨。

兀突骨和孟获见蜀兵节节败退，心中大悦，骄气滋长。孟获对兀突骨说："国王，我们已经胜了他们十五阵，夺了他们七个营寨。只要我们不中埋伏，勇猛追杀，大事可成了！"

兀突骨大喜，不再把蜀兵放在眼里。到了第十六日，魏延领着残兵败将，又与藤甲兵交战。兀突骨骑着犀牛，光着膀子，手举钢叉，大骂蜀军。魏延上前杀了一阵，拨马便走，直奔盘蛇谷。

兀突骨望着谷中没有一株树木，便放胆追了下去。追到谷中，见十辆黑油柜车挡住去路，他不知这是什么东西，蛮兵便告诉他说："这是蜀兵败走时丢下的粮车！"

兀突骨放心了，继续引藤甲兵追赶。赶了一段路，见前面堵着许多干柴，而且都着了火。兀突骨不能前进，只能后退。

刚退到谷口，看见这里也被燃烧的柴草堵住了。

兀突骨并不着急，因为这里没有树木。他令藤甲兵往外冲，可这时候从山谷的峭壁上落下许多火把，将地下的药线引燃，从而使药线连着的黑油柜车上的铁雷爆炸了起来。

这下子可苦了这些藤甲兵，因为藤甲也着了火。藤甲兵来不及脱下藤甲，就已经被烧焦了头脸，不过半个时辰，个个被烧得屈腿弯腰，死于盘蛇谷中。

兀突骨也被铁雷炸成两截儿，并被烧成火炭。

孟获没有追进谷中，只在营寨中等候胜利消息。忽然进来许多南蛮兵，对他说："大王，兀突骨将诸葛亮围在盘蛇谷了，请你去接应！"

孟获大喜，立刻领着祝融夫人和宗亲乡党来到盘蛇谷前。他抬头观看，见谷中火光冲天，情知不妙，拨马就逃。这时张嶷、马忠冲过来截住去路，而那些报信的蛮兵也已擒住了孟获的亲宗乡党。原来他们都是早降了蜀军的。

孟获大吃一惊，寻了山间小径便跑。跑不多远，诸葛亮坐着四轮车过来，大声说："反王孟获，欲往何处？"

孟获见是诸葛亮，转身向另外一条山径跑去，那里马岱正等着，正好将他生擒活捉。

王平、张翼按诸葛亮吩咐，轻而易举地将祝融夫人及其家小抓获。

诸葛亮归寨，升帐聚将，说："我此番用计，只是不得已而为之。我料敌人必以为我在林深草密处埋伏，所以我空设旗幡，实无人马，以疑其心。我让魏延连败十五阵、连丢七寨，是为了骄其心。盘蛇谷中没有树木，我令马岱将黑油柜车放在谷中，车中除了火药就是铁雷。一雷之中藏九炮，埋在地下，中间用空竹连接，以做药引，一经引发，爆炸成片。子龙在谷口以柴草引火截住。可怜这些藤甲兵皆被烧死，实在惨不忍睹，这真是战争的残酷啊！我本不想如此做，可是不如此不能再擒孟获，因为他靠着藤甲兵呢！”

众将听了齐说：“丞相不必内疚，谁让乌戈国王助孟获抗拒我们呢！”

正说着，孟获被押进来。诸葛亮笑着叫人解去他身上的绑绳，并备酒压惊，然后，什么话也没有说，走出帐去。

孟获与孟优、祝融夫人、带来洞主及亲宗乡党在帐中饮酒，好长时间没人进来。

孟获不知诸葛亮是什么意思，正纳闷间，忽然有一蜀兵进来对他说：“丞相说了，他羞于见你，叫我放你们回去，回去想法再战。他不见你的面了！”

诸葛亮这一着真是厉害，比打比杀都厉害。

孟获听了，脸上发烧，羞得无地自容，痛哭流涕说：“丞相对我七擒七纵，这是从来未有过的事。我虽是蛮方之人，也颇知些礼义。这真是羞愧难当啊！”

说着，首先匍匐在地，其他人也跟着跪下了。孟获说：“丞相天威，孟获从心中服你了！”

这时候，诸葛亮从帐外进来，走到孟获面前问：“今日果是真心服了？”

孟获哭着说：“不但我服了，就是我子子孙孙也感丞相大恩大德！”

诸葛亮将他扶起来，设宴庆贺，说：“你仍为洞主、南蛮王。蜀军所占之地，尽皆归还于你！只望你好好治理蛮方，岁岁向后主进贡！”

孟获欣然接受，祝融夫人等人也连声拜谢诸葛亮。

蛮方之民都感戴诸葛亮恩德，大家共议为诸葛亮建造祠堂，以供四时祭颂。

蜀军班师之日，孟获领着各洞主送行，并以大批珍珠宝物呈献刘后主。

一路上，蛮方民众在路口拜送，齐呼诸葛亮为“慈父”。

诸葛亮下了四轮车，把百姓一一扶起，情深义重地说：“众位乡亲，我军务在身不能久留，待平定中原之后，我定来这里做客呀！此次南下，多得当地百姓协助，诚挚感谢。没有蛮方百姓相助，诸葛亮绝不能成功。所以蛮方百姓，才真是我之父母啊！”说着，跪在众百姓面前，叩头致意。

蛮方百姓都感动得流下热泪。

第二十三回　夺南安将计就计 战天水收服姜维

曹丕临危之际，把皇位让给儿子曹睿。曹睿只有十五岁，曹丕怕他难以理政，便将曹真、陈群、司马懿、曹休四人叫来，要他们全力辅佐曹睿。

诸葛亮得知消息，欲发兵征讨，马谡进言："丞相刚刚平南回来，应该先休息数日。我可用流言之计，削除司马懿兵权，然后发兵！"

诸葛亮从其言。马谡便派人到魏国张贴文告，散布流言。曹睿果然疑虑司马懿，收了他的兵权，贬他为平民。

于是，诸葛亮决心伐曹。

在诸葛亮心中，唯有司马懿是足智多谋之人，是他需全力应付的人。

这日，刘禅早起升朝，大会百官。诸葛亮出班，向后主刘禅呈上《出师表》一道。

《出师表》写道：

先帝创业未半而中道崩殂[1]，今天下三分，益州疲弊，此诚危急存亡之秋也。然侍卫之臣不懈于内，忠志之士忘身于外者，盖追先帝之殊遇，欲报之于陛下也。诚宜开张圣听，以光先帝遗德，恢弘志士之气，不宜妄自菲薄，引喻失义，以塞忠谏之路也。

…………

臣本布衣，躬耕于南阳，苟全性命于乱世，不求闻达于诸侯。先帝不以臣卑鄙，猥自枉屈，三顾臣于草庐之中，咨臣以当世之事，由是感激，遂许先帝以驱驰。后值倾覆，受任于败军之际，奉命于危难之间，尔来二十有一年矣。

先帝知臣谨慎，故临崩寄臣以大事也。受命以来，夙夜忧叹，恐托付不效[2]，以伤先帝之明，故五月渡泸，深入不毛。今南方已定，兵甲已足，当奖率三军，北定中原，庶竭驽钝[3]，攘除奸凶，兴复汉室……

后主刘禅看完了《出师表》，说："相父南征，远涉艰难，才回成都，坐未安席，今又北伐，恐怕你身体受不了啊！"

诸葛亮说："臣受先帝托孤之重，日夜寝食难安。南方平定，正是北伐的好时机，不抓住时机，就会丧失机会呀！"

这时候太史谯周进谏说："我夜观天象，西北旺气正盛，

---

① 崩殂（cú）：古时指帝王死亡。

② 不效：不能奏效。效：奏效，引用为完成、实现（目标）的意思。

③ 庶竭驽钝：希望用尽我平庸的才能。庶：希望。

星曜倍明，不可进兵！”

诸葛亮望望他说：“天道变化无常，怎能这么拘执？我此去先驻军于汉中，观其动静而后行！”

谯周无言以对。

刘后主只得应允诸葛亮北伐的请求。诸葛亮留郭攸之、董允、费祎为侍中，总揽成都之事；留大将向宠总管御林军马，保卫都城。其余文臣武将，他也都一一做了安排。

诸葛亮奉诏点将，计有魏延、张翼、王平、马谡、关兴、张苞、马岱等二百多名将佐。

诸葛亮命令李严继续把守东川之口，以防孙权。

众将分拨已毕，忽然帐外闯入一老将，大声说：“我虽年过七旬，但仍有廉颇之勇、马援之威，丞相为何不用我呀？”

诸葛亮见是老将赵云，急忙下帐，说：“老将军，随我平蛮我心中实在不忍啊！如今随先帝创业的老将，已经所剩无几了，实在叫人痛惜。平蛮归来，马超已经病故，我以为折去了我的膀臂。老将军已年过七旬，如再出征，稍有差错，不但会断送一世英名，而且也会动摇蜀军的锐气，所以你还是回去吧！”

赵云不服，说：“我随先帝创业以来，临阵不退，遇敌则先。大丈夫战死沙场是一件幸事，有何悔恨？我不但要去，而且愿为先锋！”

诸葛亮见赵云意志坚决，只得应允，又怕赵云有失，即命邓芝相随。

于是，诸葛亮拨给赵云精兵五千、副将十员，令赵云立刻起程。

刘禅领百官出城十里相送。诸葛亮大军出发，旌旗蔽野，戈戟如林，好一派威武景象！

曹魏的边关将士把消息传到洛阳，曹睿派大将夏侯楙领兵相拒。

诸葛亮进军至沔阳，令三军下寨，然后聚众将议事。

魏延近前说："夏侯楙乃是膏粱子弟，胸无谋略，我愿领精兵五千，从褒中（今陕西汉中褒城镇以东一带）出击，沿秦岭以东，穿过子午谷（位于今陕西西安长安区），不过十日，可到长安。夏侯楙闻我突然到来，必然弃城往横门（汉代长安城北西头的第一门）邸阁[①]而去。丞相领大军自斜谷而入。这样一来，咸阳以西，一举可得！"

魏延这个计谋，本来是很好的，是韩信暗度陈仓之计。可是诸葛亮不愿采纳，他心中对魏延一直没有好感，但又不愿意说出来。

诸葛亮说："这并非是万全之策。你这是欺负中原无人啊！倘若有人进言，在山谷中以兵截杀，则五千精兵一个也不能生还。刚刚出师理应稳妥些！"

魏延又说："丞相从大路进发，曹魏必倾关中之兵迎敌，这样旷日持久，何时可得中原？"

诸葛亮说："我从陇右（今甘肃六盘山以西、黄河以东地区）走平坦大道，依法进兵，何愁不胜！"

魏延被诸葛亮驳回，心中怏怏不乐。

诸葛亮命赵云先行。赵云领命，遇上西凉大将韩德及其四个儿子韩英、韩瑶、韩琪、韩琼。赵云老当益壮，一战将韩德的四个儿子杀了。后来，又在两军阵前，将韩德挑于马下。

---

① 邸阁：古代官府储存粮食等物资的仓库。

夏侯楙大败而走。赵云贪功心切，误入埋伏，不能突围。他从辰时杀到酉时，筋疲力尽，寻一个山谷少歇，忽见四下火光冲天，鼓声大作，矢石如雨。魏军重又杀来，连声高呼："活捉赵云！"

赵云急忙上马迎敌。魏军如潮水涌来，八方弓弩齐射，赵云不能向前，心中暗想："我不服老，命丧此地了！"

接着，赵云又拼命死战。突然东北方向喊声大起，魏军纷纷逃窜。一彪军队杀来，为首的将官手持丈八点钢矛，马脖上挂着一个人头，赵云一看，乃是张飞之子张苞。

张苞说："丞相恐怕老将军有失，特派我领五百精兵接应。我听说老将军被围，就冲入重围，遇上魏将薛则，被我斩了！"

赵云大喜，抖起精神和张苞向西北方杀去。正杀着，又有一彪军队迎面杀来，魏兵四散而逃。赵云抬头一看，乃是关羽之子关兴。

关兴说："我奉丞相军令前来解围，刚才遇上魏将董喜拦截，被我一刀斩了！"

赵云见关兴，手使青龙偃月刀，同往日关羽一般模样，便说："两位将军已立了大功，何不一鼓作气，擒了夏侯楙！"

张苞和关兴说："正好！"说罢，便追杀魏兵去了。

赵云对左右说："看两个子侄如此勇敢，我更应舍老命而报先主呀！"说着，领人马又投入战斗。

夏侯楙大军被三路蜀兵掩杀，损失过半。接着，邓芝又来冲杀，直杀得魏军尸横遍野、血流成河。

夏侯楙未曾打过仗，更少谋略，只得领着将官向南安郡（今甘肃陇西渭水流域）逃跑。关兴、张苞追到城下，将城围住。接着赵云、邓芝的人马也到了。

大家一齐攻打。正打着，探马报：丞相已经来了。

赵云、邓芝、关兴、张苞来见诸葛亮。

诸葛亮说：“我留后军驻在沔阳，左军屯在阳平，右军屯在石头，我领中军到此。”

赵云便将这里的情况报告了诸葛亮。

诸葛亮坐着小车到城下察看了一阵，便回到大寨。众将站在帐前听候命令。

诸葛亮说：“此城壕深墙固，强攻不容易呀！如果我们在这里久攻不下，而魏军分兵入汉中，那我们就危险了！”

邓芝说：“夏侯楙是曹魏的驸马，捉住他，胜斩百将。今日围住他，怎能放他而走？”

诸葛亮笑笑说：“我自有计擒他。此处往西是天水郡（今甘肃天水及所辖两区五县地区），北边是安定郡（今甘肃平凉地区及宁夏西部），不知太守都是何人？”

随军参谋告诉他说：“天水太守叫马遵，安定太守叫崔谅，这里的南安太守叫杨陵。”

诸葛亮想了想，先叫来魏延，悄悄授计，又唤关兴、张苞授计。接着，又唤来心腹军士二人授计。

魏延等人领命而去。

诸葛亮在南安郡城外，命令军卒将柴草堆在城下，造成要火攻的样子。城上的魏军见了，都哈哈大笑说：“这不是瞎子点灯——白费蜡嘛！”

安定太守崔谅，在城中听说蜀军围了南安郡城，困住了夏侯楙，心中十分恐慌，立即点齐军兵，坚守城池。忽然门官来报：“有一个人从南安而来，有要事要见太守！”

崔谅问：“就只有一个人吗？”

门官说：“只一人。”

崔谅说：“让他来见我。”

这个人见了崔谅说：“我叫裴绪，是夏侯楙心腹牙将，今奉驸马将令，特来求助于天水、安定二郡。南安城甚急，每日在城上放火为号，专等二郡救兵，可是不见救兵到达，所以派我闯出重围，前来告急。太守大人可星夜驰救，驸马见太守兵到，就开城迎接。”说着，只是喘气。

崔谅问：“驸马可曾写了文书？”

裴绪说：“写了。”于是从贴身衣服里掏出一封信。这封信已被汗水湿透，看不清字迹了。

裴绪不等崔谅细看，便说：“太守可要抓紧啊！我还得去天水求援去呢！”说完拜辞，急匆匆地走了。

崔谅看不清“书信”的字样，迟迟不敢发兵。过了两日，又有一探马报告：“天水太守已经发兵救助南安去了，他还叫我们早早发兵接应！”

崔谅听了，便召集官员商议：“这该怎么办呢？”

官员们都说，若不去救，失了南安，夏侯驸马出了事故，我们可吃罪不起，应该去救呀！

崔谅考虑再三，最后下了决心：点齐人马，救援南安！城中只留下几个文官守卫。

崔谅领兵向南安走着，远远望见前边火光冲天，便催着人马快行。大军离南安还有五十里路的光景，忽听队伍前后喊声大震，哨马来报：“前边关兴挡住去路，背后张苞杀来！”

安定的兵四散而逃，崔谅大惊，只领着手下一百来人，往小路上逃跑，直跑回安定城下。刚要喊叫开城，城墙上射下许多箭来。崔谅不知何故，魏延站在城头上大喊："我已经取了安定城，何不及早投降？"

原来，魏延按着诸葛亮吩咐，扮作魏军，黑夜间赚开了城，得了安定。

崔谅一看不妙，慌慌张张地投向天水郡。走了一段路，前边又冲来一彪人马。崔谅一看，乃是蜀军旗号。大旗之下，有一身披道袍鹤氅、手握羽扇之人坐在小车上。于是拨马又逃。此时张苞、关兴二人杀到，大叫："崔谅快来投降！"

崔谅四下观望，都是蜀兵，只有投降了。

回到军寨，诸葛亮以贵宾之礼相待，问："南安太守与你有交情吗？"

崔谅说："我们是邻郡，自然相交不浅！"

诸葛亮听了说："好。我劳烦你入南安城，去劝降杨陵与夏侯楙如何？"

崔谅说："丞相要让我去劝降，可暂退军马，容我入城去办！"

诸葛亮微微点头说："可以吧！"于是立刻传令四门军马各退二十里扎营。

崔谅骑马来到南安城下，叫开城门，到府中与杨陵相见。二人叙礼毕，崔谅细言事情经过。

杨陵说："我们可以将计就计！"

崔谅赞成，便跟着杨陵来见夏侯楙并报告一切。夏侯楙自然很高兴，问杨陵："如何将计就计啊？"

杨陵说："只说我愿献城，赚蜀兵进城后，便突然杀之！"

崔谅依计，到蜀营中来见诸葛亮，说："杨陵被我说通，愿意献城，放大军进去，擒住夏侯楙。杨陵本想自己捉住夏侯楙，因手下心腹不多，不敢随意行动。"

诸葛亮察言观色，知道崔谅说的是假话，但仍像真的一样听着。他说："这事很容易。现有你的降兵百十来人，增加一些蜀兵，假扮安定军进城，先暗伏在夏侯楙府下，再暗约杨陵，等到半夜时，打开城门，来个里应外合！"

崔谅听了诸葛亮的话，暗想："如果不带蜀兵进去，恐怕诸葛亮生疑。不如先带他们进去，到城里就杀了他们，然后举火为号，骗诸葛亮进城！"

想到这里，崔谅说："完全听丞相安排！"

诸葛亮又嘱咐崔谅说："我让关兴、张苞随你同去。就说救兵到了，以安夏侯楙之心。晚上以举火为号，我当亲自入城去擒夏侯楙！切切记住！"

崔谅出了帐，诸葛亮悄悄对张苞、关兴说了几句。到了黄昏时分，关兴、张苞披挂上马，各持兵器，夹在安定军中，随着崔谅，来到南安城下。

杨陵在城上朝下问："何处来的军马？"

崔谅在城下答："安定援兵到了！"接着向城上射去一支箭，箭头上绑着密书。密书上说："诸葛亮派二将入城来，且不可惊动，待入城后，杀之！"

杨陵把密书交给夏侯楙。夏侯楙说："既然诸葛亮已经中计，一切可按计而行。"

杨陵又回到城上，高声说："既是安定援兵，请快入城！"于是下令打开城门。

关兴与崔谅先行，张苞跟在后边。杨陵下城，在城门边迎接。关兴上前一刀，将杨陵杀了。

崔谅大惊失色，急忙向护城河边跑。张苞追过来，喊："贼子休走！"手起枪到，刺死崔谅。

关兴急跑上城，放起火把，四百蜀军一齐杀入。夏侯楙猝不及防，向着南方逃跑，被王平截住，交锋只一个回合，夏侯楙便被生擒。余下军校全部被杀。

诸葛亮步入南安城，安抚军民，秋毫无犯。

夏侯楙被押进囚车。

诸将急着献功。邓芝问诸葛亮："丞相怎知崔谅是诈降啊？"

诸葛亮说："我见他来时的神情，就知道他是诈降了！后来派关兴、张苞同去，若他是真心投降，必然阻挡。他不阻挡，便是怕我生疑。这就更加断定他是诈降了。"

众将听了，都佩服丞相料事如神。

诸葛亮又说："骗崔谅出城的人，假称裴绪。接着，他又去骗天水太守，只是至今未回，不知什么原因？"

于是诸葛亮下令：留吴懿守南安，宋琰守安定，魏延去取天水郡。

天水郡太守马遵，听说夏侯楙困在南安城中，便召文武官员商议。主记官梁虔说："夏侯驸马乃是金枝玉叶，稍有疏忽，我们就有罪过，太守应快速救援！"

马遵正犹豫间，忽报夏侯驸马派心腹牙将裴绪到来。

马遵急忙请入。裴绪说："驸马要安定、天水两郡兵马速去救援南安郡！"说罢，匆匆告辞。

次日，有探马报："安定兵已去救援，请太守快快发兵！”

马遵听了正想发兵，忽有一人从门外而入说：“太守，你中诸葛亮之计了！”

马遵见是姜维。姜维，字伯约，天水冀城（今甘肃天水甘谷县）人。其父姜冏原是天水郡的功曹，是一个很小的官。时逢羌、戎叛乱，姜冏挺身护卫郡守，战死沙场，因此姜维被赐官为中郎将，任天水郡参军。姜维自幼博览群书，兵法、战策无所不通，奉母至孝，郡里人皆敬重他。

马遵问：“伯约有何话讲？”

姜维说：“我听说南安城被蜀军围得水泄不通，怎能有人从重围之中闯出来？再说，那送信的裴绪乃是一个无名的下将，我们都未曾见过，况且又没有公文。所以我认为，这一定是诸葛亮在设计赚我们出城，而后乘势夺取天水郡！”

马遵听了大悟，说：“啊，不是伯约说知，险些中他奸计！”

姜维说：“太守放心，我有一计可擒诸葛亮，解南安之围！”

马遵急问：“伯约有何妙计？”

姜维说：“孔明现必伏兵于城外，只等我军出城，便乘机取城。我领精兵三千，伏在要路。太守随后发兵出城，但不可远去，只行进三十里便回来。我们以举火为号，前后夹击，可获大胜。如诸葛亮前来，则一同擒获！”

马遵连说：“好计，好计！”于是，拨三千精兵给姜维使用。

姜维领命而去，然后马遵与梁虔领兵悄悄出城。

诸葛亮的确在天水郡城外设下了伏兵，只等天水人马出城，便乘虚取下此城。伏兵头领正是赵云。

当晚，有人报告赵云："马遵已领兵出城，城中只剩了几个文官！"

赵云通报给张翼、高翔二将，要他们在半途截杀马遵。自己则领兵来到城下，高呼："我乃常山赵子龙，早献城池，免受其苦！"

赵云见城上无人答话，正要攻城，忽然四面火光冲天，一队人马冲了过来。当先一员少年将军，挺枪跃马直奔自己。赵云问："你是何人？"

少年将军答："我乃天水姜维，字伯约！"

二人战在一起，战了二三十个回合，真是棋逢对手，将遇良才，分不出输赢胜负。赵云暗说："谁想这里还有这样的少年英雄！"

正在战着，马遵又领兵来夹击赵云。

赵云首尾不能相顾，只得冲开一条道路，领着败兵逃走。姜维在后紧迫，多亏张翼、高翔二人杀出，才把赵云接应回去。

赵云见了诸葛亮，连说："中了人家之计了！"

诸葛亮吃惊地问："他是什么人？怎识破我的玄机？"

此时有南安人说："一定是姜维！"

诸葛亮又问："姜维是谁？"

南安人回答："姜维，字伯约，智勇双全，是当今的英杰！"

赵云也说："姜维枪法娴熟，非常人可比！"

诸葛亮想想说："我要取天水，却遇上了这个人！"

于是，诸葛亮率大军赶到天水郡城下。

姜维大胜回城，见到马遵说："赵云败走，诸葛亮必亲自来。他一定认为我军都在城中。我们要分兵出城，在外埋伏。我领一军，伏在城东，如蜀军到来，我截而杀之。你与梁虔、尹赏等人也领人马埋伏于城外，城中只需留文官守护。"

马遵依计而行。

诸葛亮自己为前部，来到天水郡城下，便下令攻城。

马谡说："丞相是否先扎下营寨再说！"

诸葛亮着急，说："凡攻城池，以初到之日为宜！"于是，激励三军，鼓噪攻城。

攻了多时，城上旗幡整齐，毫无动静。诸葛亮有些迟疑。等到半夜，忽然四下火光冲天，喊杀声四起，城头上也敲起战鼓。

蜀兵一阵慌乱，诸葛亮急忙上马，关兴、张苞保护着，杀出重围。正跑着，见正东方有一条火链，势如长蛇。

诸葛亮令关兴驰往探看。关兴回来禀告说："这是姜维陈兵在此！"

诸葛亮听了，叹口气说："兵不在多，而在于调遣啊！姜维实为将才呀！"

诸葛亮回到营寨，沉思良久，唤过安定郡人问："姜维之母现在何处？"

安定人回答："他的母亲住在冀城。"

诸葛亮便把魏延唤来，说："你带一千人马，虚张声势，诈取冀城。如果姜维到了，可放他入城！"

魏延领命而去。

诸葛亮又问安定人："此地何处是紧要之处？"

安定人说："在上邽（今甘肃天水）的粮仓最紧要。若打下上邽，天水郡城粮道自绝！”

诸葛亮大喜，立时叫过赵云，说：“老将军领一军去攻上邽，绝其粮道！”

赵云得令而去。

诸葛亮大寨离天水郡城三十里。这个消息，早有探马报入天水郡：诸葛亮大军分为三路，一路在天水郡城下，一路去攻上邽，一路去攻冀城。

姜维是个孝子，对母至孝。听说蜀军去攻打冀城，他心中一惊，对马遵说：“太守，老母现在冀城。蜀军去攻，恐有闪失。我请求带领人马驰援冀城，以便救出老母！”

马遵同意，拨三千人马给姜维去守冀城，梁虔也领三千人马去保上邽。

姜维领兵到冀城，见城下有蜀军围困，为首一将正是魏延。二人交战数合，魏延诈败而走。姜维叫开城门进了城，先去拜望老母，并不出战。

赵云这边也把梁虔放进上邽城去了。

诸葛亮得到魏延、赵云的消息后，派人到南安郡把夏侯楙提来。诸葛亮说：“你怕死吗？”

夏侯楙听了急忙求饶。

诸葛亮说：“现在姜维驻守冀城，使人下书给我说：‘但得驸马在，我愿意归降！’我今饶你性命，你能招安姜维吗？”

夏侯楙说：“情愿去办！”

诸葛亮便让夏侯楙换了衣服，放他出寨，并不派人跟随。

夏侯楙被放出来，不识路途，正在犹豫，忽然前边来了许多老百姓。夏侯楙向他们问路，老百姓们说，我们都是冀城中百姓，现在姜维献了城池，归降了诸葛亮。蜀将魏延纵火劫财，我们只好弃家而走，投奔上邽去！

夏侯楙又问：“现在守天水城的人是谁？”

老百姓们说：“天水郡城仍是马太守守着啊！”

夏侯楙想：“既然姜维已经投降，还去冀城干什么？干脆去投天水郡马遵吧！”

于是，夏侯楙急匆匆地来到天水郡城下，向城上大喊道：“开城！”

城上马遵一见是夏侯楙，立刻开了城，迎他进去。夏侯楙把姜维的事说了。马遵听了大惊，叹口气说：“不料姜维竟投了诸葛亮！”

天黑的时候，蜀军又来攻城。马遵向下观望，见火光中姜维勒马挺枪，大声说：“请夏侯驸马答话！”

夏侯楙站在马遵身旁，不作回答。只听姜维又喊：“我为了驸马才降了诸葛亮，驸马为何背弃前言？”

夏侯楙说：“你受魏恩，为何降蜀？我有什么前言？”

姜维大声说：“是你写信让我投降诸葛亮，怎么说你没有前言？你要脱身，却将我陷了！我已降蜀，封为上将，绝不能再反悔了！”

说罢，姜维下令攻打天水郡城，一直打到东方破晓才退兵。原来，这个夜间的姜维是假扮的，是诸葛亮之计。他在部卒中选了一个和姜维长相相似、口音相同的人，率军乘夜前来攻打，果然使马遵和夏侯楙信以为真。

诸葛亮办完了这件事，就领兵来到冀城之下。

冀城中粮食不足，姜维很着急。他在城上看见蜀兵们推着大车小车，一辆一辆地向魏延营中运粮，心中顿生劫粮之念，便领着三千人马出城。蜀兵见姜维来劫粮，便纷纷弃了粮车逃跑。

姜维轻而易举地夺了粮车，正要回城，忽见一彪人马杀来，为首的是蜀将张翼。二人交锋，战了几个回合，王平又引一彪军杀来，形成夹击之势。姜维力战不能取胜，便夺路归城。谁知到了城下，门却不开，姜维抬头观看，城门上已经插上了蜀军旗帜。

原来，姜维出城劫粮之际，魏延袭占了冀城——这全是诸葛亮的安排。

姜维只好夺路奔向天水郡城。路上又遇张苞截杀了一阵，只剩下单枪匹马了。

姜维来到城下大叫开城。城上军卒一见是姜维，报告马遵。马遵大怒说："这是姜维来骗城了！"于是下令乱箭射回！

姜维没有办法，只得又奔向上邽，向城上大叫开城。

城上梁虔也大骂："叛国之贼，反骗我城池来了，我已知你降了诸葛亮！"接着下令乱箭射回！

姜维不知其故，处处受挫，不由仰天长叹说："天亡我也！"他两眼落泪，骑马向长安方向行去。行了五六里路，前面是一片树林，他本想歇息一下，忽听得一声呐喊，杀出数千蜀兵，为首将官是关兴。

姜维人困马乏，已经不能抵挡，便勒马往回跑。跑不多远，只见从山坡背后转出一辆四轮小车，车上端坐着诸葛亮。诸葛亮微笑着对姜维说："伯约此时仍不愿降蜀吗？！"

姜维望着诸葛亮，暗暗佩服。姜维现在真是山穷水尽了，只得下马归降。

诸葛亮急忙下车，拉住姜维的手说：“我自出茅庐以来，遍求贤者，欲传授平生之学，恨不得其人。今见伯约，我的愿望可以实现了！”

姜维见诸葛亮以诚相待，深为感动，跪地而拜。诸葛亮把他扶起来，喜形于色，连连拍着姜维的肩膀说：“将军受累了，快快回帐歇息！”

第二天，姜维献计，一举夺了天水郡和上邽粮仓。

蜀军威名远震，远近州郡望风而降。

诸葛亮整顿军马，尽提汉中之兵，前出祁山（今甘肃礼县东北），兵临渭水之西。

第二十四回 摇舌骂死老王朗 空城弹琴退敌兵

夏侯楙逃往西羌而去。魏主曹睿又派曹真为大都督、郭淮为副都督、王朗为军师，发兵以拒蜀军。

曹真在渭河以西下寨，与众人商讨退兵之策。老臣王朗说："明日可整顿队伍，大展旌旗，老夫出阵，只凭一番话，可使蜀兵自退！"

这真是痴人说梦。王朗自以为巧言善辩，所以并没有把诸葛亮放在眼里。

曹真大喜，先向蜀营下了战书。第二天，两阵对垒于祁山之前。

三军鼓角齐鸣，军师王朗出马。上首是都督曹真，下首是副都督郭淮。军校在阵前大喊："请蜀军元帅答话！"

话音刚落，对面蜀军门旗摆开。关兴、张苞分左右而出，立在两旁。门旗中央，推出一辆四轮小车，车上端坐着诸葛亮。他纶巾羽扇，素衣皂袍，飘然若仙。

诸葛亮举目望魏军阵前，见中间一白髯老翁，便知是军师王朗，不禁暗想：这老儿定有一番言辞，我得随机应变。于是，命令军校答话："汉丞相与司徒王朗会话！"

王朗纵马而出，诸葛亮在车上拱手致意，王朗在马上欠身答礼。

王朗说："久闻孔明先生大名，今天幸会。先生既知天命、识时务，为什么兴无名之师？"

诸葛亮答道："我奉诏讨贼，怎么说无名？"

王朗说："天数有变，神器①更易，而归于有德之人，这是自然的规律。自从汉桓、灵帝以来，黄巾起义，天下纷乱。直至献帝建安元年，董卓谋逆，接着又有李傕、崔汜施虐。袁术称霸于寿春，袁绍称雄于邺土，刘表占据荆州，吕布虎吞徐郡。可谓盗贼蜂起，奸雄鹰扬②。社稷有累卵之危，生灵有倒悬之苦。我太祖武皇帝（曹操），扫清六合，席卷八方，万姓倾心，四方景仰。这并非以权势而得天下，而实为天命如此。世祖父皇帝（曹丕），神文圣武，应天合人，法尧禅舜，处中国以临万邦，这难道不是天心人意吗？！

"先生蕴大才，抱大器，自比于管、乐，何必做逆天理、悖人情的傻事呢？古人有语云'顺天者昌，逆天者亡'，今我大魏发兵百万，良将千员，谅腐草之萤光，怎及天心之皓月？我劝先生倒戈卸甲，以礼来降，不失封侯之位。这样战争不起，国安民乐，岂不是一件大好事啊？！"

诸葛亮在车上听了，哈哈大笑说："我以为汉朝老臣必有高论，怎么说出这样鄙琐的话？我有一言，大家共同听听。"

诸葛亮故意把声音放大，让两边的军校们都能听见，实际上是想在众人面前让王朗出丑。

---

① 神器：古代帝王的玺符，指帝位。

② 鹰扬：逞威。

诸葛亮说："自汉桓、灵帝以后，汉统不振，宦官横行，造成国乱岁凶，四方劫乱。黄巾起义之后，董卓、李傕、崔汜等人接踵谋逆，迁劫汉帝，残害生灵。因而庙堂之上，朽木为官，殿陛之间，禽兽食禄。狼心狗肺之辈，滚滚当道；奴颜婢膝之徒，纷纷秉政。以致社稷丘墟，苍生涂炭。"

诸葛亮这一番话，明着骂汉贼，暗中却讽刺王朗。王朗听着脸上一阵阵发烧。

诸葛亮继续提高嗓音说："我早就知道你的根底。你祖居东海之滨，开始以举孝廉而当了官。按理说，你应该匡君辅国，安汉兴刘。可是你却大助逆贼，同谋篡位。这真是罪恶深重，天地不容。天下之人谈起你，都恨不得吃你之肉！有幸的是，天意不绝炎汉，昭烈皇帝继正统于西川。我今奉后主之旨，兴师讨贼，正遇见了你。我想，你既已成了汉之贼子，就只能潜身缩头，苟图衣食，怎敢在光天化日之下露面？好不羞死人了！"

王朗听到这儿，已经气喘吁吁，掩面擦汗了。

诸葛亮又大声骂道："皓首匹夫，苍髯老贼！不是我骂你，我是代替天下人来指责你！如果你将来归于九泉之下，有何面目去见汉朝的先帝们啊？！老贼快快退了下去，快叫那些反贼与我交战，决个雌雄。到时再和你说话，我自己觉得脸上无光！"

诸葛亮最后这几句话，直刺王朗肺腑。王朗又羞又气，浑身打战，一阵气冲胸膛，大叫一声，摔在马下，竟气绝身亡。

诸葛亮曾三气周郎，今天一气就把王朗气死了！后人有诗赞道："兵马出西秦，雄才敌万人。轻摇三寸舌，骂死老奸臣。"

诸葛亮自出师以来，接连获胜，心中甚喜。一日在寨中议事，探马来报："曹睿已经亲领兵马来长安，并已重新起用司马懿为平西都督。"

诸葛亮听了大吃一惊，面有难色。参军马谡问："量一个曹睿有何惧怕的呢？"

诸葛亮说："曹睿并不可惧，只是司马懿才是难以对付的人啊！"

司马懿领二十万大军出关下寨。他对先锋张郃说："诸葛亮用兵平生谨慎，不敢冒险行事。若是我用兵，当初就应从子午谷取长安，这样长安早被他们夺去了。这并不是诸葛亮无谋，他只是怕不保险，所以没有这样做！"

司马懿所说的，正是魏延当时向诸葛亮献的计策。诸葛亮并不是没有想到，只是刚刚发兵，不能冒险。

司马懿分析说："诸葛亮现在一定出兵斜谷，来取郿城，取了郿城，就可兵分两路，一路取箕谷了。我已命曹真拒守郿城，蜀兵来时，不可出战。我又命孙礼、辛毗截住箕谷道口，若蜀兵来则可出奇兵袭击。"

张郃问："那么将军你从何处进兵？"

司马懿说："我知道秦岭以西有一条路，地名叫街亭（今甘肃庄浪东南）。旁有一城，名叫列柳城。这两处都是汉中的咽喉。我想诸葛亮必料曹真无备，从此而进。我与你可以直取街亭。诸葛亮若得知我占了街亭，绝了他的粮道，必然连夜奔回汉中。他退兵时，我领兵在小路截击，可得全胜；他若是不退，我就将诸处小道垒断，并派兵把守。一个月没有粮食，蜀兵饿也得饿死，诸葛亮被擒无疑！"

张郃佩服地说："都督真是神算！"

司马懿说："虽然如此，仍不可轻进。传告众将，循山岭两道进发，如无伏兵，方可前进，以免中诸葛亮之计！"

诸葛亮在祁山寨中，忽有细作来报："司马懿同张郃引兵出关，拒挡我军！"

诸葛亮听罢，说："司马懿出关，必取街亭，以切断我咽喉之路。谁愿领兵去守街亭？"

参军马谡说："我愿去！"

诸葛亮望望他说："街亭虽小，关系重大。倘若街亭有失，我们的大军就危险了。你虽然深通谋略，但街亭既无城郭又无险阻，实在难守啊！"

马谡笑笑说："我自幼熟读兵法，颇知战策，怎么会守不住一个小小街亭？！"

诸葛亮又嘱咐说："司马懿非等闲之辈，先锋张郃，也是曹魏的名将，恐怕你不能抵挡！"

马谡不服地说："休说司马懿、张郃，就是曹睿亲自来，又有什么怕的呀？如有差错，可斩我全家！"

诸葛亮说："军中无戏言啊！"

马谡说："愿立军令状！"

诸葛亮同意了。马谡写了军令状呈上。

诸葛亮说："我拨给你两万五千精兵，再派一员上将帮助你！"

诸葛亮随即唤来王平，说："我知道你平生谨慎，所以把此重任相托，你一定要谨慎行事。下寨要在要道之处，使敌兵不能偷过。安营已毕，要画四至八幅地图送给我看。凡事你们二人要商量好，不可一意孤行。如守住街亭，则是首功一件。

望你二人戒之、慎之！”

二人领命而去。

马谡、王平走后，诸葛亮再三寻思，仍恐有失，又唤来高翔说：“街亭东北有一小城，叫列柳城，那里山中有许多小路，可以屯兵扎寨。我拨给你一万人马，屯扎在那里。一旦街亭有失，便可救援！”

高翔领命而去。

诸葛亮又想：高翔并非张郃的对手，必须有一员上将，屯于街亭之右，方可预防意外。于是又唤来魏延，命他带本部人马去街亭之右屯扎。

魏延听了，说：“我为行军前部，本应先行破敌，何故把我安排在安闲地方？”

诸葛亮说：“我命你接应街亭，以防意外。街亭是阳平关要冲之地，关系重大，这本是事关全局的事，怎么说是安闲呢？！”

魏延听了大喜而去。

此时，诸葛亮才稍稍安心，又唤来赵云、邓芝说：“司马懿出兵与往日不同，你们二人领人马出箕谷，作为疑兵。遇上魏军，或战，或不战，以惊其心！我统大军，由斜谷取郿城。如果得了郿城，长安就可破了！”

赵云、邓芝走后，诸葛亮命姜维为先锋，直奔斜谷。

马谡与王平领兵到了街亭，先察看了地势。马谡笑着说：“丞相怎么这样小心？这样的山间小路，魏兵如何敢来！”

王平说：“虽然魏兵不一定敢来，我们也要在五路山口下寨安营。可命令军士伐木做成栅栏，以便作长远打算！”

马谡笑着说：“当路怎能安营？那边有一小山，四面都不相连，而且树木极多，这正是扎寨安营的好地方！”

王平听了，觉得不妥，说：“参军，如果屯兵当道，筑起城垣，魏兵来了，绝不能通过。要弃此路口，在山上扎营，魏兵若四面围住我们，怎么办？”

马谡听了大笑：“这真是妇孺之见。兵法云：‘凭高视下，势如破竹！’如果魏兵到来，我叫他片甲不回！”

王平仍然坚持，说：“我随丞相打了这么多年仗，所到之处，丞相总是尽心指教。我观此山，乃绝地也！如果魏兵断我汲水之道，我军必不战自乱！”

马谡有些生气了，说：“你别胡说。孙子兵法云‘置之死地而后生’！如果魏兵绝我汲水之道，军士岂不死战？我素读兵书，丞相有事还问我，你怎么这样不相信我呀！”

王平见马谡这样自负，只好说：“如果参军一定要在山上扎寨，那么分兵给我，我在小山两边扎一小寨，以成掎角之势。魏兵果真来了，你我还可以互相照应！”

马谡听了摇摇头，并不愿意。这时候，一些山民成群结队奔跑而来，连声喊道：“魏兵到了。”

王平听了很着急，坚持要再扎一小寨。马谡气急败坏地说：“既然你不听我将令，就给你五千人马，自己安营去吧！”

王平领兵离山十里扎下一小寨，然后画成图本，星夜差人报送诸葛亮。

司马懿命令次子司马昭前去探路，并嘱咐：若街亭有兵把守，即按兵不动。

司马昭探听明白，回报父亲说：“街亭已有蜀军把守！”

司马懿听了叹口气说：“诸葛亮真是神算，我不如他呀！”

司马昭说：“父亲不必长他人志气，我料街亭易取！”

司马懿问：“你怎敢说此大话？”

司马昭说：“我见街亭五路总口并无营寨，蜀军扎营在小山上，所以敢说易取！”

司马懿听了连说：“如果是这样，天助我也！”接着，他又更换衣服，亲自骑马前往察看。

这夜天气晴朗，月亮极好，司马懿领着一百多人，围山转了一圈。马谡在山上看见了，便传令将士：“魏兵来时，只要见到山顶上红旗摆动，大家便要一齐向下冲杀！”

司马懿回到大寨，问：“是谁守街亭？”

探马报告：“是蜀营参军马谡，就是马良之弟。”

司马懿笑笑说：“徒有虚名，实为庸才！”接着又问：“街亭左右是否另有营寨？”

探马报告：“离山十里，有王平营寨！”

司马懿下令叫张郃领人马挡住王平的来路，又令申耽、申仪围住马谡的营盘，断了他的汲水之道，待蜀兵自乱，再乘乱冲杀。

司马懿调拨已毕，次日天明便领兵将马谡营盘团团围住。

马谡在山上看见魏兵如潮水般涌来，便将红旗摆动起来，催促将士们下山迎敌。可是，蜀兵你推我拥不敢下山，马谡大怒，斩了两员偏将。军士们惧怕，下山来战。魏军岿然不动，他们又只得退了回去。

马谡一见不妙，只得紧闭寨门，等待援兵。

王平得知消息，领兵前来救应，却被张郃拦阻。

魏兵围山自辰时到戌时，因汲水之道已断，有的蜀兵竟偷偷下山到魏营中投降去了。

司马懿又令人在山下放火，山上的蜀兵更加害怕，大呼小叫地要到魏营投降。马谡一见难以管束，只得领着残兵败将从西边逃跑。司马懿放过马谡，张郃却在后面追杀。追了三十多里，前边魏延杀来，迎住张郃。二人战了数合，张郃败走，魏延猛追，又夺了街亭。魏延仍是追赶，大约追出三十里，忽然伏兵杀出。左边司马懿，右边司马昭，把魏延围在当中。张郃也返回助战。三军围攻，使魏延不能脱身。

正在危急时，王平杀过来。二人合力，大杀一阵，魏兵虽退，但王平寨中已是魏军的旗号了。

魏延与王平只好赶向列柳城投奔高翔。这时，高翔听说街亭失守，便出城救应，正与魏、王二将相遇。

三个人商议，夜间去魏营劫寨，夺取街亭。岂知三人劫寨时，又中了司马懿的埋伏，险些丧命。回到列柳城外时，列柳城也早被魏军乘虚占领了。他们只得往阳平关而去。

司马懿得了街亭，对众将说："现在宜兵进斜谷，由西城而入。西城虽小，却是蜀兵囤粮之地，又是去南安、安定、天水三郡的要冲。西城得手，则三郡可以收复！"

于是，司马懿留申耽、申仪守列柳城，自领大兵向西城进发。

诸葛亮自派马谡守街亭后，心中犹豫不定，盼着王平把地图送来。第二日看到王平送来的地图，不禁倒吸一口冷气，说："恐怕街亭难保！"

果然不过一日，探马回报："街亭、列柳城尽失去了！"

诸葛亮听了，坐在椅子里，长长叹息说："这是我之过呀！”

冷静了一会儿，他对张苞、关兴说：“你二人各领三千人马，沿武功山小路而行，如遇魏兵，不可大战，只鼓噪呐喊。如魏兵败走，也不可追！等他们退尽，你们便去阳平关！”

接着，诸葛亮又令张翼领兵去修剑阁（位于今四川广元剑阁县境内），以备归路。同时密传号令，大军悄悄收拾行装，以备起程。又令姜维、马岱断后，先埋伏于山谷中，等大军退完，方可收兵。诸葛亮又叫心腹之人分别通知天水、南安、安定三郡的官民都入汉中。另派一心腹到冀城接取姜维老母，也送入汉中。

诸葛亮分拨完了，又派兵五千把西城粮草运走。

这时候，探马连连飞报：“司马懿领十五万大军，向西城蜂拥而来！”

探马一会儿报还有二十里，一会儿报还有十里……

这时候，诸葛亮身边已没有一员武将而只剩下几个文官了。五千兵丁大部分运粮去了，只剩下两千五百兵丁在城中。这两千五百兵丁与司马懿的十五万大军相比，实在太悬殊了。

众文官听说司马懿大兵即将杀来，个个惊慌失色。

不一会儿，探马又飞报：司马懿大兵前军已逼近西城！

在这紧急关头，诸葛亮仍然不慌不忙，镇定自若，可是他的心中却如翻江倒海。打了大半生的仗，从来没有遇见这样的险情呀！

众文官尾随在诸葛亮身后，盼着他拿出主意，化险为夷。

诸葛亮登上城楼眺望，城下不远处尘土飞扬，喊杀震天，魏军正分两路向西城杀来。

诸葛亮沉住气，立刻想出了一个大胆的计谋，于是传令：

尽快放下城垛口的旌旗；兵丁在城内守住城铺，不得出出入入，不得高声讲话，违者立斩不饶；打开西城四个城门，每个门上由二十个兵丁扮作城中百姓扫街，魏兵到来时，不可惊慌。

安排停当了，诸葛亮便披着鹤氅，戴上纶巾，在城门箭楼前凭栏而坐，焚香操琴。

司马懿的前军到了城下，见西城四门洞开，百姓安然扫街，一副平平静静的样子。箭楼之上，诸葛亮端坐弹琴，神色自若，琴音悦耳。因为不知是怎么回事，所以魏军谁也不敢入城。

司马懿得此探报，微笑着摇摇头，说："哪里有这种事？"于是下令军队停止前进，亲自骑马来到城下察看。他果然看见诸葛亮于箭楼之上笑容可掬地焚香操琴。左边一个童子手捧宝剑，右边一个童子手持麈尾[1]。四门内外，各有二十名城中百姓低头扫街，旁若无人。

司马懿又仔细听听诸葛亮的琴声，果然清幽悦耳，琴音不乱。

司马懿大疑，急忙回到中军，并立刻下令：前队变后队，后队变前队，大军北撤。

司马昭近前说："父亲，莫非诸葛亮故作姿态，叫我们上当？！"

司马懿说："诸葛亮用兵，平生谨慎，不曾弄险。像今天这个样子，必有埋伏。我军入城，正中他计了。你不知此理，

---

① 麈（zhǔ）尾：古人闲谈时执以驱虫、掸尘的一种工具。麈：古时指鹿一类的动物。

诸葛亮巧设空城计

速速退兵！”

于是，司马懿领魏军退去了。

诸葛亮在城上见魏军远去，拊掌大笑说：“好险啊！”

众文官非常惊讶，问诸葛亮：“司马懿是曹魏名将，统十五万大军到此，面对一座空城，为何退去呢？”

诸葛亮说：“此人多疑。他料我平生谨慎，从不弄险，见此情况，疑有伏兵，所以速速退去了！其实，我不是故意弄险，而实在是事情紧急，不得已才这样做的呀！司马懿一定领兵奔山北小路去了，我早已令关兴、张苞埋伏在那里了。”

众文官叹服说：“丞相玄机，神鬼莫测。若是我们，只有弃城逃跑！”

诸葛亮笑笑说：“我们只有二千五百兵丁，如弃城而逃，走不多远，必被司马氏生擒活捉！”

其中一个文官，当场赋诗一首：

瑶琴三尺胜雄师，
丞相西城退敌时。
莫道司马生疑处，
神鬼见此也心痴。

诸葛亮摆摆手说：“司马懿必将再来，快叫全城百姓随军齐入汉中！”

蜀军领着百姓向汉中去了，天水、南安、安定三郡军民，这时也正在陆续进入汉中。

司马懿正沿武功山小路而退，忽听山坡后面杀声震天。司马懿对司马昭说：“看看，我要不退，必中诸葛亮之计了！”

关兴与张苞只在山谷中叫军士们呐喊，并不出战。山谷中声音回荡，不知山中埋伏着多少蜀军人马。

司马懿又生疑虑，不敢出山谷，只好折返街亭。

忽有探马报告说：“诸葛亮已经退走，西城原是一座空城！”

司马懿大吃一惊，仰天长叹说：“诸葛亮之谋，胜我十筹呀！”

司马懿想看个究竟，便兵分两路，一路去街亭，一路到西城。他向一个砍柴樵夫打听：“诸葛亮前日城中有多少人马？”

樵夫说：“大概没有人马，只有几个文官！”

司马懿又问：“前边武功山中有多少伏兵？”

樵夫说：“大概只有三千人马，关兴、张苞领着只是呐喊，并不出战啊！”

司马懿复又叹息说：“此人可称当代神仙也！”

蜀军皆回汉中去了，司马懿只好领兵回长安，向曹睿报告一切。

第二十五回 正军法痛斩马谡 假劫粮火烧魏军

诸葛亮回到汉中，计点人数，大将中只少赵云、邓芝，心中暗暗忧虑，便命令张苞、关兴领兵去接应。二人正要出帐，忽报赵云、邓芝回来了。原来，赵云和邓芝击退了曹真的兵将，大胜而归，不少一兵一卒。

诸葛亮大喜，问："各军均有伤亡，不知老将军为何不折一人一骑？"

邓芝回答："我引兵在前，老将军独自断后，连连斩将立功，敌人害怕，因此军资器杖，一点也没有遗弃！"

诸葛亮说："真是老将出马，一个顶俩呀！"于是，下令取金五十斤赠给赵云，又取绢一万匹，赏给军校部卒。

赵云再三推辞，说："丞相，不管怎么说，我们此次损失不小，独给我赏赐，我心中反觉不安！"

诸葛亮望着赵云叹口气说："先帝在时，常夸子龙将军之德，果然如此啊！"

这时军校报告：马谡、王平、魏延、高翔到了。

诸葛亮坐上大帐，先唤王平进帐，说："我叫你和马谡一同守街亭，你怎么不劝阻他，致使马谡扎营山上，受此惨败？！”

王平申辩说：“我再三相劝，要在五路总口筑起土城，安营守寨。可是马参军大怒不从，因而我才向他请求领兵五千，离山十里扎了一个小寨。魏兵来时，把小山围住了，我领兵冲杀十几次都被挡回来。这些情况魏将军是知道的。”

诸葛亮皱着眉头听罢，令他下去，随即唤马谡进帐。

这时马谡自知有罪，已经自己上了绑。一进帐，他就跪在诸葛亮面前。

诸葛亮沉着脸说：“你自幼饱读兵书，熟悉战法。这次临行之时，我又再三说，街亭虽小，却关系重大，你要十分注意。你如果能听王平之言，也不至于遭此惨败呀！你败军折将，陷城失地，我不严明军法，何以服众？这是你犯了军法，不要怪我了！你死之后，你家大小，我按月发给钱粮，你不必牵挂了！你还有什么话说吗？”

马谡哭着说：“丞相待我如子，我视丞相为父。我犯军法，实难逃脱。愿丞相思舜帝殛①鲧②用禹之义，我虽死也无恨于九泉！”说罢，大哭。

诸葛亮想起种种往事，也不禁泪流满面地说：“我与你谊同兄弟，你的儿女就是我的儿女，不必多嘱了！”说罢，喝令武士将马谡推出辕门外斩首！

众将听了，都上前求情。

诸葛亮说：“谁若求情，与马谡同斩！”

---

① 殛（jí）：杀。

② 鲧（gǔn）：传说是大禹的父亲。五帝时，发生了一场巨大的洪水，尧派鲧去治水。据传说，鲧治水九年无功，被尧处死。

众将只得下帐而去。

马谡在辕门外将要被斩，正值参军蒋琬自成都而来。见武士欲斩马谡，他大惊失色，高喊“刀下留人”，并向大帐跑去。见了诸葛亮，他说：“丞相，如今天下未定，杀智谋之士，这是很可惜的事啊！”

诸葛亮流着泪说：“春秋时孙武所以能取胜于天下，其中最重要的一点是军法严明。如今天下纷争，战争不止，我如果坏了军法，以后怎么能领兵讨贼呢？！”

一会儿，行刑武士献马谡首级于阶下。

诸葛亮见了，放声大哭。众将不知其故，急忙相劝。

蒋琬问诸葛亮：“丞相，马谡既然犯了军法，应该斩首，你现在还哭什么呀？”

诸葛亮说：“我并非为马谡而哭。只是想起先帝当年在白帝城托孤之时曾对我说‘马谡言过其实，不可大用’，现在验证了，我深恨自己用将不明，因此而痛哭！”

马谡被斩，蜀军大小将士无不震慑。

诸葛亮斩了马谡，下令将首级遍示各营。然后命人将马谡首级用线缝在尸身上，以好棺木埋葬了。他自己又写了祭文，然后叫蒋琬申奏刘后主，请求自贬丞相之职。

蒋琬办完事，回到成都，拜见刘禅，并且呈上诸葛亮的奏表。

刘禅展开观看。上边写道：

此次北伐，不能训章明法，用人不当，致使战场失利。春秋责帅，罪不能逃。请求自贬三级，以督厥咎。乃不胜惭愧，俯伏待命。

刘禅看罢，说：“胜负乃兵家常事，丞相为何自贬？”

侍中费祎说：“臣闻治国者，必以奉法为重。法若不行，怎能服人？丞相有过，自行降贬，正是这个道理！”

刘禅没有多少主意，只听大臣们的。于是下诏，贬诸葛亮为右将军，行丞相事，照旧为军师，总督军马。然后叫费祎到汉中宣诏。

费祎到了汉中，诸葛亮受诏已毕。费祎心想：“这正是丞相杀了参军，天子贬了丞相。恐怕诸葛亮面子上不好看。”于是，他装出一副笑脸，对诸葛亮说：“蜀中之民，听说丞相此番北伐，一开始连得四郡，都深以为喜！”

诸葛亮听不得这种当面奉承的世故之言，立刻沉下脸来说：“这是什么话呀？得而复失，与不得一样。你以此奉承我，实在叫我惭愧！”

费祎又说：“听说丞相得了姜维，天子甚喜！”

诸葛亮摇摇头说：“兵败师还，不曾夺得寸土，这是我的大罪。我得一姜维，与曹魏有何损失啊！”

费祎本来已经很尴尬，但他还说：“丞相现在统雄兵十万，可以再去伐魏呀！”

诸葛亮见他还在说，心中发怒，强忍着说：“第一次出祁山，兵屯箕谷之时，我的兵多于魏兵，可是不能破魏，反被魏所破。毛病是什么？说明兵不在多少，而在主帅。所以，我要减兵省将，明罚思过，寄希望于将来。如其不然，虽然兵多又有何用？！自此之后，文武大臣以国事为重，找我的毛病，指责我的缺点，不说一些奉承的话，这样才能有成功的希望！”

费祎被诸葛亮说得哑口无言，便自回成都复命去了。

诸葛亮在汉中惜军爱民，厉兵秣马，制造攻城渡水的器械，囤积粮草，预备战筏，以图再伐曹魏。

不久，老将军赵云病逝。诸葛亮带着悲痛的心情向刘禅报告，并呈上《后出师表》，请求再次北伐曹魏。

表中力排众议，实际上也是开导刘禅。自第一次伐魏失败，朝中一些人议论：只宜安蜀，不宜伐魏。诸葛亮则认为，不伐魏则不能安蜀，“我不灭曹曹必灭我”，其势不可两立，只求偏安必不长久。所以他下决心要举兵北伐。

刘禅准表，敕令出师。诸葛亮受命，起三十万精兵，以魏延为先锋，直奔陈仓道口（今陕西宝鸡东郊）。

前军到了陈仓，探马报诸葛亮：“陈仓道口已经筑起土城，由大将郝昭驻守。”

诸葛亮沉思。这时有人建议：“不如弃了此地，从太白岭出祁山！”

诸葛亮说：“陈仓正北是街亭，必须得了此城，才可进兵。”于是，令魏延领兵攻打。接连几日，不但未能攻破街亭，反被魏将王双斩了两员大将。诸葛亮甚是着急。

司马懿因为害怕东吴陆逊前来攻打，没有亲自领兵，而是推荐曹真为帅迎战诸葛亮。司马懿还献了一计说：“今日陈仓有郝昭、王双把守，诸葛亮不敢从此运粮。其余小路，运粮艰难。所以只坚守关隘，不要出战，不出一个月，蜀军无粮必走，那时再乘势而击，诸葛亮难逃！”

曹真表示赞同。

诸葛亮每日命人挑战，魏兵都坚守不出。诸葛亮对姜维说：“魏兵坚守不战，陈仓又打不通，其余小路运粮艰难，咱们的粮草只可用一个月了。”

姜维说：“所以，魏军是在拖延时日，等我们退走时，定会乘势追杀我们！”

诸葛亮点点头。二人正议论着，探马来报：魏军数千辆运粮车正屯在祁山之西，运粮官叫孙礼。

诸葛亮问姜维：“这个孙礼是什么人？”

姜维说：“这个人随曹操出猎于大石山时，被惊动的一只猛虎突然冲到曹操面前，他立即下马拔剑杀虎，因而被封为上将军。他还是曹真的心腹之将！”

诸葛亮听了点点头说：“这是魏将料我缺粮，故用此计引我们上钩。他们的车上装的并不是粮食，而是茅草等引火之物！我平生惯用火攻，怎能以此计诱我？魏军见我们去劫粮车，必来劫我们的营寨。”

姜维明白诸葛亮的心思，便说：“我们可以将计就计！”

诸葛亮微笑说：“正是。”

于是，诸葛亮唤来马岱吩咐说：“你带三千人马，去魏军运粮车队的上风头放火，以烧着了他们的粮车为目的！”

诸葛亮又对马忠、张嶷说：“魏军粮车被烧着，必来劫营，你们领五千兵把魏军围住，内外夹击！”

马岱、马忠、张嶷领命去了。

诸葛亮又唤关兴、张苞吩咐说：“魏军来劫我们营寨之时，你们就去劫他们营寨。等他们出了营寨，你们便可杀进寨去！”

诸葛亮又对吴班、吴懿说：“你们各领所部人马伏在营外，魏兵到时，切断他们的归路！”

诸葛亮吩咐完，在祁山上登高而坐，想着下一步的行动。

魏军的探马报告孙礼：“蜀军要来劫粮车。”

孙礼又飞报曹真。曹真立刻做好了劫寨的准备。

这夜二更时分，马岱领三千兵马，悄悄向祁山西边进发，他们人衔枚，马勒口，不出一点声音。此时，魏军运粮车重重叠叠，绕围成营，车杖上都插着旗子。因今夜是西南风，马岱便让军士到魏军营南放火。不一会儿，魏军粮车上装的茅草等引火之物都着了火，立时火光冲天。

孙礼只当是蜀军到魏营中放号火，急忙领兵来战，背后却被马忠、张嶷围住。孙礼大惊，又听一阵喊杀声起，马岱杀了过来。

蜀军内外夹击，再加上风急火紧，魏军人马被烧死无数，孙礼领着伤兵，冒着烟火逃走。到蜀营劫寨的魏军，一见是个空寨，急忙往回跑，不料吴班、吴懿杀出，断了他们的归路。魏兵死伤许多，剩下两员将官逃回本寨，寨子却已被张苞和关兴占领了。

败兵齐向曹真大营奔跑。孙礼跑在最前边，向曹真说："我们反而中了诸葛亮之计！"

曹真急令关起寨门，坚守不出。

蜀军大胜，来见诸葛亮。诸葛亮一面悄悄授计于魏延，一面吩咐拔寨。

参军杨仪问："我们取胜，挫尽魏军锐气，何故还要收兵？"

诸葛亮说："我们缺粮，需要速战，可是魏军坚守不出，我们毫无办法。魏军虽然暂时兵败，可是他们必来援兵。倘若以轻骑袭击粮道，那时我们想退都困难了。现在乘魏军刚刚败走，正可出其不意，乘机退兵！"

当夜，诸葛亮率大军退走，只剩下一座空营。

过了一日，曹真见张郃来援，便问："司马懿怎么说？"

张郃说："司马懿说，我军胜利，蜀兵不能退，我军失败，蜀兵必退去！"

曹真不解，派人前往核实，所见果然是一座空营。

曹真得知，懊悔不已。

且说魏延按着诸葛亮计策，拔营起寨回汉中。魏将王双得知消息，领兵追赶。追了二十多里，快要赶上了，忽听身后魏兵大喊："寨中起火了！"

王双勒住马，恐怕中计，慌忙逃回。刚跑到一个山坡前，忽然杀出一将，大叫："魏延在此！"

王双惊慌失措，魏延上前一刀将他砍于马下，其余魏军四散而逃。

原来，魏延按着诸葛亮密计，在拔寨前，留下三十轻骑，伏在王双营边。待王双追赶时，就在他营中放火。待他返回时，又出其不意，突然杀之。

魏延来到汉中，向诸葛亮复命。诸葛亮重赏了他，并欢宴众将。

东吴孙权称帝之后，举行朝贺活动，同时告知蜀国刘禅。大臣们有的说应该去送贺礼，有的则表示反对。刘禅说："可派人去问相父。"

诸葛亮得知消息，想了想说："应该去，而且以重礼相贺。不过，要叫东吴大将陆逊兴兵伐魏！"

刘禅听从诸葛亮的意见，派太尉陈震持重礼到东吴朝贺，并向陆逊说了诸葛亮的话。

陆逊一听便说："这是诸葛亮让我牵制曹魏大将司马懿，以使他再出祁山。不过，我们已经结盟，所以可以照办！"

陈震回到汉中，向诸葛亮报告了这一消息。诸葛亮心中高兴，但仍不敢轻易进攻陈仓，而是令人去打探消息。

不几日，探马回来报告：陈仓城中郝昭病重。

诸葛亮听了，说："大事可成了！"

于是，他对姜维、魏延说："你们领五千人马，星夜直奔陈仓城下，如见火起，全力攻城！"

姜、魏二人有些迟疑，心中暗暗说："火从哪里而起呀？"便问："我们何日可行？"

诸葛亮大声地说："三日内做好准备。不须辞行，便可发兵！"

二人领命去了。

他们刚走，诸葛亮悄悄对张苞、关兴吩咐了几句。

二人受密计而去。

陈仓城中郝昭病危，张郃领三千人马前去接替他。

张郃尚未到时，郝昭已经奄奄一息。这一夜他正在床上呻吟，忽听人报蜀兵已到城下。

郝昭命人上城把守。这时候四门起火，城中大乱。郝昭闻报，惊吓而死。

姜维、魏延来到陈仓城下时，并不见一面旗帜，也没有打更的人。二人疑惑，不敢攻城。

忽听城上一声炮响，又见四面旌旗齐竖，二人抬头细看，只见诸葛亮已站在城门之上。于是，二人慌忙入城拜见诸葛亮，问："丞相，这是怎么回事啊？"

诸葛亮微笑着说："我让两位三日内领兵攻城，实际上是故意稳住众人之心。我让关兴、张苞只说到营中点兵，却暗暗出了汉中，我也藏在了他们的军中。兵贵神速，赶在魏军援兵到来之前，我们已到了陈仓城下。我早已安排好细作在城中发喊助威，使魏兵惊慌不定。兵无主帅，自必生乱。我们乘这样的机会来夺取陈仓，实在是易如反掌呀！兵法云‘出其不意，攻其不备’，就是这个道理！”

姜维、魏延连连拜服。

诸葛亮又对姜维、魏延说：“你二人且莫卸甲，立刻领兵去袭击散关。关内之人若知兵到，必然惊走。如果晚了，魏兵进了关，就不好攻占了！”

姜维、魏延领命，立刻来到散关。守关之人一见蜀军到来，便慌忙逃走。二人刚刚上了关，便见关外烟尘滚滚。

姜维、魏延向下观望，见为首的正是魏将张郃。

于是，两人便分兵把住要路。张郃不能过去，只好下令退兵。

姜维和魏延原本不解诸葛亮之意，现在才弄明白了。姜维说：“丞相前者名义上是差我们取陈仓，实际上却是让我们取散关啊！”

魏延点头：“一切为了争取时间，就要赶在张郃到来之前攻下散关！”

姜、魏二人将消息告知诸葛亮。诸葛亮自领大军出陈仓斜谷，攻取建威，然后大军复出祁山，安下营寨。

这时候刘后主派大将陈式来助战。诸葛亮接入，聚众将说：“我前两次出祁山，均不顺利。今又到此，我料魏军必定以旧战之地与我相敌。他们一定会认为我要取雍城（位于今陕西宝鸡凤翔县境内）、郿城（位于今陕西宝鸡眉县东渭河北岸）二处，所以必以重兵把守。我看阴平（位于今甘肃文县西北，是汉魏晋时从甘肃南部通往蜀中的一条交通要道）、武都

（今甘肃陇南）二郡与汉中连接，若得此二城，既能分散魏军兵势，又可出魏军意外。不知何人愿去？”

这时，姜维要去取武都，王平要去取阴平。诸葛亮点头同意，拨给他们每人一万人马。

司马懿领兵到了长安，张郃接进，报告一切。司马懿命张郃为先锋、戴陵为副先锋，领十万大军到祁山，在渭水之南下寨。

郭淮与孙礼入帐参见。司马懿问他们：“可曾与诸葛亮交战？”二人都说：“没有。”

司马懿想：“诸葛亮千里而来，旨在速战，为什么不战呢？此中定有蹊跷。”便又问郭、孙二人：“陇西诸路有信息吗？”

郭、孙二人答：“细作日夜提防，并无动静，只有武都、阴平二郡不见回报！”

司马懿想了想，说：“我自差人与诸葛亮交战，你二人急从小路去救武都、阴平二郡。我在蜀兵之后突然杀出，蜀兵自乱！”

郭、孙二人受计，领兵五千，从陇西小路去救武都、阴平。途中，郭淮问孙礼：“你说仲达（司马懿）比诸葛亮如何？”

孙礼说：“依我看，诸葛亮胜仲达十倍！”

郭淮说：“诸葛亮虽然智高，可是仲达这一计谋确实高。蜀兵正攻两郡，我们从背后杀去，他们岂不自乱？！”

二人正说着，前边探马来报：阴平已被王平拿下了，武都已被姜维攻破了！

郭、孙二将大吃一惊。孙礼说："既然人家都已攻破了城池，我们还去干什么呢？"

郭淮赞同，便传令退兵。忽然一声炮响，从山背后闪出一支人马来，大旗上写着：汉丞相诸葛亮。中间一辆四轮木车上，端坐着诸葛亮。他的左边是关兴，右边是张苞。

郭、孙二人大惊，只听诸葛亮大笑着说："你们二人先别跑。司马懿之计怎能瞒过我？他想每日派兵与我交战，命你们二人去袭击我军后方。如今我已取下阴平、武都，你们还不投降吗？"

这时王平、姜维领兵从背后杀来，张苞、关平从前边冲来，把郭、孙二人围在其中。魏军大乱，互相冲撞，郭、孙二人弃马登山而逃。

张苞见了，驱马追赶。不料马向前猛冲，收不住蹄，连人带马滚入山涧。军兵救起，张苞的头已摔了个大洞，鲜血直流。

诸葛亮急忙派人将张苞送回成都调养。

郭淮与孙礼逃脱后来见司马懿，说："武都、阴平二郡早已失守。路上遇见诸葛亮，被蜀兵截杀，所以大败。我们弃马步行，才保了一条命，望能恕罪！"

司马懿皱皱眉头说："非你们二人之罪，只是诸葛亮太狡猾了！"

郭、孙二人连连拜谢。

司马懿又说："你们快领兵去把守雍、郿二城，且勿出战，我自有破敌之策！"

二人领命而去。

司马懿又对张郃、戴陵说："诸葛亮得了武都、阴平，必然先安抚百姓，今日不在营中。你二人各领一万人马，今夜起身，抄蜀兵的营后，一齐奋勇冲杀进去，我再在他的寨前布阵，只等蜀兵乱时，也立刻冲杀过去，蜀寨可得。”

张、戴二人领命取小路进发，戴陵在左，张郃在右，深入到蜀营之后。三更时分，两军来到大路相会，兵合一处，向蜀营杀了过去。

前进了十几里路，忽然前军停住。张、戴二人纵马察看，只见前边有数百辆草车挡住去路。

张郃说：“蜀军定有准备，应急速回转。”才要下令，只见满山火光通明，鼓角声大震，伏兵四出，把张、戴二人围住。

诸葛亮在祁山山头大喊：“司马懿料我一定不在营中，故令你们二人劫寨，岂知正中我计。你二人乃无名小卒，我不杀你们，快快投降！”

张郃听了大怒，说：“你一个山野村夫，敢发此大话！”说着，纵马挺枪杀上山去。山上矢石如雨，张郃不能前进，只得回来。寻不见戴陵，他又杀入蜀军阵中，救了戴陵，冲出重围。

诸葛亮见张郃往来冲突，英勇无比，便对左右说：“当年翼德将军大战张郃，人皆惊奇。今天看来，张郃果是一员猛将。留下此人，必是蜀军之害，应该除掉他！”说罢，收兵回营。

司马懿领兵布成阵势，只等蜀兵自乱，一齐攻杀。忽见张郃、戴陵狼狈而回，二人诉说：“诸葛亮早有提防，因而大败！”

司马懿像泄了气的皮球，说：“真神人也！暂且退去吧！”于是率大军回了本寨，坚守不出。

诸葛亮获胜后，每日令魏延挑战，一连半月，魏兵不出。诸葛亮正在思虑，忽然成都费祎来传后主刘禅诏书。

诸葛亮接了诏书，知是恢复他丞相之职的，便说：“国事未成，怎么就先复职？”

费祎说：“丞相若不受职，有违后主盛意，也会凉了将士之心啊！”

诸葛亮只得接受，送费祎回成都复旨。

诸葛亮见魏兵不出战，便思得一计：令各营拔寨而回。

消息传到司马懿帐中。司马懿说：“诸葛亮必有大谋，不得追击。”

张郃说：“也许是诸葛亮粮草不足了，所以撤兵。”

司马懿说：“不对。成都、汉中近年皆是丰年，虽然运送不便，诸葛亮军中粮草也可支撑半年。他这是在引诱我上钩！”

接着派探马去探，果然诸葛亮又在三十里外扎营。

司马懿笑着对张郃说：“你看怎样，诸葛亮没走吧？”

过了十多天，探马回报：“蜀军又拔寨而去了！”

司马懿半信半疑，便脱去战袍，换上便衣杂在军中，亲自来看。果见蜀军又于三十里外下寨。

司马懿对张郃说：“这是诸葛亮之计，不能追赶！”

又过了十几天，探马回报：“蜀军又退了三十里下寨！”

张郃说：“这是诸葛亮的缓兵之计！他渐渐退入汉中，却使我们不敢去追赶。我愿领兵追上去，与他决战！”

司马懿说：“诸葛亮诡计多端，不可轻进啊！”

张郃说：“我要失败，甘受军令！”

司马懿想了想，说："这样吧，你一定要去，可以兵分两支。你领一支先行，须要奋力死战。我随后接应，以防伏兵。你明天先行，到半途扎营，后日交战！"

次日，张郃、戴陵领副将十员、精兵三万，奋勇前进。司马懿留下中军大部人马，自己只领五千精兵，随后进发。

诸葛亮得知张郃来追，并扎营在半途，于是令姜维、廖化去劫了司马懿中军大营。司马懿上了当，损兵过万，他大发脾气说："我料诸葛亮有计，你们不信。勉强去追，误了大事，损兵折将而回！你们不通兵法，但凭血气之勇，致有此败！今后不许请战，否则军法从事！"

众将被司马懿斥责得面红耳赤，唯唯退下。

诸葛亮得了许多战利品，士气正高，欲再起兵去战司马懿，忽报成都有信使到来。诸葛亮命人将信使请入。

信使说："后主传告相父，张苞身死！"

诸葛亮听了，如惊雷击顶，不由放声大哭，口吐鲜血，昏倒在地。

众将急忙上前，将他抬上软床，不久，诸葛亮慢慢苏醒过来。

自此，诸葛亮染病，卧床不起。

十多天之后，诸葛亮唤董厥、樊建等进帐，吩咐说："我自觉昏昏沉沉，不能理事。不如暂且回汉中养病，再作良图。你们切勿走漏消息，司马懿要是知道了，必来追击！"

于是诸葛亮下令当天夜里暗暗拔寨，尽回汉中。

诸葛亮大军撤走的第五天，司马懿的探马才得知这个消息。

第二十六回 乘胜修书气曹真 减兵增灶骗司马

诸葛亮将大军屯在汉中，回到成都养病。在御医精心调治下，诸葛亮病情逐渐好转。

季节由夏入秋，魏都督曹真向曹睿上表，说蜀军屡犯中原，若不剿灭，终为后患。

曹睿认可，封曹真为征西大都督，司马懿为大将军、征西副都督，刘晔为军师，领四十万大军从长安出发，奔剑阁，取汉中。

这时，诸葛亮已经痊愈，正每日操练人马，习学八阵之法，以便再伐中原。魏军向蜀进军的消息报到成都，诸葛亮便对张嶷、王平说："你二人先领一千兵去守陈仓道口，以挡魏兵。我随后提大军接应。"

二人听了，甚是惊骇，说："魏军四十万，诈称八十万，声势浩大，怎么只带一千人马去守陈仓古道啊！"

诸葛亮说："我本想让你们多带些兵，只是担心兵士们辛苦呀！"

张嶷与王平互相观望，不敢多说，也不愿接令。

诸葛亮说："若有差错，不算你们之过。赶快去吧！"

张嶷、王平见诸葛亮真让他们带一千人马去，便给诸葛亮跪下了，说："丞相要杀我二人，就请快杀，不要再找什么借口了！"

诸葛亮哈哈大笑，把二人扶起来，说："你们两位真傻呀！我让你们带一千人马去，自有主见。我夜观天象，此月内必有连绵大雨，魏军虽然四十万，也不敢冒雨深入，因此，不必多领人马。我提大军到汉中，安居一个月，等魏军退时，以大军掩杀，这叫以逸待劳。我将用十万大军胜他四十万大军！"

张嶷和王平听了诸葛亮这番解释，不由高高兴兴地领兵走了。

诸葛亮随后统领蜀军到了汉中。他传令各处隘口备足干柴、草料、军粮，以防秋雨。又宣布大军休整一个月。

曹真、司马懿统领大军，直奔陈仓城内，却不见一间房屋。找了当地人问原因，都说是诸葛亮退走时放火烧毁了。

曹真便要从陈仓古道进发，司马懿说："不可轻易而进。我观天文，此月内有大雨。若深入古道，顺利则可以，如果不顺利，人马就要吃大苦，要退兵就非常困难了。不如暂且在城中搭起窝铺驻扎，以防阴雨。"

曹真佩服司马懿，所以听他的话，当即命大军驻下。没有过半个月，果然天降大雨，昼夜不停。陈仓城外平地水深三尺，军械都湿了，人不得睡，马不得安。

消息传到洛阳，曹睿采纳谋臣的建议，命曹真、司马懿退兵还朝。

曹真、司马懿接旨后，立即商量办法。

曹真说："若诸葛亮来追杀，如何办？"

司马懿说："先伏下两军断后，方可退兵。"

曹真同意，留下两军断后后，大队人马才徐徐而退。

诸葛亮升帐说："我料魏兵必走，但我们随后追赶，必中伏兵。所以凭他自去，我自有良策。"

王平问："不知丞相有何安排？"

诸葛亮说："我想分兵出斜谷，攻取长安，是为了使魏军不提防啊！"

王平又问道："攻取长安，有好几条路，为什么要单取祁山呢？"

诸葛亮说："祁山是长安的屏障，陇西诸郡来兵，必经此地。再加上此地前临渭水，后靠斜谷，左出右入，可以伏兵，正是用武之地。所以，我要先取祁山，这是夺其地利。"

王平和诸将听了，连连点头称是。

诸葛亮下令：魏延、张嶷、杜琼、陈式兵出箕谷；马岱、王平、张翼、马忠兵出斜谷。然后两军会合于祁山。

分拨完毕，诸葛亮又令关兴、廖化为先锋，自提大军随后进发。

曹真与司马懿撤军而回。司马懿派探马去陈仓古道侦察，看看有没有蜀兵追来。

探马回报说："没有蜀兵追来！"

接着断后的兵将也回来，说蜀兵根本没来追赶，我们白白埋伏了！

曹真说："连绵秋雨，栈道断绝，音信不通，他们根本不知道我们退兵！"

司马懿皱起眉头说："不然。现在已经晴了好几天了，蜀兵未来追赶，一定是怕咱们留下伏兵。诸葛亮这是故意放我们退走，他却暗中去夺取祁山。”

曹真听了摇头发笑：“大将军不要再长诸葛亮的威风了，我却不信！”

司马懿说：“大都督你若不信，咱们可以打个赌！”

曹真不以为然地问：“怎么打赌？”

司马懿说：“我料诸葛亮必从两谷而来。我与你各守一个谷口，以十日为限。如果没有蜀兵到来，算我输。我要面涂红粉，身穿女衣，到你帐前叩头请罪！如果蜀兵来，就是你输了。”

曹真说：“我情愿将天子所赐玉带一条、御马一匹，送给你！”

二人说好了，立刻兵分两路。曹真领兵屯在祁山西边斜谷口；司马懿领兵屯在祁山东边箕谷口。

下寨之后，司马懿领一支兵埋伏在山谷中，命其余军马在各要路口安营。然后他换上兵卒的衣服，杂在军队里到各营巡视。

到了一个军营前，他看见一个偏将仰天躺着，大发怨声：“下了一个月的连绵阴雨，遭了这么大罪。天可放晴了，说是回去，两个都督又打起赌来，却苦了我们！”

司马懿听了，当时没说什么。回营升帐后，把那个偏将认出来，大声斥责说：“朝廷养兵千日，用在一时。你竟发怨言，散漫军心！我们打赌，为了打败蜀军，怎容你随便胡说！”说完，下令将这员偏将斩首示众。

司马懿又对众将说：“大家要齐心破蜀，听到军中炮响，要立刻从四面杀出！”

众将吓得心惊胆战，连连说："遵命！"

魏延、张嶷、杜琼、陈式四将，领兵两万，取箕谷而来。正在行进时，邓芝飞马追上他们，气喘吁吁地说："丞相有令，到了箕谷，要提防魏军埋伏，不可以轻进！"

陈式听了，说："丞相用兵真是四平八稳。我想那魏军连遭大雨，衣甲都生了锈，必然赶紧回去，哪能还有埋伏？如果加速前进，可获大胜，怎么又不让前进了呢？！"

邓芝说："丞相用兵多年，计无不中，谋无不成，你怎敢违令！"

陈式笑着说："你不要乱吹，丞相失守街亭，那算什么？难道也算计无不中、谋无不成？！"

魏延在旁，也笑着说："丞相若听我一言，径直出了子午谷，别说取长安，连洛阳都拿下了！非要出祁山，有什么好处？他叫我们进兵，又让我们停止，为什么号令前后不一？"

陈式说："我只带五千人马，直入箕谷，先到祁山下寨，看丞相羞不羞！"

邓芝心中生气，只有强忍着，劝他们不要轻入谷中。魏延、陈式只是不听，邓芝无奈，只得骑马回报诸葛亮。

陈式领兵入谷，走了不到五里，忽听一声炮响，四面伏兵杀出。陈式急忙后退，谷口却被魏军截住了。他左突右冲，不能走脱。不一会儿，魏延杀了回来，救了陈式。点点军兵，只剩下了四五百人。

背后魏军又杀了过来。张嶷、杜琼领兵来接应，才打退了魏军。

魏延和陈式都懊悔不已。

邓芝回来向诸葛亮汇报情况。诸葛亮笑笑说："魏延面带反相，他对我早有不满之意。我只用其勇，早晚必生祸患！而陈式……”

正说着，探马飞报：陈式中了埋伏，损兵折将，屯兵谷中。

诸葛亮想了想，令邓芝再到箕谷抚慰陈式，以防他投魏。诸葛亮又唤来马岱、王平吩咐说：“斜谷若有魏兵把守，你二人领本部人马，越过山岭，夜行昼伏，迅速到祁山之左，举火为号！”又唤马忠、张翼说：“你们也从山间小路，昼伏夜行，迅速到祁山之右，举火为号。然后，与马岱、王平会合，共劫曹真营寨！”

四人领令去了。诸葛亮又唤来关兴、廖化秘密嘱咐。二人受计而去。

诸葛亮领精兵疾行。路上又对吴班、吴懿授以密计，令他们引兵先行。

曹真不相信蜀军会来，心中怠慢，让士兵们歇息，只盼着十日过后，羞羞司马懿。

七日过后，探马报告谷中有少量蜀兵出现。曹真叫副将秦良领五千人马前去查看，不要让蜀兵过界。

秦良领命来到谷口，见蜀兵远远退去了，就下令追击。追了五六十里，蜀兵却不见了。秦良正疑惑着，探马来报：前边有蜀兵埋伏。秦良让军士多加提防。正在这时候，四面喊声大起。前面吴班、吴懿领兵杀来，接着背后又有关兴、廖化杀来，前后有兵，左右有山，秦良没有去处。山上的蜀兵大喊：“投降者免死！”

魏军一见难逃，纷纷投降。秦良不投降，企图突围，被廖化一刀劈成两半。

诸葛亮把降兵唤过来，让他们脱下衣甲，给五千蜀兵穿上，扮作魏兵，叫关兴、廖化、吴班、吴懿四将引着，直奔曹真大寨而来。到了寨门前，探马向寨中报告：“只有少许蜀兵，已被赶走了！”

曹真大喜。忽然有人报：司马将军派心腹之人到了。曹真令他进来，来人说：“司马将军以伏兵之计杀蜀兵四千余人，请都督勿以打赌为虑，要谨防蜀兵！”

曹真说：“我这里并没有一个蜀兵！”便把来人打发回去。

听说秦良回来了，曹真出帐迎接。刚走出寨门，有人来报：“大都督不好了，前后寨门都失火了！”

曹真急忙回寨。刚入寨门，关兴、廖化、吴班、吴懿从营前杀来，马岱、王平从后面杀来。马忠、张翼也领兵杀到。

魏军猝不及防，各自逃生。众将保着曹真向东逃去。正跑着，前面又有一军杀来，曹真本来身体有病，吓得差点儿从马上摔下。

前面这军原来是司马懿。他奋力抵抗蜀兵，这才把曹真接了回来。

曹真见了司马懿，羞得无地自容。司马懿说：“诸葛亮夺了祁山地势，我们不可在此久留，而应去渭水边安营，再想办法与诸葛亮较量！”

曹真问：“仲达，你怎知要来救我？”

司马懿说：“我听心腹之人回报说这里不见蜀兵，我料诸葛亮必劫你寨，所以来救！大都督别以打赌为念，同心报国吧！”

曹真点头落泪。他身体不好，这次又惊又气又羞，竟旧疾复发，卧床不起。

司马懿屯兵渭水边上，恐军心有变，他不敢让曹真引兵回长安。

诸葛亮再出祁山，升帐聚将。魏延、陈式、杜琼、张嶷入帐请罪。

诸葛亮问："是谁不听我令，入谷遭败？"

魏延说："是陈式不听号令，潜入谷中，以致大败！"

陈式说："他也同意入谷，不听号令啊！"

诸葛亮心中明白，但他仍说："最后还是他救了你呀！你还咬他？"

陈式无言回答。诸葛亮下令，将陈式斩首。

诸葛亮正想和众将议论进兵，忽有细作报告：曹真卧病不起，现在营中休息。

诸葛亮听了微微一笑说："如果曹真病死，魏军一定回长安。现在魏军不退，说明曹真未死，只是病重，所以留在营中，以安军心。我现在修书一封，着降兵送于曹真，谅他不死也脱一层皮！"

诸葛亮写完书信，命人叫来那些降兵说："你们的父母妻子都在中原，我放你们回去！"

众降兵齐声感谢诸葛亮丞相不杀之恩。

诸葛亮又说："我有一书信，请你们交给曹真大都督！"

降兵们奔回曹营后，将书信呈于曹真。曹真扶着床坐起来，展书观看：

汉丞相、武乡侯诸葛亮，致书于大司马曹子丹之前：窃谓夫为将者，能去能还，能柔能刚；能进能退，能弱能强。不动如山岳，难测如阴阳；无穷如天地，充实如太仓；浩渺如四海，眩曜[①]如三光。预知天文之旱涝，先识地理之平康；察阵势之期会，揣敌人之短长。嗟尔[②]无学后辈，上逆穹苍；助篡国之反贼，称帝号于洛阳；走残兵于斜谷，遭霖雨于陈仓；水陆困乏，人马猖狂；抛盈郊之甲戈，弃满地之刀枪；都督心崩而胆裂，将军鼠窜而狼忙[③]！无面见关中之父老，何颜入相府之厅堂！史官秉笔而记录，百姓众口而传扬；仲达闻阵而惕惕[④]，子丹望风而遑遑[⑤]！吾军兵强而马壮，大将虎奋以龙骧；扫秦川为平壤，荡魏国作丘荒！

曹真越看越气，双手发抖，气喘吁吁。勉强看完了，气出一身虚汗。当晚，竟死在军营中。

司马懿哭拜一场，用兵车装载曹真尸体，送回洛阳安葬。

曹睿闻知曹真战败后，又被诸葛亮气死，大怒，下旨命司马懿与诸葛亮交锋，决一胜负。

司马懿接旨后，不情愿地给蜀营下了战书。

诸葛亮知曹真已死，又见了司马懿下的战书，便于当夜叫姜维入帐，授以密计，又向关兴授以密计。

第二日，诸葛亮领兵来到渭水边。

此地一边是山，一边是河，中间一马平川，真是一个好

---

① 眩曜：光彩夺目。

② 嗟尔：叹息你。嗟：感叹词，相对于唉。尔：你。

③ 狼忙：匆忙。

④ 惕惕（tì tì）：恐惧。

⑤ 遑遑：惊恐匆忙，心神不定。

战场。

两军相迎，各以弓箭射住阵角。三通战鼓响过，魏军门旗开处，司马懿出马，众将随在后面。

蜀营这边，诸葛亮坐着四轮小车，手持羽扇，微笑着望着司马懿。

司马懿说："我主法尧禅舜，相传二帝，坐镇中原。能够容忍你们吴、蜀自立，这是我主的宽厚仁慈。你只是南阳一耕夫，不识天数，强要来犯，理应殄灭！如果你从此改过，应该早早回去，各守疆界，以成鼎足之势，免致生灵涂炭！你我也得以安生！"

诸葛亮听了司马懿的话，笑着说："我诸葛亮受先帝托孤之重，怎么能不尽心竭力而讨贼呢？眼看曹氏不久就被大汉所灭了。你祖父皆为汉臣，世食汉禄，不思报效，反助篡逆，难道不以为耻吗？"

司马懿满面羞愧，说："闲话少说，我与你决一雌雄。你要能胜，我誓不为将；你要败了，那就早归故里，我并不加害你！"

诸葛亮笑笑说："好啊，你是想斗将、斗兵，还是斗阵法？"

司马懿说："那就先斗阵法吧！"

诸葛亮说："你先布个阵，我看看！"

司马懿回到营中，挥动黄旗，左右军当即列成一个阵式。

司马懿出来说："你认识此阵吗？"

诸葛亮说："我军中一般将官，都会布此阵。这叫混元一气阵。"

司马懿说："你布个阵我看看！"

诸葛亮入营中，把手中羽扇一摇，立刻出营说："你识我的阵吗？"

司马懿说："这是八卦阵，如何不认得？！"

诸葛亮问："既识此阵，可敢打阵？"

司马懿说："既识之，为何不敢打！"

说罢，司马懿唤出戴陵、张虎、乐綝三将，吩咐说："诸葛亮所布之阵，按休、生、伤、杜、景、死、惊、开八门。你三人从正东生门打入，往西南休门杀出，再从正北开门杀入，此阵可破！"

于是，戴陵在中，张虎在前，乐綝在后，各领三十骑，从生门杀入。三军呐喊助威。

三人杀入八卦阵，只见阵如连城，重重叠叠，看上去虽都有门户，却根本辨不出东南西北。三人左冲右突，就是出不来。他们像黑夜里的蚂蚱，东突西撞，后来就互不相顾了，只觉得眼前愁云漠漠、雾气蒙蒙，最后都累得不能动了，一个个束手受缚，被押到了诸葛亮帐前。

诸葛亮笑着说："我捉了你们有什么用处，现放你们回去，见了司马懿叫他好好读兵书、看战策，等学习好了，再来与我决个雌雄吧！"说罢，又命令军士留下他们的兵器马匹，脱去他们的战袍，用黑墨涂他们的脸，让他们走着回去。

司马懿见了他们，勃然大怒，说："诸葛亮这样羞辱我，挫我锐气，我有何面目去见中原大臣们啊！"

于是，他指挥大小三军，奋力打阵。司马懿拔剑在手，领一百名骁勇战将，催督冲杀。

这时，忽然阵后鼓角齐鸣，杀声大震，一队人马从西南方杀来，为首将官正是关兴。

司马懿命令后军将关兴迎住，自己仍指挥三军向前冲杀。

突然魏兵哗然大乱，原来是姜维领着人马杀来。

蜀军三路夹击魏军，司马懿一见招架不住，急忙下令退军。

蜀军从四面包围过来，司马懿领着三军向南冲去，一路之上，魏军死伤十之六七。

司马懿退到渭水边大寨，下令坚守不出。

诸葛亮鸣金收兵，回到祁山。这时，忽报永安城守将李严派都尉苟安押送粮草而来。诸葛亮计算苟安该十日前到达，便问："你怎么误了十日？"

苟安说："只因路上误了时间。"

诸葛亮问："怎么误的？"

苟安不说，诸葛亮便在军中调查，得知是因为苟安好酒，才误了十日。

诸葛亮大怒说："军中以粮草后勤为大事，误了三日，便可处斩，你今误了十日，还有什么话说？"说罢，喝令刀斧手推出斩首！

长史杨仪近前说："苟安是李严的亲信，而粮钱又皆出于两川。若杀了他，以后谁还敢送粮草来呀！"

诸葛亮觉得有理，虽然不杀苟安，但仍打了他八十军杖。

苟安被打，心中怨恨，当晚就领着亲信五六个人，骑马来到渭水边，向魏军投降了。

司马懿得报，令苟安进帐。苟安见了司马懿，讲了运粮被责之事。

司马懿想了想，说："我只是听你这样说，并没有什么凭证。而且诸葛亮这个人善用智谋，也许你是他派来算计我们的！”

苟安连说不是，司马懿仍是摇头。苟安急得连连给司马懿叩头。

司马懿说：“这样吧，你要能够为我干成一件大事，我那时就奉告天子，保你为上将。”

苟安说：“不知都督有什么要事？我一定尽力效劳！”

司马懿说：“你可悄悄潜回成都，到处散布流言。就说诸葛亮在外有怨上之意，早晚要自己称皇帝。只要刘禅生疑，便一定会召回诸葛亮。这样你就立了大功啊！”

苟安立刻答应说：“好，这事好办！”说罢，便拜辞了司马懿，星夜赶回成都。

到成都后，苟安想：“若想见效快，必得找宦官！这些宦官经常接近刘禅，能够把流言迅速地传到刘禅耳里……”

于是，苟安对宦官们说：“诸葛亮在外伐魏，却怨声不断。他自恃功高，将后主不放在眼里，早晚必有篡国之意！”

宦官听了这些话，吃惊不小，急忙入内奏报刘禅。

刘禅听了皱皱眉说：“这如何是好呢？他手中有兵权，恐怕弄不好，我连命也得搭进去！”

宦官们说：“可立刻把诸葛亮召回成都，先削了他的兵权，他就不能叛逆了！”

刘禅本来软弱，听说诸葛亮要篡权，心中发毛，便依了宦官们的主意，下诏令诸葛亮班师还朝。

蒋琬知道了这件事，对后主说：“丞相自出师以来，屡建大功，何故宣他回朝？”

刘禅撒了个谎说：“朕有机密之事，必须与丞相商议才行！”

蒋琬不愿再说什么，只好听之任之。

刘禅派专使星夜赶到祁山大寨。诸葛亮接入，受诏。

诸葛亮接诏如五雷击顶，不由仰天长叹说："主上年幼，必有佞臣在侧！我正欲建功，何故将我召回呀？我若不回，是欺君不遵；如奉命而退，日后再难有这种机会了！"

姜维在一旁问："如果大军退时，司马懿乘势掩杀，如何办？"

诸葛亮想了想，说："我们可分五路而退，取减兵增灶之法。"

杨仪说："昔日孙膑擒庞涓，用添兵减灶之法，今日丞相退兵，何故增灶？"

诸葛亮说："兵书战法，贵在于活用。司马懿善于用兵，他知我后退，必然追赶。又恐怕我们有伏兵，所以一定会到旧营内数灶。他见我们每日增灶，兵又不知退与不退，就会生疑，不敢追赶了！这样我们徐徐而退，一个兵将也不会损失呀！"

杨仪赞叹说："丞相的确把兵法用活了！"

诸葛亮遂下令退军。

司马懿算计着时日，料苟安把事情做成了，蜀军一定退去。所以，派出了许多探马，随时向他报告消息。

这一天，探马报告：蜀寨空虚，人马不知去向！

司马懿听了，并不慌张。他想："诸葛亮用兵如神，不能轻易追赶。"

于是，他亲自乘马带领百十个随从，来到蜀营内察看，并命军士数灶。

第二日，又令军士到那个营内查点灶数。

军士回来报告："营内之灶，比前又增一分。"

司马懿对众将说："我料诸葛亮多谋，果然减兵增灶，我若追赶，必中其计。"

岂不知，他这才是中了诸葛亮之计呢！

司马懿下令：大军原地不动。

就这样，诸葛亮不折一兵一卒，率大军退回了成都。

过了数日，探马回报司马懿说："诸葛亮退兵之时，并未见添兵，只见增灶。"

司马懿半晌方醒，说："啊，诸葛亮效虞诩[①]之法，瞒过我了！"

既然蜀军已经退去，还在这里干什么？司马懿下令：军回洛阳。

---

① 虞诩：东汉时期名臣，为官清正廉明，刚直不阿，任武都太守期间，以增灶计大破羌军。

第二十七回 割麦子孔明装神 木门道张郃中箭

诸葛亮回到成都，急忙入朝面见刘禅，说：“臣领兵伐魏，士气旺盛，正是灭曹的好机会。陛下却下诏将我召回，不知有什么要事？”

刘禅无言以对，便撒了个谎说：“相父，日久不在身旁，甚是思念。所以，召回相父一见，别无他事！”

诸葛亮说：“陛下，这不是真话，一定是有佞臣在侧，诬我心怀异志！”

刘禅听了默默无言。

诸葛亮又说：“老臣受先帝厚恩，誓以死相报。如有佞臣，陛下又不愿说出，臣怎能安心伐魏？曹魏不灭，则江山危急呀！”

刘禅只好说出真情：“听相父之言，茅塞顿开，后悔不及。朕因听了宦官之言，才下诏的！”

诸葛亮立刻将宦官们唤来，查问原因，宦官们说出苟安散布流言的事。

诸葛亮下令捉拿苟安，苟安早已逃往魏国。诸葛亮便将妄奏的宦官杀戮，其余宦官都逐出宫外。

诸葛亮又深责蒋琬、费祎等人不能觉察邪奸，规谏天子，致使战机丧失。

蒋、费二人唯唯服罪。

办完了这一切，诸葛亮便拜辞刘禅，又来到汉中。到了汉中，诸葛亮一面发军书令李严供应粮草，一面商议伐魏事宜。

参军杨仪说："前数次伐魏，多因粮草接济不上而退兵。这次，我们不如兵分两班，以三个月为期。如二十万兵，只领十万出祁山。三个月后，再令另十万人替回。循环相替，既可减少粮草供应，又可保证全军的锐气。"

诸葛亮笑着说："此言正合我意！我想伐中原的事，绝非一朝一夕，应作长久的打算！"

于是诸葛亮下令：兵分两班，一百日为限，轮流替换，违限不到者，以军法从事。

早春二月，魏主曹睿得知消息，急召司马懿商议。司马懿说："现今曹真大都督已经身亡，臣愿竭尽全力，剿灭蜀汉，以报陛下！"

于是司马懿令张郃为先锋，总督大军。又令郭淮把守陇西诸郡，其余众将各分道而进。

时近六月，前军探马报告："诸葛亮率大军向祁山进发，前部先锋王平、张嶷，已经出陈仓，过剑阁，由散关向斜谷而来！"

司马懿沉思了一会儿，对张郃说："诸葛亮长驱直入，粮草供应不足。现在麦子已经熟了，我料他必割陇西小麦，以作军粮。你可扎营守祁山，我和郭淮去巡察天水诸郡，以防蜀军割麦！"

计议已定，张郃以四万大军守祁山。司马懿则向陇西而去。

诸葛亮率大军到了祁山。这已经是他第五次出祁山了！安营扎寨已毕，诸葛亮见渭水河边有魏军防备，便对众将说："这必是司马懿的安排。我几次派人命李严快运粮草到军前，可总是迟迟不到。现在营中少粮，必须想法补给。陇上的麦子已经熟了，可以引兵抢割，然后作价付给百姓！"

众将同意。诸葛亮当即命王平、张嶷、吴班、吴懿四将把守祁山营寨，自己则领着姜维、魏延等诸将直取卤城。卤城太守早有投降之意，见诸葛亮大军到来，便开城投降。

诸葛亮安抚城中百姓后，问太守："此时陇上麦子熟了吗？"

太守说："已经熟了！"

诸葛亮留下张翼、马忠守卤城，自领大军来到陇上。不几日，前军探马来报：司马懿早已领兵到了这里。

诸葛亮听罢，大吃一惊："此人智谋深远，他已经料到我前来割麦！"

这实际上是断了蜀兵的粮道。诸葛亮沉默不语，退入内帐中深思运筹。

过了一日，诸葛亮沐浴更衣，命人推出三辆一般模样的四轮小车来。

这些四轮小木车，都是诸葛亮在蜀中时，暗暗指派能工巧匠制作的。

诸葛亮当即下令：姜维领一千人马护车，五百兵士擂鼓。马岱在左、魏延在右，也各领一千人马护车，五百兵士擂鼓。

每辆车配备二十四人，他们穿黑衣，光脚，披发仗剑，手持七星皂幡，分列左右推车。

诸葛亮又令三万兵士各持镰刀、绳索，准备割麦。

下令完毕，诸葛亮让二十四个走路如飞的精壮汉子簇拥着四轮车，又让关兴手持七星皂幡，打扮成“天蓬元帅”的模样，步行在车前。自己则端坐车中，直奔司马懿的营前。

探马报告司马懿：“蜀军中出来许多怪物，不知是人是鬼？”

司马懿闻报，来到营外，见诸葛亮簪冠鹤氅，手摇羽扇，端坐在四轮小车中。左右二十四人，披发光脚仗剑而行，前面有一个人，手持皂幡，像天神下界。

司马懿不敢向前走了，心想：“这个又是诸葛亮要的鬼把戏了！”

于是他下令：“大家一齐上前，连车带人都给我捉了来！”

一千多魏兵领命，一齐冲上前去。

诸葛亮见魏兵来了，下令向蜀营方向退去。

那些魏兵紧追不放，可就是追不上。一直追了三十里，诸葛亮见魏兵停住了，就又回过车来，面向魏兵，悠然地坐在车中歇息。

魏兵见诸葛亮的四轮车停住了，就又追上去。一口气又追了二十多里，诸葛亮的四轮车原来离他们多远，现在还是离他们多远。

魏兵惊恐不止，报告司马懿。司马懿想了想说：“且别追了！这诸葛亮大概会奇门遁甲之术，能驱六丁六甲之神。这就是六甲天书中所说的‘缩地’之法吧！”

司马懿只是乱猜测，实际上诸葛亮无非是借了二十四个“飞毛腿”的功力。

那个年月，人们信巫术，所以诸葛亮装神也能成功。

魏兵不敢再追了。正在疑虑时，只听左边鼓声大震，一支蜀兵杀来。司马懿下令抵挡。只见蜀兵队中又出来一辆四轮车，由二十四个披发仗剑、黑衣光脚的汉子护着。车上端然坐着诸葛亮。

司马懿见了大惊失色，刚刚把诸葛亮的四轮车赶出了五十多里，怎么眼前又出来一个诸葛亮，这真是奇哉、怪哉了！

司马懿正在惊疑之时，只听右边一阵鼓响，也杀出一支蜀兵。司马懿命令抵挡。只见蜀兵队中又出来一辆四轮车，左右也有二十四个披发仗剑、黑衣光脚的汉子护着，车上端坐着诸葛亮。

司马懿见了，慌慌张张下令说："快退，快退！这真是神兵到了！"

司马懿正退着，忽然鼓声大震，又有一支蜀兵杀来。当先一辆四轮车，诸葛亮端坐其上，左右二十四个推车人，仍同前面见到的一模一样。

魏兵见了个个骇然，不知所措。

司马懿也不知是人是鬼，更不知有多少蜀兵，便赶紧转道退到上邽。

这时候，诸葛亮布置好的三万蜀兵，已将陇上成熟的麦子割完，运往卤城打晒了。

司马懿在上邽，三日不敢打开寨门。等到探马报蜀兵已退，这才敢打开寨门。

忽然一队魏兵捉了一个蜀兵来。司马懿问因何而来，这个蜀兵说："我是割麦子的蜀兵，只因马跑了，前来找马，被你们抓住了。"

司马懿又问："几番都看见诸葛亮的四轮小车，这是怎么回事？"

蜀兵笑着回答："后来三路伏兵中的诸葛亮，都不是诸葛亮，是姜维、马岱、魏延扮的！只有头一个是真诸葛亮！我们趁此机会，把麦子都割完了！"

司马懿仰天叹气，自愧不如。

这时候郭淮来见，说："我听说诸葛亮所领人马并不多，现正在卤城打晒麦子，我们可以乘机打卤城。"

司马懿说："诸葛亮这家伙太狡猾了，恐不好攻打。装神弄鬼，就是为了抢割麦子呀！"

郭淮说："现今已经识破了他的奸计，还有什么可怕的呢？"

司马懿考虑了一阵，同意了郭淮的意见，当即下令攻打卤城。郭淮攻前面，司马懿攻后面。

诸葛亮在卤城打晒麦子，忽然想到司马懿很可能来攻城，便早做了安排。命令姜维、魏延、马忠、马岱到麦田地里埋伏，听到炮声，分东南、西北、西南、东北四路一齐杀出。诸葛亮只领百十人，带了火炮信药出城，等待司马懿到来。

黄昏之后，司马懿和郭淮将小小的卤城围了个水泄不通。司马懿说："夜晚攻城，比白日攻城强得多，且卤城沟浅壕低，容易攻取！"说罢，下令攻城。

城上的蜀兵以弓箭矢石回击，魏军攻城受挫。忽然听得信炮声响，魏军不知从何响起，于惊慌中乱了阵营。紧接着，火光冲天，一队队蜀兵从四面杀来。这时，卤城城门大开，蜀兵从四门杀出。这样里应外合地大杀了一阵，魏军死伤无数。

司马懿领着败兵，逃出重围，占据了一个山头。郭淮也冲了出来，在山后扎下营寨。

诸葛亮回到卤城，命令四将在城外四角安下营寨。

两军相持，过了数日，郭淮对司马懿说：“这样坚守并不是好办法。可发檄文调雍、凉二州的人马前来助战。我领兵去偷袭剑阁，切断诸葛亮的归路，使其粮草不济，不战自乱。那时我们乘乱击之，诸葛亮可退！”

司马懿依言，发檄文到雍、凉二州调拨人马。不几日，孙礼领人马到来。司马懿命令孙礼与郭淮配合，去攻剑阁。

相持日久，诸葛亮也有些着急，便唤来姜维、马岱入城说：“魏兵不出战，只靠山险闭门自守，拖延时日。他们欺负我们粮少，很有可能派兵去攻剑阁，阻断我粮道。这样，我们就很危险。所以，我派你们二人去剑阁，守住要道。魏军见我们有了准备，自然退去！”

二人领命去了。

这时候杨仪说：“丞相早已下令，前线大军一百日一轮换。如今已到了时限，应该换班了！”

诸葛亮点头，说：“既已到时限，那就轮换吧！”

蜀兵听得传令换班，个个打起行李，准备起程。

忽有探马报告：“孙礼与郭淮一同去攻剑阁，司马懿自领一军来攻卤城。”

诸葛亮不语，杨仪说：“魏兵来得甚急，丞相可否延缓轮换？”

诸葛亮沉思良久说：“我既有令，以信为本。这些士兵的家属知道轮换，正翘首以待呢！我不能失言。不管有多大风险，也不能延缓时日！”

诸葛亮即刻传令全军：当日便可回汉中。

蜀兵们听了很受感动，齐说：“愿与丞相共存亡，绝不回去！”

诸葛亮见了这个场景，心中十分激动，说：“既然大家要与我出战，那就立刻到城外安营，以防魏军到来。如果魏军到来，不待他们喘过气来，便发起进攻。这是以逸待劳之法！”

蜀兵们领命而去，个个摩拳擦掌，准备大战。

西凉人马远道而来，走得人困马乏，刚下寨歇息，汲水做饭，却遭到蜀兵进攻。蜀兵个个勇猛，人人争先，杀得雍、凉二州的人马尸横遍野、血流成河。

这时，探马报告：永安李严有书信到来。

诸葛亮接过来观看，书信的大意是：

近闻东吴派人去洛阳，与魏联合。魏下令叫吴攻蜀，幸好吴尚未发兵。今将此消息告知丞相，请早做准备……

诸葛亮看罢，甚是惊疑，于是聚众将说：“东吴若兴兵犯境，我们只得及时返回，以防其患呀！”

于是下令：“祁山大营人马，徐徐退回西川。司马懿只知我在卤城，必不敢追赶！”

张郃听说蜀兵退去了，恐中埋伏，不敢追赶，而到大营来见司马懿，说：“蜀兵退了，不知下步怎么办？”

司马懿说：“诸葛亮诡计多端，不可轻动，只宜坚守！”

这时大将魏平说：“蜀军拔祁山之营而走，正好追杀。都督按兵不动，真是畏诸葛亮如虎呀！”

司马懿冷笑一声说：“我宁可叫天下人笑我畏诸葛亮如虎，也不愿被虎吞了！”

诸葛亮知祁山大营之兵都已撤回，便叫杨仪、马忠入帐，授计："你们领一万弓弩手，赴剑阁在木门道埋伏。若魏兵追到，听我炮响，滚下木石，以截断归路，然后两头一齐发箭射之！"

二人领命去了。诸葛亮又叫魏延、关兴领兵断后。城中遍插旌旗，堆放柴草，虚放烟火。

安排好了，诸葛亮出卤城向木门道而去。

司马懿的探马向他报告："卤城的诸葛亮也退去了，但不知城中还有多少人马！"

司马懿听了，亲自带兵到卤城下，见城门大开，城上旌旗如昨，只是城中仍有零星烟火。

司马懿想想说："此必是一座空城！"

于是下令进城，城中果然没有一个蜀兵了。

司马懿说："诸葛亮败走，谁能追杀一阵？"

张郃上前说："我愿追杀一阵！"

司马懿说："你性情急躁，不可去追！"

张郃不服地说："出征之时，都督令我做先锋，现在正是建功的时候，为什么又不愿意我去？"

司马懿说："诸葛亮退走，在险关之处必设埋伏，所以追杀时要特别小心，不能任性！"

张郃说："这一点，我心中明白，不必挂心！"

司马懿想了想，说："你一定要去，不要后悔！"

张郃说："大丈夫舍生报国，万死不辞！"

司马懿命令说："你既坚决要去，就领五千兵马在先，魏平领两万人马在后，我领三千人马在最后队！"

张郃领命率军追赶，追出三十里时，背后忽起喊声，接着从树林中杀出一彪人马，为首大将勒马横刀站在面前。

张郃一见是魏延，便催马与其交锋。战了几个回合，魏延诈败而去。

张郃又追了三十里，勒马四顾，不见伏兵，于是又继续追赶。刚过了一个小山坡，忽听喊声又起，一彪人马迎面挡住，为首将官正是关兴。关兴大声说："我正在此等候！"

张郃拍马来战关兴。二人战了几个回合，关兴拨马而去，张郃在后紧追。

追到一片密林时，张郃有些生疑，急忙派哨探打探。哨探告诉他："没有伏兵！"

张郃笑笑说："此处正好伏兵，却是没有，说明诸葛亮并没有在路上设伏。"

张郃放心了，加速追赶。

不知什么时候，魏延又跑到了他的前面。张郃与他战了十几个回合，魏延又败走了，张郃奋勇追赶。没追多远，又被关兴截住。张郃大怒，拍马交锋。战了十个回合，关兴败走，蜀兵弃了衣甲什物。魏兵见了，一齐争抢。

张郃哪里知道，魏延与关兴两次与他交锋，都是在诱他深入！

到了傍晚，张郃已追到木门道口。这时，魏延又冲过来大骂："张郃逆贼，我一番番让过你，你仍穷追不放，我现在要与你决一死战！"

张郃愤怒，跃马挺枪与魏延再次交锋。魏延伪装卖力，不到十个回合，又败走了。蜀兵们一路上弃甲丢盔，挤挤碰碰地进入木门道口。

张郃杀得兴起，瞄着魏延的背影，催马紧追。

这时，天色昏暗，张郃被山风吹得身上发凉，头脑也冷静下来，心想："这里两旁峭壁，中间路窄，不是好地方！"他正要退出来时，一声炮响，火光四起，山头上落下无数巨石、火把、柴草，登时阻断了去路。

张郃没有办法，只好奋勇向外冲。忽听一串梆子响，两边山崖上万箭齐发。可叹一员虎将被乱箭穿身，其余百十员副将也中箭身亡。

张郃遇难后，魏军随后追到，见木门道口塞满了巨石、柴草，知道张郃已经中计，魏军只好退去。

这时候，听得山中有人喊："诸葛亮丞相在此！"

魏军循声仰望，只见诸葛亮立于山头，脸被火光映照得通红。

诸葛亮高声对魏军官兵说："魏军官兵听着，今天我设网打猎，本想得一'马'，却误得一'獐'。实在不上算啊！大家安心而回吧。请上告仲达，我早晚也会将他擒住的！"

魏兵心里明白。诸葛亮所说的"马"乃是司马懿，诸葛亮所说的"獐"，乃是张郃。

司马懿见魏兵纷纷回来，情知前边有变，便问："前边张将军如何？"

魏兵告知司马懿：张郃已中箭身亡！

司马懿听了，悲伤不已，自言自语责备自己："张郃身死，实在是我的过错呀！"

于是司马懿下令：兵回洛阳！接着又偷偷派人前往木门道中取来张郃尸体，一起运回洛阳。

到了洛阳之后，司马懿上殿，面见曹睿禀报一切，并请求降罪。

曹睿听说张郃死了，流着泪说：“张将军随先皇出生入死，戎马一生，死得好惨呀！”

于是下旨：厚葬张郃，免司马懿之罪。

诸葛亮到了汉中，意欲回成都见后主刘禅。

这时候，李严已到成都，他对刘禅说：“臣已办齐军粮，正要运送到丞相军前，不知丞相因为什么，竟率师回汉中去了！”

刘禅不知其故，听李严这样说，心中不悦，便派尚书费祎入汉中问明原因。

费祎奉旨来到汉中，诸葛亮正准备回成都。费祎问：“丞相因何班师？”

诸葛亮说：“只因运粮官李严发来书信告急，说东吴将兴兵犯境，我怕成都有失，故而返回！”

费祎听了，连连摇头说：“这到底是怎么回事啊？李严向后主启奏，说他粮草备足，正要向军前运送，丞相却已回师汉中，所以特地到成都向后主说明情况。后主这才派我来汉中，向丞相问个明白呀！”

诸葛亮听了，十分生气，说：“哪有这种两个舌头的人呀！”于是派人详察。

原来，李严因粮草准备不足，怕诸葛亮怪罪，所以胡造一个理由向诸葛亮告急，等粮草准备齐了，这才又来成都向刘禅先告了一状：一则文过饰非，二则加害诸葛亮。

回到成都，诸葛亮立刻派人把李严捕来，说：“大胆匹夫，为了掩盖你自己的过失，竟敢谎报军情，误了国家大事！”说罢，欲令将李严斩首。

费祎劝谏说："李严乃是先帝托孤之臣，望丞相能饶他一死！"

诸葛亮想起刘备当年在白帝城托孤的情景，只好赦免了他。

第二天，费祎上告刘禅：诸葛亮此次班师，皆因李严引起。

刘禅听了，十分震怒："这样坑害相父，怎能容得！推出午门斩首！"

蒋琬出班启奏："李严虽然罪重如山，但先帝托孤，情比山重！"

刘禅说："既然这样，将其贬为庶人，永不起用！"

李严被贬为庶人，回到老家梓潼郡（今属四川）闲住。

诸葛亮五出祁山，又因此事而返回了。他心中很乱，不由想起许多往事。他想到了马谡，也想到了李严。当年刘备预知马谡的才能，可是他没有看出李严的为人。可见识人之难呀！

诸葛亮动了恻隐之心，便向刘禅上表，表奏起用李严的儿子李丰为长史。刘禅准奏。

诸葛亮又启奏："我们要积草屯粮，讲阵演武，整治军器，抚恤将士。三年后出征，再伐曹魏！"

刘禅不加思考，只是同意。

光阴飞逝，不觉三年过去了。建兴十二年（234）春二月，诸葛亮入朝面见刘禅，启奏说："臣备战三年，已经到时。"

刘禅整天花天酒地地混在美女丛中，他哪里知道时日！便想：日子过得好快呀！

诸葛亮又说："现在粮草盈足，军器完备，人壮马肥，可以兴师伐魏了！此次北伐，若不扫灭曹魏、恢复中原，誓不见陛下！”

刘禅漫不经心地听着。听诸葛亮启奏完了，他说：“现今天下已成鼎足之势，吴、魏皆不敢来打我们，我们正好享太平日月。相父这么大年纪，也该享享清福了！”

诸葛亮说：“臣受先帝之恩，梦寐之间，也不忘设计伐魏的事情。陛下不要忘了，苟且不能偷生，躲避不能养福。如不攻取中原，我们早晚必被中原所灭呀！”

刘禅听不进诸葛亮这些话，他只顾今朝有酒今朝醉，哪管明朝死与生。诸葛亮执意要伐中原，他只有同意就是了。

谁知太史谯周却出来谏劝诸葛亮：“丞相不可兴兵！”

诸葛亮问：“为什么呀？”

谯周说：“我职掌司天台，但知祸福，不可不说。最近有群鸟数万，从南方飞来，投于汉水而死。鸟兽之变，可以告人以凶吉。我又夜观天象，感觉盛气在北，不利于伐魏！还有，最近一些日子，成都百姓皆闻古柏在夜间痛哭。此草木之变，也不是好兆头。所以，我劝丞相只宜安守，不可妄动！”

诸葛亮见谯周说得很真诚，并无恶意，便说：“太史之言不可不信，但也不可全信。我受先帝托孤之重，必须全力讨贼，以扶汉室。怎么能以这些鸟兽、星宿、草木之变而废了国家大事呢？”

谯周见诸葛亮情真意决，不再相劝，只是说：“丞相善知天文、地理，比我明白，我只是规谏你能够注意就是了！”

出师之前，诸葛亮叫人设祭礼，祭拜先帝灵庙。

诸葛亮来到刘备庙前，望着刘备的塑像，哭拜于地，说：“臣诸葛亮五出祁山，未得寸土，负罪匪浅。今日臣复统全师，再出祁山，誓将竭尽全力，恢复中原。鞠躬尽瘁，死而后已！”

诸葛亮哭祭已毕，回朝拜辞刘禅。刘禅拉着诸葛亮的手说：“相父，我深知你一片报国之心，可是你年纪大了，要多加保重啊！”

诸葛亮望着刘禅，心中涌上许多话，只是一句也说不出来。他哽咽着说：“陛下，你多保重。我只希望陛下，常念先帝创业之艰辛……”

诸葛亮拜辞刘禅，星夜驰往汉中。接着，便与众将商议出兵之事。

忽有探马飞报：关兴病故！

诸葛亮闻报，放声大哭，昏倒在地。众将扶着他，他才慢慢苏醒过来。

诸葛亮叹口气说：“可怜忠义之士，老天爷反不让他多活。今番出师，又缺少了一员虎将啊！”

诸葛亮叹惜不已，取过纸笔，疾书四句诗文，以祭关兴。诗中写道：

生死人常理，
蜉蝣[①]一样空。
但存忠孝节，

---

① 蜉蝣（fú yóu）：昆虫，常在水面飞行，寿命很短，只有几小时至一星期左右。

何必寿乔松[①]。

诸葛亮与众将议定：三十四万大军，分五路而进。姜维、魏延为先锋，先出祁山。

接着诸葛亮又令李恢先运粮草于斜谷道口等候。

① 寿乔松：寿命像仙人一样长。乔松：古时指传说中的仙人王乔和赤松子，今指高大的松树。

第二十八回　创奇迹木牛流马　上方谷暴雨灭火

曹睿得知诸葛亮再伐中原的消息后，仍派司马懿为大都督，另有夏侯霸、夏侯威、夏侯惠、夏侯和随征。

诸葛亮六出祁山，安下五个大寨，分左、中、右、前、后结营屯兵。自斜谷至剑阁，一连又安下十四个大寨，分别屯兵，以为长久之计。

一日，探马来报：魏军郭淮、孙礼领陇西兵，在北原（今陕西眉县渭河北岸，即渭北）安营。

诸葛亮听了，对众将说："他们是怕咱们先夺此路，阻绝陇上之道。所以，我要虚攻北原，却暗取渭水。赶快命人扎木筏百余只，上载草把，选水手五千人备战。我黑夜去打北原，司马懿必领兵来救。等他败走时，我把后军先渡过岸去，然后把前军藏于筏中，但不上岸，顺水到浮桥把浮桥烧断，以攻其后。我领一军去攻前营之门。如果夺了渭水南岸，进兵就不难了！"

众将皆同意诸葛亮的安排，分头准备去了。

司马懿派出来的探马，把这个消息及时报告了他。

司马懿立即判断说："诸葛亮如此安排，是一个名取北原、实为攻我前营之计。”于是做了应对安排。

诸葛亮令魏延、马岱领兵渡渭水攻北原，令吴班、吴懿领木筏兵去烧浮桥。又令王平、张嶷为前队，姜维、马忠为中队，廖化、张翼为后队，兵分三路，去攻打渭水旱营。

这日中午，蜀营人马离开大寨，渡过渭水，列成阵势，缓缓而行。到黄昏时分，魏延、马岱将近北原。

孙礼见了，弃营而走。魏延怕有伏兵，正要退军，忽听四下喊声大起，左有司马懿，右有郭淮，正分两路杀来。魏延、马岱奋力抵抗，蜀兵大部分落在水中。幸有吴懿杀来，才救了败军。那边，吴班引兵来烧浮桥，却被魏军以乱箭射住。吴班身中乱箭，落渭水而死。蜀兵跳水逃命，木筏大都被魏军夺去。

王平、张嶷不知北原兵败，直奔魏营，因见这里似有准备，便勒住马观望。

忽然背后驰来哨探，说：“丞相令军马急回，北原兵、浮桥兵都失败了！”

王平、张嶷急忙退兵，却被魏军抄了后路，两军混战在一起。王平、张嶷奋力杀出，蜀兵损失过半。

诸葛亮收兵回到大寨，各营查点人数，损失兵将一万多人。他心中十分忧闷，暗说：“街亭之败，乃是用人不当；渭桥之败，乃是运筹不精啊！”

为了牵制魏国力量，诸葛亮又下书给吴王孙权，请求发兵伐魏。孙权同意了诸葛亮的请求，兴兵攻打魏国新城。

诸葛亮虽如此安排，仍然要面对强敌。一日，有人报告：魏营偏将郑文来降。

诸葛亮叫他进帐，问：“为何来投？”

郑文说："司马懿用人不公平，视我如草芥，所以来投丞相。"

正在此时，营外有人讨战。诸葛亮问："来将是何人？"

郑文说："必是秦朗。"

诸葛亮问："你能战过他吗？如果你出战斩了秦朗，我才不怀疑你！"

郑文说："好！"说罢乘马出营，与秦朗战在一起。没有几个回合，便斩秦朗于马下。

郑文回到营中报捷，不料诸葛亮却把脸一沉，说："将郑文推出去，斩！"

郑文说："何罪斩我？"

诸葛亮笑笑说："我认得秦朗。你刚才斩的，不是秦朗，而是其弟秦明。这是司马懿用的诈降之计，怎能瞒过我呀？"

郑文一看露了馅，只得叩头，泣求免死。

诸葛亮说："你要想求生，可修书一封给司马懿，让他来偷营！如果抓住司马懿，还给你记功！"

当下郑文写了书信，诸葛亮看了，便把郑文监押了起来。

众将问："丞相怎知郑文是诈降？"

诸葛亮说："司马懿用人极严。秦朗为前部将军，武艺高强，今被郑文所斩，定不是秦朗！"

接着，诸葛亮选了一名能说善辩的军士，暗暗吩咐了一番。军士拿着郑文的书信，来到魏营。

司马懿将他唤到帐前。军士把郑文书信呈上。司马懿看罢，问："你是什么人？"

军士说："我是流落蜀中的中原人，郑文与我是同乡。现在郑文斩将有功，受到诸葛亮重用。郑文特意托我来送书信，约定明日晚间，举火为号，请都督前去劫寨，郑文在里边做内应。”

这些话都是诸葛亮暗暗告诉他的。

司马懿是个多疑的人，不肯轻信，又反复诘问军士，又将郑文书信仔细验看，认定笔迹确是郑文的，这才相信了。于是，赐给军士酒食，吩咐说：“明日二更为期，我派兵劫寨。回去告知郑文，做好内应！”

军士向司马懿叩头拜辞，回到诸葛亮寨中，向诸葛亮做了汇报。

诸葛亮听了，悄悄对王平、马忠、张嶷、马岱、魏延作了布置。然后，自己只领数十人，坐于高山之上指挥。

第二天，按事前约定，司马懿便要亲率两个儿子来劫蜀寨。

长子司马师说：“父亲怎么只凭片纸就要深入重地？倘有闪失怎么办？不如令别的将官先行，父亲为后应。”

司马懿说：“这也好。”于是，派秦朗领一万人马前去劫蜀寨，自己领兵接应。

刚刚入夜，风清月朗，到了二更时分，忽然阴云四合，对面不见人影。这正是偷营劫寨的好时候，司马懿暗说：“真是天助我也！”

于是，秦朗当先，人衔枚，马勒口，悄悄而进。到了蜀寨前，突然拥入，却不见一人。

秦朗情知中计，下令退兵。突然四方火把齐明，喊声震地。左王平、张嶷，右马岱、马忠，分两路杀来。秦朗死战，不得脱身。

司马懿正行进间，见蜀寨中火光冲天，喊杀不绝。他不知魏兵胜负，催马前来接应。

忽然鼓角喧天，火炮震地。左边魏延，右边姜维，一齐杀来。

魏军损失十之八九，四散逃命。

秦朗的一万人马，大部被歼，秦朗死于乱军之中。

司马懿领着败兵，仓皇回到本寨。

三更以后，天复晴朗，诸葛亮在山头上鸣金收兵。

回到寨中，有人报告：郑文乘机逃跑，被军士杀了。诸葛亮说："他咎由自取！"

诸葛亮每日向魏营挑战，司马懿只是闭寨不出。众将说："丞相，这是司马懿用的拖延时日之计，只等待我军粮草匮乏后退去呀！"

诸葛亮心中很明白，但是如何将粮草运到军中呢？他夜以继日地思考着。一日，诸葛亮乘着四轮车到祁山下渭水河边察看地理，来到一个山谷口，见这个谷形如葫芦，谷内可容千余人，心中不由暗喜。他问向导官："这是什么地方？"

向导官答："此是上方谷（今陕西眉县境内），又名葫芦谷。"

诸葛亮回到帐中，叫来裨将杜睿、胡忠说："你二人选军中能工巧匠一千人，入葫芦谷中，制造木牛流马。那里僻静，别人不易发觉。"

杜睿、胡忠不知什么叫木牛流马，便问："这东西是什么样子啊？"

诸葛亮说："我已绘好了图样，由我去教那些匠人制作。你们的任务只是监工！"

二人领命而去。诸葛亮又唤马岱率兵守住谷口，不放任何人出入。

能工巧匠入谷之后，诸葛亮先去教会了他们制造木牛流马，以后每天又去查看一回。

杨仪对诸葛亮说：“现在粮草都在剑阁，只是运不出来。人夫牛马搬运不便，运量又小，这该怎么办呢？”

诸葛亮笑笑说：“我已命人制造木牛流马，用它们来搬运粮草，甚是便利。它们不吃草料，而且能昼夜运送。”

杨仪大惊说：“自古至今，未闻这样的事情。不知丞相用何妙法来制造？”

诸葛亮说：“天机不可泄露，制出来你就知道了！”

杨仪说：“丞相实为多才多艺呀！”

诸葛亮微笑不语。

过了数日，木牛流马制成。众将看了，说：“这真像活的一般。只是不食草粮，只会干活儿。”

诸葛亮指挥着演练一番，只见它们上山下岭，行动自便，不仅省力，而且快捷，解了险峻蜀道运粮之难。众将欢呼雀跃，齐赞丞相之智谋。

诸葛亮令高翔领一千兵，驾着木牛流马运送粮草，自剑阁直抵祁山大寨。

杨仪见了，喜出望外，立刻口占一绝赞道：

剑阁险峻驱流马，
斜谷崎岖驾木牛。
丞相智谋堪绝世，
从此蜀道无人愁！

司马懿多日不战，就是为了等待蜀兵粮草不足时退兵，不想却有探马报告说：“蜀军依靠木牛流马运粮，人不费力，牛马不食！”

司马懿听了大为震惊，暗说：“这个诸葛亮真是什么办法都有！”

寻思一会儿，他便对张虎、乐綝说：“你二人领五百兵，从斜谷小道抄出，蜀兵驱木牛流马过时，一齐杀出，抢几个木牛流马来，我看看！”

二人依计扮作蜀兵，偷过小路，伏在谷中，果见高翔领人驱木牛流马而过。等木牛流马将过尽的时候，他们突然杀出，抢了十几个木牛流马。

张虎、乐綝向司马懿献上所得之物。司马懿见了赞不绝口，当即下令能工巧匠依样画葫芦，制造了两千个木牛流马。

司马懿说：“我也用它运粮，岂不是再好不过！”

于是，司马懿令岑威领兵，驾木牛流马从陇西搬运粮草。魏军兵将，个个高兴地说：“诸葛亮的发明，被我们用上了！”

高翔来见诸葛亮，说：“魏军抢去了十几个木牛流马，如何是好？”

诸葛亮说：“这也无妨。我失了十几个木牛流马，却能得到他们许多粮草！”

众将不知其意，诸葛亮说：“司马懿夺走木牛流马，必然仿制。那时我自有计谋！”

数日后，探马来报：“魏军果然以木牛流马运送粮草了！”

诸葛亮微微一笑说：“果不出我之所料！”于是，吩咐王平说：“你领一千兵，扮作魏兵，黑夜偷过北原，只说是巡粮兵，混入他们的运粮军中，将护粮之魏兵尽皆杀死，然后驱木牛流马去北原。魏兵必来追赶，你们可将木牛流马口中的舌头向左扭转，使它们不能行动。魏兵赶到时，驱使不动木牛流马，扛又扛不走。待我军将他们杀退后，你们可返回身来，再将木牛流马口中舌头转正，然后长驱而行。魏兵不知机关，必以为怪！”

王平领命而去。

诸葛亮又对张嶷说：“你可领五百兵，都扮成六丁六甲的神兵。这些神兵鬼头兽身，五彩涂面，一手执绣旗，一手持宝剑，身挂葫芦，葫芦里藏着烟火之物。你们伏在山旁，待木牛流马到时，放出葫芦内的烟火，一齐拥出驱动木牛流马。魏军见了，必定疑是鬼神，不敢追赶。”

张嶷依计领兵而去。

诸葛亮又唤姜维、魏延吩咐说：“你二人同领一万兵，去北原寨口接应木牛流马。”

接着，诸葛亮又唤廖化、张翼吩咐说：“你们领五千兵，截断司马懿来路！”

又对马忠、马岱吩咐说：“你二人领两千兵，去渭水南岸挑战！”

六人领命而去。

诸葛亮坐在帐中等候消息。

魏将岑威领兵驱木牛流马运送粮草，正行之间，忽报前边有巡粮兵。岑威令人去打探，果然是魏兵，便放心前进。两军碰在一起，蜀兵突然动手，魏兵措手不及，被杀死大半，岑威也死于王平刀下。残余的魏兵四散而逃，王平则引着蜀兵驱木牛流马而回。

郭淮听说粮草被劫，急忙领兵来救。王平立刻让兵丁将木牛流马口中的舌头向左扭转，同时且战且退。

魏军赶到，驱不动木牛流马，心中正在疑惑，忽听喊声四起，魏延与姜维分两路杀来，同时，王平也返身杀了回来。三路夹击，郭淮大败而走。

王平令军士将木牛流马口中的舌头转正了，又驱动行进。郭淮看见这些木牛流马又走了，心中吃惊，复又调兵追赶。这时，只见山后烟火突起，一队神兵来到面前。他们一个个手持旗、剑，怪异非凡，驱动着木牛流马飞奔而去。

郭淮见状，目瞪口呆，不敢再追赶了。魏兵见了，吓得连说："神兵，神兵！"

司马懿听说北原兵败，急忙领兵来救，刚到半路，忽然一声炮响，两路兵马自险峻之处杀出，为首两将是张翼、廖化。

司马懿只得向后败退。廖化乘势追杀，一直追到密林中。看看就要追上，司马懿围树而转。廖化一刀砍去，正中树干，等用力把刀拔出来时，司马懿已经跑出密林。

廖化随即追去，却不见司马懿的去向。他四下寻找，只见树枝上挂着一个头盔。廖化用刀挑下来，正是司马懿的，便一直向东追去。

原来，司马懿将头盔挂在树上，却向西边逃走了。

廖化追了一程，不见司马懿踪影，只得奔回谷口。正好遇上姜维，便一同回寨，来见诸葛亮。

这时候，张嶷等人已驱木牛流马回来，夺了魏军粮草近两万担，被诸葛亮记了头功。

廖化献上司马懿头盔，也被诸葛亮记了功。

只有魏延心中不悦。诸葛亮见了，并不言语，只是心中明白。

司马懿逃回大寨，心中气恼。正在此时，魏主曹睿遣使到来，言说东吴孙权兵分三路攻打魏国南部城池，令司马懿坚守勿战。

这更是火上浇油，但司马懿无计可施，只得下令深沟高垒，坚守不出。

诸葛亮欲将祁山作为久驻之地，便下令蜀兵与当地人共同耕种，并规定所得收获，军得一份，民得二份。当地人都很满意，军民关系非常融洽。

司马师得知这个消息，对司马懿说："父亲，蜀兵劫去我们大批粮草，现在又屯田于渭水边，以为长久之计。这真是国之大患啊！父亲何不与诸葛亮决一胜负？"

司马懿说："我奉旨坚守，不可轻动！"

父子正议论着，忽然有人报告："蜀将魏延，举着都督的头盔，前来挑战！"

众将听了，受不了这种侮辱，齐声要求出战。司马懿笑笑说："圣人云'小不忍则乱大谋'，还是以坚守为上策！"

魏延骂阵而回，告知诸葛亮："司马懿仍然不出！"

诸葛亮想了想，又密令马岱制造木栅，在营中挖下深堑，多积柴草引火之物。周围山上，用柴草虚搭窝铺，内外埋好火药。准备停当后，诸葛亮又嘱咐马岱："将葫芦谷的后路堵塞，伏兵于谷中。若司马懿兵到，任他入谷，并立刻点着柴草、火药！"马岱受计而去。

诸葛亮又令军士：白天在谷口举起七星号带，黑夜设七盏明灯在山上，作为暗号。

诸葛亮又唤魏延吩咐说："你再去魏营讨战，务必要司马懿出战。不可胜，只宜败。司马懿要追赶，你奔七星号带而去，若是夜间，便奔七盏灯而去。只要把司马懿引进葫芦谷中，我便有擒他之计！"

魏延领命而去。

诸葛亮又对高翔说："你将木牛流马分成二三十个为一群，或四五十个为一群，都装上粮食，在山路上往来行走。如魏兵抢去，就是你的功劳！"

高翔领计，驱木牛流马去了。

诸葛亮随后以屯田为名，将祁山兵将大部分调出，并告知他们："如司马懿来，可奋力攻打渭南，断其归路；如别的魏将来，则只许诈败。"

诸葛亮分拨完毕，自领一军到上方谷下营。

夏侯惠、夏侯和将这个消息报告了司马懿。

司马懿说："这又是诸葛亮之计！"

夏侯惠和夏侯和说："若都督有疑，我们可以先去交战！"

司马懿想了想，同意了。

夏侯惠和夏侯和领两路兵，正行走之间，忽见蜀兵驱木牛流马而来，便一齐杀了过去。蜀兵溃逃，木牛流马全被魏兵抢去。

第二日，魏军劫持蜀兵百十来人，解到大寨。

司马懿诘询那些蜀兵。蜀兵们说："诸葛亮料你们不出城，所以叫我们四散屯田，以为长久之计。"

司马懿下令放回所俘蜀兵。

夏侯和问："为什么把他们放回去？"

司马懿说："这些小卒，杀之何益？放了他们，他们将赞扬我们宽厚仁慈！"

高翔佯装运粮，驱木牛流马往来于上方谷中，但不时遭到魏兵袭击，半月之内，竟连败数阵。司马懿见蜀兵屡败，心中甚喜。一日，又擒来蜀兵十几人，司马懿问他们："诸葛亮现在何处？"

蜀兵们都说："丞相不在祁山，而在上方谷西十里下寨，令每日运粮屯于上方谷。"

司马懿又将这些蜀兵放回去，对众将吩咐说："诸葛亮不在祁山，却在上方谷。明日你们可全力攻打祁山大寨，我自会领兵接应！"

众将领命而去。司马师说："父亲为何反要攻其后？"

司马懿说："祁山乃是诸葛亮的根本，若见我攻打，他必来救援，我却去上方谷烧其粮草，使他首尾难顾！"

司马师觉得很有道理。司马懿即令张虎、乐綝各领五千兵在后接应。

诸葛亮在山上，望见魏兵或三五千一队，或一二千一行，接踵而进，前后顾盼，料定是来攻祁山大寨的，于是传令众将："若司马懿亲自来，你们便劫魏营，夺取渭南。"

魏兵都奔祁山大寨而来，蜀兵们呐喊奔走，装出去救援大寨的样子。司马懿见蜀兵们都去救援祁山大寨，便领着两个儿子及中军护卫人员杀奔上方谷而来。

魏延在谷口，早盼着司马懿到来。现在司马懿果然来了，魏延大喜，舞刀向前，大叫："司马懿休走！"

二人战了几个回合，魏延回马便走，司马懿紧紧追赶。魏延直往七星号带方向跑。司马懿见只有魏延一个人，便命令司马师在左，司马昭在右，他为中军，一齐追向上方谷。

魏延进入谷中。司马懿到了谷口，先叫人到谷中查探，探子回报说："谷中并无伏兵，山上都是草房。"

司马懿想："草房必是屯粮之所！"

于是，下令进入谷中。刚刚进谷，司马懿不见了魏延，却见草房上堆满了干柴，不由心生疑虑，对二子说："倘若有兵截住谷口，怎么办？"

司马懿话音未落，听得山上呐喊一片，一支支火把扔下谷中，先把谷口堵住了。

魏兵无路逃走，山上的火箭齐射，谷中的火药炸响，草房上的干柴也被引着，上方谷一下子变成了一个"火谷"。

司马懿吓得手足无措，跳下马抱着两个儿子大哭，说："我父子三人都死在这里了！"

正在父子三人痛哭失声的时候，突然山谷中狂风大作，黑云漫卷，一声炸雷，倾盆大雨落了下来，满谷之火，顿时被浇灭。

司马懿父子本来只等一死了，却碰上了"奇迹"。他们被淋得像落汤鸡一样，然而却高兴得跳了起来。

司马懿大吼："还不赶快杀出谷去，更待何时？！"

魏兵们个个奋勇，向外冲杀，张虎和乐綝也正率军前来接应。马岱兵少，阻挡不了，只好让司马懿等人逃走。

司马懿到了渭南，不料寨栅已被蜀兵夺了。此时，郭淮与孙礼正在浮桥上与蜀兵交战。司马懿到来，杀退蜀兵，立刻烧断了浮桥，据守北岸。

前去攻打祁山大寨的魏军，听说司马懿大败，失了渭南大营，不由军心慌乱，掉头退走。蜀兵追杀过来，魏兵死伤无数。

诸葛亮在山顶上，看见司马懿入了上方谷，心中大喜。此时火光冲天，火药炸响。诸葛亮以为此番司马懿定死无疑。

谁知“天有不测风云”，一场突如其来的暴雨浇灭了大火，司马懿父子竟绝处逢生！

诸葛亮见了，仰天叹口气说：“这真是‘谋事在人，成事在天’啊！”

司马懿败回渭北，严令众将说：“如再有言战者，斩！”

众将唯唯听令，据守不出。

诸葛亮领一支军队，屯于渭水之南的五丈原（位于今陕西岐山南斜谷口西侧），屡屡派将到渭北挑战，魏营只是不理。

诸葛亮日夜谋算，忽然想出一计，于是执笔给司马懿修书一封。他命人取来妇女穿的缟素服装一件，一齐盛在一个大盒之内，派使者送到魏营。

魏营将官不敢自拆，把使者带到司马懿面前。司马懿当众将盒启开，原来是妇女之衣，并有一封书信：

> 仲达既为大将，统领中原之众，不思披坚执锐，以决雌雄，乃甘窟守[①]土巢，谨避刀枪，与妇人又有何异哉！今遣人送巾帼素衣至，如不出战，可再拜而受之。倘耻心未泯，犹有男人胸襟，早与批回，依期赴敌！

司马懿看罢心中大怒，但他强忍下去，反而装出笑脸说：“诸葛亮视我为妇人也！”

---

① 窟守：穴居不出。

于是，他将盒子收下，并且款待来使。

司马懿问使者："诸葛亮最近寝食如何？事务繁忙吗？"

使者说："丞相睡眠不多，吃饭很少，每天事务繁忙。"

司马懿听了对众将说："诸葛亮食少事繁，命不久矣！"

使者回到五丈原，见了诸葛亮说："司马懿收下了妇女素衣，看了书信，并没有生怒，只问丞相寝食及事务繁忙否。"

诸葛亮问："你怎么回答？"

使者说："我说丞相睡眠不多，饭吃得也不多，事务却繁忙得很！司马懿听了我的话，说'食少事繁，命不久矣'！"

诸葛亮听了，叹口气说："司马懿深知我也！这个人比周郎等人强过百倍。他能屈能伸，而且胸怀宽大，是难得之人，也是我难对付的人啊！"

众将说："丞相事必躬亲，劳碌终日，岂不损伤身体？望丞相保重身体才是啊！"

诸葛亮眼望众将，含着泪说："我并不是不知爱惜身体，但受先帝托孤之重，唯恐别人不像我这样尽心啊！"

众将也都伤心流泪。

魏营中军士都知道诸葛亮以妇女素衣羞辱司马懿，司马懿却接受了。众将愤怒，一齐进帐说："我们都是大国名将，怎能受诸葛亮如此之辱？！我们请战，与诸葛亮决个雌雄！"

司马懿说："我并非甘心受辱。只是天子有诏，不让交锋，只宜坚守。"

众将仍愤愤不平。

司马懿说："你们一定要出战，待我奏明天子，再说！"

不几日，曹睿派使臣到渭北魏军营中宣读圣旨："如有再敢言战者，以抗旨论处！"

众将只得听从司马懿吩咐，不再言战。

消息传到诸葛亮这里，诸葛亮笑着说：“这是司马懿安定三军之计也！”

姜维问：“丞相你怎么知道？”

诸葛亮说：“司马懿本无战意，只是众将求战心切，他只好拿曹睿之旨来稳住三军之心。俗话说‘将在外，君命有所不受’，哪有跨越千里而请战的道理呢？司马懿向外放风，使我军知道，更有松懈我军心之意！”

正议论着，忽报费祎从成都而来，诸葛亮接入。费祎奉刘禅之旨，前来通报东吴与曹魏交战的情况。

原来，东吴出兵伐魏，初战得胜，后来却遭到失败，吴王孙权听了陆逊建议，已经撤兵回南徐了。

这一大局的变化，对诸葛亮打击很大。东吴退兵，南方就没有牵制魏国的力量了。

诸葛亮得知这个消息，不禁长叹一声，晕倒在地。

第二十九回 五丈原孔明祈寿 见木像司马惊心

诸葛亮突然晕倒，众将急忙上前扶起。过了大半晌，诸葛亮才慢慢苏醒过来。

诸葛亮说："我心中昏乱，旧病又复发了，恐怕有生命危险！"

姜维扶着他说："丞相何出此言？"

诸葛亮听了姜维这句问话，心中暗暗说："是啊，在众将面前，我怎能这样说话呢！"

的确，刚才诸葛亮是在神志不清的情况下，才说出了"恐怕有生命危险"的话。

作为一个三军主帅，作为诸葛亮，在神志清醒的情况下，是绝不会在众将面前说出这样的话的呀！

诸葛亮不免有些后悔，但话已说出，只有设法找补回来。于是，他对姜维说："我昨夜观星象，见客星倍明、主星幽暗，天象如此啊！"

姜维说："丞相上晓天文、下知地理，是否有什么挽救之法？"

其实，诸葛亮心中正等着姜维这句话呢！

于是他说："我平素深知祈禳之法，但未知天意如何。如得成功，可以延寿！"

姜维听了很高兴，便问："丞相，你看如何准备？"

诸葛亮说："你可安排甲士四十九人，各持皂旗，身穿皂衣，环绕于帐外，我在帐中祈禳北斗。若七日之内主灯不灭，我的寿数可增一纪；如灯灭，我必死了！在这个时候，闲杂人等，不可放入。凡需用之物，只叫二小童子搬运！"

姜维认真地听完，出帐准备去了。

诸葛亮之所以这样做，是出于以下两点想法：

一是给自己鼓劲，使自己有个支撑的力量。伐魏大业没有完成，他不愿意死去。

二是给蜀军长志气，凝聚军心。

时值八月中秋，夜间天气有些发凉了。没有风，没有云，银河耿耿①，玉露零零②，旌旗不动，刁斗③无声。蜀军营中十分安静。

姜维在帐外，带领四十九人守护着大帐。

诸葛亮在帐中设香花祭拜，地上分布七盏大灯，外布四十九盏小灯，内设本命灯一盏。

诸葛亮面朝北斗祝拜，说："亮生于乱世，甘老林泉；承昭烈皇帝三顾之恩、托孤之重，不敢不竭犬马之劳，誓讨国

① 耿耿：明亮。

② 零零：滴落。

③ 刁斗：古代军队中用的一种器具。白天可供一人烧饭，夜间用来敲击巡更。

贼。不意将星欲坠，阳寿将终。谨书尺素，上告穹苍：伏望天慈[①]，俯垂鉴听[②]，曲延臣算[③]，使得上报君恩，下救民命，克复旧物，永延汉祀。非敢妄祈，实由情切。”祝拜完毕，就在帐中俯伏待旦。

第二天，诸葛亮与众将计议军机时，只觉胸口堵塞，一阵鲜腥，一口热血涌上喉咙。他不愿意让众将看见，便又强忍着咽了回去。

就这样，诸葛亮白天照常升帐理事，夜间则祈禳天庭。

司马懿在寨中坚守不出。他自听了蜀营人言诸葛亮“食少事繁”之后，心中暗想：“照这样下去，诸葛亮的精力就要耗尽了！”

司马懿正盼望着这一天呢！他对夏侯霸说：“你经常到蜀营附近哨探，如遇蜀营攘乱，又不出战，肯定是诸葛亮生病了，我们可乘机袭击！”

夏侯霸领命而去。

诸葛亮祈禳已经到了第六夜，再有一夜就完成了。他见主灯明亮，心中甚是高兴。

姜维在帐外悄悄向里望着，见诸葛亮披发仗剑，踏罡步斗[④]，压镇将星，心中油然升起一种敬意。

---

① 伏望天慈：希望苍天慈爱。

② 俯垂鉴听：（我）俯身垂首恭请您倾听。

③ 曲延臣算：请求通融，延长我的寿命。曲延：谦称，邀请您而使您受到委屈。

④ 踏罡步斗：古代道士、法师礼拜星宿、召神遣灵的一种动作。其步行转折，宛如踏在罡星斗宿之上。罡：北斗七星柄尾的一颗星。斗：北斗星。

这时候，魏延跑着闯入大帐，嘴里喊着：“魏兵来了！”

魏延脚步飞快，一下子把大帐中的主灯扑灭了。

姜维一看大怒，把魏延按倒在地。

魏延惶恐，叩头请罪，说：“丞相饶命，因为事急，我忘了丞相在祈禳！”

姜维举剑要杀魏延，诸葛亮制止说：“魏延快去迎敌！”

魏延跑下帐去了。

姜维望着诸葛亮，泪流满面地说：“丞相，只怪我没有看守好帐门，才使魏延闯了进来！”

诸葛亮苦笑一声，说：“死生有命，不可强也！”说着吐血数口，姜维赶紧把他扶上床。

诸葛亮躺在床上，姜维在他身旁站着。过了好长时间，诸葛亮说：“我本想竭尽忠心，恢复中原，重兴汉室。但天意不可违，旦夕之间就要离开你们了！”

姜维望着诸葛亮苍白的脸，听着诸葛亮凄楚的话，不由一阵悲伤，痛哭失声。

诸葛亮说：“伯约，不要哭，听我说。”

姜维止住哭泣。

诸葛亮说：“我平生所学，已经著书二十四篇，计十万四千一百一十二字，内含八务、七戒、六恐、五惧之法。这些用兵之道，是我多年经验积累而成。我遍观众将，无人可授，独你可以继承，切勿轻视呀！”

诸葛亮拿着自己的著作，递给姜维。姜维跪在地下，双手接了过来。

诸葛亮又说：“我还有‘连弩’之法，未曾使用过。其法是，矢长八寸，一弩可发十矢。我都画成了图本，你可依法制造、使用！”

诸葛亮又拿出图本，递给姜维。姜维恭恭敬敬地接了过来。

过了一会儿，诸葛亮又说：“我死之后，蜀中诸道，都不必多虑，唯有阴平之地切须仔细。此地虽然险峻，但久必有失。”

姜维点头记下。诸葛亮说：“快将马岱叫来！”

姜维领命，将马岱唤入。

马岱来到诸葛亮身边，泪流满面。诸葛亮拉着他的手，在他耳边授以密计，并说：“我死之后，你可依计而行！”

马岱哭着出了帐。杨仪听说诸葛亮已经命在旦夕，便悄悄入帐。诸葛亮说：“你来得正好，我给你一个锦囊。”

杨仪接过，诸葛亮又说：“我死之后，魏延必反。待其反时，你打开此锦囊，必有斩魏延之人！”

诸葛亮调度完毕，便昏昏然睡去了，一直睡到晚上才醒来。醒来之后，他立刻撑着身子给刘禅写信。写完后，派专使将信送往成都，呈交刘禅。

刘禅拆开信观看，只见信上写道：

伏闻[①]生死有常，难逃定数；死之将至，愿尽愚忠：臣亮赋性愚拙，遭时艰难，分符拥节[②]，专掌钧衡，兴师北伐，未获成功；不料病入膏肓，命垂旦夕，不及终事陛

① 伏闻：听说。伏，自谦辞。

② 分符拥节：分封官爵。符、节，古时君王分封王侯，派遣使节时用作凭证的信物。

下，饮恨无穷！伏愿陛下：清心寡欲，约己爱民；达孝道于先皇，布仁恩于宇下；提拔幽隐[①]，以进贤良；屏斥奸邪，以厚风俗。

臣家成都，有桑八百株，薄田十五顷，子弟衣食，自有余饶。至于臣在外任，别无调度[②]，随身衣食，悉仰于官，不别治生[③]，以长尺寸[④]。臣死之日，不使内有余帛，外有赢财，以负陛下也。

刘禅看罢，又悲又惊，立刻命尚书李福骑马星夜驰往诸葛亮大寨问安，兼问相父百年之后后事如何安排。

李福到了五丈原，拜见诸葛亮，代刘禅问安。诸葛亮流着泪说："我不幸中道丧亡，废了国家大事，得罪于天下。我死后，你们要竭忠辅主。国家旧制，不宜改易。我所用之人，也不可轻废。我的兵书著作已授姜维，他一定能继承我志，为国尽力……"

李福领言，匆匆离去。

送走李福，诸葛亮强支着病体，让左右人把他扶上四轮小车，他要出帐遍察各营寨。

寨外秋风扑面，诸葛亮打了个冷战，不禁遍体生寒。但是，他还是坚持着去各营寨看看。他对营寨太熟悉了，也太留恋了。

---

① 幽隐：隐居不仕的贤士。

② 别无调度：没有别的生财之道。

③ 不别治生：不去搞别的生计。

④ 以长尺寸：以增加微小的收入。

他去各营寨看过，那些刀枪剑戟，那些鹿角丫杈[1]，那些生龙活虎的士兵，都使他回忆起许多往事。但是，他不能再和这里的一切相伴了！

诸葛亮轻轻叹息着说："悠悠苍天，我再也没有这个机会了！"

回到帐中，诸葛亮病转沉重。他吩咐杨仪说："马岱、王平、廖化、张嶷、张翼等人，久经战场考验，要加以重用。我死之后，要缓缓退兵，不可急躁。姜维智勇双全，可以断后！"

杨仪拜泣受命。

诸葛亮又对他说："我死之后，不可立即发丧。可做一大龛，将我尸身坐于龛中，用七粒米放我口中，脚下点明灯一盏。营中要安静如常，不要举丧，不然司马懿一定生疑。我军后寨先行，然后营寨逐个缓缓而退。如果司马懿来追，你可布成阵式，将我早就制好的木像，安放在四轮车上，并令大小将士分列左右。司马懿见了，一定吃惊而退！"

杨仪一一记下。

当天夜里，诸葛亮突然昏了过去。众将伏在榻前呼唤。

这时候，尚书李福又回来了。他见诸葛亮昏死过去，便放声大哭，说："唉，我误了大事了！"

过了一会儿，诸葛亮徐徐睁开眼睛，望着众将。他看见了李福，说："我知道你又回来的原因！"

李福点头说："丞相，临来之时，后主让我问丞相，你百

---

① 鹿角丫杈：又名拒鹿角。古代军中的一种防御兵器，布设营地周围，用于阻止步兵和骑兵突袭。

年之后，谁可以继承大事？我见丞相病重，只顾伤心，却忘了后主之意，所以又返回！”

诸葛亮说：“我死之后，可任大事者蒋琬。”

李福又问：“蒋琬之后，谁可继之？”

诸葛亮说：“费祎可继之。”

李福又问：“费祎之后呢？”

诸葛亮闭上眼睛。李福又连问数声，诸葛亮却不能回答了。

众将惊恐，近前细看，诸葛亮已经去世了。时为建兴十二年八月（234年10月）。

众将只有暗暗流泪，不敢放声痛哭，一切按诸葛亮生前嘱咐行事。

姜维、杨仪不敢举丧，只是把诸葛亮尸体安放在大龛之中，命令三百将卒守护。又密令各处营寨，准备撤退。

这一夜，天愁地惨，阴云密布，北风呼啸，月色无光。

蜀军开始悄悄撤退。

魏延得知诸葛亮在去世前把自己的用兵之法传授给了姜维，把军中大事托付给了杨仪，心中愤愤不平。正在这时，杨仪下令魏延断后。

魏延听了更加气恼，便说：“丞相虽亡，还有我在嘛！杨仪不过是一个谋士，官至长史，怎能跟我比？我是征西大将军、南郑侯，怎能听他一个长史调动？”

魏延不服杨仪调动。有人告知杨仪，杨仪听了微微一笑说：“果然不出丞相所料。我是故意下令让他断后，他竟不听号令，那只有让姜伯约断后了！”

魏延在营中气恼，马岱来了，问他：“大军已经半数退入谷中，你怎么还不走啊？”

魏延问：“谁来断后啊？”

马岱说：“姜维是后军总督，负责断后啊！”

魏延更加生气了，大声说：“这个杨仪匹夫竟在糊弄我，不如杀了他！”

马岱说：“我也恨杨仪，他只会说话不会打仗。”

魏延说：“那正好，助我一臂之力，杀死杨仪！”

于是，二人拔了营寨，向南而去。

司马懿长时间不见蜀营动静，心中生疑，多次派夏侯霸到蜀营附近查探。一日，夏侯霸回来报告说：“蜀兵已经退去了！”

司马懿突然站起来说：“我料诸葛亮必生病，但没有想到他这么快就死了！”

夏侯霸问：“都督怎知诸葛亮已死？”

司马懿说：“不死，蜀军撤退干什么？”

接着，司马懿亲率二子，领兵杀奔五丈原。魏军摇旗呐喊，杀入蜀营中，果然空无一人。

司马懿对二子说：“你们二人在后督军，我领兵前去追杀！”

司马懿提兵追到山脚下，望见蜀军在前边不远了，便催马加鞭领兵疾进。追着追着，只听山后一声炮响，喊杀之声大起，前边的蜀军一齐转身，迎面杀来，且从树影中飘出一面军中大旗，上书一行大字：汉丞相武乡侯诸葛亮。

司马懿一见大惊失色，心中暗说：“我又中诸葛亮之计了！”

接着，蜀军中十几员上将，拥出一辆四轮车。车中端坐着诸葛亮，纶巾羽扇，鹤氅皂绦，栩栩如生。

司马懿下意识地大吼：“诸葛亮安在！诸葛亮安在！”回马便跑。

姜维向前追了一程，大喊：“司马懿，你又中我家军师之计了！”

司马懿吓得魂飞魄散。魏兵丢盔弃甲，抛戈撇戟，自相践踏，死伤无数。

司马懿正慌不择路地跑着，背后又有人赶上来，大声呼叫：“都督，别害怕！”

司马懿听出是自己部将的声音，勒马站住，喘着粗气说：“不知我头还在不在？”

两员魏将是夏侯霸、夏侯惠。司马懿这才安下心，三人寻小路回归大寨。

又过了两日，当地乡民们议论说：“蜀军退入谷中，哀声遍野，军中扬起了白幡。孔明军师死了，只留下姜维断后。”

其中一个乡民问：“那天四轮车上不是仍然坐着孔明军师吗？”

众乡民笑着说：“那是个木头人，是用来吓司马懿的！”

有人把这个消息告诉了司马懿。司马懿跺着脚说：“我能料其生，不能料其死也！”

至今，蜀中仍有一句谚语说：“死诸葛吓走活司马！”

司马懿确知诸葛亮已死，复又领兵追来。追到赤岸（又名赤崖，位于今陕西留坝县东北），见蜀军已经远去，只好退回。他对众将说：“诸葛亮已死，我们无忧了。蜀中的刘禅只是个好酒好色之徒，怎能保住江山！东吴孙权，只靠着一个陆逊。陆逊与诸葛亮相比，有天壤之别。三足鼎立之势，快要结束了！”

司马懿领着众将路过诸葛亮安下的营寨，仔细端详：前后左右，整齐有法。

司马懿叹息说：“诸葛亮真天下奇才也！”

姜维、杨仪率大军缓缓退入剑阁道口后，才向全军宣告孔明军师逝世的消息，并命全军扬幡举哀，更衣发丧。

全军将士听说诸葛亮逝世，撞跌而哭，有不少人竟哭死了过去。

全军正在举丧时，忽见前面火光冲天，喊声震地，一彪军队拦住去路。

杨仪闻报，令前军打探。探马回来报告说：“魏延烧毁了栈道，领兵阻挡！”

杨仪听了大吃一惊，说：“魏延果真反了！如今断了我们去成都之路，如何是好？”

姜维想了想，说：“不要慌张，去成都还有一条小路，名叫槎山。此路虽然崎岖险峻，但可以绕到栈道之后。现在可先将丞相灵柩扶往汉中。”

杨仪同意，又怕汉中有失，令大将王平引三千兵先行。姜维与杨仪扶着诸葛亮灵柩在后。

魏延烧了栈道之后，屯兵南谷，把住隘口，自以为得计，谁知王平竟领兵到了南谷。哨马将情况报告魏延说：“杨仪派王平自槎山小路而来！”

魏延听了立刻提刀上马来迎王平。王平出马大声喊骂：“反贼魏延还不下马投降？”

魏延也高声骂：“我与杨仪冰炭不同炉，何言为反？！”

王平说：“丞相尸骨未寒，你却不听调令，还说不反？”

接着，王平又对魏延的部卒高喊：“大家都是西川之人，川中有你们的父母、妻子、兄弟、亲朋。丞相在时，不曾薄待大家，今日返家，陛下仍有赏赐，千万别随魏延谋反啊！”

魏延的部卒听王平的话很有道理，便悄悄地散去了很多。

魏延大怒，挥刀纵马直取王平，王平以枪相迎。战了几个回合，王平诈败而走。魏延随后追赶，蜀军齐放乱箭，魏延只得拨马而回。他见部下兵卒纷纷散去，心中火起，便挥刀杀了许多兵卒，但仍遏止不住。

马岱所领的三百兵卒却一个也没有跑。

魏延跑到马岱面前说：“你要真心帮助我，事成之后，我绝不辜负你！”

马岱点头同意，便与魏延一齐追杀王平，王平领兵飞跑而去。魏延对马岱说：“我们前去投魏，你看怎样？”

马岱说：“我以为将军此言不是明智之言。大丈夫应该自图霸业，不能轻易屈膝于他人！我看将军智勇双全，足能自立一方。我誓同将军先取汉中，然后进攻西川！”

魏延听了大喜，说：“好，就依你的！”说罢，便与马岱领兵直取南郑（今陕西汉中南郑区）。

这时，姜维已站在南郑城上。他看见魏延、马岱耀武扬威，如闪电一样袭来，急忙下令拽起吊桥。

魏延与马岱来到城下大叫：“蜀军赶快开城投降！”

姜维叫人把杨仪唤来，商议说：“魏延勇猛，更有马岱相助，虽然军兵不多，也不好对付。你看如何退敌？”

杨仪说：“丞相临终之时，给我一个锦囊嘱咐我说：‘如魏延造反，临战之时，才可拆开，自有斩魏延之人！’现在正是时候，应该拆开观看！”说罢，从内衣里掏出锦囊，拆开与姜维共读。

姜维看罢大喜，说："既然丞相有言，你且收好锦囊，待我领兵出城，你再下城！"

姜维披挂整齐，提枪上马，领三千人马出城，列开阵势，高声大骂："反贼魏延，丞相不曾亏待你，为何谋反？"

魏延见是姜维，说："你且退下，不干你的事，你叫杨仪出阵！"

杨仪从门旗影里出来，手指魏延笑着说："丞相在时，知你久后必反，教我早做准备。今果应其言！"

魏延大骂："匹夫，少要胡说！丞相多有不公。你一个小小长史，怎能调令于我？"

杨仪说："说你反，你真反，但不要高兴得太早，自有斩你之人！"

魏延大怒，哈哈狂笑说："你个儒生匹夫口出大言，谁能斩我？难道是你吗？！"

杨仪说："魏延，你敢在马上连喊三声'谁敢杀我'吗？"

魏延冷笑一声说："杨仪匹夫你听着，就是诸葛亮在时，也惧我三分，何况他已死了，天下谁能敌我？不要说连喊三声，就是喊二万声，又有何难？！"

说罢，魏延提刀按辔，坐在马上大叫："谁敢杀我！"

魏延三声未落，身后一人应声而说："我敢杀你！"说时迟，那时快，那人手起刀落，立斩魏延于马下。

两旁的军士都惊呆了，原来斩魏延的人却是马岱！

这就是诸葛亮临终之时对马岱所授之计，只待魏延喊叫"谁敢杀我"时，便出其不意，将他斩了。

马岱斩了魏延，与姜维兵合一起。杨仪写了奏表，派专使星夜奏禀刘禅。

刘禅听说诸葛亮逝世，放声大哭，说："相父辞我而去，天丧我也！"说罢，便倒在龙榻之上，不能起身。

百官劝解说："丞相灵柩不日到来，陛下要保重龙体！"

刘禅只好强打精神，等候诸葛亮灵柩到来。

过了一段时日，姜维、杨仪扶诸葛亮灵柩到达成都。

刘禅领文武百官全身披孝，出城二十里迎接。

刘禅一路啼哭，眼泪潸潸。上至公卿大夫，下至山林百姓，无不痛哭失声。山路两旁，人山人海，哀声震地。

刘禅扶着诸葛亮灵柩，缓缓进入城内，将诸葛亮灵柩停放在丞相府中。

诸葛亮的儿子诸葛瞻守孝居丧。

第二天，刘禅临朝，与大臣们商议选择吉地安葬诸葛亮的事。

费祎说："丞相在日，曾对我言，他百年之后葬于定军山，一切从简，不要铺张，不用墙垣砖石，更不要一切祭物。"

刘禅听了说："不遵其言，相父在天不安，从其遗嘱安葬！"

于是，择定十月吉日，刘禅亲扶诸葛亮灵柩到定军山（位于今陕西汉中勉县城南）安葬。

刘禅降诏致祭词。谥号忠武侯，又建功德庙于沔阳，以供四时享祭。

诸葛亮死后，经过多年动荡，三分天下被司马氏所统一，是为晋朝。

诸葛亮生前入相则紫袍象简[①]，出将则黄钺白旄[②]。虽然大功未成，却名垂千古，被后代人传诵至今。

唐朝大诗人杜甫，有诗赞道：

诸葛大名垂宇宙，宗臣遗像肃清高。
三分割据纡筹策[③]，万古云霄一羽毛。
伯仲之间见伊吕[④]，指挥若定失萧曹[⑤]。
运移汉祚终难复，志决身歼军务劳。

---

① 象简：即象笏，象牙制的手板，古代地位较高的官员朝见君主时所执，供指画和记事。

② 黄钺白旄：比喻出师征战。黄钺：用黄金装饰的斧子，象征帝王的权力。白旄：古时用牦牛白色尾毛装饰的旗子，象征对军队的领导权。

③ 纡筹策：不能施展谋略。纡：屈。

④ 见伊吕：与伊尹、吕尚相比。见：比较。伊尹：辅佐商汤的名臣。吕尚：即姜子牙，辅佐周文王和周武王的名臣。

⑤ 失萧曹：让萧何、曹参黯然失色。